U0100881

中國歷代書目題跋叢書

〔清〕朱彝尊 撰

杜澤遜 崔曉新 點校

曝書亭序跋

潛采堂宋元人集目録

竹垞行笈書目

上海古籍出版社

圖書在版編目(CIP)數據

曝書亭序跋;潛采堂宋元人集目録;竹垞行笈書目 /（清）朱彝尊撰;杜澤遜,崔曉新點校. —上海：上海古籍出版社，2018.10
（中國歷代書目題跋叢書）
ISBN 978-7-5325-8979-1

Ⅰ.①曝… Ⅱ.①朱… ②杜… ③崔… Ⅲ.①序跋—作品集—中國—清代②私人藏書—圖書目録—中國—清代 Ⅳ.①I264.9②Z842.49

中國版本圖書館 CIP 數據核字(2018)第 219325 號

中國歷代書目題跋叢書

曝書亭序跋　潛采堂宋元人集目録

竹垞行笈書目

［清］朱彝尊　撰

杜澤遜　崔曉新　點校

上海古籍出版社出版、發行
（上海瑞金二路 272 號　郵政編碼 200020）
（1）網址：www.guji.com.cn
（2）E-mail：guji1@guji.com.cn
（3）易文網網址：www.ewen.co
蘇州市越洋印刷公司印刷
開本 850×1168　1/32　印張 14.75　插頁 5　字數 311,000
2018 年 10 月第 1 版　2018 年 10 月第 1 次印刷
印數：1—1,500
ISBN 978-7-5325-8979-1
K·2549　定價：68.00 元

《中國歷代書目題跋叢書》出版説明

漢代劉向、劉歆父子編撰《别録》《七略》，目録之學自此濫觴，在傳統學術中發揮了重要作用。歷代典籍浩繁龐雜，官私藏書目録依類編次，繩貫珠聯，所謂「類例既分，學術自明」（《通志・校讎略》），學者自可「即類求書，因書究學」（《校讎通義・互著》），實爲讀書治學之門户。而我國典籍屢經流散之厄，許多圖書真容難睹，甚至天壤不存，書目題跋所録書名、撰者、卷數、版本、内容即爲訪書求古的重要綫索。至於藏書家於題跋中校訂版本異同、考述版本淵源、判定版本優劣、追述藏弆流傳，更是不乏真知灼見，足以津逮後學。

我社素重書目題跋著作的出版，早在二十世紀五十年代，我社就排印出版了歷代書目題跋著作二十二種，後彙編爲《中國歷代書目題跋叢書》第一輯。此後，我社又與學界通力合作，精選歷代有代表性和影響較大的書目題跋著作，約請專家學者點校整理。至二〇一五年，先後推出《中國歷代書目題跋叢書》

第二至四輯，共收書目題跋著作四十六種，加上第一輯的二十二種，計六十八種，極大地普及了版本目録之學。面對廣大讀者的需求，我社將該叢書陸續重版，並訂正所發現的錯誤，以饗讀者。

上海古籍出版社

二〇一八年八月

點校説明

朱彝尊(一六二九—一七〇九),字錫鬯,號竹垞、鷗舫、松風老人、第一十六洞天武夷仙掌峰天游觀道士,晚號金風亭長、小長蘆釣魚師。浙江秀水人,順治六年移家嘉興梅會里。清初著名的文學家、學者、藏書家、文獻學家。

彝尊少年即聰慧過人,他六歲入家塾,七歲知別四聲,十二歲屬文下筆千言立就,十五歲解隸法。青年朱彝尊曾參加秘密抗清活動,於順治七年參加十郡大社,「連舟數百艘,集於嘉興南湖」(一)。與爲鄭成功、張煌言海上登陸反清行動謀劃的山陰祁氏兄弟、魏耕、錢纘曾亦有聲氣往來,企圖「共同恢復」(二)。後事敗露,朱彝尊「幾及於難,踉蹌走海上,會事解,乃赴遠遊」(三)。於是朱彝尊「南逾嶺,北出雲朔,東泛滄海,登之罘,經甌越」(四),開始了他漫長的遊幕生活。先後客山陰觀察宋琬、山西布政王顯祚、山東巡撫劉芳躅、潞河僉事龔佳育幕中。在這段時間裏,他先後結交了曹溶、王士禛、顧炎武、魏禧、納蘭性德、孫承澤、陳維崧等名士。康熙十八年,清廷「詔在廷諸臣及督撫大吏,各舉博學之彦,無論已仕未仕,徵詣闕下」(五)。時年五十一歲的朱彝尊得薦舉博學鴻詞科,受知於康熙帝,授翰林院檢討,入直南書房,並與修

《明史》。康熙二十三年，朱彝尊輯《瀛洲道古録》，「以楷書手自隨，録四方經進書。忌者潛請牛學士行之白簡。吏議當落職，奉旨降一級」〔六〕。二十九年補原職。三十一年罷官。遂携家眷回鄉，乞假歸里，結曝書亭於池南，北研著書。康熙三十八年、四十二年、四十四年、四十六年，康熙帝四次南巡，朱彝尊均往無錫迎駕，並於第三次南巡時，進《經義考》「易」、「書」兩類，康熙帝稱許「朱彝尊此書甚好」，特賜「研經博物」匾額。康熙四十八年，《曝書亭集》刊梓尚未完竣，朱彝尊抱憾辭世。

朱彝尊向以博洽見稱，工詩文，精詞律，擅考據，富藏書。當時言詩與王士禛並稱「南朱北王」，論詞與陳維崧並稱「朱陳」，藏書則朱氏「曝書亭」與王氏「池北書庫」、曹氏「静惕堂」相頡頏。在文獻學方面，其輯録體目録學巨著《經義考》受到學者的極高重視，爲最有影響的目録學專著之一。他編撰的《明詩綜》、《詞綜》、《日下舊聞》也體現了他在文獻編撰整理方面的巨大成就。《清史稿·朱彝尊傳》稱「當時王士禛工詩，汪琬工文，毛奇齡工考據，獨朱彝尊兼而有衆長」。朱彝尊一生勤於著述，著有《經義考》三百卷、《日下舊聞》四十二卷、《五代史記注》七十四卷、《曝書亭集》八十卷、《騰笑集》八卷、《竹垞文類》二十六卷、《明詩綜》一百卷、《静志居詩話》二十四卷、《詞綜》三十六卷等。

朱彝尊的序跋是能夠體現其學術成就，且有一定獨立性的一組文獻，主要收録於其代表作《曝書亭集》中。序見於卷三十四至卷四十，約一百三十篇。跋見於卷四十二至卷五十五，約三百四十五篇。另於《曝書亭集外文》卷七、卷八中收有序八篇、跋四篇。其中《曝書亭集》卷四十六至卷五十一爲金石文字序跋，後獨立爲《金石文字跋尾》。卷五十四爲書畫題跋，一九三六年上海神州國光社將其排印輯入《美術叢書初集》第九輯，稱《曝書亭書畫跋》。餘者爲書籍序跋。我們在整理朱彝尊序跋過程中，檢閲《浙江採集遺書總録》、汪璐輯《藏書題識》、《宋元舊本書經眼録》、《四庫存目標注》、《四庫全書存目叢書》、《涵芬樓秘笈》、《中華再造善本》等書，又輯得朱氏序跋十六篇，爲《曝書亭集》、《曝書亭集外文》所未收，特予補入。又有根據各書著録確知有朱氏序跋，卻由於原書亡佚或條件所限，未能尋得原文者十三篇，如《浙江採集遺書總録》著録明杭淮撰《杭雙溪詩集》八卷，刊本，稱有朱彝尊跋，《中國古籍善本書目》著録宋劉時舉撰《續資治通鑒》十五卷，清抄本，藏南京圖書館，有朱彝尊跋等，則作爲「存目」附於卷末。爲易於省覽，現將《曝書亭集》中的序跋編爲卷一至卷二十一，將《曝書亭集外文》中的序跋編爲卷二十二，將我們補輯的序跋十六篇編爲卷二十三，名爲《曝書亭序跋》。書前加編總目。朱氏藏書目録兩種《潛采堂宋元人集目録》、《竹垞行笈書目》則附於序跋之後，以便參考。本書中《曝書亭集》所用底本是民國商務印書館《四部叢刊》據康熙五十三年刻本影印本，《曝書亭集外文》所用底本是光緒四年秀水孫氏望雲仙館刻《檇李遺書》本（《叢書集成續編》之一），《潛采堂宋元人集目録》所用底本爲宣統三年湘潭葉氏觀古堂刻本，《竹垞行笈書目》所用底本爲宣統元年番禺沈氏刻本。

朱彝尊長於考訂，其序言題跋顯示了他的學術功力，一向受到高度重視。《四庫全書總目》中諸多提要參引朱氏序跋之觀點及考證結果。如《易論》、《周易集解》、《六經奥論》、《兩漢刊誤補遺》、《桂林風土記》、《景定建康志》、《土官底簿》、《淳熙三山志》、《秘書監志》、《高麗史》、《石刻鋪敘》、《隸續》、《越嶠書》、《皇王大紀》、《北堂書鈔》、《孫子算經》、《蘭亭續考》、《乙巳占畧例》、《靈臺秘苑》、《天籟集》、《虎丘詩集》、《庚辛唱和詩》、《兩宋名賢小集》、《讀史亭詩集》、《雲林集》、《劍南詩稿》、《苕溪集》、《格齋四六》、《新刊五百家注音辨昌黎先生文集》、《鞏溪詩話》、《樂府補題》、《樂府雅詞》、《尊前集》等。並在朱氏《曝書亭集》提要中稱其題跋諸作「訂訛辨異，本本元元，實跨黄伯思、樓鑰之上」。朱氏序跋辨訂群書，旁及商周銅器、金石碑刻，皆能搜求散佚，溯究源流，「可據以爲辯證之資者甚多」(《續修四庫提要·曝書亭金石文字跋尾》)。潘耒在《曝書亭集序》中對其題跋更是給以很高的評價：「考古證今，原原本本，精詳確當，發前人未見之隱，剖千古不決之疑。」

朱氏序跋内容十分豐富，爲全面研究朱彝尊不可或缺的資料。我們從中可以獲知其家世、履歷、交遊、著述、藏書、治學領域、學術成就等方面的豐富信息，具有重要的價值。現舉其大略如下：

藏書史料價值。朱彝尊富於藏書，「擁書八萬卷」(七)，然其藏書目録現存的只有《潛采堂宋元人集目録》、《竹垞行笈書目》兩種，所列之書難以全面反映其藏書情況。朱氏序跋則可作爲其現存書目的重要補充。《曝書亭著録序》對其藏書情況有綱目式的介紹，在衆多書目序跋中對很多書的來龍去脉又有分别介紹，使我們能獲知朱氏藏書來源，其主要者是家儲、自購、友贈、抄借。其中對抄借情況的介紹最多：有抄自宛平孫侍郎(孫承澤)、古林曹氏(曹溶)、上元倪氏(倪燦)、休寧汪氏(汪森)、上元焦氏(焦竑後人）、虞山錢氏（錢謙益、錢曾）、崑山徐氏（徐乾學、徐元文、徐炯）、濟南王氏（王士禛）、章丘李氏（李開先後人）、晉江黄氏（黄虞稷）、海鹽鄭氏（鄭曉）、曹通政（曹寅）、工部郎靈壽傅君（爕詷）、范氏天一閣、吴興潘氏、雪山王氏、無錫秦氏等，還有抄自内府的書籍如《杜氏編珠補》、《典雅詞》、宋本《輿地廣記》等。從中得知朱氏藏書雖不乏一些珍稀的宋元抄本，但不唯宋元本是貴，其藏書主要是爲治學，故對書的學術價值要求相對較高。這些序跋提供了朱氏借抄書籍的重要資料，也是考察朱氏交遊活動的重要資料，同時也保存了許多藏書家如吴志伊、汪晉賢、謝肇淛、王士禛、項篤壽、項元汴、朱睦㮮、孫承澤等的事蹟。而《輿地廣記跋》、《文淵閣書目跋》、《跋重編内閣書目》等跋文則反映了内閣藏書情況。

刻書資料價值。朱彝尊喜勸人刻書，最爲著名的當屬對《通志堂經解》、《澤存堂五種》、《曹楝亭五種》等書刊刻的促成作用。錢泰吉《曝書雜記》卷二郭氏《汗簡》條指出：「若吴門張氏及曹氏楝亭所刻書，多發於竹垞翁，唐宋人小學書今得傳佈，竹垞翁力也。」朱氏勸人刻書的思想在其諸序跋中如《顧俠君啖荔集序》、《書周易本義後》、《書沈氏古今詞譜後》、《書新安志後》、《唐律疏義跋》、《摭言足本跋》亦有直接反映。朱彝尊在序跋中交待了衆多書籍刊刻的資料，爲我們瞭解版本刊刻情況提供了一定的依據。有些刻書資料則保存了珍貴的版本線索，足以補充糾正現存書目的疏略訛謬。如朱氏《陸氏春秋三書序》中交待：「《纂例》及《辨疑》、《微旨》三書，延祐中從集賢學士曲出之請，鋟板江西行省。」《中國古籍善本書目》著録《春秋集傳纂例》十卷《辨疑》十卷，最早的版本爲明刻本，朱氏此篇序文指出了是書元刻本線索。再如朱氏《日下舊聞序》中自言此書「計草創於丙寅（康熙二十五年）之夏，録成於丁卯（康熙二十六年）之秋，開雕於冬，迄戊辰（康熙二十七年）九月而竣」。可知此書成書與付刻始末。又如《梁溪遺稿序》：「翰林檢討西堂先生向自梁溪徙吴，實文簡裔孫，慮公之詩文罕傳於世，乃抄撮其僅存者爲二卷，鏤板行之，屬其同年友秀水朱彝尊爲之序。」此序在交待刻書情況的同時，對編者也給以點明。而《中國古籍善本書目》著録此書爲宋尤袤撰，朱彝尊輯。依朱氏序文知其爲翰林檢討西堂先生尤侗「抄撮其僅存者爲二卷」。朱彝尊爲之序，而非輯者。

校勘學價值。朱彝尊刻書，於校勘尤爲重視。《雞窗叢話》云：「竹垞凡刻書，寫樣本親自校二遍，刻後校三遍。其《明詩綜》刻於晚年，刻後自校兩遍，精神不貫，乃分於各家書房中，或師或弟子，能校出一訛字者，送百錢。」在《安南志略跋》、《大唐類要跋》中都體現了朱氏對訂正錯訛字的重視。朱氏校書多廣尋異本，進行對校，此於《東萊吕氏書説序》、《跋吾妻鏡》、《五代會要跋》多有反映。朱氏在校勘中也很注重對書籍完整性的核實考察，此於《隸續跋》、《太平寰宇記跋》、《宋本輿地廣記跋》、《續錦里耆舊傳跋》、《夢粱録跋》、《唐會要跋》、《書曹太尉勳迎鑾七賦後》等序跋中均有反映。有的是通過作者自序來核實通行本的卷數，並尋求得到全本，如《永嘉朱氏紀年總辨序》、《樂府雅詞跋》、《李氏周易集解跋》。有的則據書目著録情況來核對通行本卷數的完整與否，如《靈臺秘苑跋》、《乙巳占跋》等。

金石學價值。朱彝尊在《跋石淙碑》中曾自言「予性嗜金石文」，在《曝書亭集》中記録了大量的漢唐石碑，其中既有被多家金石書目著録的石刻碑帖，如《漢婁壽碑》等；又有不爲金石書目提及的碑刻，如釋道宣《神州寺塔録》所失收的《隋真定府龍藏寺碑》，歐陽修《集古録》、趙明誠《金石録》、洪适《隸釋》所失收的《漢蕩陰令張遷碑》、《溪州銅柱記》等。朱彝尊的石刻跋文資料，有的能夠幫助我們更好地理解經典存疑，解決歷時久遠的揣測和紛争，如《天發神讖碑》用《論語》、《尚書》中「孝乎惟孝」，「乎」字作「於」，有助於更好理解《論語》。朱氏金石跋尾亦特别注重補傳世文獻的缺略，如《霍山廟建文元年碑跋》揭示出研究建文帝的珍稀史料。再如《北漢千佛樓碑跋》指出該碑稱劉承鈞爲睿宗皇帝，稱劉繼元爲英武皇帝，皆史書所未及。又如《唐北嶽廟李克用題名碑跋》指出該碑記録了盧龍節度使李可舉與成德節度使王熔共同攻打義成節度使王處存的史實，碑文云「至三月，幽州請就和，斷遂班師，取飛狐路，卻歸河東」，爲史書所未詳。金石跋文價值還表現在可以訂正傳世文獻的訛誤。如據《元豐閏縣令碑記》，可知豐閏改「務」爲「縣」在章宗大定間，可訂正《金史》、明《寰宇通志》關於豐閏縣置於太和間的記載錯誤。又由碑文知庚辰歲改豐閏縣爲閏州，可補《元史》之缺。又如，由《漢魯相乙瑛請置孔廟百十卒史碑》，可知廟中禮器無常人掌領，請置百石卒史一人。而杜佑《通典》訛「百石卒史」爲「百户吏卒」，當據此碑訂正。朱氏石刻跋文多可用以參史、證史、訂史，具有較高的史料價值，爲金石學研究的重要參考。

此外，朱氏序跋於版本學方面涉及考訂版本源流，審定版本優劣；於目録學方面涉及介紹書籍體例，品評得失，剖辨學術源流；於文學史研究方面涉及朱氏對前人、時人詩歌詞賦的評論，展示其文學理論主張；於藝術史研究方面涉及朱氏對書畫作品等的評價與鑒賞。也是相關領域之學者不可忽視的學術遺産。

本書在點校整理過程中，避諱字予以回改。錯訛文字，確有依據的亦予以改正，並在校記中説明。義可兩通的異文，則出校標明，不做改動。全書的點校以及《點校説明》均由崔曉新完成初稿，杜澤遜修改定稿。不當之處，敬請讀者批評指正。

杜澤遜　崔曉新

二〇〇八年六月二十三日於山東大學文史哲研究院

（一）楊謙：《朱竹垞先生年譜》，見吴肅森編校《曝書亭詞》，廣東人民出版社，一九八七年，第四三三頁。
（二）（三）鄧之誠：《清詩紀事初編》，上海古籍出版社，一九八四年，第七四七頁。
（四）李元度：《國朝先正事略》，嶽麓書社，一九九一年，第一〇七一頁。
（五）薛瑞録：《清代人物傳稿·朱彝尊》，中華書局，一九九四年，第三三四頁。
（六）楊謙：《朱竹垞先生年譜》，第四五七頁。
（七）朱彝尊：《曝書亭著録序》，見《曝書亭集》卷三十五，上海商務印書館《四部叢刊》據康熙五十三年刻本影印本。

總目録

曝書亭序跋

曝書亭序跋目録

卷一

卷二

卷三

卷四

卷五

卷六

卷七

卷九

卷十

卷十一

卷十二

卷十三

卷十四

卷十五

卷十六

卷十七

卷十八

卷十九

卷二十

卷二十一

卷二十二

卷二十三

存目

曝書亭序跋卷一

周易義海撮要序

自漢以來，説經者惟《易》義最多。《隋·經籍志》六十九部，《唐志》增至八十八部，《宋志》則二百一十三部。今之存者十之一二而已。唐資州李氏合三十五家《易》説，題曰《集解》，南北朝以前遺文墜簡，藉以得見指歸。宋熙寧間，蜀人房審權集鄭康成以下至王介甫《易》説百家，擇取專明人事者，編成百卷，曰《周易義海》。至紹興中，江都李衡彦平删其冗複，益以正叔、子瞻、子發三家，目爲《義海撮要》，凡十卷，而附以《雜論》，補房氏之闕略焉。其擇之也必精。《義海》失傳，而是編傳。後之學者所樂得而講習也。彦平，宣和末入辟雍。乾道中官祕書修撰，尋除侍御史，改起居郎。以言事去國，退居崑山，聚書講學。世目爲樂菴先生者也。

周易輯聞序

《周易輯聞》六卷，宋趙汝楳撰。取《雜卦》反對之義，上下二篇各一十有八卦。每六卦析爲一卷，附《文言》於《乾》、《坤》釋《彖》之後。而《繫辭》、《説卦》諸傳皆闕焉。余既抄而藏諸笥，序之曰：「《易》之爲教，本窮理盡性之言。自周官掌之太卜簭人，而秦以其卜筮之書未燔。迄於漢，孟喜、京房、焦贛之徒，多藉以考驗災異而已。鄭康成主象數，王輔嗣主名理。言數者或失之巫，言理者或失之鑿。往往得其偏曲，而未窮其奥賾焉。考之《隋・經籍志》説《易》凡六十九部，唐《四庫書目》益之凡八十八部，至宋增至二百一十三部。而是書未與焉，可謂詳矣。迨後家守程朱之書，未暇廣究諸家之説。久之，《本義》單行，并程氏《傳》亦輟不復觀。況凡有小異朱子之説，爲制舉所不取，則見者非僅不觀，將唾而遠之，惟恐子弟之入於目。此自隋迄宋諸家之撰述日至於放失無存也。是書晰理而兼詳夫象數，援据精洽，足以益學者之神智。萬曆中，周藩宗正灌甫曾雕刻行之，顧流傳者寡，惜世無有重刻之者。汝楳，爲資政殿大學士、天水郡公善湘之子，商恭靖王元份七世孫。善湘以儒生破李全，身歷戎馬，乃能注意經學，六易藁，而授之子。汝楳不以世禄自矜，遠游閒服玩之習，惟遺編是輯，又歸其善於親，益以徵宋時經術之盛，化俗之厚。而灌甫亟刻其書，雖流傳已少，是書實藉以無失，皆宗室之賢。宜附著之，以告後之君子讀是書者。」

易璇璣序

宋之南渡，君臣多講《易》義。高宗召荆門朱震論《易》殿中，稱旨，除祠部員外郎，遷祕書少監，賜以告詞，敷及否泰之義。右相張浚入朝，亦書《否》、《泰》二卦賜焉。于時浚及宰相李綱、李光、沈該皆著《易傳》，而林儵、李授之、劉翔、郭伸、王義朝、都潔、彭與、王大寶、吴適、宋大明均以《易》義經進。或令祕書看詳，或令有司給札，或與堂除，或補上州文學。獨環溪吴氏上《易璇璣》三卷，其言《易》自象求之卦，次求之象，次求之爻，作論二十七篇，文辭簡奥，間以韻語行之，類古繇占，卓爾成一家言。以書犯廟諱，賞獨不及。嗟夫，朝之一命再命，奚足爲儒者重輕，而得之不得有命焉。此嚴夫子、董相所以有《哀時命》、《文士不遇賦》也。吴氏諱沆，字德遠，崇仁布衣。其没也，鄉人祀諸郡縣學。

周易集説序

《周易集説》一十三卷，各冠以序。吴人俞琰玉吾叟所著也。叟于寶祐間以詞賦稱。宋亡，隱居不仕，自号石澗道人，又稱林屋洞天真逸。其書草創于至元甲申，斷手于至大辛亥，用力勤矣。世之言圖書者，謂馬毛之旋，龜文之坼。獨叟之持論以《尚書·顧命》文：「弘璧、琬琰在西序，大玉、夷玉、天球、河圖在東序。」「河圖」與「天球」並列，則「河圖」亦玉也，玉之有文者爾。崑崙産玉，河源出崑崙，故河亦有玉。洛水至今有白石，洛書蓋石而白有文者，此易家之異聞也。

合訂大易集義粹言序

孔子學《易》，韋編漆書至于滅絶者三。乃不以是教其子，而與門弟子雅言，惟《詩》、《書》、《執禮》。然三經無統論之文，獨《易》有《十翼》，則聖人之注意存焉矣。自歐陽永叔謂：「《十翼》之説，不知起于何人。」于是學者不能無疑。今世所傳程正叔《易傳》、張子厚《易説》均舍《大傳》不講。而正叔之言曰：「聖人用意深處，全在《繫辭》。」又曰：「《繫辭》之文，後人决學不得。」晁子止則云：「子厚《易解》甚略，《繫辭》差詳。」是張、程二子咸篤信《大傳》者也。吾友納蘭侍衛容若以韶年登甲科，未與館選。有感消息盈虛之理，讀《易》淥水亭中，聚《易》義百家插架，于温陵曾氏種《粹言》、隆山陳氏友文《集傳精義》一十八家之説有取焉。合而訂之，成八十卷。擇焉精，語焉詳，庶幾哉有大醇而無小疵也乎。刑部尚書崑山徐公嘉其志，許鏤板，布諸通邑大都，用示學者。乍發雕，而容若溘焉逝矣。昔王輔嗣注《易》，每取舊解，所悟者多，深斥陰陽災異小數曲學，專明人事。論者謂其獨冠古今，出荀、劉、馬、鄭之上。顧官止尚書郎，年僅二十四而夭，説經者恒惜之。容若清才逸辨，兼工風騷樂府、書法。即其會粹二書，不專言理，變占象數並收，補《大傳》訓注之闕，雖老儒亦遜焉，豈意短命而終。讀其書不禁蘭摧而蕙歎也。

徐氏四易序

聖人則圖書以作《易》，作《易》之後，不必因圖，而《易》始見也。新安朱子著《易本義》，取河洛先後天諸圖，冠諸卷首。今之學者僉謂舍圖書無以言《易》矣。考先儒之論，多以九爲圖，十爲書。獨西山蔡氏從而反易之，以爲《河圖》之數十，而《洛書》九也。蔡氏之説稱本邵氏。然邵氏之言曰：圓者，《河圖》之數。方者，《洛書》之文。以數之體驗之，則奇爲圓，而偶爲方矣。同州王氏、臨邛張氏、漢上朱氏咸以九爲圖，十爲書，此邵氏之學也。伊川程子曰：九是純陽，六是純陰，但取《河圖》見之。過六則一陽生，至八便不是純陰。是亦以九爲圖矣。此程氏之學也。横渠張子曰：陽極於九，陰終於十。又曰：十者，九之偶也。史繩祖闡其義，蓋即言九圖十書之理，此張氏之學也。朱子《報郭沖晦書》曰：《河圖》四正四隅之位，《洛書》四實四虛之數，所以畫卦也。《河圖》九疇之象，《洛書》五行之數，所以作範也。是年朱子五十有一矣，猶主九爲《河圖》，後與蔡氏再三往復，始從其説。追作《啓蒙》，又詳述其初説，而曰：安知書之不可爲圖，圖之不可爲書。是雖信之而未篤矣。處士徐善敬可氏著《四易》，一曰《天易》，二曰《羲易》，三曰《商易》，四曰《周易》，凡三十卷。其於圖書，博采諸家之論，而一本乎邵氏、程子、張子及朱子之初説。謂反之，則四象五行之位皆若枘鑿之不可合。從其舊，則不惟位與數各當，因以推夫三易改演之原，《洪範》大衍律曆運氣太一奇門之所自出，靡不犂然有據焉。乃或疑其與朱子晚年之説不協。夫圖之可爲書，書之可爲圖。朱子既言之矣，徐氏特因朱子之説而發揮之爾，亦何悖於朱子哉？於是同里朱彝尊爲之序。

東萊呂氏書説序

東萊呂先生伯恭受學於三山林少穎。少穎，又東萊呂居仁之弟子也。少穎所著《尚書集解》，朱子謂「《洛誥》以後，非其所解」。其孫石鼓書院山長畊稱坊本自麻沙初刻，繼而婺女及蜀中皆有之，訛以傳訛。訪之故家，先得宇文氏《拾遺》一卷，後得建安余氏所鏤新板，又得葉學録所藏寫本。再三參校，自詡成完書矣。而伯恭《書説》先之《秦誓》、《費誓》，自流以泝其源，上至《洛誥》而止。殆以補林説之所未及爾。門人宗學教授從政郎時瀾不知師之微意，乃取而增修之，非伯恭之本懷矣。趙希弁《讀書附志》稱是書六卷。康熙壬戌予抄自無錫秦氏，凡十卷，與馬氏《經籍考》同。《宋史》志藝文云三十五卷，蓋并門人增修之書合著於録也。序以藏之笥。

雪山王氏質詩總聞序

雪山王氏《詩總聞》二十卷，每章説其大義，復有聞音、聞訓、聞章、聞句、聞字、聞物、聞用、聞跡、聞事、聞人凡十門。每篇爲總聞，又有聞風、聞雅、聞頌冠于四始之首。自漢以來，説《詩》者率依小序，莫之敢違。廢序言《詩》實自王氏始。既而，朱子《集傳》出，盡删《詩序》，蓋本《孟子》「以意逆志」之旨，而暢所欲言，後之儒者咸宗之。獨王氏之書晦而未顯，其自詡謂研精覃思，幾三十年。而吴興陳日强稱其自成一家，能寤寐詩人之意于千載上。要之，雖近穿鑿，而可以解人頤者亦多也。王氏名質，字景文，汶陽人，紹興庚辰進士。召試館職不就，歷樞密院編修官，出通判荆南府，不行，奉祠山居。有集四十卷。

聶氏三禮圖序

六經有圖，三禮尤不可少。鄭康成、阮諶、梁正、夏侯伏朗之書，吾不得而見之矣。博采諸圖成書者，洛陽聶崇義也。當周顯德中，崇義以國子司業兼太常博士，與國子祭酒汝陰尹拙同寮，其論祭玉，援引《周禮》正文。拙無以難。迨宋建隆初，考正《三禮圖》，表上于朝。時拙已遷太子詹事，被詔，集儒學之士，重加參議。拙多所駁正。崇義復引經釋之。書成，拜紫綬犀帶，白金繒帛之賜，頒其書于學官，繪圖宣聖殿後北軒之壁。至道初，舊壁崩剥，命易以版，改作論堂之上。咸平中，車駕幸學，親覽觀焉。斯亦儒者稽古之榮矣。乃有賈安宅等言其未見古器，出于臆度。而陳用之撰《太常禮書》，陸農師撰《禮象》，皆以正聶氏之失而補其闕遺。有詔毁論堂畫壁。然竇學士儼序稱其采三禮舊圖凡得六本，鑽研尋繹，推較詳求，原始要終，體本正末，能事盡焉。則非出于臆度者也。永嘉陳伯廣跋卷尾云：「觀其圖，度未必盡如古昔，苟得而考之，不猶愈于求諸野乎。」斯言得之。

丘氏周禮定本序

《考工記》可補《冬官》之闕乎？曰：《周官》三百六十，多以士爲之。若《記》之所云，直百工焉爾矣。夫玉府有工有賈，而巾車、弁師、追師、屨人之屬，府史胥徒而外，咸有工以執事，亦猶大府典絲、典婦功、庖人、羊人、馬質之各有其賈也。賈不與士齒，工顧可充司空之官乎？典絲則頒絲矣，掌皮則頒皮革矣，槀人則掌六弓八矢四弩矣。是則湅絲者工也，而頒絲外内者，考工者也。函鮑韗韋裘者工也，以式法頒皮革者，考工者也。刮摩攻木以爲弓矢者工也，而受財於職金以齎其工、書其等、乘其事、試其工弩者，考工者也。以是推之，則《記》之所載三十工，鄭氏以爲司空之官，非矣。新昌黄氏度作《周禮説》，置《考工記》不解。至臨川俞氏廷椿《復古編》謂「司空之屬，分寄於五官」。同安丘氏暢其旨，取五官所屬歸於冬官六屬，適各得六十，著爲《周禮定本》。昔人皆言《冬官》闕一篇，蓋讀此而宛如全書焉。繇漢迄唐説經者義雖紛綸，往往存其疑而不改。逮宋元諸君子，生千載之後，一旦釐正其文，若朱子之《孝經》、《大學》、蔡氏之《武成》、金氏之《洪範》、蔡氏之《雜卦傳》、吴氏之《禮記》、以及俞氏、丘氏之《周禮》皆自信而不惑。後學者莫敢議其非。雖然，無數君子之學識，苟好奇穿鑿，則或失之僭，或失之誣，殆亦難乎免矣。丘氏名葵，字吉甫，隱居海嶼，自號釣磯翁，蓋宋人而不仕於元者。書成時，年八十餘，可謂老而篤學者也。

讀禮通考序

《禮》有五喪，祭重矣。曲臺之記，石渠之論議，於喪禮尤詳焉。晉人崇尚莊老，宜其自放禮法之外。而於喪禮，變除假寧之同異，獨斷斷辨難。若杜預、衛瓘、袁準、孔倫、陳銓、劉逵、賀循、環濟、蔡謨、劉德明、葛洪、孔衍之徒均有撰述。宋齊以降，言凶禮者不乏。自唐徙五禮之名，置凶禮第五。於時許敬宗、李義甫上《顯慶新禮》以爲凶禮非臣子所宜言，去《國恤》一篇。自是天子凶禮遂闕。宜柳宗元以不學訕之也。迨宋講學日繁，而言禮者寡，於凶事少專書。朱子《家禮》盛行於民間，而世之儒者於《國恤》不復措意。其僅存可稽者，杜氏《通典》、馬氏《通考》已焉。嗚呼！慎終追遠之義輟而不講，斯民德之日歸於薄矣。刑部尚書崐山徐公居母憂，讀喪禮，撰《通考》一書，再朞而成。尋於休沐之暇，瀏覽載籍，又增益之，凡一百二十卷。摭采之博而擇之精，考據之詳而執之要，此天壤間必不可少之書也。當孝莊太皇太后崩，公時由禮部侍郎遷都察院左都御史，仍直史館。自初喪及啓殯，禮無纖鉅，天子惟公是咨。公斟酌古今之宜，附中使入奏，悉中條理。蓋公於是書默識於心，宜其折衷靡不當。上結主知，誠稽古之效矣。公歸田後，開雕是書。彝尊因勸公并修吉、軍、賓、嘉四禮，庶成完書。公喜劇，即編定體例，分授諸子。方事排纂，而公逝。又二年，先以刊完喪禮行世。彝尊夙承公命作序，至是乃書其大略。若全書綱要，公發凡舉例已詳言之。後之覽者，可以見公用力之勤也已。

陸氏春秋三書序

唐丹陽主簿趙州啖助考《春秋三傳》短長，撰《集傳》，復攝綱條爲《統例》。助卒，其子異裒録遺稾。於是門人洋州刺史河東趙匡損益之。而給事中陸淳師事匡，纂會其文爲《春秋集傳纂例》十卷，又撰《集注春秋》二十卷，《微旨》三卷，《辨疑》七卷。《集注》自元已亡，而《纂例》及《辨疑》、《微旨》三書，延祐中從集賢學士曲出之請，鋟板江西行省。魏晉以前，説《春秋》者創通大義而已。有所未通，則没而不説，又或自亂其義。自杜元凱以例釋《左氏》，其説有正例、變例、非例之分，别爲五體，以尋經傳之微旨。言《春秋》者宗之，然猶略而未該。至三子書出，例乃大備，庶乎絲麻冠屨之不紊，其有功於《春秋》甚大。淳爲韋執誼所援，得侍講東宮。柳子厚因執弟子禮。歸安朱臨序是書，謂：子厚文章宗匠，以韓退之之賢，猶不肯高以爲師，獨肯執弟子禮於陸氏，以此推陸氏之學。要之，子厚之師陸氏，特出於黨人一時附和，正未足以是爲輕重也。然唐人所尚者詩賦，往往未暇究明經義。陸氏獨能傳習其師説，通聖人之書於後世，其賢有過人者。當其時蔡廣成以《易》，施士丐以《詩》，仲子陵、袁彝、韋彤、韋茝以《禮》，强蒙以《論語》，皆自名其學，以顯於時。今其書俱不傳，惟三子書僅存。錢唐龔主事蘅圃刻而傳之，功不在曲出下矣。

春秋權衡序

孔子之作《春秋》，撥亂世反諸正，其好惡一出於平而已，非若後世史臣有所激於中，借史以洩其忿也。顧説《春秋》者往往未得聖人之意，煩其例，苛致其文。予者十一，誅譏者十九。夫有所攘也，蓋有尊也。有所貶也，蓋有褒也。今欲尊周而動著王室之非禮，欲誅亂臣賊子而先責賢者備；亡不越竟，即責以弑君；不嘗藥，則罪以弑父。是聖人惡惡之辭長，而善善之辭反短，比之申不害、衞鞅、韓非而有甚焉者矣。我故於説《春秋》者，義無多取，見有刻深之文，戾乎孔子之旨，未嘗不疾首張目焉。及得宋劉仲原父《春秋權衡》讀之，凡三傳有害於義者，旁引曲證，必權其輕重而别其非是，以待讀者之自悟。可謂善學《春秋》者也。原三家之傳，雖或未得其平，由於尊聖人之過，求聖人之心不得，遂紛綸同異者有之。要其所主，皆二百四十年之事。若胡安國之傳出，言無不純，理無不正。然其文則孔子之文，其事則類指南渡君臣得失。斯蓋因述以寓作者矣。近乃舍三傳而列之學官。久之，取士者并舍經而專主乎《傳》。是何異學《易》者之僅知操錢而卜也！嗚呼！三傳、胡氏孰贏孰縮，經與傳之孰輕孰重，安得起仲原父立而相其平準也與？

春秋意林序

往予與高念祖同舟至天津。念祖書篋中攜劉仲原父《春秋權衡》、《意林》凡一十九卷。宋刻，甚工。時歲在甲辰七月，暑未退，揮汗讀之，舟中未暇抄録也。既而念祖留京師，二書爲有力者所得。予在大同，聞之頗以爲憾。越五年，潁州劉考功公戫相遇濟南，揖罷，亟語予以獲《權衡》爲喜。問以《意林》，則無之。又五年，求之清苑陳參議祺公，遂以《權衡》抄本貽予。復從宛平孫侍郎耳伯所抄得《意林》，然後二書悉爲吾有。原父在當日聲譽與廬陵歐陽子相上下，暨弟貢父並以經術聞。其説《春秋》尤長，二書之外有《春秋傳》一十五卷，予獲之書賈舟中。又有《説例》二卷，《文權》二卷。惜乎！不能盡得也。予感是書自舟中讀後，幾不復遇，求之十年，乃始得焉。而予之爲客，不自知其已老矣。南還之日，念祖無恙，尚期共讀之。兼以二書聞之考功，亦足以豪已乎。甲寅十一月書。

涪陵崔氏春秋本例序

涪陵崔子方彦直，自稱西疇居士，嘗與蘇、黄諸君子游。知滁州日，曾子開曾爲作記，刻石醉翁亭側。其説《春秋》，有《經解》十二卷，《本例》二十卷。建炎中，江端友請下湖州，取所著《春秋傳》儲祕書省。于是，其孫若上之于朝。今其《解》不可得見，惟《本例》獨存。序之曰：以例説《春秋》，自漢儒始。曰「牒例」，鄭衆、劉寔也；曰「謚例」，何休也；曰「釋例」，潁容、杜預也；曰「條例」，荀爽、劉陶、崔靈恩也；曰「經例」，方範也；曰「傳例」，范寧也；曰「詭例」，吴略也；曰「略例」，劉獻之也；曰「通例」，韓滉、陸希聲、胡安國、畢良史也；曰「統例」，啖助、丁副、朱臨也；曰「纂例」，陸淳、李應龍、戚崇僧也；曰「總例」，韋表微、成元、孫明復、周希孟、葉夢得、吴澂也；曰「凡例」，李瑾、曾元生也；曰「説例」，劉敞也；曰「忘例」，馮正符也；曰「演例」，劉熙也；曰「義例」，趙瞻、陳知柔也；曰「刊例」，張思伯也；曰「明例」，王晳、王日休、敬銨也；曰「新例」，陳德寧也；曰「門例」，王鎡、王炫也；曰「地例」，余嘉也；曰「會例」，胡箕也；曰「斷例」，范氏也；曰「異同例」，李氏也；曰「顯微例」，程迥也；曰「類例」，石公孺、周敬孫也；曰

「序例」，家鉉翁也；曰「括例」，林堯叟也；曰「義例」，吴迂也。而梁之簡文帝、齊晉安王子懋皆有《例苑》，孫立節有《例論》，張大亨有《例宗》，劉淵有《例義》，刁氏有《例序》，繩之以例，而義益紛綸矣。彦直之論，謂聖人之書，編年以爲體，舉時以爲名，著日月以爲例。《春秋》固有例也，而日月之例蓋其本。乃列一十六門，而皆以月日時例之。亦一家之言云爾。

春秋地名考序

《九丘》之書逸矣。伯禹、伯益之所名，夷堅之所志，周公之所録，其著在六經者，莫若《禹貢》、《詩》、《春秋》。言《禹貢》者，則有若摯虞之《畿服經》、孟先之《圖》、程大昌之《論》、易祓之《廣紀》。言《詩》者，則有若范處義、王應麟之《地理考》。言《春秋》者，則有若京相璠之《土地名》，楊湜、鄭樵之《譜》，張洽之《表》。外如嚴彭祖之《圖》專紀盟會，則圍伐滅取土地之見遺者多矣。羅泌專紀國名，則郡縣之失載者又多矣。然則説《春秋》者必兼包乎郡國土地之目，而後可無憾焉。試迹其地名，有見於經者，有見於傳者，有並見於經傳者。顧其文「蔑」以爲「昧」，「紀」以爲「杞」，「滑」以爲「郎」，「樫」以爲「朾」，「偃」以爲「纓」，「崇」以爲「柳」，「鐵」以爲「粟」，以「陸渾」爲「賁渾」，以「厥慭」爲「屈銀」，以「臯鼬」爲「浩油」，以「祲祥」爲「侵羊」，若是者不可悉數也。「郲」也謂之「郲婁」，「貫」也謂之「貫澤」，「訾婁」也謂之「叢」，「安甫」也謂之「窜」，「沙」也謂之「沙澤」。一「郕」也，或以爲「成」，或以謂「盛」。一「酈」也，或以爲「犁」，或以謂「麗」。一「盂」也，或以爲「霍」，或以爲「雩」。一「虢」也，或以爲「郭」，或以爲「漷」。一「艾」也，或以爲「鄗」，或以爲「蒿」。「貍脤」謂之「貍軫」，或又曰「蜃」也。「蚡泉」謂之「濆泉」，或又曰「賁」也。「鄟丘」謂之「犀丘」，或又曰「菑丘」，又曰「師丘」也。其在當時傳者已滋異同繁省之不一，而況乎百世之下，壤地之離合，名號之廢置升降，乃欲通習而考證之，刊落叢謬，不其難哉！《地名考》一十四卷，吾鄉徐處士善所輯。予受而讀之，愛其考迹疆理，多所釐正，簡矣而能周，博矣而有要，無異聚米畫地，振衣而挈其領也。原《春秋》之作，孔子既取百二十國寶書筆削之，而又述職方，以輔《春秋》之不及。則學乎《春秋》，非惟義疏序例、大夫之辭、公子之譜皆宜究圖，而土地之名，補方志之疏舛，尤其要焉者。若經之有緯，書之有正，必有攝也。予老矣，恒媿經義無所發明。序其書，竊比北宫、司馬諸子獲附見於《春秋》之傳焉。

五經翼序

古之仕焉而已者，歸教其鄉里，尊之曰先生，親之曰父師，王者養之，則曰國老。乞言合語，載諸惇史，授數而論説之。若傳記所稱老彭、老聃皆殷周之國老，而遲任、周任之言，殆即惇史之文也。漢之時，伏勝、張蒼、轅固、博士江翁、胡母生、杜子春之徒多以耆耋教授弟子。蓋聖人之道莫備乎經。學者必老成人是師，庶學有統而道有歸。然守一家之説，足以自信，不足以析疑。惟衆説畢陳，紛綸之極，而至一者始見。故反約之功，貴夫博學而詳説之也。吏部侍郎宛平孫先生，年八十矣，好學不倦，集漢以來諸儒五經序義，分爲二十卷，名曰《五經翼》。給事中餘杭嚴公鏤板行之。先生凡五致書，命予爲序。予惟經學之不明非一日矣，自漢迄唐，各以意説，散而無紀，其弊至於背畔，貴有以約之，此宋儒傳注所爲作也。今則士守繩尺，無事博稽，至問以箋疏，茫然自失，則貴有以廣之，先生是書所爲述也。當萬曆中，周藩宗正灌甫藏書八萬餘卷，至黄河水決，遺籍盡亡。初，先生知祥符縣事時，從其孫永之借鈔諸經義。後又益以祕閣流傳諸書，故多世所未見者。予不學，未能發明五經之藴，因述先生之老而好學，無媿於古之致仕者，以爲當世法，俾讀其書若見惇史；且及其采輯所從來，蓋歷數十年而始成，洵匪易矣。嚴公亦與予善，其勤學下士相等。事三老者，必有五更，告於先生者，必及君子，然則舍嚴公其誰也。

授經圖序

六經大義，至宋儒昌明之，而始無遺憾。學者守爲章程，宜也。不知絶續之際，漢儒爲難。當日秦書既焚，往聖遺言澌滅殆盡。幸而去古未遠，間得之屋壁所藏，女子所獻，老生所口述。然而僅矣。迄學者代興，遐搜博考，或一人集衆是，或數人成一經，要其授受各有師承，非若後人以意見爲予奪也。劉歆遺書博士，謂：孝宣時，廣立經文，義雖相反，不嫌並設。與其過而廢之，寧過而立之。旨哉斯言。夾漈鄭氏乃云：秦焚書而書存，諸儒窮經而經絶。於是有指斥漢儒，跡其同異紛紜，爲詆訶所自起。豈知前型未墜，盡信，非也；槩疑之，亦非也。六經之義如江河日月，無所不該。解之者惟其不背於經斯已爾，而又何同焉？夾漈之言過矣。授經諸圖見於章氏《考索》。明西亭宗正復加釐定，并采諸儒言行列爲小傳，由是師友淵源燦如指掌。自漢以後，晨星相望，專家雖不逮漢儒，而亦多有纘承，惜其未暇補入。然傳注、義疏、序解、辨問諸條，犂然各具於圖之左方。覽者因目以求其書，則得矣。是集黄徵君俞邰藏有善本，龔主事蘅圃刊之白下。世之師心黨同，薄前賢爲不足法者，庶幾知所返也。然則漢儒洵有功於六經，而爲功於漢儒者，二子又將與西亭並傳也夫。

重刊玉篇序

小學之重，於古久矣。《周官》保氏掌養國子，教之六書。漢制，太史試學童，能諷書九千字以上，乃得爲史。吏民上書，字或不正，輒舉劾。自《凡將》、《元尚》、《滂喜》諸篇均失其傳，而《爰歷》、《博學》爲閭里書師所合入之《倉頡》篇中。許慎據以撰《説文解字》。古本部分，自一至亥者是已。顧氏《玉篇》本諸許氏，稍有升降損益。迨唐上元之末，處士孫強稍增多其字。既而釋慧力撰《象文》，道士趙利正撰《解疑》，至宋陳彭年、吴鋭、丘雍輩又重修之。於是廣益者衆，而《玉篇》非顧氏之舊矣。予寓居吴下，借得宋槧上元本於汲古閣。張子籲三請開雕焉，梨棗之材，尺幅之度，臨橅雠校之勤，不舍晨暮。并取《繫傳》、《類篇》、《汗簡》、《佩觿》、《手鑑》諸書，推源析流，旁稽曲證，逾年而後成書。爰屬予序其本末。以予思之，學奚小大之殊哉？毋亦論其終始焉可也。講習文字，於始窮理盡性，官治民察。要其終，未有不識字而能通天地人之故者。宋儒持論，以灑埽、應對、進退爲小學。由是《説文》、《玉篇》皆置不問，今之兔園册子專考稽於梅氏《字彙》、張氏《正字通》所立部屬。分其所不當分，合其所必不可合，而小學放絶焉。是豈形聲文字之末與？推而至於天地人之故，或窒礙而不能通，是學者之所深憂也。孫氏《玉篇》雖非顧氏之舊，然去古未遠，猶愈於今之所行大廣益本《玉篇》。復上元之舊，而古之小學存焉矣。

重刊廣韻序

聲韻之學，盛於六代。周顒以天、子、聖、哲分四聲，而學者言韻悉本沈約，顧其書終莫有傳者。今之《廣韻》源於陸法言《切韻》，而長孫納言爲之箋注者也。其後，諸家各有增加，已非《廣韻》之舊。然分韻二百有六部，未之紊焉。自平水劉淵淳祐中始并爲一百七韻，於是合殷于文，合隱于吻，合焮于問，盡乖唐人之官韻。好異者又惑于婆羅門書，取華嚴字母三十有六，顛倒倫次。逮《洪武正韻》出，脣齒之不分，清濁之莫辨，雖以天子之尊，行之不遠，則是非之心人皆有之矣。曩崐山顧處士炎武校《廣韻》，力欲復古，刊之淮陰。第仍明内庫鏤板，緣古本箋注多寡不齊，中涓取而删之，略均其字數，頗失作者之旨。吴下張上舍龥三有憂之，訪諸琴川毛氏，得宋時鋟本，證以藏書家所傳抄，務合乎景德、祥符而後已。抑何其用力之勤與。嗟夫！韻學之不講久矣，近有嶺外妄男子僞撰沈約之書以眩于世，信而不疑者有焉。幸而《廣韻》僅存，則天之未喪斯文也。吾故序之，俾海内之言韻者必以是書爲準。

合刻集韻類篇序

六藝其五曰「書」。書有六體，比類象形謂之文，形聲相益謂之字，聲成文謂之音。保氏以書教國子，大行人屬瞽史諭書名，聽音聲。六體形聲獨多，左右下上外内，審其形而聲從焉。國史六書著録次于經典，唐宋小學恒與太學並設，分教弟子。紹興中猶然。淳熙以後，更洒埽應對進退之節爲小學。徽國文公别撰書一編，頒諸學官。功名之士習四子書，麁通一經，足以應舉。開口代堯舜禹湯文武周公孔孟之言，朝士取其辭爲諸生法式，古文奇字安所用之？昌黎韓子有云：「凡爲文辭，宜略識字。」江都李氏亦云：「人讀書，須是識字。」其亦不得已而言之也與？今夫聲音文字之學，講之正非易易已。五方之民風土各異，發于聲不能無偏。輕土多利，重土多濁。北人詆南爲鴃舌，南人詆北爲荒傖，北人不識盱眙，南人不識盩厔，此限于方隅者也。楚騷之音殊于風雅，漢魏之音異于屈宋，此易于時代者也。書文既同而音之不一者，統歸于一。斯聲音文字，必相輔以行而義始備也。聖天子文軌之盛包海内外，野無遺賢，終始典學。香厨中簿之藏，分授詞臣編摹會粹。而通政司使、巡視兩淮鹽課監察御史曹公奉命編眘《全唐詩》，歷五年，所較舊本，廣益三百餘篇，鋟諸棗木，用呈乙覽。復念詩之醇疵一本乎韻，韻之乖合，原于六書。既鋟《玉篇》、《廣韻》，又求《集韻》、《類篇》善本，讎勘雕印以行。學詩者得而誦習之，既免四羊三豕之失，而音無奪倫紐，分畛域，注相引證，庶乎取諸左右逢源矣夫。

字鑑序

元至治間，長洲李世英伯英受其父梅軒處士之旨，以六書假借難明，于是就典籍中字同音異者，正其字畫，溯其原委，緝《類韻》一書，凡三十卷。其從子文仲復緝《字鑑》五卷，仍依韻編之。予抄自古林曹氏。嗟夫！字學之不講久矣，舉凡《説文》、《玉篇》、《佩觿》、《類篇》諸書俱束之高閣。習舉子業者專以梅氏之《字彙》、張氏之《正字通》奉爲兔園册，飲流而忘其源，齊其末而不揣夫本，乖謬有難畢舉也已。李氏之學遠引《説文》，證以後代諸家之説，其亦所謂元元本本者與。遼金元字，雜以國書字體，轉益茫昧。其詩詞落韻，有出于二百六部之外者。兹編所道者古，信可傳也。

曝書亭序跋卷二

萬氏歷代史表序

易編年爲紀傳，古史之法微矣。其遺意猶存者，吾於表有取焉。表或年經而國緯，或國經而年緯，或主地，或主時，或主世系。事微不著者，録而見之。劉知幾曰：「於帝王則敘其子孫，於公侯則紀其年月，列行縈紆以相屬，編字戢孴而相排，使讀者閱文便覩，舉目可詳，此其所以爲快也。」乃又訕其煩費無用，得之不爲益，失之不爲損，豈篤論乎？班固而後，表多闕焉不作。伏无忌、黄景之《諸王王子功臣恩澤侯表》、邊韶、崔寔、延篤之《百官表》作矣而不傳。袁希之之《漢表》、熊方之《後漢表》、李燾之《歷代宰相年表》，補前人之闕矣，而未備。成學之人欲覽其要不得，未嘗勿憾焉。鄞人萬斯同，字季埜，取歷代正史之未著表者，一一補之，凡六十篇。益以《明史表》一十三篇。攬萬里於尺寸之内，羅百世於方册之間。其用心也勤，其考稽也博。俾覽者有快於心，庶幾成學之助，而無煩費無用之失者與。昔之論史者，每以《漢書古今人表》爲非，然韓祐續之，猶見收於《唐志》。矧季埜所編，皆歷代正史所必不可闕者，用以鏡當世之得失，雖附諸史，並頒之學官，奚不可也？

五代史記注序

歐陽子《五代史》，其初約尹師魯分撰，既而不果。師魯别撰《五代春秋》，載《河南集》。歐陽子諸帝紀實取其材，蓋心折其辭之簡而有法，務削繁歸于要。然司天、職方二考之外，舉凡禮樂、兵刑、職官、食貨諸大政，略焉勿書，即《通鑑》所載者，史反闕之，毋乃太簡也乎？簡則必俟後人之注，徐無黨寥寥數語，於大義何補焉？必若劉昭之釋《續漢書》、裴松之之注《三國志》，而後頒諸學官，學者不可廢也。予年三十即有志注是書，引同里鍾廣漢爲助。廣漢力任抄撮羣書，凡六載，攷證十得四五，俄而卒于都城逆旅。撿其巾箱遺槀，不復有也。予從雲中轉客汾晉，歷燕齊，所經荒山廢縣、殘碑破冢，必摩抄其文，響拓之，攷其與史同異。又薛氏舊史雖佚，其文多采入《册府元龜》、《太平御覽》諸書。兼之十國分裂，識大識小，有人自分，編脊成書，可與劉、裴鼎足。通籍以後，討論《明史》，是編置之笥中。歸田視之，則大半爲壁魚穴鼠所齧，無完紙矣。撫躬自悼，五十年心事付之永歎。旃蒙作噩之歲，過徐學使章仲花谿别業，方有事具注此書。盡取傳是樓遺書博稽之，補宋槧之闕文，附三臣于死事，踰五年而書成。夫以予排簒五十年未就者，徐君五年成之。周見洽聞，無有剩義。信乎才力之攸殊相去什佰千萬也。今而後五代之文獻，庶其可徵矣夫。歲在屠維赤奮若，月在則余壬寅朔，南書房舊史秀水朱彝尊序，時年八十一。

元史類編序

古者左史紀言，右史紀事。言爲《尚書》，事爲《春秋》。《春秋》，編年史之祖也。自夏陽司馬氏易編年爲紀傳，扶風班氏繼之，藏書著録目以正史，或出一人之手，或成一家之學。陳壽、范曄、沈約、蕭子顯、魏收暨歐陽修《新五代史記》，出於一人之手者也。司馬談、子遷，班彪、子固、女昭，姚察、子思廉，李德林、子百藥，李大師、子延壽，成於一家之學者也。自唐之太宗詔廷臣一十七人，以何法盛、臧榮緒等一十八家晉史，再加撰次，稱制旨臨之。既成，題曰御撰。自是，國史遂成官書。元之修《宋》、《遼》、《金》三史也，集引弓持矢之人，俾司南、董之職，書之漫無體要，理固然矣。明修《元史》，先後三十史官，類皆宿儒才彦，且以宋濂、王禕充總裁，宜其述作高於今古。乃并三史之不若，無他，聲名文物之不典，而又迫之以速成故也。嗚呼！稱良史者，不其難哉！《元史類編》者，詹事府少詹事邵先生所論次也。先生之高祖諱經邦，中正德辛巳進士。以刑部主事署員外郎建言獲罪，暇著《弘簡録》一編。自唐迄宋，以遼金附載之，於元未遑及也。先生乃循其例續之，去舊史之重複鄙俚，博徵信於載籍。以爲《元》之不足者文也，入制誥于帝紀，采著作于儒林，補以熊禾等十六人傳。而於《文苑》分經學、文學、藝學三科，悉加甄録。至于忠臣義士，廣益良多。惟十三志不存，然分載于紀傳，闕者以補，晦者以明，凡四十有二卷。先生是書足以傳之不朽矣！要之，國史成於官局者，未若一家之專。先生用高曾之規矩損益三十史官之辭，傅以華采，益信一家之學，非官局所能逮也。先生名遠平，字吕璜，别字戒三，仁和人。康熙三年進士，改庶吉士，歷户部郎，出視江西學政，升光禄寺少卿，以制科改授侍讀，進學士，充日講官，知起居注，遷今官。家居。天子南巡，御書「蓬觀」字以賜，乃自號蓬觀子。秀水朱彝尊序。

天發神讖碑文考序

祥符周雪客僑居江寧之汝南灣，去黌宫甚邇。歲在戊午三月，偕予詣尊經閣下，觀吴時《天發神讖碑》，石三段，文字艱晦不可讀。逾三年，予以典鄉試，再至江寧。雪客語予，合三段之石，審其斷處，聯貫讀之，文義既從，字亦可以意辨。乃先列其文，援據載記，作《天發神讖碑文考》一卷。是碑相傳爲皇象書，其文指爲華覈所作，蓋本張勃《吴録》。而許嵩《建康實録》注、戚光《集慶續志》因之。以覈嘗爲東觀令，而碑後有「蘭臺東觀令」字，遂以實之也。考覈爲東觀令時，犯顔數諫，號稱直臣，又其免官在天册元年。覈既免官，又素伉直，必不復藉符瑞取媚。然則碑之所云「蘭臺東觀令」别是一人，未可遽信爲覈之文矣。文曰：「天璽元年烝」。「烝」當作「桼」，其下蓋有「月」字。揚雄《太玄經》曰：「運諸桼政」，王莽《候鉦文》曰：「重五十桼斤」，咸書七爲桼。而吴興《國山碑》有云：「神女告徵表祥者世有桼」，與是碑先後建立，則爲七月無疑爾。碑自元祐中，轉運副使胡宗師移置漕臺後圃。當時宜多拓本，顧不見收於歐陽、趙氏之録。石之斷爲三，歷八百年而移，移又五百年，無人能聯貫讀之者，自雪客始〔一〕。其勤學好古，洵人之所難能，而物之顯晦，殆亦各有其時焉。

〔一〕「自雪客始」上疑脱「有之」二字。

杜氏編珠補序

隋安陽令中山杜公瞻撰《編珠》四卷。新舊《唐書》志經籍、藝文無之，至宋始著於録。其書流傳特罕，故晁氏《郡齋讀書志》、趙氏《附志》、陳氏《書録解題》均未之載，而唐宋元羣書亦鮮有引之者。是書予獲之中簿，手抄以歸，惜闕其半。今詹事府詹事錢唐高君按其目補之。先是，刑部尚書崐山徐公既序之以行，而詹事復屬予爲序。予惟類書始南北朝，當時文尚駢儷，學者争以洽聞周見相高。如朱澹遠有《語麗》，又有《語對》，徐僧權有《編略》，顧其書皆不傳。論者遂以《修文殿御覽》爲古今類書之首，今亦亡之。惟隋著作郎杜臺卿所撰《玉燭寶典》十二卷，見於連江陳氏《世善堂書目》。予嘗入閩，訪陳後人，已不復可得。則類家當首公瞻是書。宜詹事亟補之以傳，而儲藏家得之以爲創獲也。獨怪史稱隋禁七緯，發使四出，凡讖緯相涉者，皆焚之，爲吏所糾者至死。而杜氏經進之書仍取《括地象》、《通卦驗》、《援神契》、《元命苞》及《尚書中候》之文。考永興虞氏《書抄》成於隋祕書省之北堂，亦采及諸緯，然則史固有不足盡信者與？或當日所焚不過王明鏡《閉房》、《金雄》等記，而非槩畀之炎火。斯乃《乾鑿度》、《禮含文嘉》之得以至今存也。公瞻爲臺卿之兄子，父曰開州刺史蕤，而膠州刺史弼者其祖也。有子之松官起居舍人，見《隋書》。又有《同心芙蓉詩》，載《續玉臺新詠》。尚書序謂無表著，故具書之。

顔魯公石柱記釋序

湖州石柱在宋初字已漫漶。歐陽永叔謂筆畫奇偉，非顔魯公不能書。於是宋次道集魯公文刻於金石者，編爲十五卷，則《石柱記》存焉。孫莘老守湖州，聚境内碑碣，築墨妙亭貯之，凡三十餘通，《記》其一也。所載山川陵墓廟宅，旁及屏風竹帳雉尾扇。顧唐設六縣，而《記》遺其二。或當日有之，而次道編集時殘闕，未可知爾。余友鄭元慶芷畦既輯《府志》成書，又别釋《石柱記》一卷以行。考證詳核，廣見博聞，洵不刊之書也。墨妙亭之建，蘇子瞻爲作記，而蔣燦書之。一時詩人寄題踵至，今其遺石以府治卑濕，用填淤泥。夫峴山之碑一沉江底，尚冀其深谷爲陵。亭中諸碑未淪於水，使有賢太守發而復樹之，何難與莘老並傳，又安見石柱之不可再覩乎？

道傳録序

宋元以來，言道學者必宗朱子。朱子之學源于二程子，先二程子言學者，爲周子。於是論者尊之，謂直接孟子，是爲道統之正。毋論漢唐諸儒不得在其列也，即七十子親受學于孔子者，亦不與焉。故凡著書言道統者，輒斷自周子始。飲流或忘其源，知末而不揣其本，吾嘗未慊于中也。且夫聖人之道著在六經，是豈一師之所能囊括者與？世之治舉業者以《四書》爲先務，視六經可緩。以言《詩》、《易》，非朱子之《傳》、《義》，弗敢道也。以言《禮》，非朱子之《家禮》，弗敢行也。推是而言《尚書》、言《春秋》，非朱子所授，則朱子所與也。道德之一，莫逾此時矣。然杜其聰明，見者無仁智之殊，論者少異同之辨，習者莫有温故知新之義，不能無敝焉。顧科舉行之久矣。言不合朱子，率鳴鼓百面攻之。又或弟子不善守其師説，流入于釋老，往往舍弟子不問，盡歸其惡於師。又不原其行已立朝濟世之大業，必欲污之以爲快。豈持論之平乎？華亭張恒北山，予中表弟也。壯歲好游，歷蘇門，求孫徵君鍾元遺書，謁耿詹事逸菴于嵩陽，訪李中孚、王無異二徵君于關内，質疑辨惑。久之，著《道傳録》若干卷，始伏羲畫卦以及堯、舜、禹、湯、文、武、周公、孔、孟，微言將絶，特書七十子之名暨孟氏弟子，下逮漢唐，然後繼以濂洛關閩諸儒，迄于元明。人各録其遺訓，采其醇而去其疵，審夫同而斥其異。所重者品，不狥乎名。所存者神，不泥其迹。蓋足以見吾道之大公，而迥異夫要譽於熱官者之所爲矣。北山近移家林屋，儲書萬卷，不汲汲于榮利。蓋學焉而有守者。至於録周子而舍《太極圖説》，録邵氏而不過信《皇極經世書》，尤見卓識。予故序之，有罪我者不復辨也。

張氏定曆玉衡序

《定曆玉衡》者何？新塍張簡菴氏曆書也。曆無定也，星有淩犯掩合勾已，月有朓側匿，日有盈縮，歲有差。然數主于革，而理存乎故。求其故，則百世可知，千歲之日至可致。理與數皆有定也。其云「玉衡」何？玉衡者，正天之器也。《周官》正歲年序事掌之太史、馮相氏，觀妖祥，辨吉凶，則保章氏、眡祲司之。故歷代之史，律曆、天文、五行各有其志。自漢哀平之後，緯候雜出，於是曆術妖占混而爲一。稽曆序者，自詡前知受命之符，爲世主所忌。七緯既焚，遂致私習，天文有禁。逮宋太平興國中，詔天下知星者詣京師，至者百餘人，或誅或配海島，由是言星占者絶。朝之大夫士并諱曆法不學矣。古之人龍見而雩，駟見而隕霜，火見而戒寒，日北陸而藏冰，莫不有候。繁星之麗天，武夫僤人，以及束芻抱衾之女子皆能晰其形象。今也居軫蓋之中，三垣列宿，躔次之不分，天位淹速之莫辨。未通乎天地人，而自名曰「儒」，其亦小人儒也已。簡菴氏恥之，博綜曆法五十有六家，正古今曆術之謬四十有四，成書一十八卷。

既擇焉而精，語焉而詳矣，始稽之吳江王寅旭氏，繼又往證之宣城梅定九氏。凡西洋之言，溺于數之中，出于理之外，傲人以所不知者，弗受其惑焉。班孟堅曰：曆譜者，聖人知命之術。蓋昧者視爲器數之學，明者知爲性命之原。自昔習天文有禁，而言曆者無禁也。是書傳，足以伸儒者之氣，折泰西之口，而王氏、梅氏爲不孤矣。簡菴，名雍敬。王氏，名錫闡。梅氏，名文鼎。皆有曆書。

葬經廣義序

堪輿風水之説，儒者多辨其非。解之者曰：霜降而鍾鳴，山崩而鍾應，木華於春，粟芽於室，氣機之感有然，世之君子存其言而莫之廢也。蓋孝子之葬其親，非直欲人之不得見而已，必爲之測量水脈，候土驗氣，以厚死者而安其魂魄焉。故曰：三月而葬，必誠必信，勿之有悔焉爾矣。古之葬者，冢人營之，墓大夫掌之，相與辨其兆域而爲之圖。將葬，筮人執韇以告曰：度兹幽宅兆基，無有後艱。既井椁矣，卜人共楚焞燋龜以告曰：考降無有近悔。夫其致慎如是。迨其後，周禮既廢，冢人墓大夫不司其職，則不得不取信于葬師之言。其人既不學，專以榮利動人，變亂他人之是非，以營己之利。學士大夫未暇深究其義，鮮不惑焉。至土濂水漬，從而遷之，其悔焉者久矣。嗚呼！爲人子者苟能審夫測量候驗之説，比化者魂魄得安。雖未必興福于子孫，庶葬焉而可以勿悔也。記曰：古之人何爲而死其親乎？夫魂魄既安矣。邇者數十年，遠者百年，雖至累世之後，其澤已斬，其骨已枯，而子孫之富貴利達者必推之祖宗兆域之蔭。此誠孝子慈孫不忍死其親之義也。則其言庸可廢乎。《葬經》者，相傳爲郭景純所作，傳世既久，葬師欲祕其術，慮人之共曉也，遂以僞竄真，故爲熒惑其文，俾讀者難定其指歸。同里吴子、周瑾有憂之，由是集諸家之説，旁證曲據，爲《廣義》三卷。其説祇以避禍，不計求福，庶無戾乎儒者之言。既成，將謀鏤刻行之。予因樂爲之序。夫以葬師之所欲祕者布諸通邑大都，凡爲人子，可一覽而得其測量候驗之法。兆基考降，始以無惑，終以勿悔，信夫言之不可廢。世之居喪未葬者，雖與喪禮並讀焉，奚不可也。

地理徑序

古之葬者，兆基井槨，稽其疑于筮人卜人已爾。其後堪輿之説興，惟葬師是信。於是五音、九星、八山、六秀、三寶之説，青黄紫黑之囊，銅玉之函，一寸之金，一粒之粟，紛綸同異，轉相師授。又欲祕其術，每移易其文以眩人之神智。其説愈多，其旨愈晦，然則何以正之？亦正之以儒者之言可矣。晉之郭璞、唐之吕才、宋之蔡發、明之劉基，其言則儒者之言也。吾惟儒者之言是信，斯可以勿眩矣乎。錢唐林遇岐宗試有司不利，乃旁究堪輿家言，心有所得，本郭氏、蔡氏之説而發明之，著論若干篇，目曰《地理徑》。徑也者，引人于步道，直而可以共由者也。世儒曲謹之論，恒以葬書爲不足憑。予曩者心亦疑之，迨客游燕齊雲朔之閒，遇地震者三，其來也有氣，其去也有聲。山冢之或崩或否，河流之或涸或涌。有一震而止者，有累月不止者。然後悟地之有脈，而撼龍、撥沙、放水之説爲不可廢也。岐宗之書顯而勿晦，正而無詭，庶幾無戾儒者之言，此予之所深取爾。

感應篇集注序

浮屠、老氏之學雖戾于儒者之言，至其自修之勤則一也。釋氏有因果之説，道家亦有感應之篇。然福善禍淫之原，《易》、《書》、《詩》著之詳矣。夫曰「禍福無門，惟人所召」，本閔子馬之詞，「吉凶之報，如影隨形」，同孔安國《尚書傳》。若其自省之嚴，涕唾不敢北向，夜起不敢裸露，以爲明神居焉，懼或殛之，庶幾合乎君子慎獨之旨矣。夫鬼神之爲德，莫備乎聖人之言。自二氏之説興，而言鬼者歸之釋氏，言神者歸之老氏。小人之爲不善，其畏人之心，恒不勝其畏神鬼之心。故以《易》、《書》、《詩》喻之，彼謂迂闊而莫之信。易以二氏之説，無不悚然共聽。非真窮其義而樂其言，無他，信生于所畏也。因其畏與信而導之，則爲力也易。君子之於佛老，惡其無用于世。苟有以善天下之權無戾乎儒者之旨，則未嘗無取焉。求其同歸于善而已。宛平劉先生宣人俾工刻《感應篇集注》以行。先生儒者也，其道德文章悉本聖人之訓，獨勤勤斯編示人。夫亦謂老氏之徒，其自修之功猶嚴且慎若是，爲君子儒者宜何如焉？是則先生用意之微，予遂不揆檮昧而序之也。

葛氏印譜序

印信不始於秦也。《周官》掌節，掌守邦節。貨賄用璽節，凡通貨賄，司市以璽節出入之。鄭司農曰：「璽節，印章，如今斗檢封矣。」賈公彦謂：「漢法，斗檢封，其形方，上有封檢，其内有書。」蓋其初僅用以通商旅。然魯公璽書，見《左氏春秋傳》。沿至戰國，吏三百石上皆佩之。衞宏稱秦以前民皆以金玉爲印，唯其所好。則匪直官印不始於秦也。迄於漢，夫人得有私印，大約刻玉者十一，冶金者十有九。後人易之以石，雜以象犀、硨磲、琥珀、水晶之屬，好奇者或以鐘鼎古文施之。秦漢之法漸廢，官印之體屢糾，其文不必盡合乎古，其用也止以調遣文書杜姦萌而已，不可施于翰墨。迨時易代遷，即王公將帥所綰之章，得其文者，或未注視。至布衣稽古之士，圖書鑒賞，一有私記，輒摩挲鈎畫，以之定往哲之僞真。世固有朝廷馭爵之權，反有時不及布衣稽古之士足信諸百世而下者，私印其一矣。然不得其人，往往昧六書之義，混大小二篆爲一，易爲識者所訕笑。其或徒攻乎石藝，雖至不能傳之永久，則稽古者又無取焉。嗚呼！私印之重，得其人之難若是。此予見葛氏之譜，凡攻乎堅者益工，深合夫秦漢之法，獨有會於心，而序之也。葛氏，名起，字振千，一字南廬，松江華亭人。

丁氏印譜序

琱戈、鉤帶、鼎彝、壺尊、敦卣、鬲甗之銘，鐙鐘、窖磬、鉦鐸、鈁甬之款識，巧者或僞爲以眩世。至古印之傳於今，則作僞者意慮所不及，爲之亦終不似。蓋其繁簡相參，布置不紊，神存模畫之外，斯好古之士尚焉。宋則晁克一、王球、顏叔夏、姜夔、王厚之，元則吾丘衍、趙孟頫，各著有譜録。惜乎志經籍者略而勿道也。刑部江西司主事丁君介祉工繆篆，集古小大官私印，益以時人所刻。其材則玉五色、金三品、象之牙、犀兕之角、硨磲、瑪瑙、水精、琥珀、青田稷下里之石、饒建之瓷，其紐則有索、有稾、有瓦、有亭、有龜、有螭、有虺、有兔、有橐駝、師子、辟邪，其文有朱、有白、有籀、有隸，悉羅而致之。歐陽子稱「物常聚於所好」，不信然歟。今之摹印者，不明六書之源，至以蟲魚科斗之文雜之大小篆，由其所見者寡。宜爲有識所騰笑也，君博通六書，名其居曰夢篆。嗜乎古，不遺乎今，並垂焉以爲法式。觀是譜者，既可識古今升降之故，而所擇之精，又以信君之善學已。

韞光樓印譜序

竹垞主人謫官居燕，荏苒六年，厭灰埃之蓬勃而轅馬之喧闐。殘暑退矣，秋風泠然，思循西山之麓，躋乎北山之巔。或告之曰：西山之西，北山之北，幽陵之界，山鬼所宅。子何爲入其域乎？其嶺鬱律，其谷峆岈，寒莫寒兮白瀑，峻莫峻兮青華。牛鬭于潭，虎嗥于坡。奇狸野干，青鶴紅鴉。豪豬之箭，寇雉之翮。一夫入山，能不懾邪？主人於是彷徨彳亍，自晦及朔，馬釋其銜，車柅其軸。鄰有許子實夫暨胡君翽羽並過主人，出《韞光樓印譜》。泥用丹砂，石以花乳。秦章漢璽，靡法不有。主人覩之，喜而亡慍，笑而至矧，而曰：「我思仙公葛洪有訓『古之人入山，佩黄神越章之印。其文一百二十，其廣四寸。去之百步，猛獸莫近。』吾將以子一卷之書，載諸棧車，南涉蘆菰，北躡軍都，卧以爲枕，行以爲符。又何必三皇之文、五岳之圖也哉。」八月初吉，書以爲序，乃裹糗糧出郭門去。

江村銷夏録序

昔之善讀書者，匪直晰其文義音釋而已，其於簡策之尺寸必詳焉。鄭康成曰：《易》、《詩》、《書》、《禮》、《樂》、《春秋》策皆尺二寸，《孝經》謙半之，《論語》八寸策者，三分居一又謙焉。服虔傳《春秋》，稱古文篆書一簡八字，而説《書》者謂每行一十三字。括蒼鮑氏以之定正《武成》，諸暨胡氏以之定正《洪範》。予嘗至太學，摩抄石鼓文，驗其行數，據以駁成都楊氏之作僞。因是而思漢儒訂詁之學，有未可盡非者爾。評書畫者衆矣，廣川董氏病其冗長，其餘又嫌太略。《宣和書畫》僅譜其人及所藏之目。南渡館閣之儲，於金銅玉石，悉識其尺寸，而於書畫無之。蓋昔人心思或有未及，必俟後賢而始大備也。錢唐高詹事退居柘湖，撰《江村銷夏録》三卷，於古人書畫真蹟爲卷、爲軸、爲箋、爲絹，必謹識其尺度廣狹、斷續及印記之多寡，跋尾之先後，而間以己意折衷甄綜之。評書畫者，至此而大備焉。今之作僞者，未嘗不倣尺度爲之，然或割裂跋尾印記，移真者附于僞，而以僞者雜于真。自詹事之書出，稍損益之不可，雖有大駔鉅狡，伎將安施哉？詹事曩在内庭久，御府圖書資以鑒賞者，歷歷猶能記憶，而不著於録，或疑不言温樹之義。然宋之米友仁、元之柯敬仲皆嘗奉詔旨題書畫，每言之不敢詳。此詹事第於退居之暇，先以江村所見録之。書成於康熙三十二年六月，故以「銷夏」名編。予以是年九月作序，印行之頃，實藉以爲負暄之助焉。

日下舊聞序

今之京師，范鎮以爲地博大以爽塏，繩直砥平。梁襄則謂北倚山險，南壓區夏，王業根本，京都之選首。粤自軒轅氏，邑於涿鹿之阿，周以薊封其後，北燕都之，慕容燕又都之，迨至遼曰「南京」，金曰「中都」，元曰「大都」，明曰「北京」。皇朝因之，以統萬國。宫殿井邑之繁麗，倉廩府庫之充實，《詩》所云「四方之極」者也。考唐之幽州，其址半在新城之西。金展其南。元拓其東北。洎徐武寧定北平，毁故都城縮而小之。以昊天、憫忠、延壽、竹林、仙露諸寺皆限於城外，則其所毁不獨光熙、安貞二門而已。及嘉靖築新城，之數寺者復圍於郭内。而梁園以左，南極於魏村，東至於神木之廠，則又曩郊外之地也。若夫元之宫闕，以地度之，當在今安定門北。明初即南城故宫以建燕邸，而非因大都之舊。蓋宫室城市，基凡數易。至琳宫梵舍之建置，沿其舊者十一，更額者十九。故老淪亡，遺書散佚，歷年愈久，陳跡愈不可得而尋矣。彝尊謫居無事，捃拾載籍，及金石遺文，會粹之，分一十三門，曰星土、曰世紀、曰形勝、曰宫室、曰城市、曰郊坰、曰京畿、曰僑治、曰邊障、曰户版、曰風俗、曰物産、曰雜綴，而以《石鼓考》終焉，合四十有二卷。刑部尚書崑山徐公見之，謂其可傳，乃捐貲俾鋟木。計草創於丙寅之夏，録成於丁卯之秋，開雕於冬，迄戊辰九月而竣。中間滲漏，隨覽隨悔，復命兒子昆田以剩義補其闕遺，附於各卷之末。所抄羣書凡千四百餘種，慮觀者莫究其始，必分注於下，非以侈摭采之博也。昔衞正叔嘗纂《禮記集説》矣，其言病世儒勦取前人之説以爲己出，而曰「他人著書惟恐不出於己。予此編惟恐不出於人。」彝尊不敏，竊取正叔之義。至旁及稗官小説、百家二氏之書，或有未足盡信者。世之君子毋以擇焉不精罪我，斯幸矣。

曝書亭著録序

先太傅賜書，乙酉兵後罕有存者。予年十七從婦翁避地六遷，而安度先生九遷，乃定居梅會里。家具率一艘，研北蕭然，無書可讀。及游嶺表歸，閱豫章書肆，買得五箱，藏之滿一櫝。既而客永嘉，時方起《明書》之獄。凡涉明季事者，争相焚棄。比還，問曩所儲書，則并櫝亡之矣。其後，留江都者一年，始稍稍收集。遇故人項氏子，稱有萬卷樓殘帙，畀以二十金購之。時曹侍郎潔躬、徐尚書原一皆就予傳抄，予所好愈篤，凡束修之入悉以買書。及通籍，借抄于史館者有之，借抄于宛平孫氏、無錫秦氏、崑山徐氏、晉江黄氏、錢唐龔氏者有之。主鄉試而南還里門，合計先後所得約三萬卷。先人之手澤或有存焉者。歸田之後，續收四萬餘卷，又上海李君贈二千五百卷，於是擁書八萬卷，足以豪矣。顧其間有借失者，有竊去者，有殘闕者。昔之所有，俄而亡之。其存者，皆予觀其大略者也。予子昆田亦能讀之，杼柚之屢空，庖爨之不給，而哦誦之聲恒徹于户外。蠹字之魚，銜蘁之鼠，漫畫之鳥，不足喻其癖也。蓋將以娱吾老焉。嗚呼！今吾子夭死矣，讀吾書者誰與？夫物不能以久聚，聚者必散，物之理也。吾之書終歸不知何人之手，或什襲珍之，或土苴視之，書之幸不幸，則吾不得而前知矣。池南有亭曰曝書，既曝而藏諸，因著于録。録凡八卷，分八門焉：曰經、曰藝、曰史、曰志、曰子、曰集、曰類、曰説。康熙三十八年涂月，竹垞老人序。

永嘉朱氏紀年總辨序

永嘉先生者，宋平陽布衣朱黼文昭也。陳君舉講學東甌，文昭年相差次，首著録門下。又與葉正則定交，二公出仕，文昭奉母楊躬耕南雁蕩山。君舉謂其屢舉不第而業益修，謝客深居而士益附，續史家之緒，論撰不休。正則美其有賢母教以篇章，書成百卷。又言其獨釣孤耘蜑浦蠻村，蓋遯世之士也。所著《紀年備遺》百卷，正則作序，謂其本《通鑑》、《稽古録》，而以吕雉、王莽、曹丕、武曌、朱温皆削去紀年，義理所會，無偏駮之説，斯長于識者已。今之存者特《三國六朝五代偏安本末》二十八卷、目録四卷。開禧此彤管所當特書者，而府縣志不書，于是乎書。丁卯錦溪吴奐然景仲序之。非足本也。當日文昭母楊年八十有六而終，實教之筆削，見正則挽詩。

熊氏後漢書年表序

范氏《後漢書》無志，梁劉昭序司馬彪《續漢書》八志注之。無表，宋熊方補之。方之《經進表》略曰：「明爻象彖之原，乃可學《易》，識風雅頌之旨，始與言《詩》。總之必有宗，主之各有體。惜東京之再造，痛信史之未成。范曄之志雖精，俄乖素志。劉昭之業未廣，不及表年。懼僞閏之不分，嗟正朔之無統。譬爲山而或虧一簣，效煉石而欲補高天。人異志同，世殊事合。求義例于班固，不減前篇；較興廢于西京，豈慚後作。史册既詳綱目，漢功益更昭明。臣謹集補《後漢年表》十卷，隨表投進。」十卷者：《同姓王侯表》二、《異姓諸侯表》六、《百官表》分上下各二〔一〕。列銜稱「右迪功郎前權澧州司户參軍。」表外兼有序狀，蓋思陵朝所進也。予嘗憾南北國子監本范史，于本紀後雜以司馬氏八志。觀者不察，誤以爲即范氏史，每著書引證，輒指爲《後漢志》云云。是何異以李丙、張甲之性情寄王乙、趙丁之軀體乎？故嘗持論謂：宜離范史于前，而以司馬志附其後，并以熊氏《年表》附之，庶成一代完書。世之學者且以吾言爲迂闊，而莫之行也。

〔一〕「各二」當作「各一」。

長安志圖序

宋敏求撰《長安志》，舊有圖，勒之碑，吕待制大防跋其尾，秦人取以附録于志，謂之《長安故圖》。其後亡之。夫欲周知郡縣廣輪之數，晰其離合，莫圖若矣。周公宅洛，伻來以圖。其建官也，掌以司險、職方氏，而大司徒實總之。漢高入關，酇侯先收圖籍。東京乃設司空輿地圖，三輔宫觀陵廟，明堂辟雍，郊畤苑囿，撰《黄圖》以著其目。晉之洛城，隋之諸州，咸有圖經，又統撰區宇圖地。馬融之言曰：「東西爲廣，南北爲輪，王制東西兩遥一近，南北兩近一遥。」蓋舍圖無以準其數也。元至正初，東明李好文官陝西行臺侍御史，補繪二十有二，分爲三卷。於是神皋、京輦、城郭、市井、溝渠，屈曲面勢，一一可以指識。讀敏求之《志》者，必合是編並觀，而古人之迹庶幾得其十九也已。好文，字惟中，官至翰林學士承旨。預修《宋》、《遼》、《金》史，又撰《太常集禮》、《端本堂經訓》、《大寶龜鑑》。《元史》有傳。

曝書亭序跋卷三

重刊白香山詩集序

詩家好名未有過於唐白傅者，既屬其友元微之排纘《長慶集》矣，而又自編《後集》，爲之序，復爲之記；既以集本付其從子、外孫矣，而又分貯之東林、南禪、聖善、香山諸寺。比於杜元凱《峴山碑》尤汲汲焉。或疑公曠達，不應戚戚於年歲之逾邁，沾沾於官秩之遷除，計禄奉之損益。不知公之進退出處係時事之否泰，恒恐後人論世者不得其詳，故屢見之篇咏，斯則公之微意乎？公集自宋李伯珍刊之吴郡，何友諒刊之忠州，二本均有年譜。其後坊刻雜出，漸失其舊。或以譜非其要，置而不録。迄于今，紕繆轉甚。予友汪君西亭氏憂之，既定其卷次，正其謬譌，因仿國史表補撰《年譜》一卷。書成，鏤板以行。予聞常熟毛氏藏有陳伯玉氏《白文公譜》，假而觀之，則君所編悉與陳氏合。而《海圖屏風》一篇，君力辨非討淮蔡時事，驗之陳《譜》亦同。于是，人皆服君之考證。予乃勸君并刊陳《譜》示諸學者。陳氏有言：維揚李德劭作爲年譜，而不編年，疎略牴牾。今者李氏《譜》亡，而陳氏《譜》復出。與君所撰一經一緯，互相發明，不可謂非斯文之厚幸矣。

朱文公文鈔序

陳同甫言于孝宗曰：「今世之儒士自以爲得正心誠意之學者，皆風痺不知痛癢之人也。舉一世安于君父之讎，方且低頭拱手，高談性命之學，不知何者謂之性命乎？」吾嘗誦其書而悲之。嗟夫！言固可以若是哉？及觀新安朱夫子之文，其《上孝宗封事》感奮激烈，殆有過于同甫之所云者。世之人重夫子以道不以文。覽其文者，或以質直病之，不知夫子之文原本乎道。其闢二氏，崇經術，正人心，皆非得已。孟子曰：「予豈好辯哉？予不得已也。」夫惟不得已而爲文，斯天下之至文矣。孔子筮得賁，愀然有不平之色，而曰：「賁，非君子之所樂也。丹漆不文，白玉不雕，質有餘者，不受飾也。」其夫子之文之謂與？夫子集凡百卷、生徒問答八十卷、《别録》十卷，大約論學之書爲多。而予獨取其有關時事出處者若干篇，蓋非爲學者入德之資，俾後之論文者不以質直病焉。而觀其感奮激烈，彼同甫之書，其不爲夫子言之，亦可信已。

梁谿遺稾序

宋南渡後，以詩齊名者四家。楊廷秀詩所稱「尤蕭范陸」是已。千巖詩學于曾幾吉甫，授之姜夔堯章。當時劉潛夫稱爲誠齋敵手，而方萬里謂其詩苦硬頓挫，而極其工，使不早死，雖誠齋猶出其下。蓋爲詩家矜許若是。顧其詩曾刊于永州，歲久散失。而尤公《梁谿集》五十卷，公之孫藻鋟木新安，焚于兵火。故范、陸詩盛行，而尤公之作流傳者寡。蕭特僅見其數首而已。後之論者遂易之曰尤楊范陸。於是蕭愈湮晦，至有不能舉其姓氏者。翰林檢討西堂先生向自梁谿徙吳，實文簡裔孫，慮公之詩文罕傳于世，乃抄撮其僅存者爲二卷，鏤板行之，屬其同年友秀水朱彝尊爲之序。予因摭其大略，書之簡端。蕭，西江人，諱德藻，字東夫，別字千巖。《咏梅絶句》有云：「湘妃危立凍蛟背，海月冷挂珊瑚枝。」又云：「百千年蘚著枯樹，一兩點花供老枝。」造句奇崛，洵足與文簡公「梁谿一曲小橋東」之作並傳者也。

信天巢遺稾序

瀛鄚之間，有水禽焉。其一漫畫，掠魚鰕、啄沙草不休。其一信天緣，凝立水際，魚過則食之，無魚亦不易地。之二禽者，其得飽恒均也。宋處士菊磵高先生嘗以信天巢名其居。先生高尚不仕，以詩聞于時。卒葬之葛嶺。今翰林侍讀學士正公實先生裔孫，求遺詩于宗祠，所存無幾。繼借得宋本，則臨安府陳解元書籍舖刊行者，凡百餘篇，合以他書所采，鏤諸棗木。當宋嘉定間，東南詩人集于臨安，茶寮酒市，多所題咏。于是書坊取南渡後江湖之士以詩馳譽者，刊爲《江湖集》。至寶慶初，李知孝爲言官，見之彈事。于是劉克莊潛夫、敖陶孫器之、趙師秀紫芝、曾極景建、周文璞晉仙，一時同獲罪，而刊詩陳起亦不免焉。今宋本先生詩殆即《江湖集》中之一。而陳解元者，起也。方諸君子游咏，先生虎視其間。迨夫獲罪，則超然議論之外。今其事且五百年，諸君子之詩或傳或否，求其斷楮零墨，不可得。惟先生丘墓獨存，宗祠不改，又有賢子孫顯于朝，俾詩篇復著于世，然則先生其有隱德而致此者邪？誦其詩，可以感矣。

十家宫詞序

宫詞不著録于隋唐《經籍》、唐宋《藝文志》。惟陳氏《書録解題》有《三家宫詞》三卷，唐陜州司馬王建、蜀花蕊夫人、宋丞相王珪作也。又《五家宫詞》五卷，石晉宰相和凝、宋學士宋白、中大夫張公庠、直祕閣周彦質及王珪之子仲修五人詩各百首，馬氏《通考》取焉。上元倪檢討闇公得《十家宫詞》于肆中，益以《宣和御製》三卷，胡偉《絶句》一卷，蓋猶是宋時雕本。予見而亟録其副。會山東布政司參議胡君茨村以轉運至潞河，屬其復鋟諸木。鋟未竟，而闇公没于官。其仲子亦夭，求宋本不再得。藉胡君之力，而是書以存，誠厚幸也。鄱陽洪伋稱宫詞古無有，至唐人始爲之，不知《周南》十一篇皆以寫宫壼之情，即謂之宫詞也，奚而不可？然則《雞鳴》，齊之宫詞也。《柏舟》、《緑衣》、《燕燕》、《日月》、《終風》、《泉水》、《君子偕老》、《載馳》、《碩人》、《竹竿》、《河廣》，邶、鄘、衛之宫詞也。下而秦之《壽人》、漢之《安世》、隋之《地厚天高》，皆房中之樂。凡此其宫詞所自始乎？闇公嘗言之矣：「花蕊，春女之思也，可以怨。王建而下，詞人之賦也，可以觀。至道君以天子自爲之，風人之旨遠矣。」可謂善言詩者也。闇公没已二年，胡君持母喪，還京師，鏤板歸于予所，乃序其本末而印行之。

樂府補題序

《樂府補題》一卷，常熟吴氏抄白本，休寧汪氏購之長興藏書家。予愛而亟録之，攜至京師。宜興蔣京少好倚聲爲長短句，讀之賞激不已，遂鏤板以傳。按：集中作者，唐玉潛氏，以攢宫改殯，義聲著聞。

周公謹氏，寓居西吳，自稱弁陽老人，而《武林遺事》題曰「泗水潛夫」者，《研北雜志》謂即公謹。仇仁近氏，詩載《月泉吟社》中。張叔夏氏，詞序謂鄭所南氏作。王聖與氏，先叔夏卒。叔夏爲題集，繹其詞，殆嘗仕宋爲翰林。其餘雖無行事可考，大率皆宋末隱君子也。誦其詞可以觀志意所存，雖有山林友朋之娱，而身世之感，别有淒然言外者。其騷人《橘頌》之遺音乎？度諸君子在當日唱和之篇必不止此，亦必有序以志歲月。惜今皆逸矣，幸而是編僅存，不爲蟫蝕鼠齧。經四百年，藉二子之功，復流播於世。詞章之傳，蓋亦有數焉。

白蘭谷天籟集序

明寧獻王權譜元人曲，作者凡一百八十有七人。白仁甫居第三，雖次東籬、小山之下，而喻之鵬摶九霄，其矜許也至矣。予少時避兵練浦村舍，無書，覽金元院本，心賞仁甫《秋夜梧桐雨》劇，以爲出關、鄭之上。及纂唐宋元樂章爲《詞綜》一編，憾未得仁甫之作，意世無復有儲藏者。康熙庚辰八月之望，六安楊秀才希洛千里造予，袖中出蘭谷《天籟集》，則仁甫之詞也。前有王尚書子勉序，述仁甫家世本末頗詳。始知仁甫名樸，又字太素，爲樞判寓齋之子。後有洪武中助教江陰孫大雅序，及安丘教諭松江曹安贊。予因考元人諸集，則匪獨遺山元氏與樞判衿契，若秋澗王氏、雪樓程氏，皆有與白氏父子往來贈送之詩。蓋寓齋子三人，仁甫仲氏也，其伯、叔，則誠甫、敬甫。敬甫，官江西理問，雪樓送其之官，有「思君還讀寓齋詩」之句。此亦敬甫昆友之父執矣。白氏于明初由姑孰徙六安，希洛得之于其裔孫某。將鋟木以行，屬予正其誤，乃析爲二卷，序其端。

放膽詩序

言志之謂詩，永言之謂歌。未有長言不足而能使人咏歎、蹈舞之不倦者，此吾友青壇吳御史《放膽集》所由編也。膽也者，六腑之精，是曰中池。萬慮之斷決，胥此出焉。人有恒言，心欲大，膽欲小。唯《詩》不然，風有《七月》、《東山》，雅有《楚茨》、《信南山》、《甫田》、《大田》，頌有《載芟》、《良耜》。言之長者，籥章掌之。以逆寒暑，以祈年，以樂田畯，以息老物。漢則《古詩爲焦仲卿妻作》、《陌上桑》爲秦羅敷作。韋孟父子《諷諫》自劾之篇、蔡琰《悲憤》之章，其辭不厭其多，皆放膽爲之者也。六朝代降，志微滌濫之音作，而發揚蹈厲之志寡矣。唐人取士，拘以格律。至李、杜、韓三家始極其變。由是劉叉、李賀、盧仝、馬異輩從而馳騁，極乎天而蟠乎地。叉之言曰：「詩膽大如天。」殆信然邪。其不及宋何也？則青壇不欲誤天下後世之學詩者也。今夫膽，勇怯之不齊，熱者毛焦，虧者爪乾，竭者髮枯，薄者易驚，病者善太息。蓋雖欲放而不能。善醫者何以治之？犀株也，火鈴也，沃以三斗之酒也，俾觀是集焉可矣。

感舊集序

見新而遺舊者，人之情也。然時方日趨于新，未必盡愜吾意，所存往往不若出于舊者之無敝。則新者反陳，而舊者祇覺其可慕焉。彝尊兒時見先王父母治酒食，燕賓客，瓷盌多宣德、成化款識，近亦嘉靖年物。酒杯則畫芳草鬭雞其上，謂之雞缸。若萬曆窑所製，至或下勞傔從，見聞所習，無足異也。既遭兵火，往時之梧棬盡失。而景德鎮近日瓷盌頗極精巧，或謂可勝曩昔，惟有識者輒以爲不然。蓋嘗以月之朔望觀于京師慈仁寺，比日中，天下之貨咸集。貴人入市，見陳瓷盌，争視之。萬曆窯一器索白金數兩，而宣德、成化款識者倍蓰焉。至于雞缸，非白金五鎰市之不可。有力者購之不少惜，既得之，惟有咨嗟歎賞而已。是可取以喻天下之才焉。少日所見先人執友，往來譚藝，每多博通六經、二十一史。及年二十餘，識海内知名士，叩其學，年齒均者，恒不若父事兄事之人。今年且半百，歷游燕晉、齊魯，吴楚、閩粤之交，覺後生可畏而不足畏。轉戀舊游，則唱和之篇，贈酬之作，蓋已零落無存矣。新城王先生阮亭，以詩名天下久，其交友較予尤廣，感時懷舊，輯平生故人詩，存没兼録，凡五百餘首，而以哲昆考功終焉。入是集者，山澤憔悴之士居多，故皆予舊識。其詩或往日所見，謂爲無足異，兹諷咏之而信其可傳，傳之更久，後之咨嗟歎賞宜如何矣。或曰：先生仕爲郎，一時巖廊、翰苑、朝會、燕喜、應制、投贈之作，咸樂得先生甄綜之，顧寥寥數人外，多置而不收。何居曰獨不覩夫市瓷盌者邪？黄者、縹者、碧者、百子圖者、龍文五采者，皆昔日皇居帝室之所尚也，而有識者莫或顧焉。然則先生亦取夫芳草鬭雞之酒缸，足以傳乎後斯已爾。

清風集序

武進毛子霞集海内詞人投贈之作，題曰《清風集》，刻之太原。其友秀水朱彝尊序之曰：自采風廢于太師，《詩》之爲教，世儒鄙爲小技，輟置不録。故魏晉而降，傳者率多學士大夫從游應詔之作。至窮閻漏屋之士，蓋千百而存其十一焉。其或藉友朋之蒐輯，往往得附見于世，若今所傳《篋中》諸集是已。五常之目，君臣、父子、兄弟、夫婦四者皆命之自天，一定而不可强，獨朋友之交，取之在我。逢時利達，既可致攬環結綬之好，即不遇于時，偃蹇失志，而擔簦戴笠、賣漿鼓刀、擊筑之徒，意氣相洽，反或過焉。蓋自少壯以至頹老，自鄰比鄉曲，以達天壤，山林、朝市，恣其所求，而不爲之限。故言天下之至樂，莫朋友若也。雖然，人之聚散無常，死生契闊有非吾意之所期者。《頍弁》之詩既見，君子方當悦懌之時，乃曰："死喪無日，無幾相見。"而申伯之入謝，仲山甫之徂齊，則得吉甫之詩以爲榮。信夫嘉會之不可數得，而同心之言，尤古人所重也。予寄跡草野，高堂違魚菽之歡，兄弟有鶺鴒之痛，入門則婦子交讁不休，舉四者之樂，無一得焉。惟是奔走道路，通都廣邑，山砠水涯，獲從賢豪長者之後，琴歌酒坐。記憶平生相知贈酬之作，略與子霞相等，而比年以來，零落過半，追思往事，恍若夢寐。求其斷楮遺墨，或邈不可得，然後知子霞是編爲不可廢也。子霞長予更一十七年，自閩粤江楚以達于晉，其舊游之感宜有甚于予者。聞予之言，得毋有愴然不能自已者乎。

明詩綜序

合洪武迄崇禎詩，甄綜之。上自帝后，近而宫壺宗潢，遠而蕃服，旁及婦寺僧尼道流，幽索之鬼神，下徵諸謡諺，入選者三千四百餘家。或因詩而存其人，或因人而存其詩。間綴以詩話，述其本事，期不失作者之旨。明命既訖，死封疆之臣，亡國之大夫，黨錮之士，暨遺民之在野者，概著于録焉。析爲百卷，庶幾成一代之書。竊取國史之義，俾覽者可以明夫得失之故矣。

高太常嗇菴遺稾序

建文壬午，靖難師入自金川門。文學博士方先生孝孺以下，死者不可勝記。吾鄉之殉國者，有若程先生本立、姚先生瑄、楊先生任，而太常少卿高先生遜志潔身，去其官，走永嘉山中，是秋窮餓以死。其門人翰林侍書同里蔣先生兢斂而葬之芙蓉峰北。野史所載盛庸兵敗自經者，誤也。予嘗游永嘉，登華壇、青嶂諸山，遥望所謂芙蓉峰者，丰容窈窕，出没林表，思遂攬龍湫雁宕之勝，并求先生之墓拜焉。而寒蕪秋兔，山蹊盡塞，訪之蕘夫樵豎而不可得矣。嗚呼！遜國之際，蓋難言之。當方先生杖縗絰入見，文皇謂曰：「此朕家事。」其然哉。殆于易姓則有間矣。人臣之義，君存與存，君亡與亡。當日舊君尚存，援兵未解，事變猶不可測。至姚善、王璡之師不克舉，天下事始大定矣。此先生拊心嘔血，不欲久存也。若先生者其不失古人臣之義歟？先生所著有《辛丑集》，今佚不傳。其十世孫佑釲收輯其詩文，爲《嗇菴遺稾》二卷，鏤板傳之，屬序于予者。以予考先生本末獨詳，異夫世之捃摭失真者也。

遜志齋文鈔序

《孟子》曰：「盡信《書》，則不如無《書》。吾于《武成》取二三策而已矣。」自昔帝王廢興之際，志節之士與事功之臣所操各殊。彼見殺身成仁之難，往往高談受命之符，借人主刑賞之權，以怵天下後世，明己之全軀，出于不獲已。蓋舊史之文多有失其實者。當文皇帝靖難師入寧海，方公首以縗絰見，悲憤激烈，寧斷其舌，赤其族，不肯少屈。史氏猶誣其叩頭以乞餘生，況其他哉？而傳者又載公有「十族奈何」之言。由是，文皇并其門人故友戮之，死者凡八百餘人。自古忠臣被禍之慘，未有甚于公者。然嘗考公少以文見知于宋文憲公、王文忠公及鄭貞孝先生。故文憲之子仲珩，忠文之子孟緼、仲縉，貞孝之子叔度皆與公交莫逆。而叔度之弟叔美、叔端，仲縉之子叔豐俱受學于公。自公既死，朝廷嚴文字之禁，而鄭氏所緝凡四五册，餘皆叔豐補完之，公之文卒賴以傳。然則諸君子或爲公友，或在公之門，當日咸不及于難。吾是以知合門人故友爲十族之説，亦傳之者過也。宣德以還，文字之禁漸弛，公文始顯行于世。其閎深博大，駸駸乎馳逐昌黎、眉山之間。至其談理之文，淵懿醇正，雖淳熙諸儒不是過。予嘗以爲文行如公，宜從祀孔子之庭。而萬曆初，詔復建文年號。其時在廷之臣無有以是請于上者，可歎也。嗚呼！革除之事，傳失其真，不可盡信者多矣。若《刑賞録》所載：茅大芳妻死，命之飼犬。王言若是，又豈臣子所當道哉？此則孟子之所不取也。

王文成公文鈔序

由孔子而前，爲之君師者，聖人繼起。由孔子而後，逾千載無有焉。豈千載之人無一可入聖人之域者哉？則儒者之過也。夫伯夷之隘，柳下惠之不恭，孟氏以爲君子不由。至論聖人，則以百世之師歸之。蓋生民以來，未有盛于孔子。其餘爲清爲任爲和，道之至者，統謂之聖。後世儒者之論，務求其全，世無孔子，千載無一聖人焉宜也。荀卿、揚雄吾無論矣。唐之韓愈明聖人之學于舉世不講之時，儒者猶訾之不已，以爲守道不篤，致有大顛往來之書。自昔言虚無清浄者，宗老氏。言神仙者，首萇弘。而孔子或問以禮，或問以樂。彼潮州之書果足爲韓子玷與？嗚呼！大道之不明，釋老之言充塞乎天下。幸而有講聖賢之學者，其門人弟子同異之辨，復紛呶不置，舉同室之人，日事争鬬，我道無全，人無惑乎？異學之日盛矣。文成王先生揭良知之學，投荒裔，禦大敵，平大難，文章卓然成一家之言。傳所稱三不朽者，蓋兼有之。世儒講學率寓之空言，先生則見諸行事者也。議者或肆詆諆，謂近于禪學。夫棄去人倫事物之常，而謂之學者，禪也。使禪之學能發于事業，又何病乎禪也邪？因輯其文之尤者若干篇，以示同好。

喬御史讀書劄記序

先太傅文恪公充天啓二年會試總裁官。是科中式者四百人，得人最盛，寶應喬公與焉。公自中書科舍人擢監察御史。兵後築室柘溪之陽，田衣山屐不入城府。年八十，有雙白鶴降于庭東南，隱居之彦咸賦詩記其事。叔子中書舍人曰萊，字子静，與彝尊定交京師，世好彌篤。歲在癸丑，中書君以省公歸，彝尊送之宣武門右，期以南還時一謁公。比予歸，再游京師，道出寶應，則公已逝。既而，中書君同官江都汪君季用攜公《讀書劄記》二卷，述中書君之言，屬爲序。彝尊不敢辭。竊嘗汎觀今昔講學之儒，多輕視夫出處之際，問之則曰：吾將行吾道也。迨既致通顯，初未有兼善天下之效，卒之或并不能獨善其身。蓋枉己未有直人者，必患得患失之心盡去，出處進退毅然不苟，然後可以言學也。公之學，一主乎敬，而又審夫進退出處。其立論藹然，不事詆訶排擊。遇紛綸同異之辨，微折其非，顯歸于正。由其養之有素，而出之有本，故能遯世無悶，老而益勤。惟其獨善，斯可兼善天下後世者與！彝尊總角時，公奉命巡按浙江。既入境，屬吏伏謁道左。公首問先太傅第宅所在。吏以鍾秀坊對。旌蓋闐于藉袈之橋，公自巷左舍車，徒行百步入，自門升階，肅衣冠拜祠下。復坦步，出巷之右，乃登車，鼓吹導以行。鄉之父老至今能道之。則是公之平生蓋無時不敬，非至暮年講學始然也。汪君聞之，瞿然曰：是宜并書之，可以愧弟子之不敬其先師者。

黄先生遺文序

君子之學，一于誠而已。以之治心而心正，以之决事而事無可疑。察乎幾微禍福之萌，信諸進退出處死生之際。孔子曰：「篤信好學，守死善道。」夫惟誠立乎中，斯毅然有不可奪之節，蒙難不失其正，順道而死。蓋雖圭璧析于前而不顧，刀鋸鼎鑊懲于後而視之若無物也。齊之虞人招以旌不往，孔子取之，孟氏以爲枉己未有能直人者，則聖人之所守可知已。接淅而去齊，不税冕而去魯。是豈肯應公山不狃、佛肸之召者。故曰可以止則止，可以處而處，孔子也。顧後世躁進若揚雄之徒，每援聖人以自文其過，其進也不以禮，其禄也非其道，幾微禍福之不明，進退出處死生之未能信。善道之謂何？無他，誠未立于中，宜所守之易奪矣。嘉定黄先生諱淳耀，字藴生，别字陶菴，平居講聖賢之學，躬行而不倦。崇禎十六年秋賜進士出身，未授官，歸。越二年，殉難以死。同里門人陸元輔輯其詩若干卷，雕刻行之。又搜其遺文僅四十餘首，藏之笥。元輔請彝尊序。受而讀之，其言和以舒，其析理也審以辨，其援據經史，博而不誣，所謂「修辭立其誠」者非與？于是先生之没三十年矣，誦其文恍若覿其容，而聆其謦欬。信夫有道之言之入人深也。嗚呼！以先生大節如彼，其學業文章又如此，宜其于人少可而多怪。今觀集中論學書，絶去儒者黨同伐異之習，是尤恒人之所難能也。講學莫盛于宋，然汴京、臨安之陷，道學諸臣以身殉國者不數見。至于明，死靖難，則有若方公孝孺，死閹禍，則有若高公攀龍；而山陰劉公宗周、漳浦黄公道周與先生後先自靖，咸以道學兼忠節，即宋儒有未逮焉。而元輔以兵戈俶擾之餘，能集其師之遺文，俾無失墜，亦可謂篤信之君子已。

天愚山人詩集序

詩以言志，誦其詩可以知其志矣。顧有幽憂隱痛不能自明，漫託之風雲月露、美人芳草，以遣其無聊，則既非志之所存，而工拙亦在文字之外。後之人欲想見其爲人，得其么篇短韻，相與傳而寶之。洵乎誦其詩，尤必論其世也。定海謝先生以崇禎丙子舉于鄉，丁丑成進士，出漳浦黄公之門。歷南安府推官。明運既移，伏處海澨，寄情詩酒者垂二十年。一歌一咏大抵皆排愁遣日之作，非如世之詩人句鍛字鍊以求工者也。嗚呼！先生以有用之材，不竟其志。遭逢國難，君臣師友之痛，惄焉自傷，不敢以告人。于是陶情麴蘖，籬畔行吟，觀其自序，以爲乘物以游心，託不得已以應世，其亦可悲也已。從來易姓之際，孤臣節士不見載于朝野史者，何可勝數？其偶然著述，或隱姓名，或僅書甲子。如今所傳亡宋遺民《天地間集》、《月泉吟社》、《谷音》之類是已，是皆不必其詞之工以爲重。況先生之詩，聯篇累卷，有不傳于後乎？

鄞縣萬先生履安，亦丙子榜鄉貢進士，甲申後與先生偕隱，分授其子經史，詩筆之富不減先生，聞其孫開雕有日，將與先生並傳。庶幾比于謝翱、吴渭、杜本所録，可以觀矣。先生諱泰宗，字時望，自號天愚山人。

王築夫白田集序

文章之敝，患在亟見其才。亟見其才者，其學有未充也。善文者足以達其辭而已。易曰「修辭立其誠」，故惟充實而後，光輝乃見。義之至，則辭無不工。彼意在求工，而後爲之，誠之不立，雖屢變其體以眩于人，吾見其僞焉耳矣。夫太常之樂不在悦耳，聽之者恐臥，然以奏之圜丘方丘，則天神土示可得而致。若夫跳丸鋋索，掉險竿，諠鼓笛，一時視聽鮮不惑焉。試之再三，則索然意盡。無他，出之也僞。斯其聲餤易滅也。長安王築夫學古文四十年，立言淳質，若惟恐其辭之工者。由是與時迕，老而益窮。其言曰：「今之爲古文者，僞而已，予惟去其僞焉，工拙非所計也。」嗟乎！文章之道豈有外于是哉？如築夫者可謂有才而不亟于自見也矣。吾故序之，以見姦聲獿雜之際猶有能道古者。

屠東蒙詩集序

予友周篔青士以布衣稱詩，樂于取友，故老遺民交相酬和，下至褏屐子弟，沙彌道童，皆願從之游。每入市，語笑詼嘲，衣袖牽拂。人或訕其道廣，然中心好之者祇十數人，而屠處士東蒙其一也。東蒙少補學官弟子，兵後棄去。躬耕于郊野，自食其力，口不言貧。漢魏塘之交有寺曰「白蓮」，其東偏曰「橘鶴樓」，暇則鼓枻曳杖以登。青士恒與期，又方外大燈亦能作韻語，三人往來靡間，飯冬舂，烹菽乳。大燈年老而聾，則相對畫紙，詩成撫掌，或留連信宿不去。既而青士客死淮北，東蒙愴怳不自釋，未幾以疾卒。又數年，大燈亦死。大燈嗣法天界，詩當附語録中。青士詩最繁富，身後不盡存。有子旼抄撮成集，刊之福州。東蒙二子悉治農務，其甥胡典爲之鏤板行焉，而屬其友徐令堅仲請予作序，五返而益勤。予雖未交東蒙，然聞之青士，其于行也，不疾時，其于辭也，必拔俗。蓋音合乎天籟，而義本乎國風者已。曩者會稽楊廉夫、錢唐錢思復、華亭陸宅之三高士者，太守林孟善合葬之于山東麓。今三人之葬不同，而詩則同傳于世。後之論世者，覽予之文，庶幾有考也夫。東蒙，諱廷楫。大燈，字同岑。

九歌草堂詩集序

王者之迹熄，而詩亡。非詩亡也。古者太師陳詩以觀民風，《記》曰：「詩言其志也。」又曰：「志之所至，詩亦至焉。」王迹熄，而列國之風不陳于太師矣。詩之所由亡，不因民志之日以亂敷。《騷》也者，繼《詩》而言志者也。彼其疾世俗，則曰：「寧溘死以流亡，哀南夷之莫知。」「下女可詒」，則曰：「及少康之未家，恐高辛之先我。」其思也，近于淫。其怨誹也，幾于怒。而劉安、司馬遷謂其志潔，其行廉，其稱物芳，兼《國風》、《小雅》之義，可以争光日月。是豈僅稱其文字之工哉？亦推其志焉爾矣。予友屈翁山爲三閭大夫之裔，其所爲詩多愴怳之言，皭然自拔于塵壒之表。蓋自二十年來煩冤沉菀，至逃于佛老之門，復自悔而歸于儒。辭鄉土，跡塞上，走馬射生，縱博飲酒，其儻蕩不羈，往往爲世俗所嘲笑者，予以爲皆合乎三閭之志者也。嗟夫！三閭悼楚之將亡，不欲自同於混濁。其歷九州，去故都，登高望遠，游仙思美人之辭，僅寄之空言。而翁山自荆楚、吳越、燕齊、秦晉之鄉，遺墟廢壘，靡不擥涕過之，其憔悴枯槁，宜有甚焉者也。然三閭當日方歎恨國人之莫知，今海内之士無不知有翁山者，則所遇又各有幸不幸焉。嗚呼！難言矣，翁山歸自雁門，將築室南海之濱，題曰「九歌草堂」，而先以名其詩集。予與翁山相遇南海，嗣是往來吳越，十年之間，凡所與詩歌酒讌者，今已零落殆盡，至竄于國殤山鬼之林，散棄原埜。翁山弔以幽渺悽戾之音，髣髴乎《九歌》之旨。世徒歎其文字之工，而不知其志之可憫也。予故序之，以告後之君子誦翁山之詩者，當推其志焉。

荇谿詩集序

予年十七，避兵夏墓，始學爲詩。既而徙練浦之南，再徙梅會里。見當代詩家傳習景陵鍾氏、譚氏之學，心竊非之，以爲直亡國之音爾。客或勸讀楊伯謙、高廷禮、李于鱗選本，諷其音若琴瑟之專一，未見其全美焉。于是荇谿處士授徒里之西，與之論詩，則上取蕭統、徐陵所録，旁及于左克明、郭茂倩之書。故其長歌短詠，音節靡不合古。因日相酬和，所作漸多。東南隱君子翕然稱吾里同調之盛。而予舟車南北，突不暇黔。于游歷之地，覽觀風尚，往往情爲所移。一變而爲騷誦，再變而爲關塞之音，三變而吳儈相雜，四變而爲應制之體，五變而成放歌，六變而作漁師田父之語，訖未成一家言。處士亦嘗遠游，能不爲風氣所移，獨循其舊格，以和平之響奏于羣音繁會之日。信夫，有君子之守也已。今之效蘇、黃、楊、陸之體者，見苻谿詩且置之不顧，然而不可廢也。風氣之變易，無異四序之迭運，五子之推遷，宋元之音消歇，勢必復以六代三唐人爲歸。則苻谿一編，正將來之所取式者也。處士，初名永謀，字天自，更名泳，字于野，又號潛。初居苻谿上，近亦移家梅會里。

曝書亭序跋卷四

王禮部詩序

彝尊幼而學詩，竊願望見作者之林。甲申以後，屏居田野，不求自見于當世。顧思得海内善詩之家，其辭之工可以出入風雅，必傳于後無疑者，而與之游，庶幾或附之以傳焉。蓋自十餘年來，南浮湞桂，東達汶濟，西北極于汾晉雲朔之間，其所交類皆幽憂失志之士。誦其歌詩，往往憤時嫉俗，多離騷變雅之體，則其辭雖工，世莫或傳焉。其達而仕者又多困于判牘，未暇就必傳之業，間或肆志風雅，率求名位相埒者互爲標榜，不復商榷于布衣之賤。信夫傳者之難其人，而欲附之以傳者又難也。今年秋，遇新城王先生貽上于京師，與予論詩人流别，其旨悉合。示以贈予一章，蓋交深于把臂之前，而情洽于布衣之好。先生之于詩，洵乎其辭之工矣。爰出壬寅以後所作，雕刻行之，而屬予爲序。予惟四始之義，言之一國爲風，言之天下爲雅。方先生成進士，而官揚州也，其于《秋柳》寄情之篇，《香匳》唱和之集，與夫《歲暮懷人》之作，吟咏情性，一皆風人之遺。今入爲禮部，頻年以來，行邁之光華，山川之游歷，兄弟之急難，而不失其愛。朋友之宴樂，而勞之以言，非所謂出乎風而入乎雅者與？然則先生之詩其必傳于後無疑，而予之欲附以傳者，不可謂無其人矣。《伐木》之詩曰：「嚶其鳴矣，求其友聲。」夫鳴鳥既遷于喬木，而必下呼其友。先生之交游滿天下，顧獨有取予之一言，是亦小雅之義也。

錢舍人詩序

緣情以爲詩，詩之所由作，其情之不容已者乎。夫其感春而思，遇秋而悲，蘊于中者深，斯出之也善。長言之不見其多，約言之不見其不足。情之摯者，詩未有不工者也。後之稱詩者或漫無所感于中，取古人之聲律字句而規仿之，必求其合。好奇之士，則又務離乎古人，以自鳴其異。均之爲詩，未有無情之言可以傳後者也。惟本乎自得者，其詩乃可傳焉。蓋古人多矣，吾辭之工者未有不合乎古人，非先求合古人而後工也。中書舍人華亭錢君芳標，字葆馚，于學無不博，尤工于詩。集平居所作，鏤板以行，而屬予爲序。予反覆誦之，其辭雅以醇，其志廉以潔，其言情也，綺麗而不佻。信夫情之摯，而一本乎自得者歟。華亭自陳先生子龍倡爲華縟之體，海内稱焉。二十年來，鄉曲效之者，往往模其形似而遺其神明。善言詩者，從而厭薄之，以爲不足傳。由其言之無情而非自得者也。若君者，庶其可傳于後矣。爲之序，豈惟以質之君，將俟後之覽君詩者，亦或有取于予言云爾。

程職方詩集序

《詩》三百五篇，自周、召而下，作者名氏多不傳。見于序者衞之武公、召穆公、凡伯、芮伯、蘇公、家父、寺人孟子，率皆憂讒刺時之言，而和平之音恒寡。仍叔之于周，史克之于魯，僅有頌美其君之辭，而未言其志。故詩之盛無若尹吉甫，彼其人既有文武之才，而又樂于取友。韓侯、申伯、召伯、仲山甫、張仲，咸與同志，來歸有飲御之懽，出祖有贈行之作，人得其言以爲重，己亦不讓其美，讀《崧高》、《烝民》之卒章，君子未謂其言之夸也。職方郎中南海程君周量好爲歌詩，與予定交嶺表，中間聚散一十五年。每一相見，輒出其新詩累百。蓋凡名公卿庶寀，下至布衣糾屨之士，留京師者飲食燕游贈送靡不有詩，益以懷友感舊之篇。歲既久，編爲《海日堂集》若干卷，其音和以舒，其志廉以達。覽君詩者，咸歎其辭之工，而不覺其多。殆詩所云「其風肆好」者已。南海多騷雅之士，其尤傑出者處士屈大均翁山、陳恭尹元孝，其進退出處不同，而君皆與交莫逆。三君子者，其詩並傳于後無疑，吾因是憾張仲之無文，而笑吉甫之寡和也。

葉指揮詩序

《王制》「九州千七百七十三國」，「諸侯之附庸不與」。然得列于《詩》者，自二南、豳及王風外僅十有一國而已。夫以邶、鄘、曹、檜之微，不遺輶軒之采，況疆域之大焉者乎？彼其國人豈無感于心而宣于言，永歌嗟歎以賦其事？然皆置而不陳，何也？傳曰：「若以水濟水，誰能食之？琴瑟之専一，誰能聽之？」殆或所操類鄰國之音，所沿者前人體製，則言不由中，膠固而不知變，變而不能成方，斯則可以無取。司馬遷謂：「古詩三千餘篇，孔子去其重複，取三百有五。」其信矣。夫自後變而爲騷，爲樂府，爲五言，爲七言，爲六言，爲律，爲長律，爲絶句，降而爲詞，爲北曲，爲南曲。作之者恒慮其同則變，變而其體已窮，則不得不復趨于古。譬之治金者必異其齊，改煎而不耗，斯其爲器新而無窮敝，盡而無惡。故正考父、奚斯之頌不同乎周，景差、宋玉之辭不同乎屈平，孟郊、劉叉、盧仝、李賀詩不必盡學退之，張、晁、秦、黃詞不必盡師蘇氏，此其人皆以雷同勦説爲恥。視其力之所變，莫肯附和。不知者斤斤操葭黍、圭臬以繩其非，是欲其派出于一，毋乃謬論歟？三十年來，海内談詩者每過于規仿古人，又或隨聲逐影，趨當世之好，于是已之性情汩焉不出。惟吾里之詩，影響雖合，取而繹之，則人各一家。作者不期其同，論者不斥其異，不爲風會所移，附入四方之流派。惜夫工之者，類多山澤憔悴之士，不汲汲于名譽，或不能盡傳，又或傳之不遠，則一人之言無以風天下。歲在丙辰，遇葉君井叔于京師，誦其詩，清而婉，麗而不靡，戍削而無刻劃之迹。至于友朋山水之好，流連唱歎而不已，庶幾發乎情，止于禮義，可以化下而風上者與。君前知登封縣事，入爲西城兵馬司指揮，與尚書郎以下善詩者九人，合刻其集以行。比而觀之，若金錫之各異，其齊不同夫琴瑟之專一，可謂善變古人者矣。君雖家于楚，實予里人也。乃爲序之，以質當世論詩之君子。

丁武選詩集序

閩自十才子以詩名，而高廷禮集唐人之作，别其源流，嚴其聲格，若圭景、籥黍之無爽。當是時，吴有北郭十子，粤有南園五先生，名譽實相頡頏。其後吴中之詩屢變，而閩、粤獨未之改。梁公實名列七子，詩猶循南園遺調。鄭繼之規法李獻吉曹能始，與景陵二子游，唱和甚密。今讀其詩，所操蓋依然土風也。三十年來，海内譚詩者知嫉景陵邪説，顧仍取法于廷禮，比復厭唐人之規幅，争以宋爲師。夫惟博觀漢魏六代之詩，然後可以言唐。學唐人而具體，然後可以言宋。彼目不覩全唐人之詩，輒隨響附影，未知正而先言變，高詡宋人，詆唐爲不足師，必曰離之始工，吾未信其持論之平也。武選郎中晉江丁君雁水，分司通惠之河，暇彙其所作，爲《問山集》。讀其詩，直者不伉，綺者不靡，約言之而可思，長言之而可歌，斯善學唐人者矣。今夫離支之爲樹，相其柯葉，無以大異于凡木也。當其薰風被、朱實垂，問其種以百數，雖下者亦可敵四方之珍果焉。況夫凝冰挂綠，種之尤美者乎？顧吳越誇以楊梅，燕齊誇以頻婆之果，閩粵之知味者將笑而不應，則以中有所得，自不遷于所好也。君之于詩，既自得之，假有操宋人之流派，欲君盡變其土風，吾知君有所不屑已。

秋水集序

錫山之泉，居水品第二，自揚子中泠水莫得其真，而衆水皆出是泉之下。縣治萬家，負郭之廛相比。富者飾樓榭亭池以恣游衍。士雖貧，山茨水檻，亦必有竹樹交映。清江淡沲，演漾門户之外。其人多簡秀自好，所爲詩文每以真意取勝，無淩厲叫喿之習。信夫山水之足以益人情性也！處士嚴蓀友生于其鄉，以工詩聞，書畫兼臻其妙。來游京師，公卿薦紳争爲矜譽。予特愛其古文辭，澹然而平，盎然而和，雍容紆裕而不迫，庶幾可入古人之域。視世之鏤琢字句，以眩人耳目者遠矣。蓀友聞予言，欿然不足，既而曰：「子曷爲我序之？」曰：「子之以秋水名集也，何所取諸？取諸有源也與？」源之見于地也，下則湧而爲濫，上則懸而爲沃。仄者氿，旋者過辨。順道而行，空明而不滯。小波淪，大波瀾。石激之而鳴，風盪之而怒。雷霆車馬，神物怳忽，水豈有意爲奇變哉？決之，不得不趨，鼓之，不得不作，亦隨所遇而已。文之有源者，無畔于經，無窒于理，本乎自得，抒中心所欲言。固不在襲古人以求同，離古人以自異也。蓀友其可與言文也矣。譬諸水近乎海則鹹，近乎鹵則苦。甘者爲醴，濁者爲醪，火可以然，而湯可以浴，夫人皆能辨之。至投以茗荈，別其上下，析及苗髮之微，則必山林寂寞之士若陸羽者而後知之。蓀友無取乎公卿薦紳之言，獨命予爲序，其有意也夫。

方編修錦官集序

自一命吏至三九之列，之官上計，持使節宣詔命，告祠名山大川，置郵乘傳，必計道里之數，立嚴程限之。雖有巖壑、文酒之樂，不遑燕嬉，少或濡滯，則慮風雨水潦冰雪之阻。《詩》所云「每懷靡及」者也。惟三年一省試，主司畢事而返，不立程限。歸時所經歷巖壑之勝，友朋文酒之會，偶一留連勝咏，而聞者不以爲非。蓋聖主尚文，故遇使者特優。然其人或專于文而不好爲詩，又其地平衍，無可喜愕，以形之歌咏，則雖有作不能多，多亦不能傳之遠。獨蜀之爲地，當井絡之分，由陸而往，則歷幽、并、冀、雍、梁；浮舟以返，則又越荆逾揚，度徐、兖、青而北。州十有二，未歷者營、豫爾。若四瀆皆經焉，其可見之詩者多矣。遂安方君渭仁，以宰輔之孫，早成進士。既而用薦召試，入翰林。歲在癸亥，四川既定，詔補省試。于是君奉命遄往，歸而雕刻其詩，爲《錦官集》二卷。凡山川之阨塞，風土之同異，友朋之離合，撫今弔古，悉見于詩。君之詩既多，信可傳于遠者也。曩時濟南王先生貽上主考入蜀，裒其詩爲《蜀道集》，屬予序之，而予不果也。今君之詩蓋將與王先生並傳，其或不同者，非詩派之流別也。一在蜀未亂之先，一在亂定之後，覽觀土風，感慨異焉。後之讀詩者，兼可以考其時矣。

王學士西征草序

華亭王學士瑁湖，主陜西試事。榜既放，攬咸陽之勝，浴乎温泉，躋太華巔，出潼關，渡河而北。往還賦詩五十首，乃甄綜闈墨以行，鏤詩板以示同好。其言曰：「文章無盡境，譬之登山，然其入必有徑，雖懸崖絶壁，亦必有磴道可尋，絙繘可挽。苟力不足以相赴，非困則躓矣。華嶽不知幾千仞，游者必極于三峰而後已。」善夫，學士之論文也。惟詩亦然。學詩者以唐人爲徑，此遵道而得周行者也。唐之有杜甫，其猶九達之逵乎？外是而高、岑、王、孟，若李，若韋，若元、白、劉、柳，則如崇期、劇驂，可以交復而岐出。至若孟郊之硬也，李賀之詭也，盧仝、劉叉、馬異之怪也，斯絙繘而登險者也。正者極于杜，奇者極于韓，此躋夫三峰者也。宋之作者不過學唐人而變之爾，非能軼出唐人之上。若楊廷秀、鄭德源之流，鄙俚以爲文，詼笑嬉褻以爲尚，斯爲不善變矣。顧今之言詩或效之，何與？夫登山者亦各有所樂矣。援琴而彈，坐石而嘯，荷篠而行吟，其爲音不同，皆足以移人之情。使雜以屠沽闤闠之聲，熏以糟漿之氣，游者將掩耳蒙袂疾走焉。舍唐人而稱宋，又專取其不善變者效之，惡在其善言詩也？學士西征之作，春容和雅，一以唐爲師，而無隻字流于鄙俚詼笑嬉褻之習。蓋示我以周行，而充其力，必欲極乎三峰而後已者也。

錢學士詩序

華亭之爲縣，舊隸秀州。其後雖析爲江、浙，然相去僅百里。士大夫仕于朝者，每合二姓之好。先王母徐安人，爲太師文貞公孫。先母唐孺人，爲禮部尚書文恪公孫。故予家内外兄弟、甥舅，多華亭士族。予童時，先母歸寧，輒隨行者累月。比還，所操皆其土音，恒爲伯叔母、姑姊妹所笑。迨先王母、先母既逝，文貞、文恪之後遭亂式微。予亦貧不自振，聞問闊絶，思爲兒女結婚姻于母氏之黨，以仍通往還，顧未能果也。錢君金甫，字越江，與予同被薦，同官翰林。予以入直内廷護譴，君由編修累遷至侍講學士，然敝裘羸馬，未嘗謁權倖門，惟與鄉黨故人數爲文酒之會。詞山曲海，魚經蟹志，靡所不談。坐有語及官資遷擢者，君輒恚。後會其人不速至，竟引避之。獨對予懽洽無間，申之以婚姻。余既罷官將歸，君日載酒款曲，兼旬然後别。蓋君雖貧，能急人之憂。君之師有卒于官者，君盡以奉錢治喪紀。俄而其鄰人失火，延及師舍，君率力士負棺出，火燎其鬢不顧也。又有被遣者，三日當出關，君亟稱貸拮据，兩晝夜追及其車，慟哭而返。客或暴卒于都亭外，君犯暑疾馳抵盧溝，視其斂。或陷于獄當辟，君屢率私錢力援之，事得解。其篤于師友若是。故其爲詩，纏緜悱惻，不失温柔敦厚之遺。其爲文，條達無規仿淩駕之迹。自其少日，爲王光承玠右、吴騏日千兩高士所稱道，而君之叔父芳標、葆馚亦樂與酬和焉。予既旋里，是夏君以疾殞京師。冬，孤子長涵扶喪歸。踰年予始哭君于黄浦之東高橋里，荒溝古水，莫有田父可問途者。叩其門，有雞犬，無僮僕。見其孤，問其所有，僅木棉花地一頃，不足輸井税。爲悽然久之。尋出君《保素堂集》若干卷，請予序。因述君行槩，俾後之論世者知君之爲人。

叢碧山房詩序

翰林院檢討任丘龐君善古今詩。歲在戊午，天子思得文學之士摛辭備顧問，俾廷臣各舉所知。次年春，試詩賦于體仁閣下，君用是得受官。又六年，復試詩賦于保和殿，君所作不合意，當改調。于是君閒居，集平生詩，爲《叢碧山房稾》凡若干卷。誦其詩，雅而醇，奇而不肆，合乎唐開元、天寶之風格。北地之言詩者，未能或之先也。任丘在畿南，九十九淀之水匯于縣境，陂塘遠近，芰荷葭葦，蒲柳之利，比于吳越。舟檣之往來，魚鳥之出没，山房領其要焉。君歸乎，吾將訪君于是。漁榔釣車，相與賦詩酬和，附茲集之末。後世或有好之者，文章之傳不繫乎名位之通顯也。

嚴中允瀛臺侍直詩序

唐學士寓直無定所。駕在大内，則置院于明福門。駕在興慶宫，則置院于金明門。召對浴堂，則又移院于金鑾殿。宋起居注侍立亦無定位，或于御座後，或于御座前，或在殿東南朶殿之上，而朝會或不與焉。迄于元明，或設或廢，僅存虚名而已。今天子復立起居注，兼充日講官，凡視朝、聽政、郊祀、燕飲靡弗趨侍。至瀛臺避暑，則侍立雙金螭畔，去黼座尤近。士之預是選，亦榮矣。昔之居是官者，每侈陳盛事，以垂掌故，又不若形之篇咏，其感于人心者深也。右春坊右中允兼翰林院編修無錫嚴君藕漁賦《瀛臺侍直》七言絶句詩二十首，流傳都下。其投假牒歸也，鏤板以示同好，俾彝尊序之。曰《詩》不云乎：「有卷者阿，飄風自南。豈弟君子，來游來歌，以矢其音。」又曰：「藹藹王多吉士，維君子使，媚于天子。」又曰：「矢詩不多，維以遂歌。」誦其詩者，千載而下，若或見召康公之樂易焉。瀛臺，猶古之卷阿也。藕漁，君子也。絶句，言之不多也，其音可遂歌也。人謂藕漁遭逢盛際，爲侍從，升儲端，不應遽去。然朝多吉士，媚于天子，有人，則藕漁之去固無不可也。詩作于康熙二十一年六月，時彝尊忝爲同官。越二年，被劾。序詩之歲月，則彝尊謫官之後，是年冬十二月也。

徐電發南州集序

吴江徐君釚電發，以詩名江表者三十年。游屐所至，名流必與酬和。其《菊莊樂府》流播朝鮮，有題詩于卷後者。歲在己未，天子召試文學之士于體仁閣下，擢高等五十人，同日官翰林，纂修《明史》。于是電發暨予偕入史館，又僦舍同居。既而，兩人相繼罷官。予年衰老，頗耽著書，廢吟咏。而電發方肆力于詩古文辭，積若干卷，刊成一集。美哉！篇章之工且富也。古稱三不朽者，立德尚矣，至功與言或不能兼有。利達之士不皆開濟之才，而一致通顯，遇談經術者輒薄之曰：「書生，書生云爾。」充其意，視文章爲無用之物，謂富貴足以驕人。當其生時，獲乎上者，不盡信于朋友。其没也，已以爲功者，人且罪之。其所立者安在？迨百年之久，公論出焉。初不以爵禄之崇卑厚薄定人之賢不肖。故夫士之不朽，立功者倚乎人，立言者在己，可以審所務也已。明之初召修《元史》者先後三十人，其仕而達者或不能舉其鄉里官閥，蓋有斷簡零墨無存者。而汪克寬、趙汸諸儒，其詩文經義流傳至今，果其孰失而孰得與？電發之所作，九州之表，四海之外，尚有賞音者，况夫百世而下，豈無好之者哉？序其編，他日之論世者亦必有慨于予矣。

禹峰文集序

青與赤謂之文，赤與白謂之章。雜四時五色之位彰施之，一染謂之縓，再染謂之赬，三染謂之纁，五入爲緅，七入爲緇，而後顔采備具。觀乎人文，分陰分陽，剛柔迭用，其功用固有次序矣。以言乎天地大文，則不然。雲之起于山川也，無定形也。秦之行人也，周之輪也，宋之車也，魯之馬也，衛之犬也，趙之牛也，魏之鼠也，韓之布也，齊之絳衣也，蜀之倉囷也，無心而象焉者也。水之趨于壑也，無定勢也。正出而爲濫，縣出而爲沃，仄出而爲氿，尾出而爲瀵，小波淪，大波瀾，直波涇，無心而異焉者也。夫惟無心成文，辭必己出，革勦説雷同之弊，宣以天地自然之音，洵斯文之英絶者矣。彭公禹峰先世自臨江徙南陽之鄧州，州人目曰「樓子彭家」。公既成進士，釋褐知陽曲縣事。絀于不知己，貽友人書，輒引唐之李衛公、宋之張益州、明之王威寧、新建交相期許，卒自副其志。持節撫黔陽，功高不賞，投老東園，易登陴擐甲之身，吟風嘯月。所撰樂府不盡摸倣前人，而自暢其指趣。至于五七言近體，合乎興觀羣怨之旨，所謂人所應有盡有，人所應無不必盡無者也。公自序詩文，凡三鏤版，一失于澤潞九仙臺，再失于靖州。今年冬，公仲子始摶直上，以右春坊右諭德兼翰林院修撰視學浙江，試事既畢，取笥中存稾合刻之。手澤存焉，不因卷帙之繁，而所識後學輕議删定。庶幾哉！山則嵩陽王屋，水則江漢也夫。

重鋟裘司直詩集序

宋自汴京南渡，學詩者多以黄魯直爲師。吕居仁集二十五人之作，目曰《江西詩派》。攷其官閥門世，不盡學詩魯直之門，亦不盡江西人也。楊廷秀於詩推尤、蕭、范、陸，豫章居其一焉。繼蕭東夫起者，姜堯章其尤也，餘子多見録于《江湖集》。蓋終宋之世，詩集流傳于今，惟江西最盛云。竹齋裘先生爲真希元、魏華父之友，而仕宦不達，一官司直以終。其詩不作硬語，清疎韶亮，異乎魯直流派，顧世未見其全。裔孫□始鏤板行之。予因慨詩派諸人之作，當年布諸通邑大都，今遺集存者惟陳無已、韓子蒼、洪玉父、饒德操、晁以道、謝幼槃及居仁七家而已。身後之名，顯者或晦，司直藏之名山者，晦久而明。雖顯晦有時，亦係乎子孫之賢，能表其幽光潛德也。

曝書亭序跋卷五

石園集序

今禮部尚書吉水李公輯其先公兵部左侍郎梅公先生之詩文，鏤版行世，乃遺書彝尊序之。曰：周之《詩》采諸國史，獨南風不著于録，毋亦輶軒所未至與？迨王迹既熄，羣雅不作，顧屈、宋、唐、景，騷人于焉代興。詩雖亡，而騷實繼之，未見南風之不及于北也。江西非楚之分壤乎？自晉以降，代有作者。至宋涪翁黄氏，厭格詩近體之平熟，務去陳言，力盤硬語。于是吕居仁輩演爲詩派，同調二十五人，斯云盛矣。元則虞、楊、范、揭，率皆豫章之彦。及洪武初，此邦隱居之士猶撰《元音遺響》一編。于時仕于朝者，則有金谿危公素、進賢朱公夢炎、泰和劉公崧、新城黄公肅，咸以經國之餘研心風雅，以視吴中四傑、粤五先生、閩十才子，殆方駕而駸駸先路焉。隆、萬以後，楚人倡爲詭異噍殺之音，見者多惑其説，然西江不盡變也。以予所聞，梅公先生典銓法，久有清通之才，明白之鑒。既歷卿寺右有左。宜發乎文章，雍容典雅，斤斤守其矩矱。詩則力追正始，温柔敦厚，出之不窮。且與郡主朱夫人琴瑟静好，門内唱隨，所傳《石園隨草》附著于録者是已。考詩派二十五人，如王立之、夏均父皆爲宗室女夫。然二子仕皆不達，兼未聞有閨房酬和之樂。則公之所遇爲獨豐，有非前賢所敢望者。若夫詩文之工且多，傳之遠且著，則後之君子共見之，非末學一言所能贊也。先生以天啓壬戌釋褐，出先太傅文恪公之門，尚書公又彝尊史館前輩，通門相洽，久而靡間。先生集刊成，不請之在廷元老，而遠屬序于歸田之野人，亦以徵世好之不同流俗也已。

尚書魏公刻集序

刑部尚書蔚州魏公之官京師也，與予居對門。歲在壬戌，予自江南還。公衣朝衣過予，拜，予答拜。公乃言曰：「江南鄉試爲關節賄賂所汨久矣，兹得子澄清之。吾非拜子也，慶朝使之得人也。」予聞公言，再拜。公答拜。今其事十年矣，回憶猶如昨日。公既還里，其平生奏議、詩文流傳都下者，予合抄爲一集，感公有知己之言也。序之曰：古大臣正色立朝，必有嘉謀嘉猷，入告于内。其暇也，來游來歌，以矢其音。《詩》三百篇，箴有《庭燎》，規有《沔水》，誨有《鶴鳴》。詩之與奏，蓋相表裏。有詩以持其志，有奏以敷其言，二者不偏廢也。公自竹埤梧掖，踐柏臺，升獨坐，佐考堂，掌邦禁，巡歷日畿。其所陳奏，一話一言，罔不欲致君于堯舜，而大公無我之心，朝野所共見也。今觀集中諸疏，凡修德典學之序，化民善俗之方，繩愆糾繆，陳善納誨，屏浮侈，振綱紀，惜名器，別忠邪，所以格君心，恤民隱，切于政者，靡不具焉。其于詩，吟咏情性，悉本自然。與世之極貌窮力，雕繪字句，相去遠矣。魏氏世多直臣，其尤著者，漢則高平侯相，唐則鄭公徵，宋則秦公了翁。其封事見史傳，其諫録進經帷，其詩文奏議傳誦海内。以公方之，殆異世而同軌者與。子〔一〕思子不云乎：「昔我有先正，其言明且清。」惟公有焉。自公去，而士林之毁譽，莫有定論矣。序公之集，庶幾百世之下，知予不見棄于君子，實有厚幸焉。

〔一〕「子」當作「予」，形近之訛。下文「昔我有先正」云云見《禮記・緇衣》，該節開頭有「子曰」字，故朱彝尊認爲是孔子語。如作「子」，則爲孔子之孫子思語，失其實矣。

王先生言遠詩序

彝尊嘗聞古之説詩者矣。其言曰：「詩之也，志之所之也。」言其志謂之詩。又曰：「詩者，人心之操也。」又曰：「詩，持也。自持其心也。」又曰：「詩，性之符也。」蓋必情動乎中，不容已于言而後作。誦詩三百，歌詩三百，舞詩三百，各操持其心性所得，而莫或同焉。顧正、嘉以後，言詩者本嚴羽、楊士弘、高棅之説，一主乎唐，而又析唐爲四。以初、盛爲正始正音，目中、晚爲接武遺響，斤斤權格律、聲調之高下，使出于一。吾言其志，將以唐人之志爲志，吾持其心，乃以唐人之心爲心，其于吾心性何與焉？至謂唐以後事不必使，唐以後書不必讀，則惑人之甚者矣。韓退之有云：「惟古于辭必己出。降而不能乃剽賊。」夫辭非己出，未有不流爲剽賊者。若王先生言遠，庶幾辭必己出者與。先生世居長水之南梅會里，少與從兄翃介人以詩倡和。既而登劉子壯榜進士，出知廣州府，遷廣西左江道按察副使，歷川北道布政司參政，四川按察司使，江西右布政使，持母喪歸。服除，補山西右布政使。凡山川風土，廢興治亂之跡，友朋離合之感，皆見于詩。不傍古人，不下古手，不爲格律聲調所縛，類發乎心性所得，而絶剽賊之患。蓋卓然可傳者也。先生没後，季子某合其平生諸集，彙刻以傳。于是同里朱彝尊爲之序。

話山集序

東漢士尚風節，尋起黨錮之禍。范蔚宗破史例立傳，讀史者傷之矣。明自顧端文、高忠憲講學東林書院，朝士景從。魏璫既敗，薦紳相與激揚。而虋堂才彦倡爲復社應之，轉相慕襲。阮大鋮居白下，南國諸生顧杲等一百四十人具揭攻之。吾鄉之士有八，而平湖陸先生話山名在復社，顧不與焉。迨甲申六月，納巾衫于學使，業閉門埽軌矣。久之，以歲貢生謁選，知汶川縣事，非先生意所存也。先生没後，叔子某刊其詩文以傳，而屬予作序。予思復社諸君子攻大鋮時，歲在戊寅，予甫十齡爾。聞先君之論，謂治小人不宜過激。所見與先生略同。不數年，而大鋮秉政，欲盡殺異己者，由是金壇周鑣死于市，貴池吳應箕、宣城沈士柱等逮捕下獄，幾不免。而先生不爲危言覈論，免挂黨議，謂明且哲者非與？今其事六十年矣。此百四十人者，或殺身以成仁，或隱居以求志。惜無好事者仿蔚宗爲之立傳。而先生有子克揚其親之美。予也序先生之集，追憶少日事書之。庶幾後之君子觀此，可以論世焉。

葉李二使君合刻詩序

詩自蘇、李以後，班、傅、張、蔡、曹、王、陳、阮、應、繆以及潘、張、左、束、劉、郭、顏、謝、何、范、徐、庾之倫，甄綜者必並舉。迨唐以後，聯辭比響，益難悉數。屈平之言曰：「兩美其必有合。」不信然歟？上海葉先生蒼巖、丹徒李先生梅崖，咸以翰苑出爲監司。其遇同，而所歷之地不同也。詩皆源本唐人，而各臻其妙。詩之工則同，而旨格不盡同也。兩先生登朝先後，其出也會合之時蓋少。然有所作，雖遠在千里，必貽書相質，期于毫髮無憾斯已。爲時既久，乃各出所製，合而鏤板行之。且屬彝尊序之。竊嘗論：詩也者，發乎聲，成文而被之樂者也。樂之爲方，其歌也必有繼，其音也必有比，其倡也必有歎，其爲用也異文而合愛，于其異，則塤、篪、瑟、簫一器也，有雅頌之别。及其合，則堂上之樂均于笙，堂下之樂依于磬。惟不出于專一，而後論倫無患焉！觀于兩先生之詩，不必盡同，而其可以善民心，感人易俗，若八風從律，而迭相爲經也。今之言詩者，每厭棄唐音，轉入宋人之流派。高者師法蘇、黄，下乃效及楊廷秀之體，叫囂以爲奇，俚鄙以爲正。譬之于樂，其變而不成方者與。彝尊之于詩學之四十年，自少壯迄今，體製數變，未臻古人之域。誦兩先生之集，庶幾合乎古之作者矣。夫樂，文之以五聲，播之以八音。高者硍，而下者肆，薄者甄，而厚者石。必去其疵，而音聲始可合焉。兩先生之詩，固無不工。宜其合之，而聲律悉均也。若其鼓鞞擊拊之節，屈伸綴兆之容，陰陽數度，齊量之辨，審音之君子或不如矇瞍之專焉。是則彝尊之序，竊比于矇瞍之言樂云爾。

高舍人詩序

詩之爲教，其義風、賦、比、興、雅、頌，其旨興、觀、羣、怨；其辭嘉美、規誨、戒刺；其事經夫婦、成孝敬、厚人倫、美教化、移風俗；其效至于動天地、感鬼神。惟蘊諸心也正，斯百物盪于外而不遷，發爲歌咏，無趨數、敖辟、燕濫之音。故誦詩者，必先論其人。《記》曰：寬而静、柔而正者，宜歌頌。廣大而静、疏達而信者，宜歌大雅。恭儉而好禮者，宜歌小雅。正直而静、廉而謙者，宜歌風。凡可受詩人之目者，類皆「温柔敦厚而不愚」者也。詩三千篇，孔子存其三百，匪僅取其辭之工而已，蓋必審論其人。故小雅之材七十四，大雅之材三十一，自周、召而下，詩人之見于序者，莫非君子。疎遠及譚之大夫，賤至寺人孟子，好惡一出于正，其存者若是。則所删者，非以其辭之未工去之，殆考其人而去其詩者多也。迨至陳靈以後，是非之不公，淆于視聽。觀民風者，于其所不當陳者陳之，防邪之訓無聞，誣善之人日衆，作爲詩篇，豈盡無工于古者？特其人有可疵，則惟有棄而勿録焉爾。此删《詩》、作《春秋》，其義歸于一也。舍人高君工詩詞，未嘗蹈襲古人，發諸性情，而諧于律吕。俾誦之者志意得廣焉，合乎《記》之所云「温柔敦厚而不愚」者已。

胡參議轉漕雜詩序

自德州浮衛水而北，經津門，達通潞，川原瀠紆，若往而復。陸無林巒亭館之勝，渚無菰芠菱藕之植，篙工、楫師日邪許于左右，雖善吟咏者，至是無有不廢焉。此轉漕者歲至，而曩昔之留題傳于今者蓋寡也。山東布政司參議山陰胡君以今年春轉運入潞，寄示途中雜詩一卷，屬予序焉。夫通才實難。士大夫敏于事者，舉凡刑名判牘，無足累其心。至于持籌握粟，或坐困其神智。君能于舟航喧集之會，觴咏不輟。誦其詩，風格流麗，洵有人所難幾者。昔唐盛時，韋堅爲轉運使，作歌詞十闋，百人鳴鼓吹笛和之，衆艘以次集望春樓下。蓋悦以使民，民忘其勞，理固然也。君于是役，勿亟勿徐，轉粟達之天庾。又有餘閒，肆友朋文酒之樂，匪直其詩可采，亦足覘君政事之優已。

朱人遠西山詩序

自居庸折而南，連峰出没者百數。以其在都城右，合名之曰西山。游者或徒或騎，各隨所適。故歷境往往不同。能文之士輒爲賦詩記事，蓋非以衒其才，而山水之勝足以移人情者，言之不能已也。去年春，予與同里李武曾、吴江潘次耕、上海蔡竹濤游是山，樂之，留四日，得賦、詩、銘、記四十餘首，遂題名于壁。既而予客揚州，武曾入于黔，次耕、竹濤相繼游晉。未幾，竹濤客死交城。比再至京師，讀王郎中貽上及其兄考功子底《西山記游集》，覩予題壁，因賦詩見懷。于時貽上使蜀，考功去官，向之同游，死喪睽隔，既不得見，即後予游若兩王君者，風流雲散于四方。回憶壁間題字，日漶没于沙塵石溜，漸不可辨識。游人且視爲陳迹，予亦不自知衰老之相尋也已。海寧朱人遠以歲之八月游西山，命予序所作詩。其歷境先後不同，而詩之工，則與向時同游三子無以别也。人遠善游，嘗自漢江泝荆門入蜀，往還數萬里，猿猱之所棲，蠻獠之宅，山川險塞，靡不登覽。其視兹山無異部婁，而長言咏歎之不置。豈非山水之情有獨深者歟？序其詩告以往事，俾思吾鄗會合之難，且使兩王君暨潘、李聞之，知予與人遠暫時相聚之樂也。

王鶴尹詩序

古今門才之盛，莫過王氏。唐重門第，而王氏入相者一十三人。明重資格，而王氏之中甲科者一千六百四十有六人。雖然，此世俗之所謂盛，未足爲王氏夸也。惟其姓名列于作者之林而克媲羣雅，若司空昶，子渾，從子沉，渾子濟，從孫述，述子坦之，坦之子愷、忱，忱孫度，又若丞相導子洽，從子羲之，洽子珣、珉，珣子弘、曇首，珉子謐，羲之子徽之、獻之、肅之，弘子錫，錫子僧達，僧達子融，弘弟子微、遠，遠子僧祐，曇首子僧綽，僧綽子儉，儉子暕，族孫筠，皆累世有集著録于國史。於戲！斯爲盛矣。沈約有言：開闢以來，未有爵位文才相繼如王氏之盛者，其信矣乎！太倉王君鶴尹，爲文肅公曾孫。諸昆羣從多以制舉業，取科第，致位通顯。而君獨澹然于榮利，好爲山水游，詩瓢酒榼，肆志娱衍，與海内名流繼和，閒倚聲度曲。識者比之東籬、小山，無怍也。今年春，郵所作《松巢集》屬予序之。予受而諷誦，愛其境生象外，意在言表。淵然若五達之井，百汲而盈科，由其才之多，故長言之而不能已也。太倉才士之藪，曩時王元美兄弟以詩名奔走海内，標榜同調，有五子、後五子、廣五子、續五子、末五子之目。文肅公登第在元美後，而元美以兄事之，與敬美埒，呼爲二友。方公在儲端，元美寄詩則云：「委蛇談經術，竹素良所欣。」以祭酒歸，則云：「兩都新賦誰堪續。」燕飲花下，則云：「文酒竟成吾黨事。」蓋以著作相期，初不以名位爲公重。至緱山先生秀才時，元美進之四十子之列，而曰：「太原人中龍，有子汗必血。跐跋藝苑場，欻爾電同掣。」其矜許也至矣！百年之久，向之先後所謂「五子」、「四十子」者，往往家學凌替。獨文肅公後仕者盈朝，多托文墨之職，詩篇流播，庶幾復覩烏衣雀桁之盛。而君以不仕宦，好之也篤，爲之也專，宜其詩之獨多且工矣。筠常論家門，謂崔氏雕龍不過父子兩三世，非有七葉之中人人有集，如吾門者。考筠所撰文章，以一官爲一集，然官階之遷擢有數，惟山水之歷覽無窮。君好游，筋力尚強健，試取平生所歷各爲一集，當有過于鈞之所撰者，孰謂今人之不及于古也。

太守佟公述德詩序

嘉興在吳越号開元府，更爲秀州者百餘年。宋慶元中，卒升爲府。以地則海環其東南，具區浸其西北，受苕、霅諸水，分注百川。陸有蠶桑、麻麥、杭稻之利，水有菱藕、魚蟹之租。行者乘船户外，居者織機絞宵中。蓋終歲勤動而忘其勞也。鄉之大夫士好讀書，雖三家之邨必儲經籍。恥爲胥吏，罕習武事。其俗少陰狡訟者，始躁而終柔，有辜恩而不滋怨毒。故易與爲治。今也不然，游民薄夫農，胥吏榮于大夫士，武人雜之子衿，比丘尼多于蠶織婦；僑居者奪土著之利，僕訐其主；女懟其夫，婚姻非其耦。且也奇贏之利，不逮吳閶十之二三，而畝税幾與相埒；冠、婚、喪、祭、燕、享，效其靡麗，惟恐不及。民貧而奢，苟非課農桑以足本富，崇學校以明禮教，將見風俗日敝而莫之救已。以言爲治之要，不其難哉？瀋陽佟公來守斯土，化民以誠，不亟亟于市德。而在宇下者，帖然如赤子之依慈父母焉。會上丁釋奠于庠，公親詣廟下齋宿。五鼓既畢，衣朝衣，正冠束帶。樂備，升階執爵，奉帛于先師。而教授錢唐屠君率弟子駿奔襄事，裸酒割牲，祗祗肅肅，數十年所未覩也。而又進諸生童子試之，拔其尤者，資以奉錢。蠶月舍于郊，勸民織。農月造于野，勸民耕，勤者勞以酒脯。公之重民事也，至矣！夫農桑者，國之本計。本計修而佐以魚鹽、蓏果，則民可使富。學校者，士習所出。士習端而下及百工商賈，則俗可使移。奢示之以儉，儉示之以禮。然則公之爲政，其知所先務者與。於是輿人之頌公者，連章累牘。屠君會粹其詩，成若干卷，鏤板傳之，請予爲序。予聞古之爲治者，歷三年而政成，惟仲尼有以自信，謂：「期月而可。」然其用魯，魯人鷖誦之至，云：投之無戾。若是其不易也。公下車甫九月爾，而邦人之述德者千舌一口。言者心之聲，此非可以力致者也。《詩》言之矣：「樂只君子，邦家之基」，序以爲「得賢則能爲邦家立太平之基也」。良二千石共治天下者也，公其始基之矣。由是而政教日明，則邦家之光，由是而言之不足，長言之，則德音不已。將太平之基，上以贊天子之治，自我公始。予舊史氏也，願操邦國之志，特書之。

張君詩序

昔之采風者不遺邶、鄘、曹、檜，而吳、楚大邦，不見録于輶軒之使。後百六十年，屈、宋、唐、景，楚風代興。若夫吳以延州來季子之知樂，子言子之文學，宜其有詩而無詩，豈非山川清淑之氣，以時而發，後先固不可强邪。漢之《五噫》、晉之吳聲十曲，迨宋而益以新歌三十六，當時至爲之語曰：「江南音，一唱直千金。」蓋非列國之所能擬矣。汴宋南渡，《蓮社》之集，《江湖》之編，傳誦于士林。其後顧瑛、偶桓、徐庸所采大半吳人之作，至于北郭十友、中吳四傑，以能詩雄視一世。降而徐迪功，頡頏于何、李，四皇甫藉甚。七子之前，海内之言詩者，于吳獨盛焉。曩予少壯時，獲交聖野葉氏、長孺朱氏、孝章金氏、寧人顧氏、禎起徐氏、鶴客陳氏、無殊俞氏、茂倫顧氏，恒與往還酬和。而張君善詩，予未及知。君既没，而嗣子某將刻其遺詩，屬予作序。予誦之終卷，温柔敦厚，孝友之風溢于言表。觀其唱和，知爲無殊、茂倫之友，宜其詩之風格相似也。韓退之有言：「思元賓而不見，見元賓之所與，則如元賓焉。」今諸子之作或傳或不傳，而君有子克鐫其父遺藁，庶幾流播日廣，又安知不有顧瑛、偶桓、徐庸其人，合諸君子之作，甄綜行之，則予之所厚望也已。

陳叟詩集序

詩以言志者也。中有欲言，縱吾意言之，連章累牘，而不厭其多。無可言，則經年踰月，置勿作焉也可。《詩》三百有五，爲嘉、爲美、爲規、爲刺、爲誨、爲戒，皆出乎人心，有不容已于言者。言之非有强之者，而後言也。後世君臣燕游，輒命賦詩記事。于心本無欲言，但迫于制詔爲之，故其辭多近于强勉。若學士大夫用之贈酬餞送，則以代儀物而已，甚至以之置科目取士，限之以韻。其所言者，初未嘗出乎中心所欲，而又衡得失于中，冀逢迎人之所好，以是而稱之曰詩，未見其可矣。故夫作詩者，必先纏緜悱惻于中，然後寄之吟咏，以宣其心志。言之工，可以示同好，垂來世。即有未工，亦足爲怡悦性情之助。不以人之愛惡而移，不因人之驅使而出，則學士大夫或不若布衣之自適。錢唐陳叟游于燕，游覽之頃，縱吾意之所如，而言之不倦，此詠歌之樂。至于足之蹈之，手之舞之，而未已也。集舟行所作，詩多至百首。誦其辭，莫不有欣然自得之趣，不爲風格所限。蓋言發乎中，故志之所至，詩亦至焉。其視世之驅使而出者遠矣。予故序之，而語以古詩人之旨若此。

馮君詩序

吾于詩，而無取乎人之言派也。吕伯恭曰：「詩者，人之性情而已。」吾言其性情，人乃引以爲流派。善詩者，不樂居也。温、李之作，派流爲西崑。試取楊、劉諸詩誦之，未見其畢肖于温、李也。黄、陳之作，派流爲江西。試取三洪二謝二林諸詩誦之，未見其悉合于黄、陳也。譬諸水然，河出乎崑崙虚，本白也，所渠并千七百一川，斯黄矣。泉源于馬邑，本清也，流而爲桑乾，躍爲盧朐，斯濁矣。瀑懸乎廬山之北，本直也，導雙石，經三峽，迤邐入于宫亭之湖，斯曲矣。派之不同乎源，非可瓜區而芋疇之也。桐鄉馮君好爲詩，直抒己意，見世之言派者，輒笑之。查田、查浦昆弟吾鄉之善詩者也，稱君詩不置。予因取而誦之，問其所學。曰「吾何學，吾特言吾性情焉爾」。噫！君其可與言詩也已。桐鄉爲縣雖小，其山有殳史，其壤有千金之圩，清江貝廷臣之所居，西溪鮑仲孚、會稽楊廉夫之所游衍，往往見于題咏。三百年來，音塵歇矣。君起而嗣之，不惑于流派之説，進而不已，必有過于前賢之製述者。君縱不言派，焉知來者之不以君爲派。吾老矣，尚思見之。

高户部詩序

詩也者，非夫人而能爲之者也。或失則愚矣，或失則辟矣。雖爲之，不工也。有溺志者矣，有姦聲感人者矣，有狄成滌濫之音作者矣。雖工，不傳也。語其難，則有終身爲之不合者。語其易，或偶爲之而輒工焉。予年二十始學爲詩，起居飲食夢寐惟詩是務。六經諸史，百氏之説，惟詩材是資。席研之所施，友朋之所講習，未嘗須臾去詩也。高君子修恒與予酬和，君不以詩名，心知其工者，予焉而已。及君成進士，出知内鄉縣事，遷知安州。所宰皆敝苭之地，吏牘實煩，竊意君無暇爲詩矣。迨入官户部，新城王先生阮亭爲侍郎，見君所賦詩，亟稱之。君既卒于官，其子進士君大立檢遺笥，得若干首，歸里鏤之于板，屬予爲序。昔建昌包宏父嘗序戴石屏之詩矣，其言曰：「詩主乎理，而石屏自理中得。詩尚乎志，而石屏自志中來。詩貴乎真，而石屏自真中發。」若君之詩，寔兼有其長。人或疑君不數作詩，怪其驟爲之輒工，而不知君之于詩，學之也專，用力也久。宜其爲王先生所稱。世固有一二人言之足信于天下後世者，賞音不在多也。大立將入都，攜君刻集以行，試更質之王先生，庶幾以予言弗戾于宏父之序石屏矣。

沈明府不羈集序

吾言吾志之謂詩。言之工，足以伸吾志。言之不工，亦不失吾志之所存。乃旁有人焉，必欲進之古人之域，曰：詩有格也，有式也。于是别世代之升降，權聲律之高下，分體製之正變，範圍之，勿使逸出矩矱繩尺之外。于古人則合矣，是豈吾言志之初心哉？且詩亦何常格之有？豳之詩不同乎二南，鄭衛之詩不同乎唐魏？周頌簡，而魯頌繁，大雅多樂，而小雅多怨，亦各言其志焉而已。唐以賦詩取士，作者期見收于有司，若射之志于彀，故于詩有格、有式、有例、有密旨、有祕術、有主客之圖，無異揣摹捭闔之學。今也不然，仕乎朝者，賡颺盛際；歸乎田者，歌咏太平。既無得失之患存于中，而何格式之限。此吴江沈明府《不羈集》之所由作也。君壯年舉進士，出宰西陲，不屑治簿書，折腰屈膝于大吏，遂引歸。所居背郭，漁村蟹舍相望。予嘗過焉，白花紅蓼，水及于讀書之牀，而君吟咏不輟。久之，輯其前後詩稾，屬予序而傳之同好。君之詩，好盤硬語，恥蹈摹仿之跡。時而縱横，時而淵奥，一暢其志之所欲言。今海内之士，方以南宋楊、范、陸諸人爲師，流入纖縟滑利之習。君獨以遡體孤行其間，雖衆非之而不顧，可謂有志者也。

劉德章詩序

宛平劉德章年未三十，以廕仕上林苑監丞。坐事繫獄。既而得免，徙家易水之上，南浮江沔，轉客燕齊間。德章幼能詩，然性嗜飲酒結賓客，爲之未工也。既以罪廢，遂肆力于是。好排硬語，不爲格律所縛，欲成一家之言，可謂有志者也。以德章之才，誰之不如？試以事，奚而不可。乃甫入仕，遽顛蹶。是有命焉，非人之所能爲也。且夫懷才而不得畢試，見棄于時，宜發之于詩，其聲龘以厲，其辭怨而怒。今觀德章所作，聲足樂而不流，文足論而不息，蓋合乎雅頌之旨。德章年方剛，學日以進，必有更遒于今者。孟郊之詩曰：「惡詩皆得官，好詩空抱山。」夫德章既不屑爲惡詩，殆無意于得官也已。

王考功遺集序

《詩》自删後，亡其辭六篇，惜也！《南陔》、《白華》孝子之詩居其二也。既又思之，子之獲侍庭闈，定省之文，晨羞夕膳之節，豐嗇雖殊，承志則一，斯其言爲人之所同。二詩雖亡，其義可以意得。若夫色養有違，斯境以人殊，由是《陟岵》則嗟其遠，《汝墳》則迫于近，《鴇羽》悲于下，《四牡》諗于上，《北山》思養，

《四月》思祭，已爲人世可矜之事。至于親亡不得見，則天下之慘莫甚于是。此《蓼莪》之痛，以爲不如死之久也。當其已返于家，而哀思益甚。故曰：「出則銜恤，入則靡至。」又曰：「民莫不穀，我獨不卒。」此其時尚貪食息以自全哉。乃或泥「毁瘠而病，君子勿爲」之説，以繩當世之執親喪者。嗟乎！使《蓼莪》之孝子作詩之後而死，則孔子必不以滅性非之，而仍録其詩，可信也。新城王先生子底以吏部考功郎中被謫，喜溢顔面，將歸養其親。而母夫人逝，先生擗踊而哭，水漿不入口三日，既歸，血漬于縿幕之上，夜不解經，蟣蝨盡生，蓋未練而卒。于是鄉人私謚之曰節孝先生。既没四年，其弟户部君阮亭輯其所遺詩文，編爲若干卷，屬彝尊序之。先生詩空明超遠，初誦之若淺易，諷詠數過而旨愈深。其文條暢芊蔚，羽翼經傳。蓋言出乎肺腑，而辭無雕繪。至《告母文》三篇，哀動頑豔，尤卓然可傳無疑也。彝尊以貧故游四方，先舍人之喪，踰月而奔，未祥而復出，舍堊廬而逆旅，繩屨要經，僕僕于遠道，而靡所止息。彝尊之不孝是豈足以序先生之文哉？惟是行役而喪其親，所遭之慘，則與先生同之，有感《蓼莪》作詩者之義，乃因户部君所請，論次之如此。

鍾廣漢遺詩序

秀水朱彝尊序其亡友鍾淵映廣漢之詩，曰：嗚呼！廣漢之亡，才者釋所忌，不才者去所怨。而予心之悲，不自知其泫然流涕之無已也。廣漢在吾黨，年最少，所爲詩文，横絶時人。其論駁援據古昔，雖老儒鉅公莫能難。居恒遇人勝己者，執禮法甚恭。至不如己者，或相對終日不與語。以是鄉曲之士嫉之如讎。然如予者，去廣漢不及遠甚，而與之交，十年未見其倨，祇見其恭也。自予歸自永嘉，廣漢已病，猶力購文史，晝夜編纂，期予共注《五代史記》。既而予游大同，轉客太原。廣漢遺予書數百言，謂五代之主，其三皆起晉陽，最後劉旻三世固守其地，思覽其廢墟，考其遺跡。未幾游京師，出居庸之關，病復作。比予至自京師，則廣漢没已三月，其歸喪且旬餘矣。廣漢喪既歸，其平生與廣漢無忤者，先刻其詩以行。予留京師與譚七舍人兄舟石復集其古今詩，得二卷，較之先刻者，去取略異，蓋其存者未必皆其稱意之作。而是集則卓然可傳，雖忌者怨者見之，亦從而稱善也。嗚呼！後有作者取廣漢之詩誦之，其和平醇雅，可想見其爲人，益以信予言之足悲也已。

曝書亭序跋卷六

錢教諭忘憂草序

有升斗之禄足以餬口，衣有逢掖，出有車，入有官舍，束脩之敬有弟子，無法令束濕之苦，而有詩書講習之樂，故今之仕者惟司教一官可以適其志焉。然月奉既薄，或以之僦舍，坐客無氈。弟子載贄者少，則并日而食蓋或不給，不給則憂，憂則其來無方，不可斷絶。雖欲忘之，勿能也。是有道焉，吾惟獲吾中心之所求，則情爲吾移，不爲境奪。衡門之君子亦至貧矣，其詩曰：「泌之洋洋，可以樂飢」，夫飢至于可樂，則天下安有不足之境歟？西安縣儒學教諭海鹽錢君之官六年，僦舍以居，不以苛禮責問業之弟子，饎爨不繼，而君充然自得，蒔百卉于庭，種松于盆，暇輒賦詩，畫松石。久而所作日多，遂出以示同好，名之曰：《忘憂草》，屬予序之。予每見今之富貴利達者，位愈高，禄愈豐，則其憂貧也愈甚，無他，心不游道德之林，則中無真樂，外誘撓之，其長戚戚焉宜已。錢君居下位，不以阨窮自憫，而吟咏自適。其詩無鏤肝鉥腎之苦，一暢其所欲言，俾誦之者欣然會于心，不知憂之何以釋，而況乎作詩者哉。

憶雪樓詩集序

寶坻王君煐子千耽詩，嗜山水，嘗游田盤之山，琳宫梵舍，題句殆徧，顧不以示人。以是都下言詩者或未之及也，獨青州趙中允秋谷識之。秋谷于人少許可，其于詩尤不輕以譽人者也。既而，由刑部郎出知惠州府事。至則攬羅浮泉源之勝，追和蘇學士諸詩，于是梁吉士芝五、屈處士翁山、陳處士元孝交相評論。三君子者，嶺南詩人之冠。其持議或不同，而美君之詩無以異，則君詩之工可信已！君示予《憶雪樓詩》若干卷。自漢魏六朝、唐之初盛中晚，下及宋元明人體製，靡所不合。予每怪世之稱詩者習乎唐，則謂唐以後書不必讀，習乎宋，則謂唐人不足師，一心專事規摹，則發乎性情也淺。惟夫善詩者暢吾意所欲言，爲之不已，必有出于古人意慮之表者。且夫詩也者，緣情以爲言，而可通之于政者也。君于蔬果之微，不忘其親，山水之游，惟民是恤，而又篤于朋友，居者思其來，來者留之不去，懷舊之感溢于言表，其用情也摯，斯温柔敦厚之教生焉。宜乎通之于政而政舉，施之于民而民樂其愷悌也。君屬予爲序。予之言初無異于秋谷及嶺外三君子之言也。而原君之所以工，則予有獨信者爾。

張趾肇詩序

婁縣張趾肇别十年矣。挐舟小長蘆請業于予，誦其詩猶操唐人之音，不蹈宋元麄厲軟熟之習，可謂婷孶雅之長者也。曩趾肇留國門，當日鉅公延攬後進好引浮薄之士，而趾肇獨恥干謁，其不遇固宜。今復躡屩而北，衆方拾蘇、黄、楊、陸之餘唾而去其菁華，或見以爲工。趾肇仍循唐人之風格，毋乃齟齬而難入乎。雖然，學宋元詩于今日，無異琴瑟之專一，或爲聽者厭棄。文之高下，吾自得之，吾言之工，安知不有賞音其人者？李習之有言：人之窮達所遇各有時，何獨至于賢丈夫而反無其時哉？趾肇行乎今，户部尚書澤州陳先生、左都御史新城王先生，其詩未嘗不操唐音者，試以質之，當必有所遇矣。

成周卜詩集序

吾于畿輔，友雞澤殷伯子岳焉。伯子之論曰：詩言夫志也。自唐人以之取士，而格而律，抽黄儷白，專尚比偶之工，言志之旨微矣。故伯子于詩不作近體，尤不喜作七言近體，人怪之不顧也。予覽觀唐人，惟杜陵、香山多作七律，然集中所存終不及諸體之半。逮蘇子瞻、陸務觀、楊廷秀多以斯體見長。至郝天挺之《鼓吹》、許中麗之《光岳英華》，專收七律，餘皆舍而不録。其後瞿佑、朱紹、胡琰之徒，踵其故智，各事采獲，古風漸衰，宜詩教之日下矣！予近録明三百年詩，閲集不下四千部，集中凡古風多者，其詩必工。開卷即七言律者，其詩必下。蓋以此自信，并以信伯子之言雖矯枉而得其正焉。大名成子文昭，字周卜，相遇虎丘。風度之雍容，辭氣之和雅，望而知爲王、謝、崔、盧之子姓。酒間論詩，以不善七律自慙。予索其詩誦之，則斯體未嘗不工，特不好焉爾。夫人心之動，音起而聲應之，九歌八風，七音六律，要以爲言志之助。自四聲既畫，而律詩之韻止取其一，五言以試士，七言以應制，久而邦國天下悉用之焉，而又唱酬之作必次韻以見才。所言者志，而所尚者韻，其于義也何居？成子曰：「然斯則文昭助先生張目者也。」四月維夏，成子告歸，遂述之以當詩序。

南湖居士詩序

今之詩家大半厭唐人而趨于宋元矣。或謂文不如宋，詩不如元。赤城許廷慎非之，以爲宋詩非元人所及，要亦一偏之見也。大都宋人務離唐人以爲高，而元人求合唐人以爲法。究之離者不能終離，而合者豈能悉合乎？武陵胡子，好學博聞，其爲詩不專師一家，用己法神明之，兼綜乎天寶、元和、長慶諸體，下及蘇、梅、黄、陳、范、陸、虞、楊，離之而愈合，可謂能得師者也。若其長篇，諸諸便便，涵以一氣，長矣而不覺其冗，多矣而益見其遒。胡子年未三十，充之以學不已，何難與屈、宋、唐、景嗣響？吾知審音者罷歌北風，而歌南風矣。

小方壺存稾序

休寧汪晉賢氏徙居梧桐鄉，營碧巢當吟窗，築華及之堂以燕兄弟賓客，建裘杼樓以藏典籍。其曰小方壺者，郡城東用里之書屋也。晉賢少工韻語，吾友周布衣青士好論詩，每切劘同學文字，爲人所憎。晉賢特虚己下之，不以爲忤。繼又交沈秀才山子，均延之賓坐。雞鳴風雨，不輟其音。海内名士聞聲相求，舟車接于逵道。晉賢出縞紵，訂僑札之分，時名藉甚。二子既逝，晉賢仕爲桂林通判，調太平，遷知鄭州事，未赴，居母憂。服除，謁選人，不果銓。歸，取平生古今體詩，裒爲一十八卷，題曰《存稾》，問序于予。予思古來友朋酬和之樂，無如元人。安陽許氏則有《圭塘欸乃集》、崑山顧氏則有《玉山名勝雅集》二編、吴縣徐氏則有《金蘭集》、上虞魏氏則有《敦交集》、浦江鄭氏則有《麟谿集》，流播至今。然仲瑛《雅集》

之外，歲編己詩，目曰：《玉山璞》，十止傳抄一二而已。豈若晉賢先後所賦裒而爲一，汰其沙礫，采其菁華。丁敬禮有云：「文之佳惡，吾自得之。後世誰相知定吾文者。」杜子美亦云：「論文笑自知。」又云：「得失寸心知。」晉賢既得之于心，審擇焉，足以自信。斯可信于天下也夫。

顧俠君噉荔集序

入閩者語以游武夷，噉荔支，必曰諾。及泝漸江而上，多取道于漁梁，發舟南浦，放溜達乎無諸之城，去武夷也遠。荔園開以小暑，或不能俟。其得遂志者，寡也。予嘗入閩者再，一弭楫于江郎山北，一自鉛山湖口登陸，度分水之關，梔車崇安，則去武夷三十里而近。小舫一艘，一日而臻九曲，乃信宿沖祐之宫，謁徽國公祠，登天游觀，衆山羅列，其下若秉圭笏。然雲霞之明晦，水木之參覃，觀乎此勝絶矣。既至福州，適逢荔支熟時，故人知予之好之也，率從楓亭郵致，又身詣西禪寺樹下，堆盤恣餐，按舊譜品其高下。此二樂者恒識之于心，口不能宣也。今年春，長洲顧孝廉俠君將游乎閩，來别予。往還四月，出道中所作詩百有餘首。其材也博，其志也專。如絃在桐，拊之而益永，如金在冶，約之而彌堅。予爲删五之一，勸其鏤板以傳諸好事者。今夫名山之目，洞天福地，神仙所治，本于道書。以武夷之勝屈居第一十六，恐不能無謬。意者山取其深，而九曲易盡與？然游人免步石梁之滑、手援鐵鎖之勞，三十六峰，津可以逮，山游之易，莫或過焉。誦孝廉詩，繼之游者必擊汰而争前矣。集不以武夷名，而曰「噉荔」者，紀時也。

鵲華山人詩集序

匠氏營國，必先庀其材，匪直椅桐梓、漆松柏而已。雖瘿腫魁瘣勾曲之木，亦莫廢焉。第相其宜以爲之用，取材之貴夫博也。予少而學詩，非漢魏六朝三唐人語勿道，選材也良以精，稍不中繩墨，則屏而遠之。中年好鈔書，通籍以後，集史館所儲，京師學士大夫所藏弆，必借録之。有小史能識四體書，間作小詩、慢詞，日課其傳寫。坐是，爲院長所彈，去官，而私心不悔也。歸田以後，鈔書愈力。暇輒瀏覽，恒資以爲詩材。于是緣情體物，不復若少時之隘，惟自喻于心焉。鵲華山人善詩，其鈔書之癖頗與予同，官舍之暇，席溷咸爲鈔書之所。山人自歙再徙而莅寧波，天一閣藏書具在，故所鈔書比予更富，其取材也愈博。宜其詩之雅以醇，閎而不肆，合宋元來作者之長，仍無戾于漢魏六朝三唐人之作也。今之言詩者，目不闚曹、劉之牆，足不履潘、左、陶、謝之國，顧厭棄唐人，以爲平熟，下取蘇、黄、楊、陸之體製，而又遺其神明，獨拾瀋滓。此猶杭人之結屋，伐荻蘆以爲笓，編竹以爲簃，削板以爲防，見者幸其成之之速且易。一旦燎以火，其不化爲煙塵土礫者罕矣。予故論詩必以取材博者爲尚，而山人吾臭味也。遂書以爲序。

劉介于詩集序

邶、鄘、鄭、陳、曹、檜之風比于大國，而吴獨無詩。言游在孔門以文學著，顧未有篇什傳者一。延州來季子觀六代之樂，能審其音，曲暢其旨，言之不足，而長言之，咏歎之，遂爲千古説詩之祖。信夫！善詩者莫吴人若也。今夫言志之謂詩，持其志之謂詩，故士必先尚其志，而後可與言詩。唐人之作，中正而和平，其變者率能成方。迨宋而麁厲噍殺之音起，好濫者，其志淫。燕女者，其志溺。趨數者，其志煩。敖辟者，其志喬。由是被之于聲，高者硍，而下者肆，陂者散，而險者斂，侈者筰，而弇者鬱。斯未可以道古也。南渡以後，尤延之、范致能爲楊廷秀所服膺，而不入其流派。元季高季迪、徐幼文爲楊廉夫後進，而不惑其褒譏，斯善于詩者矣。劉君石齡，字介于，孝子之子。以高才不試于有司，銷聲劃跡，恒以吟咏自娱，多師以爲師，能反情以和其志，顧世之以聞譽標榜者不及焉。然吴雖多才，莫或先之者也。予家吴中四姓之一，先世自吴移秀水。以《吴會分地紀》考之，縣在辟塞之東，初非越境，洪武造邦，亦嘗附于直隸。而先太傅爲長洲何氏贅壻，遺宅近臨頓里門，西向臨河，有隙地，曰朱衙場，吴中故老猶識其處。比年僑寓白蓮花涇五載，酷愛洞庭消夏灣山水之勝，風俗之厚，思攜家以老。介于將薄游，曷歸乎來，卜鄰于是？仿松陵之唱和，彼襲美楚産，得附甫里以傳。矧予族望本自吴者乎？度介于之不吾棄也已。

胡永叔詩序

世之論者恒言尼父删詩，不録吴、楚。吴則無聞。若楚于《二南》録《南有喬木》，而《江漢》存于《大雅》，不可云楚無詩也。迨王迹熄，列國之詩盡亡。惟楚有材，屈、宋、唐、景交作。是詩之後亡者，莫如楚矣。自明萬曆以來，公安袁無學兄弟矯嘉靖七子之弊，意主香山、眉山，降而楊、陸，其辭與志未大有害也。景陵鍾氏、譚氏從而甚之，專以空疎淺薄詭譎是尚，便于新學小生操奇觚者，不必讀書識字，斯害有不可言者已。于時秦有文天瑞，越有王季重，閩有蔡敬夫，争相效尤，變而益下，無惑乎世之言詩者以楚相誡矣！有人焉，生乎楚，而不爲楚俗所移，吾友黄岡杜于皇是也。于皇僑居白下者也。今楚風既漸返而淳，又永叔昆友移家無錫，所食者西神之禾，所飲者慧泉之水，相往還酬和者率吴越大夫卿士，宜其詩之不類于楚遺派也。雖然，學詩者當進于古，師三百篇，庶近于漢。師魏晉，乃幾于唐。未有師宋元，而翻合乎羣雅者。譬彼汎舟然，泝洄者不若泝游之便，必欲逆流以上，吾知鼓枻之匪易矣。書以爲序。

汪司城詩序

曩因周布衣青士友汪君晉賢，既又識君哲昆周士、令弟季青。季青方年少，結交皆老蒼，品騭風雅，氣足奪人。嗣是海内稱詩者，相與訂攬環結珮之好。予留京師，不相見久。比歸，而季青通籍，除北城兵馬司指揮。塵沙之蓬勃，干謁之奔忙，判牘之繁冗，對簿詰察者率栗果之惡少年，黔面之逃丁，探丸之寇宄。意其無暇作詩人矣，而吟咏愈多。既而坐吏議歸。則道途之作益多且工。其《過吴江盛澤》詩云：「夜燈千匹練，秋雨半湖菱。」匪僅開宋元之窔奥，直欲造唐人之堂而嚌其胾者也。昔襄陽孟六，杜子美稱其「清詩句句盡堪傳」，而王士源爲作傳，獨賞其「微雲澹河漢，疎雨滴梧桐」一聯，任華傾倒李白，則愛「海風吹不斷，江月照還空」兩句。是詩之絶唱正不在多，惟賞音者舉其一二，而全集之堪傳，作者可無怍矣。今之詩家不事博覽，專以宋楊、陸爲師，庸熟之語令人作惡。季青昆友各聚書萬卷，分貯于樓。季青摭韓、杜韻語以爲詩材，正正奇奇各得其所，宜其詩之日進于格也已。

李上舍瓦缶集序

同里李上舍秦川出其吟藁，問序于小長蘆釣魚師。魚師曰：子之以「瓦缶」名集也，何所取諸？答曰：「《淮南子》有言：『窮鄙之社，叩盆拊瓴，相和而歌，自以爲樂。』蒙取以喻其弇陋云爾。」魚師曰：謙矣！子之自喻也。八音之用，唯土獨寡。伊耆氏之鼓，堯民之壤，樂方失傳，《周官》之所展埴焉而已。大者謂之錇，外無聞焉。若夫缶，見于《易》，見于《詩》，見于《爾雅》。王肅云：「是下民質素之器。」許愼詮之則云：「瓦器，所以盛酒漿。秦人鼓之以節歌。」蓋匪樂之器，而有樂之用焉。然「坎其擊缶，宛丘之道」，載之《陳風》，匪僅秦人鼓之。風又云「値其鷺翿」，則不獨以之節歌，而兼可會舞者已。逸詩不云乎：「君子有酒，鄙人鼓缶。雖不見好，亦不見醜。」今上舍之詩，麗者不佻，高者不抗，古詩多于近體，五言遒于七言，是誠能道古者。其風肆好，非大雅之材與？嘗謂詩人之病在亟于見好。亟于見好，或反形其醜焉。上舍務以漢魏六代三唐爲師，勿墮宋人流派，優游涵泳，日進不已。譬之于缶，髻墾薜暴之畢除，音聲乃出，中乎律呂，試奏之鷺翿之側，與雅樂奚殊哉？

王崇安詩序

予求友于關中，先後得五人焉：富平李因篤子德、三原孫枝蔚豹人、涇陽李念兹屺瞻、華陰王弘撰無異、郃陽王又旦幼華。五人者其詩歌平險或殊，然予與論議未嘗不合也。子德高視流輩，獨兄事予。每過輒坐主人下，嘗用十六蒸、十七登韻賦長律四百言，贈予。及同入史館，亟上書陳情，請歸養其母。予餞之慈仁寺，揮涕而別。二十年來，五人相繼摧折，而予之同調日以孤矣。今年冬，知崇安縣事郃陽王侯琴伯以《槐蔭堂集》惠寄。發函伸紙誦之，格詩、近體各有其長，當夫冥搜而出，泠然以風，颯然以雨，及其既霽，春陽秋月，明媚于千花百草之間。由其興會之高遠，不專工字句之末，故五人所應有者有之，所應無者無之也。子德曩語予曰：吾秦周之舊也。《小雅》之材七十四，《大雅》之材三十一，非産于周者乎？降而《秦風》于《車鄰》侈車馬侍御之好，于《駟鐵》有田狩園囿之樂，于《小戎》、《無衣》美甲兵矛戟之備，若似乎成周之遺俗，一變而爲無道之秦。不知《蒹葭》白露之三章，其云「水一方」者，蓋言洛也。所謂「伊人」則東遷之主也。「溯洄」、「溯游」，纏緜悱惻，本情深故主之思。此延州來季子歎其爲夏聲焉。悉乎哉！子德之善言詩也。侯集中之作，其原率準五人，尤能暢子德之旨。今辛山水之邑，晝簾多暇，有橋有池，娑拖以咏，跁跒而書。且也去十六洞天一舍而近，升天游之，觀雲物之怪奇，峰巒之向背，巖泉谷鳥之嗚戛。其取材也不窮，以絶勝之地畢收之。吟卷之中將見聳高之格，日進而不止。毋謂秦無人，侯其代興矣夫！

楝亭詩序

杜子美言詩：「語不驚人死不休。」韓退之言詩：「横空盤硬語，妥帖力排奡。」而白傅期于老嫗都解。張子厚云：「致心平易始知詩。」陸務觀云：「詩到無人愛處工。」羣賢之論，若枘鑿之不相入者。然其義兩是，亦就體製分殊爾。今之詩家空疎淺薄，皆由嚴儀卿「詩有别才匪關學」一語啓之。天下豈有舍學言詩之理。通政司使楝亭曹公吟稾，體必生澀，語必斬新。蓋欲抉破籓籬，直開古人窔奥。當其稱意，不顧時人之大怪也。公于學博綜，練習掌故，胸中具有武庫，瀏覽全唐詩派，多師以爲師，宜其日進不已。譬諸蒳騮、驥騄，郭椒、丁櫟，騰山超澗，馳騁既熟，下而縱送劇驂之區，其樂有不可喻者已。

和鴛鴦湖櫂歌序

吾鄉舊事，《吴會分地紀》既軼不傳，而張元成志今亦不可復覯。予于甲寅之歲掎摭遺聞，作《鴛鴦湖櫂歌》百首，示同里諸子。屬而和者，僅中表兄譚舟石一人而已。舟石取材皆予所未及道，故新城王少詹最稱之。回思往事又十二年矣，魏塘曹次典相遇京師，復徧和予韻。事不必異，而辭則必工。假令功名之士讀之，猶深故鄉山水之慕，矧予之侘傺無聊者乎？昔張堯同成《嘉禾百詠》，不聞有和者。予之詩既有舟石和于前，又有次典繼其後，安見今人之不古若也。次典其鋟諸木，試以質少詹可哉。

橡村詩序

詩猶夫射也。棲鵠于侯，有參有干貍以爲步，龍首蛇交以爲楅。雖爲物不同，其志于中則一爾。彼其搢三而挾一，支左而詘右，此夫人而能之也。舉旌以宫，偃旌以商，三耦八算，負侯而唱，獲射之必有節也。武夫之赳赳，有終身射而不知節者矣。或留焉，或揚焉，或出於方焉。善射者則異是，燕角之弧，朔蓬之矢，決拾并夾，必選其良。此猶詩家之取材也。六弓四弩，八矢之法，參均而九和，角與幹權，筋三侔，膠三鋝，絲三邸，漆三斞，水之以辨其陰陽。夾其陰陽以設比、設羽、設刃，此猶詩家之鍊句也。鵠有遠近，有高下，則審之在我而已。今之言詩者多主于宋。黄魯直吾見其太生，陸務觀吾見其太縟，范致能吾見其弱，九僧四靈吾見其拘，楊廷秀、鄭德源吾見其俚，劉潛夫、方巨山、萬里吾見其意之無餘而言之太盡，此皆不成乎鵠者也。尤而效之，是何異越人之學遠射，參天而發適在五步之内也乎？吾家橡村弟善古今詩，其取材必良，其鍊句必極精緻，陳言務去，而夕秀啓焉。譬諸射者，持弓矢審固動而不括，必志于彀，《詩》所云「終日射侯，而不出正」者矣。橡村貽書，索予序。書至，是日適觀射于市之南，遂取以爲喻。

東浦詩鈔序

朱氏望在沛，其後避地丹陽，望又在吴，居張、顧、陸三姓之上。其于楚，則荆門、襄陽、零陵、郴、安陸，聚族居者多以名位顯。悔人，家灊江，以文學著鄉里，貢入國子監，視取功名甚易。及留京師五年，凡三舉鄉會試，開院日，朱氏無一人中式者，以悔人之才亦淪落不遇。考五行家言，若蕭氏之《宅經》、郭氏之《墓圖》，五姓各有禁忌。當其不利，悔人文雖工，無益也。夫士不遇于時，則思見稱于後世。悔人舍帖括，而專工于詩宜矣。詩之爲教與時文異，必其不雷同于衆人，而後可傳。悔人之詩，其初誦之，或鬱轖而不舒，徐而繹之，則温厚悱惻皆合乎古人之榘矱，使浮薄之氣不得接焉。以是新城王先生貽上稱之，郃陽王君幼華又稱之，宜陽楊公退菴、商丘宋公牧仲又稱之。然則悔人于詩，不若時文之蹭蹬，不必竢之後世已。爲群公之所許，又何慮其不傳也乎？《詩》言之矣：「豈無他人，不如我同姓。」悔人歸乎東浦之堂，愈肆力于古，則其詩當更進。于是庶幾論門才者，吾以潛江爲望焉。

騰笑集序

竹垞主人少無宦情，耕長水之南，年五十矣。天子下詔徵文學之士，備顧問著作之選。有薦于朝，召試體仁閣下，天子擢居一等，除翰林檢討，充明史纂修官。故事翰林非進士及第與改庶吉士者，不居是職。而主人以布衣通籍，洵異數矣。越二年，天子增置日講記注官，則主人亦與焉。是秋出典江南省試。拜命之日，屏客不見。將渡江，誓于神，入闈矢言益厲，聞者以爲怪迂。公事畢，地主問遺，輒以分故舊。攜其妻入京師，無家具，僅載書兩大篋而已。盜劫其居，發所藏，止餐錢二千，白金不及一鎰也。明年正月，天子召入南書房，賜宅景山之北、黄瓦門東南。居一年，名挂彈事。吏議當落職。天子宥之，左謫其官。復僦宅宣武門外，遣其妻歸，獨處一室。庭有藤二本，檉柳一株，旁帖湖石三五，可以坐客賦詩。于是酒人稍稍來游，或有過而問業者，爰出通籍以來所作，鏤示同好。其曰《騰笑集》者，取諸孔稚圭《北山移文》之語也。噫！主人以詩文流傳湖海四十年，一旦致身清美，入侍禁近，賦命誠非薄矣。卒齟齬于時，人方齒冷。宜其焚棄筆硯，勿復爲。顧仍爲之不已，則笑之者亦不已也。項平父有言：「世之人無貴賤，皆畏人笑。獨滑稽者不畏人笑，非獨不畏且甚欲之。」然則主人所爲，毋乃近于滑稽也乎？時康熙二十有五年，歲在柔兆攝提格月在終病丁巳朏竹垞主人朱彝尊自序。

曝書亭序跋卷七

宋院判詞序

商丘，宋之南京也。東都盛時，由汴水浮舟達通津門三百里而近，車徒之轚互，冠蓋之絡繹，妖童光妓自露臺瓦市而至。樂府之流傳，朝倚聲而夕勾隊于照碧堂上。蓋流風雖遠，遺響宜有傳者。故言詞于汴宋，若燕函秦廬，夫人而能之者也。然自金源變而爲曲，中州言韻者四聲乃去其一，按以大晟之律吕，不能無誤。生于是土者又必游覽四方，交友之往來，審音于南北清濁之辨，用心專一而後可無憾焉。理藩院判宋君牧仲，倜儻好結客，其談論古今，衮衮不倦。至爲長短句，虚懷討論，一字未安，輒歷繙古人體製，按其聲之清濁，必盡善乃已。故其所作，咸可上擬北宋。雖東南以詞名者，或有遜焉。不觀夫函乎，必先爲容，乃以制革，權其上下，旅衣之，始可無齘。至于廬，摩鐧矣，又置而摇之，使其無蜎，灸諸牆以眡其橈之均。横而摇之，以眡其勁。蓋專且審如是，然後謂之國工。則非燕秦夫人之所能善矣。君之詞殆類是與。

陳緯雲紅鹽詞序

宜興陳其年詩餘妙絶天下，今之作者雖多，莫有過焉者也。其弟緯雲繼之，撰《紅鹽詞》三卷，含宫咀商，駸駸乎小絃大絃迭奏，而不失其倫。噫！盛矣。其年與予别二十年，往來梁宋間，嘗再至京師，一過長水，謂當相見矣，竟不值。而緯雲留滯京師久，予至輒相見，極譚燕贈酬之樂，因得詢其年近時情狀，三人者坎坷畧相似也。方予與其年定交日，予未解作詞，其年亦未以詞鳴。不數年，而《烏絲詞》出。遲之又久，予所作亦漸多，然世無好之者，獨其年兄弟稱善。人情愛其所近，大抵然矣。詞雖小技，昔之通儒鉅公往往爲之。蓋有詩所難言者，委曲倚之于聲，其辭愈微，而其旨益遠。善言詞者假閨房兒女子之言，通之于《離騷》變雅之義，此尤不得志于時者所宜寄情焉耳。緯雲之詞原本花間，一洗草堂之習，其于京師風土人物之勝咸載集中。而予餬口四方，多與箏人酒徒相狎，情見乎詞。後之覽者且以爲快意之作，而孰知短衣塵垢、栖栖北風雨雪之間，其羇愁潦倒未有甚于今日者邪？

黑蝶齋詩餘序

詞莫善于姜夔，宗之者張輯、盧祖皐、史達祖、吴文英、蔣捷、王沂孫、張炎、周密、陳允平、張翥、楊基，皆具夔之一體，基之後得其門者寡矣。其惟吾友沈覃九乎？覃九鮮交游，故無先達之譽，又所作詞不多，人或見其一二，輒忽之。然其《黑蝶齋詞》一卷，可謂學姜氏而得其神明者矣。《白石詞》凡五卷，世已無傳。傳者惟《中興絶妙詞選》所録，僅數十首耳。今覃九年方壯，爲之日久，其篇章必數倍于姜氏。盡出以示人，人未有不好之者。序其端，竊自喜屬和之有人，并以見予賞音之獨早也。

蔣京少梧月詞序

宜興山有小巋、大巋、碧雲、紫雲之峰，白鶴之洞；澤有荆陽、罨畫、百瀆之水，茶檣酒幔，與朱藤翠竹交映。陶旊之器走他縣，自昔遠驁之流咸思栖伏。杜牧之留營水榭，蘇子瞻思種橘三百本，買田以居。豈非林麓之勝，有發人吟咏性情者與？彝尊家長水，四望無山，濫泉飛瀑之音不入于耳，近宅田磽确，遇歲旱，輒不登。比年客白下，思入茅山爲道士，著書以老，願未果。翻策柴車入京師，風塵蓬勃，懷山水之樂，蓋有夢寐不能釋者。吾友陳其年偕里人蔣京少訪予僧舍。其年别久，出其詞多至三千餘。而京少所刻《梧月詞》凡二百四十餘闋，穠而不靡，直而不俚，婉曲而不晦，庶幾可嗣古人之逸響。京少年甫二十耳，爲之不已，必至于三千無疑也。當牧之、子瞻時，不聞陽羨有賓朋之娱，猶思卜築于是。假令遇才若二子者，唱酬和答于其間，則其移家之謀，更不俟終日焉，可信也。京少歸，爲我度百畝之田，陰崖可植藤竹，陽坡可以種橘，開門山可望，沿溪舟可挐，游可以亭，憩可以閣，茶有銚，而羹有勺，三絃之筝、雙髻之伎相與，按四聲二十八調于酒邊花外。京少其許我乎？河冰待泮，放溜而南，姑置茅山道士勿爲已。

紫雲詞序

詞者，詩之餘。然其流既分，不可復合。有以樂章語入詩者，人交訕之矣。雖然，良醫之主藥，藏金石草木燥濕寒熱之宜，采嘗各别，而後處方合散，不亂其部，要其術則一而已。自唐以後，工詩者每兼工于詞，宋之元老若韓、范、司馬，理學若朱仲晦、真希元亦皆爲之。由是樂章卷帙幾與詩争富。昌黎子曰：「懽愉之言難工，愁苦之言易好。」斯亦善言詩矣。至于詞或不然，大都懽愉之辭工者十九，而言愁苦者十一焉耳。故詩際兵戈俶擾、流離瑣尾，而作者愈工。詞則宜于宴嬉逸樂，以歌咏太平。此學士大夫並存焉而不廢也。晉江丁君雁水以按察司僉事分巡贛南道，構甓園于官廨，且于層波之閣，八景之臺，攜賓客倚聲酬和，所成《紫雲詞》流播南北。蓋兼宋元人之長，將與詩並傳無疑已。贛州控百粤三楚七閩之隘，曩時兵戈未息，士之棲于山澤者，見之吟卷，每多幽憂悽戾之音，海内言詩者稱焉。今則兵戈盡偃，又得君撫循而煦育之。誦其樂章，有歌咏太平之樂，孰謂詞之可偏廢與？于是其友朱彝尊審定焉，而書其言以爲序。

柯寓匏振雅堂詞序

宋元詩人無不兼工樂章者，明之初亦然。自李獻吉論詩謂：「唐以後書，可勿讀。唐以後事，可勿使。」學者篤信其説，見宋人詩集輒屏置不觀。詩既屏置，詞亦在所勿道。焦氏編《經籍志》，其于二氏百家搜采勿遺，獨樂章不見録。宜作者之日寥寥矣。崇禎之季，江左漸有工之者，吾鄉魏塘諸子和之，前輩曹學士子顧雄視其間，守其派者無異豫章詩人之宗涪翁也。柯子寓匏，學士館甥，其于詞蓋幼而習焉。既而助予編次宋元人之詞，又同周布衣青士博采詞人體製，探其源流，爲《樂章考索》一書。其用心也勤，其倚聲也敏，其于詩也兼工，而日進于作者。殆習伏衆神而臻于巧者與。往歲在戊午，寓匏兄弟與予同以薦留京師。明年二月，以父喪去。又二年，訪予江南，遇于燕子磯。又二年，至京師。每見輒出其詞稾，久而盈卷，乃雕刻行之。今之工于詞者，大都昔曾與學士游。讀寓匏詞，當有以山抹微雲女壻見目者。然而寓匏之詞之派之工，不必盡合乎學士，蓋由取材于宋元之人者多也。

孟彦林詞序

宋以詞名家者，浙東西爲多。錢唐之周邦彦、孫惟信、張炎、仇遠，秀州之吕渭老，吴興之張先，此浙西之最著者也。三衢之毛滂，天台之左譽，永嘉之盧祖皋，東陽之黄機，四明之吴文英、陳允平，皆以詞名浙東。而越州才尤盛，陸游、高觀國、尹焕倚聲于前，王沂孫輩繼和于後，今所傳《樂府補題》大都越人製作也。自元以後，詞人之賦，合乎古者蓋寡。三十年來，作者奮起，浙之西家娴而户習，顧瀕江以東鮮好之者。會稽孟彦林訪予京師，出所著《浣花詞》凡五百餘闋。其好之也篤，其爲之也勤，宜其多且工也。詞雖小道，爲之亦有術矣。去花菴草堂之陳言，不爲所役，俾滓窳滌濯，以孤技自拔于流俗，綺靡矣而不戾乎情，鏤琢矣而不傷夫氣。夫然後足與古人方駕焉。彦林歸矣，爲之不輟，其辭必愈工，他日相見當更序之。

魚計莊詞序

曩予與同里李十九武曾論詞于京師之南泉僧舍，謂小令宜師北宋，慢詞宜師南宋。武曾深然予言。是時僧舍所作頗多，錢唐龔蘅圃遂以吾兩人所著刻入《浙西六家詞》。夫浙之詞豈得以六家限哉？十年以來，其年、容若、𡖖園相繼奄逝，同調日寡。偶一間作，亦不能如向者之專且勤矣。休寧戴生錡僑居長水，從予游。其爲詞，務去陳言，謝朝華而啓夕秀，蓋兼夫南北宋而擅場者也。在昔鄱陽姜石帚、張東澤、弁陽周草牕、西秦張玉田，咸非浙産，然言浙詞者必稱焉。是則浙詞之盛亦由僑居者爲之助，猶夫豫章詩派不必皆江西人，亦取其同調焉爾矣。

水村琴趣序

凝土以爲器，有虞氏尚之矣。至周而陶旊有工，曰甗、曰盆、曰甑、曰鬲、曰庾、曰簋，中縣中膞，辨及髻墾薜暴之微，宜其廢鼒鼎以利其用。然必歷千年，而柴汝官哥定始行焉。刊石以爲碑，夏后氏先之矣。至周，而岐陽有鼓。至漢，而鴻都有經。宜其推石而鐫之木，然必俟張參書壁之後。又久而鏤板方興焉。其于文也亦然。《南風》之詩、《五子之歌》，此長短句之所由昉也。漢《鐃歌》、《郊祀》之章，其體尚質。迨晉宋齊梁，《江南》、《采菱》諸調去填詞一間爾。詩不即變爲詞，殆時未至焉。既而萌于唐，流演于十國，盛于宋。予嘗持論，謂小令當法汴京以前，慢詞則取諸南渡，錫山顧典籍不以爲然也。魏塘魏孝廉獨信予説，頻與予唱和，詞成，掩其名示人，見者或疑予所作。予既歸田，考經義存亡，著爲一書，不復倚聲按譜。而孝廉好之不倦，所填詞日多，里之人疲于傳寫，乃刊行之。「水村」者，孝廉之居，因以爲字，元趙子昂氏嘗爲錢處士以水墨寫爲圖者也。「琴趣」者，取諸涪翁詞集名也。夫詞自宋元以後，明三百年無擅場者。排之以硬語，每與調乖，竄之以新腔，難與譜合。至于崇禎之末，始具其體。今則家有其集，蓋時至而風會使然。特工如孝廉者，不可多得。然則孝廉之詞力追南渡作者，雖由其才，亦遇其時夫然而後工也。孝廉將爲嶺表之游，豆蔻之花，桄榔之樹，蕉耶扶茘之果，青雞、白鷳、孔翠之鳥，蝴蝶之繭，凡以資琴趣材者，一惟孝廉驅使之。予耄矣，君歸尚思歌以侑酒。

羣雅集序

用長短句製樂府歌辭，由漢迄南北朝皆然。唐初以詩被樂，填詞入調則自開元、天寶始。逮五代十國，作者漸多，遺有《花間》、《尊前》、《家宴》等集。宋之初，太宗洞曉音律，製大小曲，及因舊曲造新聲，施之教坊舞隊，曲凡三百九十，又琵琶一器有八十四調。仁宗于禁中度曲，時則有若柳永。徽宗以大晟名樂，時則有若周邦彦、曹組、辛次膺、万俟雅言皆明于宫調，無相奪倫者也。洎乎南渡，家各有詞，雖道學如朱仲晦、真希元亦能倚聲中律吕。而姜夔審音尤精。終宋之世，樂章大備，四聲二十八調多至千餘曲。有引、有序、有令、有慢、有近、有犯、有賺、有歌頭、有促拍、有攤破、有摘遍、有大遍、有小遍、有轉踏、有轉調、有增減字、有偷聲，惟因劉昺所編《宴樂新書》失傳，而八十四調圖譜不見于世。雖有歌師、板師，無從知當日之琴趣、簫篴譜矣。姚江樓上舍儼若工于詞，曩留京師，輯《詞鵠》一書，業開雕搨行。既而悔之。告于予曰：「詩變而爲詞，詞變而爲曲，歷世久遠，聲律之分合、均奏之高下、音節之緩急過度，既不得盡知。至若作者才思之淺深，初不係文字之多寡。顧世之作譜者，類從《歸字謡》，銖累寸積，及于鶯啼序而止，中有調名則一，而字之長短分殊，安能各得其所？莫如論宫調之可知者敘于前，餘以時代先後爲次序。斯世運之升降可以觀焉。」予曰：旨哉，子之言詞乎。上舍請易書名，予名之曰：《羣雅集》。蓋昔賢論詞必出于雅正，是故曾慥録《雅詞》，鮦陽居士輯《復雅》也。譜既成，以段安節《樂府雜録》、王灼《碧雞漫志》及宋元高麗諸史所載調存詞佚者具載之，并以張炎、沈伯時《樂府指迷》冠于卷首。學者覩此，何異過涉大水之獲舟梁焉。是爲序。

高侍講扈從東巡日録序

翰林院侍講錢唐高君以康熙二十一年春扈從天子東巡，告成功于三陵。歸，成《日録》二卷。其友朱彝尊受而讀之，作而曰：古者君出，史載筆，士載言。蓋必有文學之臣從。周之蒐于岐陽也，時則有若史籀爲之詩。漢之狩于方岳也，時則有若班固、有若崔駰、有若馬融爲之頌。不惟是也，昔惟叔之寶鬲鼎銘曰：「唯叔從王南征。」叔邦父之簠銘曰：「用征，用行，用從君王。」凡獲與扈從者，至銘之彝器，以永厥世，期以鋪揚盛美于無窮，自古然矣。君侍禁闥久，親見聖天子命將四出，誅鉏不庭，授方略于萬里之外，宵衣晚膳，不自暇逸。君亦未嘗息偃休沐。一旦弛威弧，戢天戈，疆宇悉定。辰旂星罕，有事山陵。從容豹尾之後，賡天章，答顧問，惟君日侍左右，君之遇榮矣。雖然，踰山海，而北極乎松花之江，荒塗深淖，車濂而馬瘏，羽林材武之士，蓋有不勝疲乏者。君以一書生，執鞭靮，日夜隨侍帳殿不少後。又以餘力拜颺賦詠，考山川之阨塞，覽戰争之迹，訪金源宫闕所在，證以舊史，至殘碑斷碣靡不摩挲讀之，非有倍萬人之才者能之乎？天子命君侍從，允爲得人。君之所記，方之古銘詩，可無怍矣。

劉氏族譜序

姓以別生分類也。顧後世乃反合之。合之自漢賜婁敬、項伯爲劉氏始。自漢以後，帝王將相惟劉氏爲獨多，斯緣附者日衆，而譜系益繁。其最著者七房：彭城、尉氏、臨淮、南陽、廣平、丹陽、南華。而北魏凌江將軍之後由襄平徙河南者，不與焉。譜劉氏者有《漢氏帝王譜》、《宋譜》，餘若幾、若晏、若輿、若沆、若復禮，各著有宗譜，雖不盡傳。隋唐以前所重者門望，大率皆遠引往牒，尊之爲祖。源遠則支易棼，族繁則難合，于九族則忽之。于所不可知者，强附而親之，惑已。遼陽劉氏其先傳自大保秉忠之後，至正末有諱顯者，仕爲通州安撫司副使，洪武中授都指揮僉事，封明威將軍，予世襲。其子通以軍功進指揮使，封懷遠將軍，賜鐵券，免三死，作鎮開原。世居東寧衞惜木城，十一傳而徙大興。裔孫某忼慨有志行，述其先人之訓，撰《族譜》上下卷，自明威將軍始，譜系墳墓，灼然可信。京師士大夫見者莫不嘉歎。蓋本支近，斯宗族易敦。家誡約，斯子孫可守。某之爲是書，豈惟傳之于家？殆吾黨所宜效法者也。

姚氏族譜序

吾鄉族望，在宋有吕氏、錢氏、朱氏、沈氏、魯氏、衞氏、常氏、焦氏、莫氏、婁氏，終宋之世以科名顯，以家法傳，莫若聞人氏。《聞人氏族譜》一册，先君購而藏之，約二百翻。朝之誥勅、家之詩文略備。其遠裔請借録，匿不肯還，是書遂失。見于《至元嘉禾志》者，僅登科一十二人而已。姚氏在吾鄉有諱倬者，登大觀三年賈安宅榜進士。明之初，曰瑄，以尚書中洪武庚午舉人，仕爲監察御史，死建文之難。曰綬，以書畫詩知名于時。曰弘謨，仕至吏部左侍郎兼翰林院學士，贈禮部尚書。其弟弘誼精音律，撰《樂府統宗》，所稱青蓮居士者也。餘若文、若俊、若鵬、若汝舟、若體信，皆中甲科。若文通、若鳳、若箎、若笆、若楫，皆中乙科。然其家世或顯或隱，未詳其流派。萬曆初，光禄大夫柱國太子太傅工部尚書善長公登先文恪公榜進士，由行人改御史，巡視長蘆鹽課，按山東、河南，迴翔京尹卿士，歷今官，年七十餘，致政歸，九十一而終。是時諸姚半消歇，而公之族日大，公之孫澣北若乃撰有家乘刊行。又五十年，其子姓愈繁衍。于是公從孫澍我士復爲纂輯成書，而屬予爲序。憶予八齡時，猶及見公。公時尚健步，里居，樂善好施，病者給以藥，寒者給以衣，死者給以棺櫝。今所傳《菉竹堂醫方》，皆公手自抄。又嘗注《律》，以律文簡而易晦，乃用小字釋其下。順治初頒行《大清律》，寔依公所注本也。先文恪公賜第日，嘉興同榜九人，姚氏與吾家獨敦世好，兩姓互爲婚姻，而我士又予友壻也。方予避兵綀浦，我士寔與予共學。其爲人愿而謹，不苟訾笑，克持其家，教三子讀書，又經理先世墓田，以供祭祀。而又奠繫世族墳墓，别昭穆，賢者表其德，不肖者没其名，俾覽者忠厚悱惻之念油然而生。庶幾爲法于鄉黨，比于宋聞人氏也已。

雲氏族譜序

氏族之紊，古病其分，而今病其合。一范也，虞夏殷周異焉。一桂也，昋炅炔殊焉。在下者得以私意紛更，而上之人復以好惡變易。宜其若棼絲之難理。而卒易辨者，則以官有簿狀，選舉者可攷也，家有譜系，婚姻者有别也。自簿狀既廢，附勢者以異派爲同宗。而亡國之裔，詭姓氏以遠禍。每擇其最著者，彼夫張、王、劉、李、趙，氏族半天下，豈果其枝葉獨蕃與？蓋混而合者衆矣。此其譜系之傳多不可盡信。惟姓之希者，通譜亦鮮。其人序而爲譜，足以徵信于世。然或生長廣邑大都，往往舍己趨附。去魚而爲鄭，去胡而爲令狐，稽之又難也。雲氏之族有三，其一出縉雲氏，而悉雲、宥連，魏孝文帝皆改從雲。文昌之雲，祖元行省參政從龍，其子總管海，居于菀灣，累世譜系可攷。裔孫生員某集以爲譜，致書萬里，請爲序。嗚呼！氏族之紊久矣。以唐之盛，撰述衣冠房從齒序者，不下數十家，而國姓迄無定論。《元和姓纂》作自林寶，而不知己姓所由來。若是，其難也。某生海外僻左之鄉，乃能攷據姓源所自，有條而不紊，其可徵信矣夫。

李氏族譜序

李氏望隴西，其次趙郡。隴西之系興唐，本支曰蕃，定著房三十有九。而趙郡亦有南東西三祖之别，定著六房，族最大。出張、王、劉、趙之上。太白詩云「我李百萬葉，柯條徧中州」。其言大而非夸者邪？梅會李氏，其先有千四提舉者，元至正中自江陰州徙嘉興。六世之後，始有仕宦，登甲乙科者相繼，位雖不大顯，而一門羣從多有詩筆流傳。至吾友武曾才名爲天子所知，徵詣闕下。歸與兄繩遠斯年、弟符分虎譚藝，一時言詩者稱三李焉。既而，取科名登仕版者踵接，李氏之門才且日盛，僉謂不可無譜。于是斯年討論芟綜之，支分派别，于得姓之根源，族數之遠近，爵位之崇卑，墳墓之阡原，宗庶之繼嗣，妻妾之外氏，適女之出處，莫不一一詳書之，凡七卷。古者睦族之道，必先修譜以聯之。是以有小史以奠繫世，有族師以書其孝弟睦婣，有學者惟宗族之序明，夫然，故不善者同惡而無所比，善者同好而無所蔽，使之相保相愛，各安本俗，咸期于德行道藝之歸，此百世之計也。今之治家者惟生産是營，其于睦族之典，或棄而不省，譜牒之不明，長幼尊卑乖其分，至相凌相詬，儕于路人。先王維世持民之道衰矣。夫天下之俗，固非一家之所能變。然《易》稱，一正家，而國定。使有家者咸克明其譜牒，禮文之相糾，酒食之相洽，有無之相通，毋挾富而轢其貧，毋先疏而後其親，庶幾可以收族人之心，長保其室家，而不乖乎先王以族教安之義矣。若李氏之譜，有倫有要，有條不紊，後之君子其可以取則者歟。

商丘宋氏家乘序

夾漈鄭樵志氏族，以國爲氏者二百三十有三。宋之先殷王元子名列三恪。《詩》所云：「有客有客亦白其馬」者也。其都商丘，本陶唐火正閼伯之壤，是曰「大辰之墟」。厥後望在西河、廣平、燉煌、扶風、利人。而商丘之族邃古之三墳尚存，服先疇，守桮棬，至今猶保閼伯之故土。姓源之遠，莫之與京。以視過江之王、謝、袁、蕭，吳之朱、張、顧、陸，山東之王、崔、盧、鄭，關西之韋、裴、柳、薛、楊、杜，皆其後焉者矣。譜系之學源于《世本》，由晉以降，或撰家傳，或撰家紀，或撰世傳，或撰序訓，或撰家世編。用揚其先世之德善功烈，斯則孝子慈孫之用心。補邦國之志所未備，俾先正之舊典時式長以不墜，别親疏，族墳墓，序婚姻。一書成，而衆善備焉。都察院右副都御史宋公塡，撫大江左右一十七年。國奢示之以儉，事煩行之以簡，月要歲會，久而案無留牘。天子嘉公清德，倚毗日隆。公精白一心，益以澹泊自持。公府無事，恒與賓客參考典籍，揚扢風雅，審定圖書，又有餘力撰家乘若干卷。予受而觀之，不書遠祖而書近代，先王言而後國史，終以文翰。其述莊敏、文康二公遺行，辭簡而事詳，合乎古傳紀之體。維宋氏門才日盛，公之諸公子一官侍從，一列藩屏，一登賢書，諸孫咸自奮功名之路，公族之蕃衍，何福不除。繼自今，論宋氏之望，不于西河、廣平，而在商丘。斯其爲微子世家，百世不遷之宗也夫。

具區徐氏族譜序

徐氏之望十，有北祖焉，有南祖焉。居吳洞庭之西山者，背縹緲之峰，臨銷夏之灣，巖可以耕，澤可以漁，楓林橘田，牆屋相望。自元泰定間，國子正字澄，生子圻，官平江學正，愛山水之勝，因卜居焉。久而析爲東西二房，或移家湖州，或居常熟，或徙沔陽、華容、湘潭，要皆祖正字。明宣德二年，府學生善始撰家譜，陳尚書山爲作序。其後諸生諒欲重緝之，未果也。上舍惇復從予學，今年三月朔，以赤馬船載予渡太湖，登角頭。于時棃花盛開，迤邐二十里，如積雪下，上以緋桃緣之，偕行者歎殊絶。既而檥船于灣，投上舍之故居，村民散處，或八九家，或五六家，或四三家。庶人在官者無有也，質庫罔利者無有也，垂白之叟未嘗至訟庭，少年不諳博塞之戲、歌板之音，女子足不踰門樞，其風俗淳朴，乃與府治相反。而徐氏一門羣從，布衣紃履，見客恂恂然。處士三級出其所撰族譜，有要有倫，可徵可信。其或一本而分支，出鄉而死徙，寧略不詳，洵慎之至矣。予家距洞庭祇百有餘里，風便一日可達。顧年逾七十，始津逮焉。信夫勝游之難也。今海宇太平，人皆懷其故土，然游人過此，未有不生避地之想者。矧予覽觀四方習俗之靡日甚，念風土清嘉，莫兹山若。安得從徐氏結比鄰以終老，即寄居廡下，所忻慕焉。書以序其端。

曝書亭序跋卷八

李氏周易集解跋

唐著作郎資州李鼎祚集子夏以來《易》説三十二家，又引張氏倫、朱氏仰之、蔡氏景君三家注，及《乾鑿度》，合三十六家。題曰《周易集解》，自序稱一十卷，斯爲完書。晁氏《志》惜其失七卷，蓋誤信《新唐書·藝文志》目録也。或以其書宗康成排輔嗣。然繹其序有云：「王氏《略例》得失相參，仍附經末。」是未嘗全排輔嗣，論者未之察爾。由唐以前《易》義多軼不傳，藉此猶存百一。宜西亭宗正獲之，亟以開雕。近則流播者多，海鹽胡氏、常熟毛氏皆有刊本矣。《唐史》論經學，《易》有蔡廣成，《詩》有施士丐，《禮》有袁彝、仲子陵、韋彤、韋茝，《春秋》有啖助、趙匡、陸淳，《論語》有强蒙。獨未及鼎祚。唯《宋史·禮志》追贈贊皇子，而元四明《袁桷集》謂：資州有鼎祚讀書臺。今未審故迹尚存焉否也。

書周易本義後

朱子《易本義》析爲十二卷，以存《漢志》篇目之舊，較之程子《易傳》依王輔嗣本原不相同。惟因臨海董氏楷輯《周易傳義附録》一書，乃强合之，移《易本義》次序，以就程《傳》。明初兼用以取士，故不復分。

其後習舉子業者專主《本義》，漸置程《傳》不講。于是，鄉貢進士吳人成矩叔度署奉化儒學教諭，削去程《傳》，乃不從《本義》原本更正。其義則朱子之辭，其文則仍依程傳次序，此何説哉？沿至于今，科舉試題，爻象並發，其亦悖乎朱子之旨矣。予初求原書不得，今覯此本附東萊吕氏《音訓》，末有朱子後序，是爲完書。宜亟開雕，頒諸學官。第恐下士見之翻大笑爾。

書林氏周易經傳集解後

福清林黄中、金華唐與政兩人皆博通經學。而一糾朱子，一爲朱子所糾。舉動不慎，遂自絶于君子。蘇平仲爲與政鄉曲後學，雖盛稱其經術，然與政之遺書無一存者。黄中《周易經傳集解》三十六卷，淳熙十二年四月經進，付祕書省，有勑褒美，謂其備繹始終，兼該表裏，會稡編圖之富，包羅象數之全。觀其書卷帙繁重，傳抄者難，崑山徐尚書原一爲其弟子納蘭容若彙刻《經解》，黄中是書業開雕矣。客或語尚書曰：「黄中獲罪朱子，若刊其書，是亦朱子之罪人矣。」乃斧以斯之。當日朱子既有違言，門人多言黄中文字可毁。然黄中逝後，勉齋黄氏爲文祭之。其略曰：嗟哉！吾公受天勁氣，爲時直臣，玩羲經之爻象，究筆削于獲麟。至其立朝正色，苟拂吾意，雖當世大儒或見排斥。著書立言，苟異吾趣，雖前賢篤論，亦不樂于因循。觀公之過，而公之近仁者抑可見矣。論者固不可以一眚而掩其大醇也。勉齋爲文公高弟，而推許黄中若是，殆《記》所云「憎而知其美」者與。

龍氏易集傳跋

《周易集傳》十八卷，元湖廣儒學提舉龍仁夫撰。仁夫，字觀復，廬陵人，學者稱麟洲先生。經文主朱子《本義》，每卦爻下各分變、象、辭、占。謂《雜卦》爲古筮辭，《春秋傳》所引屯、固、比、入、坤、安、震、殺，皆以一字斷卦義，此類是也。孔子録之，以羽翼經，初非創作。今書止存八卷爾，通志堂集經解，以闕書未開雕，寫以藏諸笥。

王氏大易緝説跋

《大易緝説》十卷，元武昌路南陽書院山長邛州王申子巽卿撰。康熙庚申，借無錫秦氏本録而藏之。書其末曰：《易》十二篇，爲費氏所紊。經傳之移易，圖書之異同，紛綸乖合。王氏之説，雪樓程氏、草廬吴氏或賞其平正穩當，或以爲確然粲然成一家之言者也。《易》于秦火後獨完，似無可議。而歐陽永叔、王景山疑及繫辭，張芸叟疑爻辭，竊以爲非是。若夫李邦直、朱新仲疑《序卦傳》，巽卿亦然，斯先得吾心者矣。

跋魯齋王氏書疑

魯齋王氏《書疑》九卷，《宋史·藝文志》著于録。按：漢儒于經文，遇有錯簡，斤斤守其師傳，不敢更易次第。至宋二程子始更定《大學》篇。而朱子遂分爲經傳，又取《孝經》考定。繼是有更定《雜卦傳》者，有更定《武成》、《洪範》者，餘亦不數見也。魯齋王氏于《詩》、《書》皆疑之，多有更易。《書》則於《舜典》

「舜讓于德弗嗣」下補入《論語》「堯作帝曰：咨！爾舜，天之曆數在爾躬。允執其中，四海困窮，天禄永終」二十四字。于「敬敷五教在寬」下補入《孟子》「勞之，來之，匡之，直之，輔之，翼之，使自得之，又從而振德之」二十二字。餘若《皋陶謨》、《益稷》、《武成》、《洪範》、《多方》、《多士》、《立政》，皆更易經文先後，而次第之。觀者歎其用心之巧，然亦知者之過也。

尚書纂言跋

草廬先生《今文尚書纂言》四卷。嘉靖中，長興顧少保應祥官雲南布政使，鏤板以傳。萬里遺書海鹽鄭端簡公，以草廬序文商榷。端簡爲疏其是非，識之簡端，其來書猶置卷中，未及報也。公以《尚書義》名家，然夙疑古文非孔壁書，與草廬意合。特伏生所授二十八篇，核其實二十九篇。此則公本諸司馬、班氏之説爾。草廬心非古文，所云晉世晚出之書，別見于《後考》四卷。而外不聞別有所撰，殆出于權辭。其後梅鷟、鄭瑗、郝敬、羅敦仁諸家紛綸辨駁，學者終莫之信。是則草廬之識高矣。

書傳會選跋

《書傳會選》六卷，明孝陵命儒臣考正九峰蔡氏《集傳》成書。稽今所存實録，紀載不詳。按其本末，自洪武十年春，帝與翰林應奉傅藻、典籍黄隣、考功監丞郭傳，論及天體左旋，日月五星右旋。隣、傳咸主蔡氏之説。帝乃作《七曜天體循環論》喻之。二十四年冬，禮部右侍郎張智奏命同學士劉三吾等會議，改定蔡《傳》。二十七年夏四月，詔徵致仕編修張美和、國子監博士錢宰等二十七人。既至，開局翰林院。

命三吾總其事，朝士偕入書局者：國子祭酒胡季安，左右贊善門克新、王俊華，修撰許觀、張信，編修馬京、盧原質、齊麟、張顯宗、景清、戴德彝，國子助教高耀、王英、定公静。次年春正月書成。以予所傳聞，若是實録書法，凡著書開局，必具書纂修官姓名，以垂後世。而明祖實録其初修自建文即位之初，領其事者太常少卿高遜志、僉都御史程本立等。假是編在，則開國之政治必粲然可觀。迨永樂中，再修三修，要不外楊士奇一手所改削，避禍益巧，逢君愈工，而是非之心無復存焉矣。迹其于考正《書傳》諸儒，僅先期書徵召姓名，若朝士入選者槩從削去。原其故，則許、盧、景、戴四公先後咸死于難，去之惟恐不盡，遂并入局之朝士悉削之也。嗚呼！爲之君者，革除建文四年之事，置天下于無何有之鄉。而其臣乃并洪武三十一年之治迹，變易其白黑，撓亂其濁清。實録既没其實，由是志詹事府太學者題名多所闕遺，文獻不足，伊誰之咎與？若夫胡廣等修《五經四書大全》，專攘宋元人成書，以欺其主。顧高皇帝攷正之《書傳》，反不采擇，以頒諸學官。廣等不足責。然洪武君臣之用心，固讀書論世者所深取也。

讀武成篇書後

《召誥》、《顧命》皆今文也。其書日之法同。《召誥》三月丙午朏，越三日戊申，越三日庚戌，越五日甲寅。若翼日乙卯，越三日丁巳，越翼日戊午，越七日甲子。《顧命》丁卯命作册度，越七日癸酉，其云越三日者，中止間一日，越五日者止間三日，越七日者止間五日。若《武成》則不然，丁未祀于周廟之下，乃云越三日庚戌，律以《召誥》、《顧命》書法，則當云越四日矣。史臣繫日，一代不應互異若此。吾不能不疑于《武成》也。

讀蔡仲之命篇書後

成王之命蔡仲，王若曰：「胡！無若爾考之違王命也。」見于《春秋左氏傳》。而梅賾《書》增益其文，云：「率乃祖文王之遺訓。」異哉！斯言也。《盤庚》曰：「古我先王，暨乃祖乃父。」又曰：「我先后綏乃祖乃父。」此誥臣民之辭則然。若武王命康叔，則曰：「惟乃丕顯考文王」，又曰：「乃穆考文王。」周公告成王則曰：「承保乃文祖受命民。越乃光烈考武王。」若是其莊重也。而成王命仲曰：「率乃祖文王。」「乃祖」者，伊誰之祖與？吾不能不疑于《蔡仲之命》也。

跋王氏詩疑

《詩疑》二卷，一作《詩辨説》，亦魯齋王氏書。按：《詩》有南、有風、有雅、有頌，用之鄉人邦國，秩然一定而不可紊。故一豳也有豳詩，有豳雅，有豳頌。鼓鐘之詩曰以雅，以南。《論語》：「雅頌各得其所。」南之不可移于風，猶風之不可雜于雅頌也。自朱子專主去序言《詩》，而鄭、衛之風皆指爲淫奔之作。數傳而魯齋王氏遂删去其三十二篇，且于二南删去《野有死麕》一篇，而退《何彼穠矣》、《甘棠》于王風。夫以孔子之所不敢删者，魯齋毅然削之。孔子之所不敢變易者，魯齋毅然移之。噫！亦甚矣。世之儒者以其淵源出于朱子而不敢議，則亦無是非之心者也。

跋毛詩李氏句解

《毛詩句解》二十卷，宜春李公凱仲容撰。宋自淳熙而後，説《詩》者率遵朱子之《傳》，去序言經。仲容獨取吕氏之書，檃括以淑後進，其亦異乎勦説雷同者矣。是編購之吳興書賈舟中，原序失去，稽諸《袁州府志》，竟没而不書，無從考其官閥門世。惜也！

豐氏魯詩世學跋

豐氏坊《魯詩世學》三十六卷，列僞子貢《詩傳》于前，而更小雅爲小正，大雅爲大正，盡反子夏之序。謂之世學者以正音歸之遠祖稷，以續音歸之慶，以補音歸之秐，以正説歸之其父熙而已。爲之考補，其實皆坊一手所製也。坊恃其能書，以篆隸體僞爲正始石經。一時鉅公若泰和郭子章、京山李維楨輩皆信之。而又爲此書以欺世，不知《魯詩》亡于西晉，自晉以後孰得見之？其僅存可證者，洪丞相适《隸釋》所載蔡邕殘碑數版，如「河水清且漣漪」作「兮」，「不稼不穡」作「嗇」，「坎坎伐輪兮」作「欿欿」，「三歲貫女」作「宦女」，「山有樞」作「蓲」。此外「素衣朱薄」作「綃」，見《儀禮注》。「傷如之何」作「陽」，見《爾雅注》。「豔妻扇方處」作「閻妻」，「中冓之言」作「中冓」，見《漢書注》。而豐氏本則仍同《毛傳》之文，是未覩《魯詩》之文也。楚元王受《詩》于浮丘伯。劉向，元王之後。故《新序》、《説苑》、《列女傳》説《詩》皆依《魯故》，其義與《毛傳》不同。而豐氏本無與諸書合，是未詳《魯詩》之義也。至于《定之方中》爲楚宫，移入魯頌。又移逸詩「唐棣之華」四句于《東門之墠》二章之前，而更篇名爲《唐棣》。又增益《漸漸之石》之辭曰：「馬鳴蕭蕭，陟彼崖矣。月麗于箕，風揚沙矣。武人東征，不遑家矣。」肆逞其臆見，狎侮聖人之言，且慮己之作僞未能取信于人，則又假托黄文裕佐作序。中間欲申魯説，而改易毛、鄭者，皆託諸文裕之言。排斥先儒不遺餘力。其如文裕自有《詩傳通解》行世。其自序略云：漢興，魯、齊、韓三家列于學官，史稱魯最爲近之。其後三家廢，而《毛詩》獨行世。或泥于「魯最爲近」一語，必欲宗之。然《魯詩》今可攷者，有曰《佩玉》、《晏鳴》、《關雎》，歎之以爲刺康王而作，固已異于孔子之言矣。又曰：騶虞，掌鳥獸官。古有梁騶，天子之田也。文王事殷，豈可以天子言哉？其爲《周南》、《召南》首尾已謬至此。以是觀之，則文裕言《詩》不主于魯明矣。又四明楊文懿著《詩私抄》，改編《詩》之定次，文裕罪其師心僭妄。是豈肯盡棄其學而甘心助豐氏之邪説乎？至于黨豐氏者，不知石經爲坊僞撰，乃誣文裕得之中祕。今文淵閣之書目録具在，使果有魏時石經，目中豈不登載？洵無稽之言，稍有知識者，當不爲所惑也。

讀豳詩書後

吾讀《豳詩》于《東山》之四章，見作者之深思焉。詩以美周公，何難鋪揚其出師之盛、奏凱之容？顧慺慺及于室家兒女子之思，若是乎，言之近于褻者。何與？蓋師不以律，往往恣其淫掠。而在行間者，室家之思反緩。室家之思既緩，則其婦子自分其身爲夫之所棄置，不復切于懷。思即歸矣，而男女之相悦，其情終未必摯。若《東山》之歸士，當其「勿士行枚」，可謂暇矣。而獨宿甘在車下，迨三年之久，初無子女動其心。比及還，而男女始有及時之樂。則師行之秋毫無犯，可信已。然則大夫之作是詩，其思深，其情婉而至，洵善于美周公者也。

吳氏周禮經傳跋

草廬吳氏諸經皆有纂言，惟《詩》及《周禮》未就。《周禮》則其孫當伯尚補之。今世所傳《三禮考注》非公書，蓋晏壁所爲也。康熙丁丑五月，西吳書賈以抄本《周禮經傳》十卷求售，紙墨甚舊，題曰「吳澄著」，中間多有改削，又有黏籤，其議論序次均不同于《考注》。疑是其孫伯尚之書，然無先公字樣。但有「聞之師曰」之文，不審爲誰所撰也。

錢氏冬官補亡跋

《冬官補亡》三卷，錢氏塱所撰。按：説《周禮》者言《冬官》不亡，散見五官中。故自臨川俞氏而後，多以意取五官之屬，强補《冬官》。獨錢氏據《尚書》、大小《戴記》、《春秋》内外傳補亡，凡二十有一。曰司空，曰后稷，曰農正，曰農師，曰司商，曰甸人，曰火師，曰水師，曰舌人，曰工人，曰舟虞，曰匠師，則本諸《國語》。曰寄，曰象，曰狄鞮，曰譯，則本諸《王制》。曰野虞，曰工師，曰舟牧，則本諸《月令》。曰工正，曰圬人，則本諸《左氏傳》。不襲前人之言，可謂温故知新者矣。塱，初名士馨，字稺拙，平湖人。

跋陸氏儀禮釋文

陸氏《釋文序録》載注解傳述人。于《儀禮》有鄭康成注，此外馬融、王肅、孔倫、陳銓、裴松之、雷次宗、蔡超、田僑之、劉道拔、周續之凡十家。云自馬融以下，並注《喪服》。考《隋・經籍志》，十家之中惟載王肅《儀禮注》十七卷，其餘未嘗有全書注也。《舊唐書・經籍志》于馬融《喪服紀》下云：「又一卷，鄭玄注。又一卷，袁準注。又一卷，陳銓注。又二卷，蔡超宗注。又二卷，田僧紹注。」亦未載諸家有全書注。至《新唐書・藝文志》始載袁準注《儀禮》一卷，孔倫注一卷，陳銓注、蔡超宗注二卷，田僧紹注二卷，並不著其注《喪服》。則誤以《喪服注》爲《儀禮》全書注也。下至鄭氏《通志略》既于《儀禮》全書注載袁準、孔倫、陳銓、蔡超宗、田僧紹姓名，而又于《喪服》傳注五家複出，由是西亭王孫《授經圖》、焦氏《經籍志》皆沿其誤。當以陸氏《序録》爲正也。

儀禮逸經跋

臨川草廬吴氏所輯《儀禮逸經》八篇：《投壺》也、《奔喪》也、《公冠》也、《諸侯遷廟》也、《諸侯釁廟》也、《中霤》也、《禘于太廟》也、《王居明堂》也。傳十篇：《冠義》、《昏義》、《士相見義》、《鄉飲酒義》、《鄉射義》、《燕義》、《大射義》、《聘義》、《公食大夫義》、《朝士義》。元時太學雖有刊本，而流傳者少。楊東里搜訪十餘年，無所得，後乃得之。傳聞沅州劉有年洪武中爲監察御史，忤旨去官。建文初，起知太平府事。曾上《儀禮逸經》十八篇，或云是永樂間事。成都楊用修、上元焦弱侯惜當日廟堂諸公未加表章，旋就湮没。吾意有年所進即草廬本爾，故八經十傳適合其數。彼時東里諸公知爲草廬書，無足表章者。竊笑經生之少見多怪也。

讀聘禮書後

《記》曰：久無事，則聘焉。蓋諸侯之邦交，歲相問也。爲之賓介者亦得私面私覿于君卿大夫。其于幣，宰書之。宰夫具之史。展之于玉，賈人啓之，宰執之，使者受之。張旜于竟，迎者士，郊勞者大夫，賈人拭圭，有司展幣，覿用束錦，賄用束紡，無不以告諸人者。近世諱賂之名，相問者惟恐人知。有聞，則法吏必按以法。豈今之禁令固有善于古者與？夫無事而不相問，此有事之所以載寶而求也。嗚呼！聘禮之廢，苞苴所由行乎。

跋大戴禮記

《大戴禮記》本無甚踳駮，自小戴之書單行，而《大戴記》遂束之高閣。世儒明知《月令》爲吕不韋作，乃甘棄《夏小正》篇不用。殊不可解。學齋史氏繩祖，其論説亦不取大戴。然由其説推之，則《大戴記》在宋日曾列之于經，故有十四經之目。此亦學者所當知也。

石經月令跋

諸經垂世，《禮記》閒雜秦漢之文。然一入《小戴記》中，羣儒恪守其説，雖以天子之尊，大會講殿，議有異同，文無更易。《月令》自漢以來，篇居第五，本在《王制》之後。唐明皇乃命李林甫等刊定，冠諸四十九篇之首。既亂其篇次，又增益其文。每月節分中氣。當不韋作《吕覽》時，懸之國門，人莫敢增損一字。豈意數百年後，有弄麞杖杜不識字之李哥奴逢君之惡，肆行改竄，可謂無忌憚之尤者也。至十月中氣分小雪，後天氣上騰，地氣下降，爲一候。以閉塞而成冬，爲一候。更屬可笑。沿及宋元，説經者逞其私智，移易《尚書》，離析《大學》，筆削《孝經》，變置《周官》，出入《風》、《雅》，皆唐之君臣爲之作俑已。

吕氏春秋集解跋

《春秋集解》三十卷，趙希弁《讀書附志》第云東萊先生所著，長沙陳邕和父爲之序，而不書其名。蓋吕氏自右丞好問徙金華，成公述家傳，稱爲東萊公。而居仁爲右丞子，學山谷爲詩，作《西江宗派圖》，學者亦稱爲東萊先生。然則吕氏三世皆以東萊爲目，成公特最著者耳。陳氏《書録解題》撮居仁《集解》大旨，謂：自三傳而下，集諸儒之説，不過陸氏、兩孫氏、兩劉氏、蘇氏、程氏、許氏、胡氏數家。合之今書，良然。而《宋史·藝文志》于《春秋集解》三十卷直書成公姓名，世遂因之。考成公年譜，凡有著述必書。獨《春秋集解》不書，疑世所傳三十卷即居仁所撰。惟因陳和父之序無存，此學者之疑未能釋爾。同里徐亭從予學《春秋》，書以示之。

嚴氏春秋傳注跋

《春秋傳注》三十六卷，烏程縣學生嚴啓隆爾泰撰。爾泰名注復社，甲申後遁跡，自稱巔軨子。始爲是書示生徒，以胡氏爲非，不敢盡糾其繆，錢尚書受之勸其改作，乃復點竄舊稾成之。繹其辭，庶幾針膏肓而起廢疾矣。康熙戊子二月，竹垞老人書，時年八十。

六經奥論跋

世傳《六經奥論》六卷，成化中盱江危邦輔藏本，黎温序而行之，云是鄭漁仲所著。荆川唐氏輯《稗編》從之。今觀其書，議論與《通志略》不合。漁仲嘗上書曰：「十年爲經旨之學，以其所得者作《書考》、作《書辨譌》，作《詩傳》、作《詩辨妄》，作《春秋考》，作《諸經序》，作《刊謬正俗跋》。五六年爲天文地理蟲魚草木之學，所得者作《春秋列國圖》、作《爾雅注》、作《詩名物志》。」而《奧論》曾未之及，則非漁仲所著審矣。

石藥爾雅跋

唐元和中，西蜀人梅彪撰《石藥爾雅》。醫方以藥石並稱。《爾雅》止釋草木，石不及焉。宜彪取其隱名而顯著之也。自序言：「衆石異名，象《爾雅》辭句，凡六篇，勒爲一卷。」而白雲霽《道藏目録》作二卷。疑後人附益之。唐代遺書傳世者罕矣，乃抄而入諸經部。

曝書亭序跋卷九

大唐開元禮跋

《開元禮》序例三卷,《吉禮》七十五卷,《賓禮》二卷,《軍禮》十卷,《嘉禮》四十卷,《凶禮》二十卷,合一百五十卷。草創討論諸臣則徐堅、李鋭、賈登、張烜、施敬本、陸善經、洪孝昌也。于時王舍人喦請删《禮記》舊文,益以今事。集賢學士張説上言:「《禮記》不刊之書,不可改易,宜取貞觀、顯慶《禮書》折衷異同,以爲《唐禮》。」久而論定者蕭學士嵩、王舍人仲丘也。迹其降《凶禮》于五禮之末,蓋貞觀已然。至顯慶成書,出于許敬宗、李義甫之手,削去《國恤》一篇,開元儒臣終不能釐正,以復舊典,可惜已!攷是書既頒,尋以設科取士。習者先授太常官以備講討,遂爲士子出身捷徑。究之登榜者無多,何歟?韓退之嘗苦《儀禮》難讀,而熟《開元禮》文更難也。周益公序曰:朝廷有大疑,稽是書而可定。國家有盛舉,即是書而可行。然則是書而存,雖百世率由焉。奚不可之有。

政和五禮新儀跋

宋之初仍沿唐制,用《開元禮》取士,禮器則準聶崇義《圖》,繪于論堂之上。既而開寶有《通禮》,景祐有《太常新禮》、嘉祐有《太常因革禮》，先後不無損益。議者或誚其書繁簡失中，不合古制。蘇明允之言曰，今特編集故事，使後世無忘焉爾，非曰制爲典禮，遂使遵而行之也。至崇寧二年，有詔令講議司官詳求歷代禮樂沿革，修典訓以貽永世。大觀初元，乃設議禮局，以知樞密院事鄭居中，刑部尚書白時中、慕容彦逢，學士强淵明等一十四人主之。疑義許具劄子上請。祐陵疊賜御筆指揮，親定《冠禮》十卷。蓋閱七載而成書。于是鑄九鼎于汴京，勒豐碑于河朔，將謂禮樂與天地同流。曾幾何時，而金源百萬之師盟于城下，徙之冰天雪窖中。自古亡國之君所遭慘黷未有甚于帝者。觀于是書，稽古之勤，自非庸主所能斷決。然則帝之亡，天實亡之。後之君子當念舊章之不可忘，無拘成敗之迹以論世，從而訢之，庶乎其可已。

書大明集禮卷後

明太祖草昧之際，徵羣儒修《禮樂書》。《實録》繫之洪武二年八月。以予考之，乃吴元年六月事也。梁寅孟敬有《贈徐一夔大章序》云：「吴元年丁未歲詔徵至都，大章亦見徵。是時上方置三局：一律局、二禮局、三誥局。予備員禮局，而大章撰誥文。」又撰《張翼翔南梓宇記》云：「君以明經舉于鄉，今天子將即大位，寅與君同受詔稽古禮文。」其云「將即位」者，洪武戊申之前也。又《上陶學士凱書》云：「六月八日伏奉中書省劄付，以王命之重，郡府督迫之嚴，即日就道。」亦指吴元年事。此親于其身編纂《禮書》者，其言斷不誣矣。《實録》第載吴元年八月，徵江西儒士劉于等至京，欲官之。俱以老病辭，各賜帛遣還。

则于亦以吴元年被徵也。且劉宗弼者，丞直之字。丞直于吴元年十月官國子司業，不應又同遺逸之士，至洪武二年就徵也。是則禮局開設本丁未歲，逮己酉，楊維楨續至修飾潤色之。庚戌九月書成，命名《大明集禮》，其本末如是。《實録》經永樂初兩次改修，漸失其實爾。是編五十卷，萬曆中先太傅文恪公以禮部右侍郎掌本部尚書事，拜定陵之賜，簡端有内府圖書，先公亦以私印識卷尾。兵火之後，予家賜書之存僅此而已。

鄭世子樂律全書跋

《律吕精義》内外編各十卷，《正論》四卷，《樂律》、《算學》、《新説》各一卷，此外《圖譜》一十三部，又審定諸家樂書八部，合名之曰《樂律全書》，鄭恭王厚烷世子載堉所撰也。恭王于嘉靖二十七年建言時政獲罪，降爲庶人，發高牆禁錮。世子席藁門外，具橐饘者二十載。莊皇帝踐位初，赦過復爵。由是世子以孝稱，又高延陵子臧之節，讓國于兄，尤人所難能也。恭王雅善言樂，世子又何文定瑭外孫，學有元本，按律審音，察及銖黍，歷辨劉歆、何妥、李照、范鎮、陳暘、蔡元定之失，近代若李文利、李文察、劉濂、張敔諸家，皆駮其非。河間獻王之後，言禮樂者莫有過焉者也。

書花間集後

《花間集》十卷，蜀衛尉少卿趙弘祚編。作者凡一十七人，蜀之士大夫外，有仕石晉者，有仕南唐、南漢者。方兵戈俶擾之會，道路梗塞，而詞章乃得遠播。選者不以境外爲嫌，人亦不之罪，可以見當日文網之疎矣。坊板譌字最多，至不能句讀，此舊刻稍善。爰藏之，而書其後。

書尊前集後

《尊前集》二卷，不著編次人姓氏。萬曆十年，嘉興顧梧芳鏤板以行，僉以謂顧氏書也。康熙辛酉冬，予留吳下，有持吳文定公手抄本告售。書法精楷，卷首識以私印，書肆索直三十金。取顧氏本勘之，詞人之先後，樂章之次第，靡有不同。始知是集爲宋初人編輯，較之《花間集》音調不相遠也。既還其書，因識于顧氏本後。

樂府雅詞跋

吳興陳伯玉《書録解題》載曾端伯所編《樂府雅詞》十二卷、《拾遺》二卷。予從藏書家徧訪之，未獲也。既而抄自上元焦氏，則僅上中下三卷，及《拾遺》二卷而已。繹其自序，稱三十有四家，合三卷。詞人止有此數，信爲足本無疑。卷首冠以調笑絶句，云是九重傳出，此大晟樂之遺音矣。轉踏之義，《碧雞漫志》所未詳。《九張機詞》僅見于此，而《高麗史·樂志》文宗二十七年十一月，教坊女弟子楚英奏《新傳九張機》，用弟子十人，則其節度猶具。所謂禮失而求諸野也。《道宫》、《薄媚》、《西子》詞排徧之後，有入破、虚催、衮徧、催拍、歇拍、煞衮，其音義不傳，《拾遺》則以調編次第。曩見雞澤殷伯巖、曲周王湛求、永年申和孟、隨叔言作長短句必曰雅詞，蓋詞以雅爲尚。得是編，《草堂詩餘》可廢矣。

跋典雅詞

《典雅詞》不知凡幾十册。予未通籍時，得一册于慈仁寺。集筬皆羅紋，惟書法潦草，蓋宋日胥史所抄南渡以後諸公詞也。後予分纂《一統志》，崑山徐尚書請于朝，權發明文淵閣書，用資考證。大學士令中書舍人六員編所存書目，中亦有《典雅詞》一册。予亟借抄其副，以原書還庫，始知是編爲中祕所儲也。既而工部郎靈壽傅君以家藏抄本詞四册貽予，則尺度、題㦸與予曩所購無異。攷正統中《文淵閣書目》止著諸家詞三十九册，而無《典雅》之名，疑即是書，著録者未之詳爾。予所得不及十之二，然合離聚散之故可以感已。

書絶妙好詞後

詞人之作自《草堂詩餘》盛行，屏去激楚陽阿，而巴人之唱齊進矣。周公謹《絶妙好詞》選本雖未全醇，然中多俊語。方諸《草堂》所録，雅俗殊分。顧流布者少。從虞山錢氏抄得，嘉善柯孝廉南陔重鋟之。作者百三十有二人，第七卷仇仁近詞殘闕，目亦無存，可惜也。公謹自有《蘋洲漁笛譜》，其詞足與陳衡仲、王聖與、張叔夏方駕。

書沈氏古今詞譜後

吴江沈光禄伯英審音律，罷官歸，撰《嘯餘譜》。歌南曲者奉爲圭臬，鄉人目曰詞隱先生，論者惜其未譜詩餘。康熙丁亥春，過徐檢討豐草亭，見有《古今詞譜》二十卷。檢討思付開雕。予借歸讎勘，始而信，既而不能無疑焉。夫四聲二十八調，言樂章者所共知也。宫聲七：曰正宫，曰高宫，曰中吕宫，曰道宫，曰南吕宫，曰仙吕宫，曰黄鐘宫。商聲七：曰大石調，曰高大石調，曰雙調，曰小石調，曰歇指調，曰林鐘商，曰越調。羽聲七：曰般涉調，曰高般涉調，曰中吕調，曰正平調，曰南吕調，曰仙吕調，曰黄鐘調。角聲七：曰大石角，曰高大石角，曰雙角，曰小石角，曰歇指角，曰商角，曰越角。惟變徵不見收。按其序，固不可紊也。沈氏《譜》首黄鐘，乃不分宫羽，存正宫、道宫，而去高宫，由是生于黄鐘者，混矣。存大石，去高大石，由是生于太蔟者，闕矣。中吕、仙吕不分宫調，又删去高般涉、南吕、黄鐘三調，由是生于南吕者，混且闕矣。至于角聲，生于應鐘，則全略之。吾未得其解也。若夫宫調未詳者，凡二百七十餘闋。沈氏哀爲一卷，附于末。徵諸《宋史·樂志》：「帝賜羣臣酒，皆就坐。宰相飲，教坊奏《傾杯樂》。百官飲，奏《三臺》。」蓋《傾杯樂》惟林鐘商無之，《三臺》有十三調，此諸曲所以不同也。至若《破陣子》正宫也，《朝中措》黄鐘宫也，《小重山》雙調也，《萬年歡》、《杏園春》、《菩薩蠻》中吕也，《石州慢》越調也，《六州歌頭》大石調也，《太平時》小石調也，此當分注于諸調者也。又如正宫有《破陣樂》，雙調有《抛毬樂》，不專林鐘商也。大石調有《清平樂》，不專越調也。歇指調有《洞仙歌》，不專中吕、仙吕調也。中吕調有《瑞鷓鴣》，不專般涉調也。仙吕調有《齊天樂》，不專正宫也，有《彩雲歸》，不專中吕調也。林鐘商有《風入松》，不專雙調也。此百世之下尤難臆斷者也。檢討工于詞，所輯《詞苑叢譚》流布已久，試取《詞譜》更正之，毋使四聲二十八調之序棼絲不治。然後出而鏤板傳于世，不亦可乎？遂書卷後，歸之。

回溪史韻跋

回溪錢諷，字正初，吾鄉人也。所撰《史韻》四十九卷，予嘗見宋時録本于京師。僅存七册，嫌其殘闕，未之録也。歸田之後始大悔之，從琴川毛氏、長洲何氏訪其所藏，合之才十七卷，亟寫而存之笥。宋人兔園册，類摘雙字，編四聲，以便簡閱。回溪獨采成語，有多至三四句者，未嘗割裂原文，信著書之良法矣。天下之寶，離者會有合時，安知後來所求不適少此十七卷邪？

禮部韻略釋疑跋

韻書自陸法言、孫愐後，經丁度等審定《韻略》，禮部以之頒行。惟其略也，故孫諤、毛晃、黄啓宗、黄積厚、張貴謨等代有廣益。景定間廬陵進士歐陽德隆輯《釋疑》五卷，以便場屋之士。隋唐以來之分部，未嘗紊也。契丹僧行均撰《龍龕手鑑》三卷，本之華嚴三十六字母。蒲傳正帥浙西，首刊是書。而鄭樵《六書略》以爲聲經音緯，韻學始備。由是韓道昭之《五音集韻》、黄公紹之《韻會舉要》，東冠以公，洽冠以夾。而淳祐中，劉淵又并二百六部爲一百七部，舉隋唐以來之分部，舍先民之章程，顛倒其倫次，羣變而入浮屠氏之學。可乎，不可乎？是編猶未改韻書分部之舊，訓必有徵，字必有紐，何嘗不精且密？學者守之以當圭臬，作爲詩賦，無害于辭，勿戾于義，斯可矣。若必專心四聲七音之微妙，然後可以言詩，此六一居士所云「儒釋不兩能」者已。萬曆中重編《内閣書目》，云是編嘉熙間四明余天柱曾雕于嘉禾郡齋。

書韻府羣玉後

《杜工部集》有《漫興》五言絶句九首，又七言云：「老去詩篇渾漫與，春來花鳥莫深愁。」「渾漫與」者，言即景口占，率意而作也。其後蘇子瞻、黄魯直、楊廷秀諸公皆襲用之，押入上聲語韻。姜堯章《蟋蟀詞》云：「豳詩漫與。笑籬落，呼燈世間兒女。」段復之詞云：「詩句一春渾漫與，紛紛紅紫俱塵土。」陰時夫輯《韻府羣玉》亦采入語字韻中。蓋自元以前，無有讀作「漫興」者。迨楊廉夫作《漫興》七首，妄謂「學杜者先得其情性，語言必自漫興始」，而其弟子吴復從而傅會之，注云：「漫興者，老杜在《浣花溪》之所作也。漫興之爲言，蓋即眼前之景，以爲漫成之辭。其言語似村，而未始不俊，此杜體之最難學者。」自廉夫詩出，而世之人遂盡改杜集之舊，易「與」爲「興」矣。時夫《韻府》，學者每笑其弇陋，然猶識字。乃知勤于學者，雖免園册子，正未可廢爾。

汗簡跋

《汗簡》六卷，略敘目録一卷。周宗正丞書學博士洛陽郭忠恕集七十一家篆法，鳥跡科斗畢具，其書目多後世罕見。忠恕别撰《佩觿》，《宋史·藝文志》並著于録。《佩觿》有雕本，而是編無之。予偶得舊抄一册，愛其奇古，又一依《説文》始一終亥次序。後附宋虞部員外郎李直方、高士鄭思肖跋尾。錢唐汪主事立名堅請發雕，遂鋟諸棗木。嗚呼！小學之不講，俗書繁興。三家村夫子挾梅膺祚之《字彙》、張自烈之《正字通》以爲免園册，問奇字者歸焉，可爲齒冷目張也。予也僑吴五載，力贊毛上舍扆刊《説文解字》、張上舍士俊刊《玉篇》、《廣韻》、曹通政寅刊丁度《集韻》、司馬光《類篇》。將來徐鍇之《説文繫傳》、歐陽德隆之《韻略釋疑》必有好事之君子鏤板行之者。庶幾學者免爲俗學所惑也夫。

類篇跋

《類篇》十四卷，卷分上中下，凡四十二卷，附目録三卷于後。先是丁學士度奉詔修《集韻》。奏乞，委修韻官别爲《類篇》，與《集韻》相副施行。于是，王檢討洙、胡學士宿、掌光禄禹錫、張大理次立、范學士鎮、司馬學士光先後排纂成書。草創于寶元二年十一月，至治平四年十二月上之朝，洵非易也。自秦丞相斯作《倉頡篇》七章，漢閭里書師合中車府令高《爰歷》、太史令敬《博學》，并爲一篇。揚雄、班固順續之，杜林注之。永元間汝南許慎《説文解字》行，分别部居，凡十四篇，始于一終于亥。由是梁顧野王撰《玉篇》、宋徐鍇作《繫傳》，咸發明《説文》之旨。治平中，《類篇》書出，推源析流，而輕重淺深，清濁之變，迭用旁求，猶不改《倉頡篇》部居之舊，先民之規矩略存焉。後此而始一終亥之序莫有講習者矣。書成于范氏，而進于司馬氏，篇首冠以序，係眉山蘇轍之文，爲范學士作。

書淳化閣帖夾雪本後

《淳化閣帖》十卷，摹自王著等。董逌詆之謂：「決磔鈎剔，更無前人意。」然當時珍惜特甚，藏板御書院，惟大臣進登二府者賜以一本耳。所謂官法帖是也。歐陽永叔時板已被焚，稱舊本爲難得，況後此又數百年乎？夾雪本舊藏顧大理家，後歸蔣氏。宛平劉大夫知鎮江府日購得之，其公子攜之濟上。歲在庚戌觀焉，中多闕文，補以文氏、唐氏所藏本，皆遠遜原帖。其以「夾雪」名者，蝕食其墨，以素紙裝之，若六花之散于几席也。蓋自棗材既裂，後遂欀以銀鋌，世多以此驗其僞真。是本裂處以木補之，殆在銀鋌未櫝之先。賜本之僅存于今者矣。法帖之傳于世，各有源流可考。而吳中黠工每割裂跋尾圖書，以眩人耳目，雖善鑒者或致疑焉。若是帖之見蝕于蟲，其文宛轉糾纏，字畫無損，巧過漏痕釵股龜魚蟲鳥柳薤之篆。即至黠者不能仿其萬一，宜有力者所共寶也。觀于是而知古人未可輕詆，永叔謂其難得，是誠知言。

題江都王氏家藏閣帖

閣帖棗木傳刻，易失其真，而世寶之。吾鄉天籟閣藏有初搨足本，題以千金，後經亂失去。以予所見，函山劉氏夾雪本已闕三卷，補以别紙。退谷孫氏則僅存二卷而已。是本首尾完好，獲覩銀鋌未櫝時生面，宜爲鶴皋主人真賞也。

石刻鋪敘跋

《石刻鋪敘》二卷，宋建昌曾宏父撰。卷末有後序，書字季卿。其敘孟蜀《九經》及思陵御書石經本末特詳，又南渡以後祕閣帖亦詮訂有序。按：宏父，本名惇。紹興十三年以右朝散郎知台州府事。其以字稱者，避光宗諱也。臨安書肆陳思輯《寶刻叢編》援據頗廣，顧不及是編。予從射瀆就堂上人抄而藏之，不啻象犀珠玉之外網得珊瑚木難然。

絳帖平跋

鄱陽姜堯章撰《絳帖平》二十卷。予搜訪四十年，始抄得之，僅存六卷爾。記在都下，于孫侍郎耳伯所，獲觀宋搨《絳帖》二册，光采焕發，令人動魄驚心。過眼雲煙，至今攪我心也。堯章于書法最稱精鑒，其言曰：小學既廢，流爲法書。法書又廢，唯存法帖。帖雖小技，上下千載，關涉史傳爲多。故于是編條疏而考證之，一一别其僞真，察及苗髮。其餘若《續書譜》、《禊帖偏旁考》、《保母墓甎》，皆能伐其皮毛，啜其精髓，比諸黄長睿、王順伯爲優。抑《絳帖》摹自劉次莊，著有《釋文》二卷，外有黄庭堅跋一卷，滎芑《釋文并説》一卷，无名子《字鑑》二卷。而今要不可見矣。惜哉！

隸續跋

《隸續》二十一卷，范氏天一閣、曹氏古林、徐氏傳是樓、含經堂所藏僅七卷而已。近客吴關，訪得琴川毛氏舊抄本。雖殘闕過半，而七卷之外增多一百一十七翻，末有乾道三年弟邁後序。繹其辭，尚有《隸韻》、《隸圖》，而今不得見矣。又淳熙六年添差通判紹興軍府事喻良能亦有跋尾，稱《隸釋》二十七卷，《隸續》十卷。既墨于版，復冥搜旁取，又得九卷。則當時刊本亦止一十九卷，將毋餘二卷爲《隸韻》、《隸圖》邪？要之，闕文難以復完。合依婁氏《漢隸字源》目録次序，取陳氏《寶刻叢編》所有補之，庶幾十得其四五矣。

書蘭亭續考後

《蘭亭續考》二卷，錢唐俞松續，桑世昌考而著録也。卷中載檇李沈虞卿氏跋五。考之《宋史》無傳，《至元嘉禾志》第書沈揆，梁克家榜進士。注云「侍從」，顧不書其字。《金史·交聘表》：「大定二十九年閏五月，宋遣沈揆、韓侂胄來賀登位。」又不書其官。今觀五跋，其一云：「上即大位之初，揆以國子祭酒召入都。越旬日，被命使燕，過定武得此本。後三年來守吳郡，裝爲一卷。」所云「上即大位」者，光宗也。按《中興館閣續録》題名：摻，字虞卿，嘉興人，紹興三十年進士。淳熙十年七月以祕書少監兼國史院編修官，十一年十一月進祕書監，十四年五月爲祕閣修撰、江東運副，紹熙四年以權吏部侍郎兼實録院同修撰。而《正德姑蘇志・守令表》：摻以中大夫祕閣修撰，紹熙二年六月任，四年二月除司農卿。合虞卿跋及諸書勘之，虞卿之歷官本末略具矣。《續考》又載魯長卿氏藏有《蘭亭會妙卷》。伊孫之茂，字伯秀，別字雪村，跋其尾稱：「兒時侍先祖龍舒府君，坐膝上觀此，今已七十年，不覺感愴。」按：周益公必大撰《朝請大夫海鹽魯詧墓碑》，伯秀得附書名。跋言「龍舒府君」者，大夫長子承議郎通判舒州可簡也。虞卿好古，魯氏《會妙卷》後亦歸之，此伯秀有感愴之言。要之，兩公跋語皆條暢，不類董逌輩之晦澀。詩所云「昔我有先正，其言明且清」者，非與？吾鄉張元成《嘉禾志》不傳，至元所修，失之太簡。其後柳琰、鄒衡、趙瀛、劉應鈳排纂，舊聞日就放失，文獻無徵。尚論者徒深浩歎而已。因覽俞氏書有感，識于卷末。

寶刻叢編跋

《宋史・藝文志》載宋敏求有《寶刻叢章》三十卷、《拾遺》三十卷。度南渡後已失傳。臨安書肆人陳思所撰《寶刻叢編》二十卷，頗中條理，金石文跋，藉其會稡。卷中《隸續》諸條，予嘗取以補原書二十一卷之闕。當南渡之後，君臣無意復讎。編地志者，若祝穆、王象之、潘自牧之徒，河淮以北陷蕃州郡，志不復載。思獨博采九域圖經所遺，一一識之。其識高于朝士一等矣。

盛熙明法書考跋

《法書考》八卷，元盛熙明撰。虞、揭、歐陽三鉅公序之。熙明，龜兹人，家豫章。嘗游四明，著《補陀洛迦山考》。詩言「滄洲到處即爲家」是已。以近臣薦，備宿衛，爲夏官屬。斯編創于至順二年，進于元統二年。其文約，其旨該，不意九州之外乃有此人。

跋名蹟録

崑山朱珪精于篆刻，一時碑版多出其摹勒。因取平生所刻文字一一志之，曰《名蹟録》，凡六卷，附以贈言一卷。其第五卷載盧熊所撰《遷善先生郭君墓志銘》。郭君，名翼，字羲仲，善七言近體，詩人號郭五十六。虞山錢尚書《列朝詩集》入之明人之列，且云：「洪武初徵授學官，度不能有所自見，怏怏而卒。」不知翼卒于至正二十四年七月，熊《志》可據，其爲訓導，仕于元也。尚書以史學自負，絳雲樓之火，人咸惜其國史遭燬。由郭君本末推之，則考證失真。又多主門户之見，假令書就，未必稱信史爾。

衎齋印譜跋

漢官私印俱用撥蠟鑄，其後象犀、硨磲、瑪瑙，取材愈廣。至王元章始易以花乳石，于是青田、稷下、里羊、求休所產皆入礱琢矣。吾宗衎齋，自漢以來，搜羅甚博，而審取其尤者，作《譜》五册。以視《復齋》、《嘯堂》所收，不啻一粟之比千囷也。衎齋好古，孜孜如不及，繼此必倍蓰于是。衰年可假，當再跋之。

曝書亭序跋卷十

書周髀後

班固志《藝文》,《周髀》不著于録。商高姓名,《古今人表》無聞焉。然蔡邕謂其術數具存,考驗天狀,多所違失。則漢季已有其書。《隋·經籍志》載《周髀》一卷,趙嬰注,又注一卷,甄鸞重述,又圖一卷。《唐志》益以李淳風《注釋》一卷。《崇文院總目》、《中興館閣書目》均有之,《宋志》又益李籍《音義》一卷,而釐《周髀》作二卷。此今本流傳惟《音義》别爲一卷,其餘悉合爲一矣。高之言曰:笠以寫天,青黑爲表,丹黄爲裏。而陳子之告榮方曰:天象蓋笠,地法覆槃,主蓋天之説者也。隋、唐《志》均書趙嬰注,而今本卷首題趙君卿字。宋嘉定中,知汀州軍州兼管内勸農事括蒼鮑澣之作序,疑唐以前有趙嬰之注,而本朝則有趙爽之本。君卿,其字也。又疑趙嬰、趙爽止是一人。今勸君卿注,每自稱其名曰爽。殆非隋、唐《志》之舊注矣。鸞,北周司隸校尉。淳風,唐太史令。籍,宋承務郎祕書省鈎考算經文字。

靈臺祕苑跋

《靈臺祕苑》本北周明帝詔太史中大夫新野庾季才叔奕撰。書成凡一百二十卷。《隋志》一百十五卷。今止存十五卷本。目録後有編修官司天監于大吉、中官正權判司天監丁洵同、看詳官奉議郎輕車都尉歐陽發、看詳官翰林學士承議郎提舉司天監公事上騎都尉劇縣開國男王安禮姓名。蓋宋自太平興國而後，私習天文者有厲禁，天文推測之術，不欲使民知之。季才完書必多奥義，諸人奉勅芟削，而僅摘其十一。若作酒醴去其漿，而糟醨在矣。

乙巳占跋

《乙巳占》七卷，唐太史令李淳風撰。《唐志》作十二卷。陳氏《書録解題》作十卷。則予家所藏非完書矣。星野之説以在天二十八宿分十二次，在地十二辰配十二國，由是九州各有分星。言天者尚之。而是書兼引《詩》推度災，邶、鄘等十三國各有天宿。又引《洛書》，凡《禹貢》諸山以岍爲角，以岐爲亢，以荆山爲氐，壺口爲房，雷首爲心，太岳爲尾，砥柱爲箕，析城爲斗，王屋爲牛，太行爲須女，恒山爲虚，碣石爲危，西傾爲室，朱圉爲壁，鳥鼠爲奎，太華爲婁，熊耳爲胃，外方爲昴，桐柏爲畢，陪尾爲觜，嶓冢爲參，荆山爲井，内方爲鬼，大别爲柳，岷山爲星，衡山爲張，九江爲翼，敷淺原爲軫。其義不見于歷代國史天文志，亦足以廣異聞。書以示門弟子。

天文鬼料竅跋

言天文者，有《鬼料竅》一册，繪昏旦中星爲圖，述躔次于後。相其書名有類乎忠緯，而無瑰異怪奇之説。昔者巫咸以黄燕紀星，甘德以黑燕紀星，石申以赤燕紀星，參差莫準。得此約而能該，不難羅二十八宿于心胷矣。

書宋寶祐會天曆後

右《宋寶祐四年會天曆》保章正荆執禮、譚玉，靈臺郎楊旂、相師堯，判太史局提點曆書鄧宗文等算造具注頒行。是歲在丙辰元日立春，田家諺所云「百年罕遇」者也。按：《會天曆》初名《顯天》，淳祐十二年，太府寺丞張湜、祕書省檢閱林光世、同師堯、玉等推算，略見于《宋史・律曆志》。既而寶祐改元，定名曰《會天》。於是尤學士焴被命作序。原授時之典，歲頒曆于萬國，鏤板印行，莫可數計。然歲既更，無復存焉者。馬氏《經籍志》載金人《大明曆》，正以其不易得也。是本爲崑山徐閣老公肅甫所藏，予假之編修道積，録其副。按：南渡以後，自《統元》至《會天》曆名凡七改，惟《會天》史稱闕其法。試繇丙辰一歲推之，曆家可付測而得其故已。

太平寰宇記跋

《太平寰宇記》二百卷，目録二卷，宋朝奉郎太常博士樂史撰。康熙癸亥，抄自濟南王祭酒池北書庫，闕七十餘卷。後二年，復借崑山徐學士傳是樓本，繕寫補之，尚闕河南道第四卷、江南西道第十一至十七卷。聞黄岡王少詹購得上元焦氏所藏足本，及詢之，則卷數殘闕同焉。是編稽之國史，多有不合。殆取諸稗官小説者居多，不若《九域志》、《輿地記》之簡而有要也。

宋本輿地廣記跋

亡友仁和吳志伊，以經史教授鄉里。束脩所入，就市閲書，善價購而藏之。歐陽忞《輿地廣記》其一也。志伊既卒于官，書多散失，是書偶歸予插架，顧闕首二卷。徐尚書總裁《一統志》，請權發文淵閣故書以資考驗。是編首二卷存焉，予亟傳寫，遂成完書。重是亡友物，不輕假人，每一展讀，尚如手新觸也。忞爲廬陵族孫，書成于政和中。先之以《禹貢》九州，而秦、而漢、而三國、而晉、而唐、而五代。首舉其大綱，序之曰：「以今之州縣而求于漢，則爲郡。以漢之郡縣而求于三代，則爲州。三代之九州散，而爲漢之六十餘郡。漢之六十餘郡分，而爲今之三百餘州。雖其間或離或合，不可討究，而吾胸中蓋已了然矣。」故其沿革有條有理，勝于樂史《太平寰宇記》實多。後此志輿地者，中原不入職方，殘山剩水，僅述偏安州郡。至于元始修《大一統志》，而其書罕傳，益以徵是編之當寶惜也。

桂林風土記跋

《桂林風土記》，唐光化二年融州刺史莫休符撰。《新唐書·藝文志》作三卷，今祗存一卷。閩謝在杭小草齋所録，舊藏徐惟起家。卷尾稱獲諸錢塘沈氏，是洪武十五年抄傳。雖非足本，中載張固、盧順之、張叢、元晦、路單、韋瓘、歐陽臏、李渤諸人詩，采唐音者均未著于録。洽聞之君子，亟當發其幽光者也。

續錦里耆舊傳跋

予年來思注歐陽子《五代史記》。求野史于蜀，若毛文錫《前蜀記事》二卷，董淳《後蜀記事》三卷，李昊《蜀書》二十卷，張彰《錦里耆舊傳》一卷，俱佚不傳。僅存者張唐英《蜀檮杌》十卷，今止二卷。若勾延慶《續錦里耆舊傳》三卷，恐亦非完書也。延慶，字昌裔，成都人，官應靈縣令。書成于開寶二年，起咸通九年迄乾德三年，一名《成都理亂記》。卷中載李昊降表及從降三十二人，入除目者二十六人。李順、王均、劉旴作亂，亦略載之。可以資采獲者。惜太常博士張約序已亡之矣。

書夢華録後

《東京夢華録》十卷，幽蘭居士孟元老撰。紹興丁卯自爲之序。琴川毛氏曾刊入《津逮祕書》，然失去淳熙丁未浚儀趙師俠介之後序。是編爲弘治癸亥雕本，亞中大夫汴人賈宗仲原兼有跋尾，蓋周藩儀賓也。

書成都文類後

安吉袁説友，起巖中木待問榜進士，除祕書丞，歷寶文閣學士通議大夫四川安撫制度使兼知成都軍府事。輯漢以下迄宋淳熙蜀人詩文，釐爲五十卷，目曰《成都文類》。書成于慶元五年，自爲之序，分門十一，頗爲詳整。楊文憲公慎《全蜀藝文志》所由本也。自楊氏《志》行，而袁氏之《文類》庋之高閣矣。予從海鹽陳氏得刊本，重裝而藏之。説友官于蜀，後入爲吏部尚書，嘉泰二年八月同知樞密院事，三年正月參知政事，九月罷相。見《宰輔編年録》。

書熙寧長安志後

韋述《東西京記》世無完書。宋敏求本之撰《河南》、《長安》二志。世稱其該洽。《長安志》舊有雕本，字畫麤惡，斯編借録于汪編修文升，善本也。惜乎《河南志》不復可得，爲之憮然。金風亭長彝尊識。

跋元豐九域志

《九域志》十卷，元豐中丹陽王存正仲被旨與曾肇、李德芻共撰。曩見宋槧本于崑山徐氏，失四京第一卷，次卷亦多闕文，特府州軍監縣均有古跡一門，蓋民間流行之書。而此則經進本也。故晁公武《讀書後志》有新、舊《九域志》之目。其進表上陳，文直筆核，洵不媿乎其言者。宋槧字小而密。斯則格紙軒朗，便於老眼覽觀，極爲可喜，抄而插諸架。德芻别有《元豐郡國志》三十卷、《圖》三卷，載《宋・藝文志》。

小長蘆八十一老人彝尊手識。

淳熙三山志跋

閩中多藏書家。康熙壬子，過福州訪梁丞相《三山志》，無有也。後三十年，覩武進莊氏書目有之，借觀不可得。又六年，而崑山徐學使章仲以白金一鎰購之。予遂假歸録焉，書凡四十二卷，丞相自爲之序。志閩地者，晉有陶夔、唐有林諝、宋有林世程，諸書均佚。是編亦罕流傳。以三山士夫未著録者，一旦有之，足以豪矣。特其體例附山川於寺觀之末，未免失倫。然十國之事可徵信者，多有出于黄氏《八閩通志》、王氏《閩大紀》、何氏《閩書》之外，學者所當博稽也。

書新安志後

古文至南宋日趨于冗長，獨《羅鄂州小集》所存無多，極其醇雅。所撰《新安志》簡而有要。篁墩程氏取其材作《文獻志》，此地志之最善者。予年八十始抄得是書，每勸新安富家開雕，終鮮應者。甚矣，今人之不好古也。

景定建康志跋

《建康志》五十卷，宋景定中承直郎宣差充江南東路安撫使司幹辦公事武寧周應合撰。歲在戊午春，予留白下。亡友周雪客語予，曾覩是書闕本。訪之三十年未得也。今年秋九月，過曹通政子清真州使院，則插架存焉，亟借歸録之。應合，淳祐間舉進士，嘗爲實録院修撰官。以上章劾賈似道，謫通判饒州，自號溪園先生。康熙丁亥十一月，竹垞七十九翁彝尊書。

咸淳臨安志跋

南宋咸淳四年，中奉大夫權户部尚書知臨安軍府事縉雲縣開國男處州潛説友君高葺正府志，增益舊聞，凡一百卷。予從海鹽胡氏、常熟毛氏先後得宋槧本八十卷，又借抄一十三卷，其七卷終闕焉。宋人地志幸存者，若宋次道之志長安，梁叔子之志三山，范致能之志吴郡，施武子之志會稽，羅端良之志新安，陳壽老之志赤城，每患其太簡，惟潛氏此志獨詳。合以《吴越備史》、《中興館閣録》、《續録》、《都城紀勝》、《武林舊事》、《夢粱録》、《大滌洞天志》，庶幾文獻足徵。惜後之作通志者，目未覩此，以致舊聞放失，可歎也夫。

夢粱録跋

曩從古林曹氏借抄《夢粱録》，係楊禮部南峰節文，止得十卷。後留京師，聞棠村梁氏有足本，其卷倍之，亟録而藏諸笥。歲辛巳寓居昭慶僧樓，取而卒讀之，嫌其用筆拖沓，不知所裁，未若泗水潛夫《武林舊事》之簡而有要也。雖然，自曾端伯編《類説》、朱藏一編《紺珠集》、陶九成編《説郛》，皆千百而取一，説部之完書存焉者寡矣。因贊徐舍人鏤板于吴下。小長蘆彝尊書。

至元嘉禾志跋

《嘉禾志》三十有二卷，至元中經歷單慶延郡博士徐碩纂輯成書。序之者，郡人郭晦、唐天麟也。嘉禾之有志，肇自宋淳熙間郡守張元成延聞人伯紀修之。既而岳珂來守郡，復延鄉先輩關栻表卿續修。因珂改調，中輟，僅存五卷。是書蓋踵栻舊本而增益之者。栻分門二十五，碩廣之凡四十三，而官師、治蹟、經籍目録，俱闕焉。又吴越錢氏建國曾改秀州爲開元府，乃是編不載，未免失之疎略。然所采碑碣、題詠居全書之半，舊章藉以考證，足快于心矣。碩他無表見。晦舉宋淳祐十年方逢辰榜進士。天麟，字景仁，寶祐四年文天祥榜第四甲進士，自稱納軒叟，居嘉禾軒。

寰宇通志跋

《寰宇通志》一百一十九卷，景泰中奉勅撰。總裁五人：文淵閣大學士泰和陳循、東閣大學士揚州高穀、東鹿王文、翰林院學士泰和蕭鎡、左春坊大學士淳安商輅。纂修四十有二人：左春坊大學士安福彭時、右春坊大學士吉水劉儼、翰林侍講學士上元倪謙、秀水吕原、左春坊左諭德莆田林文、司經局洗馬永新劉定之、安福李紹、右春坊右中允莆田柯潛、翰林院修撰杞縣孫賢、左春坊左贊善長寧周洪謨、右春坊右贊善華亭錢溥、左司直郎眉州萬安、香河李泰、翰林院編修蘭縣黄諫、長洲陳鑑、博野劉吉、壽光劉珝、□□曹恩、仁和王獻、盧龍劉宣、錢塘童緣、檢討曹縣李本、□□馬昇、巴縣江朝宗、中書舍人兼司經局正字順天趙昂、庶吉士瓊山丘濬、盧氏耿裕、安福彭華、劉釪，涿州牛綸、滄州孟勳、仁和何琮、潛山吴禎、興化嚴淦、泰和尹直、番禺陳政、順天寧珍、馮定，上元金紳、壽光黄甄、餘姚夏時、長壽王寛。書成以景泰七年五月具表進。景陵親序之，鏤板内府，頒示中外。先是洪武三年，命儒士魏俊民、黄箎、劉儼、丁鳳、鄭思克、鄭權六人編類《大明志書》。迨二十八年，復命廷臣修飾刊行，此通志之權輿也。裕陵復辟，以其書汎濫，勅儒臣約爲《一統志》。天順五年，帝亦爲之序。自《一統志》頒行，而通志不復流布民間，儲藏者寡矣。總裁、纂修諸員雖得附書于《郕戾王紀》，獨曹恩、馬昇二人，香山黄才伯《翰林記》題名遺之，因具書姓氏。冀洽聞之君子補書其籍貫焉。

跋虎丘詩集

《虎丘詩集》一卷，明初吴人王賓所録。吾鄉項氏萬卷樓藏書也。集中載郗經詩云：「虎丘山前新築城，虎丘寺裏斷人行。」吕敏詩云：「山上樓臺山下城，朱旗夾道少人行。」曾朴詩云：「闔閭冢上見新城，無復行人載酒行。」考其歲在至正丁酉，淮張用兵日也，董其役者爲周南老，故其詩云：「白髮趨公役，驅馳上虎丘。」又云：「四疊新城繞澗隈，劍池池上碧崔嵬。」而柳貫詩亦云：「半山青處作崇墉。」其後志吳地者多未之及。由是，虎丘築城，吳人鮮有知之者已。予嘗步山後，見遺址尚存，特未悉山南何以爲界。大都鶴澗以南即城外地也，又山本晉司徒王珣宅。隋時《舍利記》：珣宅有琴臺，釋道宣載于《廣弘明集》。而府縣志俱遺之，古蹟之蕪没者蓋已多矣。賓，字仲光。經，字仲誼。敏，字志學。朴，字彦魯。南老，字正道。貫，字道傳。

正德重修金山寺志跋

葬師言禍福，多本于郭景純之《葬經》。然試與百人分謀之，無一人同者。所云龍穴沙水向背，如枘鑿齟齬之不相入。其説業已難擇，加以日者配以年神、方煞，吉神祇百二十，凶神倍之，規避實難。以是，不克葬者多矣。世傳景純墓在金山足，過于詭奇。沈啓南詩：「氣散風衝豈可居？先生埋骨理何如？」日中數莫逃兵解，世上人猶信《葬書》。」如叩晨鐘，寐者可以發深省矣。日本中心叟「墓前無地拜兒孫」一語亦足發笑。詩載廬陵胡經用甫《金山志》。志成于正德辛巳，文待詔徵仲序之。

書土官氐簿後

《土官氐簿》二册，未詳撰人姓氏，海鹽鄭氏藏書也。按：《禹貢》「三百里蠻」，《書·旅獒》、《周官禮·職方氏》、《戴記·明堂位》稱八蠻，《爾雅》稱六蠻。其種曰黎，曰犵，曰狑，曰獠，曰猺，曰獞，各有大姓爲之雄長。明制仿元舊事，分設官吏，立宣慰、招討、安撫、長官四司。雲南百五十一員，廣西百六十七員，四川二十四員，貴州一十五員，湖廣五員，廣東一員。初隸驗封，後以其半隸武選。嘉靖中申明舊典，隸驗封者，布政司領之，隸武選者，都指揮使領之，文武相維，羈縻有術。雖間有不靖，旋即削平。瀸澤霑濡，久而漸知嚮學。若黔之宋氏昆友，滇之木氏祖孫，各著詩文，刊有私集，以雅以南，味任侏離，明之聲教遠矣。予在史館，勸立土司傳以補前史所未有。毛檢討大可是予言，撰《蠻司合志》，因以是編資其采擇焉。

安南志略跋

《安南志略》二十卷，國人奉議大夫僉歸化路宣撫司事愛州黎崱景高撰。序之者十有一人，廣平程鉅夫、魏郡元明善、安陽許有壬、廬陵龍仁夫、歐陽原功與焉。崱亦自爲之序。漢自設交州、日南、九真三郡，歷代沿革不同。崱參攷史傳，能詳其山川風土人物，及書命之往復，軍旅之出入，篇章之酬和，一一悉之。蓋自内附後，閑居漢陽，得以優游著述，宜爲諸公合辭贊美也。崱于泰定中游廬山，著《游記》三卷。惜乎吾不得而見之矣。天曆中修《經世大典》，大學士何榮曾以《志略》上進，詔付書局，乃作《安南録》一卷附入。今《經世大典》已無存。予從海鹽鄭氏抄是書，恨譌字太多，豕三虎六，疑難盡釋，安得更求善本是正之。

越嶠書跋

《越嶠書》二十卷，宜山李文鳳廷儀撰。安南自元黎崱輯《志略》後，又百餘年，建置沿革、廢興之由，未有成書紀載。文鳳特爲詮次，有倫有要，外史邦國之志，斯稱善矣。序言：「其國主有二名，正名以祀天地神祇，僞名以通中國，示邦人以不臣。文鳳因具書之。」或訝其君臣之黠，雖然，人可欺乎？適足形其至愚而已。文鳳中嘉靖壬辰進士，歷官雲南按察司僉事。

書高麗史後

《高麗史》世家四十六卷，志三十九卷，表二卷，列傳五十卷，目録二卷，合計一百三十九卷。國人正憲大夫工曹判書集賢殿大提學知經筵春秋館事兼成均大司成鄭麟趾等三十二人編纂。以明景泰二年八月表進，并鏤板行于國。觀其體例，有條不紊，王氏一代之文獻有足徵者。卷中《樂志》歌辭率本宋裕陵所賜《大晟府樂譜》。若《輿服志》載蒙古俗剃頂至額，方其形，留髮其中，謂之開剃。忠烈王四年二月令境内皆服上國衣冠，開剃。十六年九月百官始著笠朝謁。此《元史》所不載。至若庚申君遁走沙漠之後君臣事迹，不得而詳。高麗間猶通使，稱爲北元。北元主奔應昌，以洪武三年庚戌四月殂落，國人追謚曰惠宗，即順帝也。其子嗣立，以餘兵走和林。十年丁巳遣使至高麗，行宣光年號，國人不允。後二年，又遣僉院甫非告紀年天元。辛禑遣永寧君王彬往賀。相傳立十一年而殂，北元謚爲昭宗者也。凡此明之載籍皆隱而不書，藉其史略存事迹，後之論世紀年者所當述也。

又

靖難君臣改修《明太祖實録》，因方孝孺，而其父克勤循吏也，乃没其實。黄觀景清修《書傳會選》而削其名，且誣方先生叩頭乞哀。觀于鄭麟趾《高麗史》，夢周圖李成桂，不克，爲芳遠所殺。芳遠猶知贈官易名。麟趾等亦直書其事。是篡竊之芳遠賢于長陵，而下國之史官勝于楊士奇輩多矣。可歎也夫。

書海東諸國紀後

屬國惟高麗有史、有通鑑、有史略，其次則安南國人有《志略》，若日本之《東鑑》，即《吾妻鏡》。烏言侏離，辭不能達。往時亡友鍾廣漢撰《歷代建元考》，自生民以來迄于明，外極重譯，凡有僭號，靡不書之。既獲《東鑑》喜劇，著之于録。然《東鑑》止紀其國八十七年事，中間闕漏尚多。予晚得朝鮮人申叔舟《海東諸國紀》，雖非完書，而此邦君長授受改元，由周至于明初，珠連繩貫。因取以補廣漢遺書。至其分壤之廣，八道六十六州，若聚米于前，山川在目，比于張洪、薛俊、侯繼高、李言恭、鄭若曾所述，尤瞭如指掌矣。叔舟，字汎翁，仕朝鮮，官至議政，封高靈君。書成于成化七年十二月。

跋吾妻鏡

《吾妻鏡》五十二卷，亦名《東鑑》，撰人姓氏未詳。前有慶長十年序，後有寬永三年國人林道春後序，則鏤版之歲也。編中所載始安德天皇治承四年庚子，訖龜山院天皇文永三年七月，凡八十有七年。歲月日陰晴必書，餘紀將軍執權次第及會射之節。其文義轇轕，又點倭訓于旁，繹之不易，而國之大事反略之。所謂「不賢者識其小者」而已。外藩惟高麗人著述往往流入中土，若鄭麟趾《高麗史》、申叔舟《海東諸國紀》以及《東國通鑑》、《史略》諸書，多可攷證。日本職貢不修，故其君長授受次第，自奝然所紀外，相傳頗有異同。臨淮侯李言恭撰《日本考》，紀其國書土俗頗詳，而國王世傳未明晰。合是編以勘《海東諸國紀》，則不若叔舟之得其要矣。康熙甲辰獲覩是書于郭東高氏之稽古堂。後四十三年，乃歸插架。惜第六、第七二卷失去。慶長十年者，明萬曆三十二年。寬永三年者，明天啓四年也。

跋洪遵翰苑羣書

翰苑初入，供事吏手持張閣老位《詞林典故》、《翰苑須知》二編以見。卷中引《書》「五品不遜」之語，覽者以爲笑端。予既爲史官，思別撰一書，自分職以來，訖于明崇禎之季。恒囊書入直，曉夜抄撮，積一十四册。擬删其重複，補其闕遺，題曰《瀛洲道古録》。會遭院長彈事，未果會稡成書。然歸田後，每扁舟近游，未嘗不攜之藤笈也。晚得孫逢吉《職官分紀》、陳騤《中興舘閣録》、《續録》、元王士點《元祕書志》，頗快于心。近又得洪遵《翰苑羣書》足本，于是詞臣之典故略備。惜乎老矣！目眊耳聾，無能甄綜。歎有願之不吾遂也。爰記憶所録書目，授之門弟子溧陽黄夢麟，海寧查昇、楊中訥，高郵吴世燾，婁縣姚弘緒，長洲汪士鋐，武進錢名世，竇應喬崇烈，俟有志者輯成之。康熙丙戌陽月，竹垞老人書。

崇文書目跋

《崇文總目》六十六卷，予求之四十年不獲。歸田之後，聞四明范氏天一閣有藏本，以語黄岡張學使按部之日傳抄寄予。展卷讀之，祇有其目，當日之敘釋無一存焉。樂平馬氏《經籍考》述鄭漁仲之言，以排比諸儒每書之下必出新意，著説嫌其文繁無用。然則是書因漁仲之言，紹興中從而去其序釋也。書籍自劉《略》、荀《簿》、王《志》、阮《録》以來，不僅條其篇目而已，必稍述作者之旨以詔後學。故贊《七略》者或美其剖判藝文，或稱其略序洪烈。其後殷淳則有《序録》、李肇則有《釋題》，必如是而大綱麁舉。若盡去之，是猶存虎豹之鞟，與羊犬何别歟？《唐志》十九家、《宋志》六十八部，今存者幾希，賴有是書，學者獲覩典籍之舊。觀歐陽子集收《總目叙釋》一卷，餘則馬氏《志》間引之。辭不費，而每書之本末具見，法至善矣。漁仲徒恃己長，不爲下學後覺之地。此謂君子一言以爲不知者也。

跋中興館閣録續録

《中興館閣録》十卷，分九門：一沿革、二省舍、三儲藏、四修纂、五撰述、六故實、七官聯、八廪禄、九職掌。淳熙四年秋，祕書監天台陳騤叔進所撰。序之者，丹稜李燾心父也。《續録》亦十卷，則嘉定三年館閣重行編次，後人次第補録迄于咸淳者。二録予抄自上元焦氏，惜非完書。然官聯尚存，以之續洪氏《羣書》、下及王氏、商氏之《祕書志》、黄氏之《翰林記》，先正入官之倫序庶可紀述，無憂文獻之不足徵矣。

書元祕書監志後

《元祕書監志》十一卷，著作郎東平王士點繼志、著作佐郎曹州商企翁繼伯同撰。所載詔旨公移，多用國書文，以是流傳者罕，然一代之典故存焉。卷中題名有張應珍，以至元三十年十二月由從事郎歷祕書監丞，大德八年六月遷祕書少監，九年十月乃更姓名曰吳鄹。而《吉安府志》稱鄹永新人，宋末兵亂，避仇轉徙山西，元駙馬都尉高唐郡王闊里吉思嘗從之質疑，刊其書于平陽路。《志》遂附之宋遺民之列，不知其仕于元革命之初。士之出處殊塗，不可以紊，有是編足以證府志之誤矣。

文淵閣書目跋

《文淵閣書目》編自正統六年六月，著録者：少師兵部尚書兼華蓋殿大學士楊士奇、翰林院侍講學士馬愉、侍講曹鼐也。其目不詳撰人姓氏，又不分卷，俾觀者漫無考稽，此牽率之甚者已。按：宋靖康二年，金人索祕書監文籍，節次解發。見丁特起《孤臣泣血録》。而洪容齋《隨筆》亦云宣和殿太清樓龍圖閣所儲書籍，靖康蕩析之餘，盡歸于燕。元之平金也，楊中書惟中于軍前收伊洛諸書，載送燕都。及平宋，王承旨構首請輦送三館圖籍。至元中，又從平陽經籍所于京師，且括江西諸郡書板。又遣使杭州，悉取在官書籍板刻至大都。明永樂間勑翰林院凡南内所儲書各取一部。于時修撰陳循督舟十艘，載書百櫝送北京。又嘗命禮部尚書鄭賜擇通知典籍者四出購求遺書，皆儲之文淵閣内。相傳雕本十三，抄本十七，蓋合宋金元之所儲而匯于一，縹緗之富古未有也。攷唐宋元藏書皆極其慎重，獻書有賚，儲書有庫，勘書有人，曝書有會。至明以百萬卷祕書顧責之典籍一官守視，其人皆貲生，不知愛重。而又設科專尚帖括，《四子書》、《易》、《詩》第宗朱子，《書》遵蔡氏，《春秋》用胡氏，《禮》主陳氏。愛博者窺《大全》而止，不敢旁及諸家。祕省所藏，土苴視之，盜竊聽之。百年之後，無完書矣。迨萬曆乙巳，輔臣諭内閣勑房辦事大理寺左寺副孫能傳、中書舍人張萱、秦焜、郭安民、吴大山校理遺籍，惟地志僅存，亦皆嘉、隆後書，初非舊本。經典散失，寥寥無幾。萱等稍述作者之旨，較正統書目大爲過之。惜已無足觀，徒爲有識者歎惜而已。

跋重編内閣書目

《内閣重編書目》八卷，萬曆三十三年大理寺副孫能傳、中書舍人張萱、秦焜、郭安民、吳大山，奉内閣諭令校理。能傳等稍疏諸書大略，合乎晁氏、陳氏之旨。今以正統六年目録對勘，四部之書，十亡其九，惟地志差詳。然宋元圖經舊本並不登載，著于録者悉成弘以後所編，是則内閣藏書至萬曆年已不可問。重編之目殆取諸刑部行人司所儲，録之以塞責爾。嗚呼！設一典籍掌十萬册之書，立法苟且已甚，以楊士奇之得君且奉詔編書目，可以言而不言，其罪尚可逭哉。

南京太常寺志跋

曩海寧談遷孺木館于膠州高閣老弘圖邸舍。閣老導之借故册府書縱觀，因成《國榷》一部。掇其遺，爲《棗林雜俎》，中述孝慈高皇后無子，不獨長陵爲高麗碽妃所出，而懿文太子及秦、晉二王皆李淑妃産也。聞者争以爲駭。史局初設，彝尊嘗以是質諸總裁前輩。總裁謂：宜仍《實録》之舊。今觀天啓三年《南京太常寺志》，大書孝陵殿宇中設高皇帝后主，左配生子妃五人，右祇碽妃一人。事足徵信，然則《實録》出于史臣之曲筆，不足從也。漢之文帝自言：「朕高皇帝側室之子。」于義何傷？而《奉天靖難記》每載長陵上闕下書，及宣諭臣民，曰：朕太祖高皇帝、孝慈高皇后嫡子。考妣必並舉壺漿，欲掩而迹反露矣。《志》凡四十卷，嘉善沈若霖編。

書馮尚書元飈題首善書院詩後

萬曆二十九年二月庚午朔，天津河御用監少監馬堂進大西洋利瑪竇所貢土物。時先文恪公以禮部侍郎掌本部尚書事，疏言：「《會典》止有西洋瑣里國，無所謂大西洋，其真僞不可知。又寄住二十年方行進貢，與遠方慕義獻琛者不同。且所貢天主、天主母圖既屬不經，而行李中有神仙骨。夫既稱神仙，自能翀舉，安得遺骨？此韓愈所云『凶穢之餘，不宜令入宮禁』者也，乞速勒歸國，勿許潛居兩京，與内監交往，以致别生支節，眩惑愚民。」疏進不報。迨天啓初元，鄒忠介、馮恭定同官都察院。都人建首善書院于大時雍坊，爲講學之所。二年，御史倪文焕詆爲僞學，是歲毁先聖栗主，燔經籍于堂中，踣其碑。西洋人湯若望以其國中推步之法證《大統曆》之差，徐宫保光啓篤信之，借書院作曆局，遂踞其中，更名天主堂。書院廢，而逆祠建矣。誦馮公詩足當詩史。

跋綏寇紀略

梅村吴先生以順治壬辰舍館嘉興之萬壽宫，方輯《綏寇紀略》，以三字標其目，蓋倣蘇鶚《杜陽編》、何光遠《鑑誡録》也。一曰澠池渡，二曰車箱困，三曰真寧恨，四曰朱陽潰，五曰黑水擒，六曰穀房變，七曰開縣敗，八曰汴渠墊，九曰通城擊，十曰鹽亭誅，十一曰九江哀，十二曰虞淵沉。于時先生將著書以老矣。越歲，有迫之出山者，遂補國子祭酒，非其志也。久之，其鄉人發雕是編，僅十二卷而止，虞淵沉中、下二卷未付棗木傳刻焉。《明史》開局，求天下野史。有旨勿論忌諱，盡上史館。于是先生足本出，予抄入《百六叢書》。歸田之歲，爲友人借失，後十八年從吳興書估購之，怳如目接先生之謦欬也。綏寇之本末，言人人殊。先生聞之於朝，雖不比見者之親切，終勝草野傳聞，庶幾可資國史之采擇者與。

曝書亭序跋卷十一

胡氏皇王大紀跋

孔子序《書》，斷自《堯典》始。屈平之言曰：「邃古之初，誰傳道之？」而譙周、蘇轍撰《古史》、梁武帝撰《通史》、胡衛撰《通史緣起》、羅泌撰《路史》，言之不盡出于雅馴，兼不盡傳。惟五峰胡氏所述《皇王大紀》八十卷，自盤古氏迄周赧王，舉二千餘歲事。廣摭史傳，以經義貫通之，庶幾擇之精而語之詳矣。近鄒平馬驌撰《繹史》，疑其未見是編，而體例頗相似，正可並存不廢云。胡氏，名宏，字仁仲，文定公安國季子。嘗謁楊中立于汴京，從侯師聖于荊門，故學有原委。書成于紹興辛酉。紹定間奉朝命索是書，漕使曾爲鏤版。予所儲者，明萬曆辛亥重雕本也。

書錢氏補漢兵志後

宋懲五代之弊，收天下甲兵，悉萃京師，名曰禁軍。開寶入籍十九萬三千，不爲不多矣，至道增至三十五萬八千，天禧增至四十三萬一千，慶曆增至八十二萬六千，治平以降迄于元豐稍爲裁減，尚六十餘萬。徽宗將一童貫，而禁軍闕額二十四萬。靖康之禍，按籍止存三萬人而已，無一夫可驅之戰者，遂以不支。高宗將一張浚，富平、符離之敗，棄師累十萬，乃莫有正其罪者。尚可言兵事乎？樂清錢文子見南渡兵食之冗濫也，以漢制不失寓兵于農遺意，而班史無志，因以補之。書僅一卷，言近而旨遠，辭約而義該，此非低頭拱手高談性命之學者所能括也。文子，字文季，紹熙三年中上舍釋褐出身，以吏部員外郎兼國史院編修官歷宗正少卿，退居白石山下，自號白石山人。故所輯《詩傳》及是編皆以白石著録，不知者疑是姜夔書，誤矣。卷首有陳元粹序，後有王大昌跋，皆其弟子。跋稱嘉定中鋟板于淮南漕廨。予所抄者虞山錢曾藏本也。

跋後漢書

范氏《後漢書》初無表、志，第有十帝紀、八十列傳而已。故梁剡令劉昭《注續漢志序》曰：「范曄良史，誠誇衆氏，序或未周，志遂全闕。」劉知幾曰：「其十志未成而死。」葉適云：「遷、固相踵作書志，至范曄廢不復著。」陳振孫云：「曄本書未嘗有志，劉昭所注乃司馬彪《續漢書》之八志爾。」相傳宋孫宣公奭判國子監，校勘官書，遂以司馬氏志入之范氏書中。然昭序有云：「借舊志注以補之。」則不自奭始矣。流傳日久，讀史者直以爲范氏之書。吁！可怪也。《續漢書》已亡，八志賴入范書得存。今宜别爲分卷，附紀傳之後，兼以熊氏表附之，則有條不紊，一代之史大備。惜乎未有好事者爲此舉也。

吴氏兩漢刊誤補遺跋

《兩漢刊誤補遺》十卷，題曰河南吴仁傑撰。前有曾绛序，後有林瀛疏，章丘李氏藏書也。歲在丙寅，亡兒昆田客濟南，借得之，抄以奉予。按：唐以前讀《兩漢書》者，第有集解、音義而已。其後李善作《辨惑》、顔游著《決疑》，見于《新書·藝文志》。至于宋，作刊誤者四家：張泌、余靖、劉攽，其一亡其名氏矣。劉氏之書因宋仁宗讀《後漢書》見「墾田」字皆作「懇」，于是使侍中傳詔中書，俾刊正之。攽爲學官，遂刊其誤。《宋志》：劉氏書凡四卷。趙希弁《讀書附志》云止二卷，西漢東漢各一卷。當得其實。今吴氏是編本以補劉氏之遺，而文多于劉，足以徵其博洽也已。仁傑，字斗南，别號蠹隱居士。本昆山人，其稱河南者，舉郡望而然。登淳熙進士，歷官國子學録。所著《古周易》、《易圖説》、《離騷草木蟲魚疏》及此書焉爾。編年紀傳之長，而去其短者。多不傳。予所見者《古周易論》、《易圖説》、《樂舞新書》、《鹽石新論》及絳序所稱《漢通鑑》，輯

書元趙居信蜀漢本末後

明乎陳壽不忘蜀漢之本心，而後可更作蜀漢之史。若信都趙氏《蜀漢本末》一書，其持論謂壽進曹魏于正統，抑昭烈爲僭國，視之與孫權同科。是于《三國志》未嘗絜其長短，測其用意之深，徒因《綱目》書法而作者也。試取壽之書法一一表出之，則不予魏以正統，昭烈非僭國，蜀與孫權殊科，灼然見矣。

唐六典跋

《唐會要》：開元二十七年二月，中書令張九齡等撰《六典》三十卷成，上之。百官稱賀。按：開元十年，起居舍人陸堅被旨修是書，帝手寫白麻紙六條：曰理、曰教、曰禮、曰政、曰刑、曰事，令以類相從，撰録以進。張説知院，以委徐堅。堅思之經歲，規制莫定。蕭嵩知院，又引韋述，始以令式入六司，仿《周

禮》六官之制，沿革並入注中。勑所云「法以《周官》，作爲唐典」是已。其後九齡知院事，加陸善經。李林甫代九齡，加苑咸。《集賢注記》稱二十六年奏草上。考新、舊《唐書》，九齡以二十四年罷知政事，尋謫荆州。是進書之日，九齡久已去官矣。程泰之撰《雍録》謂：書成于九齡爲相之日，進御當在二十四年，林甫注成或在二十七年。其説良是。今本卷首直冠林甫之名，若與九齡無預。後學所當考正，去小人之銜名，而特書文獻所上可也。

書孫氏唐史論斷後

《唐史論斷》三卷，宋尚書刑部郎中充天章閣待制兼侍讀許州孫甫之翰撰。甫以劉昫《唐書》繁冗失體，改用編年法著《唐記》七十五卷。没後，詔求其書，留之禁中。此則其《論斷》也。廬陵歐陽氏、涑水司馬氏、眉山蘇氏、南豐曾氏交歎美之。紹興中曾鏤板南劒州，端平間復鐫于東陽郡，今則流傳寡矣。繹其論議，覈而不苛，非若尹氏、胡氏《通鑑發明》、《讀史管見》之少可多怪也。

唐會要跋

《唐會要》一百卷，宋建隆二年宰相王溥撰進。其書本于蘇冕，冕弟弁共纂四十卷，楊紹復等續之，溥集兩家書廣爲百卷。卷中恒存蘇氏駮議。太祖稱其詞簡而禮備，詔藏史閣。今雕本罕有。予購之四十年，近始借抄常熟錢氏寫本。惜乎第七卷至第九卷失去，雜以他書，第十卷亦有錯雜文字，九十二卷闕第二翻以後，九十三、九十四二卷全闕。安得收藏家有善本，借抄成完書。姑識此以俟。

五代會要跋

《五代會要》三十卷，亦建隆初王溥所進。予抄自古林曹氏。康熙甲戌春，復從商丘宋氏借觀江西舊抄本，勘對無異。編中闕紙數翻，兩本亦同也。五代之亂，干戈俶擾，其君臣易置若傳舍然，未暇修其禮樂政刑。然當日累朝咸有實録可采。而歐陽子作史僅成《司天》、《職方》二考，其餘槩置之。微是書，典章制度無足徵矣。

莆田陳氏九朝編年備要跋

《九朝編年備要》三十卷，太學生莆田陳均平甫撰。均，丞相俊卿之從孫也。前有建安真德秀、長樂鄭性之、知漳州林岊及均自序四篇，凡例一卷。端平初有上言于朝者，下福州取其書，得初品官。編年自司馬公《通鑑》成書，即《綱目》改裁，未見其當。今所傳陳桱、王宗沐、薛應旂所輯書，類皆謬誤疎略。以予觀平甫是書，簡而有要，可謂盡善矣。而陳振孫訕之，謂其去取無法，詳略失中。未免責人已甚矣。康熙乙丑觀耿都尉正公插架書，發函讀之，不忍釋手。都尉遂以贈。予報以仇實父畫山水。越二十一年丙戌夏，曝書于亭前，追憶舊事，識之末簡。

眉山彭氏太平治迹統類跋

《太平治迹統類》四十卷，眉山彭百川叔融撰。予抄自上元焦文端公家，卷帙次第爲裝釘者所亂。傭書人不知勘正，別用格紙抄録，以致接處文理不屬，欲校定甚難。然是書儲藏者寡，存之笥，冀與博聞者審定之。

宋學士院中興紀事本末跋

《中興紀事本末》七十六卷，學士院經進。始建炎元年五月，至紹興二十年十二月。南渡君臣時政，詳于徐夢莘《三朝北盟會編》、李心傳《建炎以來朝野雜記》。兹編紀載有出二書之外者，可以資攷證也。所載岳鄂王獄，具秦檜言，「飛子雲與張憲書，不明其事體，必須有」。韓蘄王争曰：「相公『必須有』三字何以使人甘心？」惟徐自明《宰輔編年録》同之。今羣書皆作「莫須有」，恐未若二書之得其實也。

中興通鑑跋

宋《中興通鑑》一十五卷，通直郎國史院編修官劉時舉編。史嵩之喪父，以右相起復。時舉爲京學生，與王元野、黄道等九十四人，太學生黄愷伯、金九萬、孫翼鳳等百四十四人，武學生翁日善等六十七人，宗學生趙子褢等三十四人，上書争之。是亦慷慨之士也。觀者嫌其太略，然以視王宗沐、薛應旂所撰，斯條理過之矣。

書李氏續通鑑長編後

眉州李文簡公《續資治通鑑長編》共九百八十卷，《舉要》六十八卷。隆興元年知榮州，先以建隆迄開寶年事一十七卷進。乾道四年，官禮部郎，乃以整齊建隆元年至治平四年閏三月五朝事跡共一百八卷進。淳熙元年知瀘州，又以治平後至靖康凡二百八十卷進。淳熙九年知遂寧府，重別寫呈，并《舉要》、《目録》計一千六十三卷進。今僅存者，太祖至英宗朝一百七十五卷而已。若神宗朝二百二十八卷、哲宗朝二百二十卷、徽宗欽宗朝三百二十三卷，乾道中祇降祕書省依《通鑑》紙樣繕寫一部，未經鏤板，遂失傳。宋儒史學以文簡爲第一，蓋自司馬君實、歐陽永叔書成，猶有非之者，獨文簡免于譏駮。張敬夫比之霜松雪柏，生死文字間。葉正則謂：《春秋》之後，纔有此書。要非過論也。治平以後，藉有《長編紀事本末》存，略見大旨，然見之者罕矣。陳氏桱、王氏宗沐、薛氏應旂目不覩是書，輒續通鑑行世。柯氏維騏、王氏維儉之改修《宋史》亦然。此猶夏蟲不可語以冰，松柏之鼠不可語以堂密之有美樅者也。

書宋史張浚傳後

徐秀才善敬可一日語予曰：「周公謹，小人哉！張魏公，朱子所父事，何可毁也？」予曰：三代直道之遺也。宋之南渡，將帥有人，可以戰，可以守。自寄閫外之權于浚，喪師動數十萬，元氣重傷。譬諸孱夫不能復起矣。浚于李綱、趙鼎輩，則劾之，于汪伯彦、秦檜等則薦之，尚得云好惡之公乎？至曲端之誅，與檜之殺岳飛何以異？而讀史者務曲筆以文，致端有可死之罪。不過因浚有子講學。浚死，徽國公爲之作狀。天下後世遂信而不疑爾。袁中郎《宿朱仙鎮詩》云：「祠前簫鼓賽如雲，立石争鑱弔古文。一等英雄含恨死，幾時論定曲將軍？」江進之《讀魏公傳詩》云：「子聖焉能蓋父凶，曲端冤與岳飛同。何人爲立將軍廟，也把烏金鑄魏公。」可謂助我張目者也。

書柯氏宋史新編後

《宋》、《遼》、《金》、《元》四史，惟《金史》差善，其餘潦草牽率，豈金匱石室之所宜儲？柯氏撰《新編》會《宋》、《遼》、《金》三史爲一，以宋爲正統，遼、金附焉。升瀛國公，益、衞二王于帝紀，以存統。正亡國諸叛臣之名，以明倫。列道學于循吏之前，以尊儒。歷二十載而成書，可謂有志之士矣。先是，揭陽王昂撰《宋史補》，台州王洙撰《宋元史質》，皆略焉不詳。至柯氏而體稍備，其後臨川湯顯祖義仍、祥符王維儉損仲、吉水劉同升孝則咸有事改修。湯、劉槀尚未定，損仲《宋史記》沉于汴水。予從吳興潘氏鈔得，僅存。然三史取材，紀傳則有曾鞏、王偁、杜大圭、彭百川、葉隆禮、宇文懋昭，編年則有李燾、楊仲良、陳均、歐陽守道，禮樂則有聶崇義、歐陽修、司馬光、陳祥道、陳暘、陸佃、鄭居中、張暐，職官則有孫逢吉、陳騤、徐自明、許月卿，輿地則有樂史、王存、歐陽忞、稅安禮、王象之、祝穆、潘自牧，志外國則有徐兢，著録則有王堯臣、晁公武、鄭樵、趙希弁、陳振孫，類事則有徐夢莘、孟元老、李心傳、葉紹翁、吕中、馬端臨、趙秉善，述文則有趙汝愚、吕祖謙，諸書具在。以予淺學，亦曾過讀。其他宋金元人文集約存六百家，郡縣山水志以及野史説部又不下五百家，及今改修，文獻尚猶可徵。予嘗欲據諸書考其是非同異，後定一書。惜乎老矣未能也。

姜氏祕史跋

王莽之閏漢，朱全忠之篡唐，其罪貫盈，而紀年仍書于史。燕王取天下于兄子，非有積怨深怒，乃革除建文君之五年，毋亦太忍也乎？紀遜國事者不啻百家，大約惑于齊東野人之語，尤甚者《從亡遺〔一〕筆》、《致身録》也。弋陽姜清撰《祕史》，稽之故牒，以證其非。幸書成于《致身録》未出之前，顧猶信程濟爲有其人，則亦非信史矣。福藩稱制，無一善政可紀。惟追贈壬午殉難諸臣，贈官錫謚，差快人意。第易名多至□十□人，未免失之太濫。然程濟、史仲彬不及焉，其勝于刊《勝國逸書》者多也。竊怪吾鄉姚御史瑄坐姦黨籍産，載于《文皇實録》，而諸書無紀其姓名者。又高太常遜志棄官，遁永嘉山中，窮餓而卒。比于林右，出處未詳者有間。右有謚，而太常無之，是亦闕典也已。清，字源甫，弋陽人，正德辛未進士，官考功司郎中，歷尚寶少卿。

〔一〕「遺」當作「隨」。

孝宗大紀書後

萬曆二十二年三月，允禮部尚書南充陳公于陛之請，修國史。閣臣議開局，聚書分纂。于是崇仁吳公道南立正史議志之類二十有二、傳之類二十有六。吳公領修《河渠志》，而先太傅文恪公分撰《孝宗大紀》，皆附之家集中。緣陳公逝，其書未果成也。古之國史恒以本朝之人述當代之事，故文獻足徵。《光武帝紀》定于永平。武德、貞觀國史成于顯慶。宋于兩朝、三朝、五朝、七朝、四朝先後撰述。榻前論議，斯時政有紀。柱下見聞，斯起居有注。類而次之，謂之日曆。修而成之，謂之實録。然後一代之典則備焉。明則第有實録、寶訓而已。建文革除，景泰附録，何以成一代之典章。善夫！吴公之言曰：「曾南面者，當知史不可滅之義。曾北面者，當思名必先正之文。」是惠、代二宗帝紀不可不特書也矣。康熙己未，史局既開，以先公《大紀》送館，幸存其副。未幾，雕本付搨。書手不戒于火，因書以付昆田。

明史提綱跋

《明史》開局，監修總裁諸公以《建文帝本紀》書法下問。余以「宫中火，帝崩」對。同官徐勝力固争當從遜國羣書，具述其事，遂任編纂。紀成，諸公終未以爲然也。遜國羣書可信者絶少，十九皆作僞無稽。尤可怪者，《從亡隨筆》之程濟、《致身録》之史仲彬，欺人欺天，莫此甚矣！歸田後，得洧川范氏《明史提綱》四十三卷，書成于萬曆戊申夏。自洪武迄隆慶，其書惠宗，削遜國二字之非，可謂具良史之識者。守己，中萬曆甲戌進士，仕至陝西布政司參議。所著書尚有，《春秋傳》二十五卷，以證胡《傳》之訛；《史删》二十八卷，以糾《綱目》之失。惜乎未之見也。

書兩朝從信録後

《熹宗實録》成，藏皇史宬。相傳順治初，大學士涿州馮銓復入内閣，見天啓四年紀事毁己尤甚，遂去其籍，無完書。論世者頗以《兩朝從信録》是徵。斯編爲秀水諸生沈國元所纂。乃二年春會試天下士，哲皇帝以首科特簡二輔臣爲總裁官：隨州何公宗彦、先太傅文恪公也。國元舍鄉先達不書，書顧秉謙，果足以傳信乎？

曝書亭序跋卷十二

商祖丁爵銘跋

右爵一銘二字，曰：「祖丁」，在右柱外。薛紹彭曰：「祖丁者，商十四君祖辛之子也。」内有文作弓形，中包六字，不可辨識。山陽張弨曰：「此商之酒器，蓋射者必繼以飲。《詩》言『發彼有的，以祈爾爵』是也。」爵今存弨家。弨，字力臣，精六書，貧而嗜古。賓至，繞席皆尊、彝、敦、卣之屬。昔歐陽子撰《集古録》，藉劉仲原父、楊南仲諸子釋文。自力臣殁後，雖有奇字，爲余釋其文者寡矣。

商父己敦銘跋

父己敦一，上圜下方，崇一尺五寸，脣廣四尺，底二尺八寸，腹受五升，舟五尺四寸。其文雲靁，其耳饕餮，銘二字在腹。蓋商器也。商人尚質，作祭器以薦祖考，猶以父稱。故鼎有父甲、父乙、父丁、父己、父辛、父癸，尊有父乙、父丁、父己、父癸，彝有父甲、父乙、父丙、父丁、父己、父辛、父癸，卣有父乙、父丙、父丁、父己、父辛、父癸，爵有父乙、父丁、父戊、父己、父庚、父壬、父癸，觚有父乙、父庚，觶有父己、父辛，斝有父丁，甗有父乙、父己，鬲有父己，盉有父丁、父癸，舉有父己、父辛，盤有父辛，匜有父癸。然則敦以父已名，固其宜已。不惟是也，有以祖名者：尊之祖丁、祖戊，卣之祖乙、祖丁、祖庚、祖辛，爵之祖丙、祖丁，觚之祖丁，甗之祖已，匜之祖戊是也。有以母名者，卣與鬲之母乙是也。他如世母辛、兄丁、兄癸、婦庚、子乙、女乙、孫已，名得通于下。銘辭不若周人之煩，取足以紀行次而已。歲在上章執徐春，觀于王公子士駿書齋，椎拓而還，裝界于册。

宋拓鐘鼎款識跋

宋紹興中，秦相當國，其子熺伯陽居賜第十九年，日治書畫碑刻，是册殆其所集。如楚公鐘、師旦鼎皆一德格天閣中物也。餘或得之畢少董，或得之朱希真，或得之曾大中。蓋希真晚爲伯陽客，而少董時視盱眙榷場，因摹款識十五種，標以青箋，末書「良史拜呈」，以納伯陽，至今裝池册内。秦氏既敗，册歸王厚之。每款鈐以「復齋珍玩」、「厚之私印」，且爲釋文，疏其藏弆之所。後轉入趙子昂家，子昂復用「大雅」印鈐，兼書薛氏《攷證》于後。于時錢德平、柯敬仲、王叔明、陳惟寅均有賞鑒私印。隆慶六年，項子京獲之。尋歸倦圃曹先生。康熙戊申，先生出示予。予愛玩不忍釋手，先生屬予跋之，未果也。辛酉冬，予留吴下。先生寓書及册，復命予跋。予仍不果。改歲，乃封完寄焉。先生既逝，所收書畫多散失。久之，是册竟歸于予，藏篋中十載。宗人寒中嗜古，見而愛玩之，猶予之曩日也，因以畀之。每歎書畫金石文銘心絶品，恒納諸炙手可熱之人，若秦會之、賈師憲、嚴惟中，物之尤者悉歸焉。然千人所指，其亡也可立而待。曾不若山林寂寞之鄉，儲藏可久。則予託之寒中，庶其守而勿失也。夫册中所拓鐘七，鼎二十有一，鈙二，爵六，鬲四，卣九，敦四，簠一，甗二，壺二，刀一，檠二，鐙一，尺一，漢器一，中有棨次新手跋，及書林羲叟、公輔諸圖記。

周鼎銘跋

右周鼎銘一，新城王吏部子底見之焦山佛寺中。俾程處士穆倩讀之。其文可辨識者七十有八字，存其疑者八字，不可識者七字。吏部爲長歌述之，其弟禮部貽上和焉，而摹其文授予。三君者，可謂好古之士矣。昔歐陽永叔得古器銘必屬楊南仲釋其字。南仲之言曰：「古文自漢世知者已希，賈逵、許慎輩多無其説。」而蔡君謨亦曰：「古之篆字，或多或省，或移之左右上下，惟其意之所欲。」甚哉！辨識之難也。鼎銘詞曰：「惠敢對揚天子丕顯敷休。」其人莫考。曰「王格于周」，曰「司徒南仲」，殆周初器也。其曰「立中庭」。按：《毛伯敦》銘文亦有之。薛尚功釋爲「立」。而楊氏謂：古「立」、「位」同字，古文《春秋》書「公即位」爲「公即立」。則是銘曰「立」亦當作「位」。穆倩定爲「立」，從薛氏讀也。古之勳在王室者，既受之册，歸必銘其器，論撰其祖父之德善功烈，以明示後世。如申伯、召虎、韓侯、文侯，錫予之盛，《詩》、《書》所載僅千百之一二，而銘諸器者無窮。蓋不特齍、盉、匜、医、敦、卣爲然，舉凡鋒矛、刀劒莫不有銘。自秦銷金咸陽，厲禁所至，爲段冶改煎，殆不可勝數。世徒懲秦燔詩書之禍，不知銷金爲禍之益烈也。嗚呼！三代之文，自九經而外，其得見于今者希矣。顧神物顯晦，或有時復出。惜乎！又委之荒山梵宇中，莫之寶惜，徒令好古君子摩抄歎息之不已也。鼎崇尺有三寸，腹深八寸，脣廣一尺四寸，其耳三寸，禮部語予云。

周司成頌寶尊壺銘跋

右周司成頌寶尊壺，注以酒，容一斛。項腹均有銘。按：其文一百五十字，可辨識者「維三年五月既死魄甲戌，王在周康邵宫，旦，王格太室，即位。宰弘右頌入門立中庭。尹氏受王命書。王呼史虢□册命頌。王曰：頌，命汝官司成，賜汝玄衣、黹帶、赤芾朱黄、鑾旂、鋚勒，用事。頌拜稽首，敢對揚天子丕顯□休，用作朕皇考龔叔寶尊壺，用追孝蘄吉康。頌其萬年眉壽，□臣天子令終，子子孫孫寶用。」此其大略也。攷周轍未東，王宫名著于載紀者，不聞有康邵宫。惟郝敦載吕大臨《考古圖》，有「王在周邵宫」之文。薛尚功釋「邵」作「昭」，蓋惑于《竹書紀年》、《穆天子傳》西王母來賓昭宫之故。吕氏定作「邵」，今斯銘文甚顯，其爲「邵」無疑。椒舉曰：康有酆宫之朝，冠以康者，或康王所築，未可定爾。「太室」者，明堂中央之室，《書》言「王入太室祼」是已。「司成」分職不載于《周官》。《戴記·文王世子》篇：「大司成論説在東序，侍坐者遠近間三席。」北海鄭氏以爲即周官司徒之屬師氏。而新安王氏駁其非，謂世子、國子之德業，大司樂教之使成，故名。蓋「大司樂」也。二説均可通。要之，周官有是名矣。銘稱「皇考龔叔」，郝敦稱「皇考龔伯」，二器疑出于同時。尊壺今藏錢唐王太僕益朋家，識者比于郜之大鼎、燕之重器。

周延陵季子劒銘跋

康熙九年冬十有二月，偕嘉興李良年、吴江潘耒、上海蔡湘過退谷孫先生蟄室。出延陵季子佩劒相示。以周尺度之，長三尺，臘廣二寸有半，重九鋝，上士之制也。臘有銘，篆文字不可辨，合之韋續五十六體書，無一似。其曰季子劍者，先生審定之辭云爾。先生命四人聯句詠之，詩成，摹銘文于前，俾書聯句于後，裝界爲册，藏之硯山書屋。

南海廟二銅鼓圖跋

廣州波羅江上南海神廟銅鼓二。大者唐嶺南節度使鄭絪出鎮時，高州守林靄得之峒户，以獻絪，納諸廟。面闊五尺，臍隱起，羅布海魚蝦蟇等紋，旁設兩耳，通體色微青，雜以丹砂瘢，其光可鑑。小者殺大者五之一，從潯州灘水湧出。色純緑，雜以鷓鴣斑，審視之，隱隱若八卦畫。每歲二月上壬，土人擊以樂神。民間有疾，禱于廟，亦擊之。考《周官》：六鼓四金，鼓人辨其聲用，籥章以土，鞞人以木，革以冒之。不聞范金也。迨伏波將軍平交阯，諸葛丞相渡瀘，始鑄銅爲鼓，流傳三川百粤頗多。嶺南一道，廉州有塘，欽州有村，博白有潭，萬州、靈山、文昌有嶺，取以名其地。傳聞鼓初成，懸于廣庭，宰牲置酒，子女緐會，出金銀釵叩之，納諸主者，目曰都老。有讎怨相攻，則鳴鼓集衆，俄頃烏合。蜀則凡鼓悉稱孔明所遺，其直易牛千頭。苗民得此，雄視一方。要其制，無若南海廟中之大者。至于金錞和鼓亦名錞于，掌之鼓人，見于《春秋》内外傳。先銅鼓有之，鄭康成謂圓如碓頭，大上小下。乃宋聶崇義繪《三禮圖》，誤懸以龍牀，狀若杯盂。而《宣和博古圖》一十九器不繪繩索，以龍馬、虎蜼、龜魚、栖鳳、山花鎮之，仰若井口，是皆以下爲上矣。南齊始興，王鑑鎮益州，什邡人段祖獲錞于以獻。史稱高三尺六寸六分，圍三尺四寸，圓如筩，色黑如漆，甚薄，上有銅馬，以繩懸馬，令去地尺餘，灌之以水，又以器盛水于下，以芒莖當心，跪注錞于，以手振芒，則聲如雷。其釋器差詳。竊思作錞，本以和鼓，度其形亦略似。第鼓穹其腰，而錞削其下，鼓蒙兩面，而錞去其底。銅鼓初鑄必取二器折衷之，蜀人所以名錞于鼓云爾。鼓無銘，乃俾畫手縮爲圖，書其後。

漢尚方鑑銘跋

處士鍾嶔立獲古鏡于新塍市之西，以百錢購之田父。土蝕其半，命工刮摩之，晶光澄澈。處士出以相示，挂諸壁，若弦月之燭霄漢也。驗其背，銘辭曰：「尚方作鏡真大好，上有仙人不知老，渴飲玉泉飢食棗。」「鏡」省文作「竟」，蓋漢尚方鑑也。漢宮闕有尚方掖門，官制設尚方令丞待詔，職屬少府，主作禁器物，掌上手工作，以宦者爲之。蔡倫之造紙及祕劒是已。自武帝好神仙，宣帝亦信方士，所製隋侯劒、寶玉、寶璧、寶鼎，皆尚方爲之。既而劉更生獻淮南《枕中洪寶》、《苑祕》之方，令尚方鑄作，事不驗。張敞上言請斥遠方士，尚方、待詔皆罷。然則鏡銘殆出方士作也。《宣和博古圖》載漢鑑一百有三，尚方鑑居其四，銘辭損益各殊，古人制器不屑雷同若此。處士曰：「有是哉。」既摹其銘，遂裝于册。

書漢鏡銘

金有時而爍，惟鏡巨室小家均有之。故自漢以來，制器間有存者。衎㕘所藏是鏡，蓋漢時物也。其銘作韻語，曰：「樂無事，日有喜，宜酒食。」豈非知止不殆之君子爲之乎？

跋新莽錢范文

易龜貝爲泉布，師尚父立其法，退而行之齊。周官則泉府掌之。景王分小大二品，權其子母，爲利溥矣。然仲尼之徒無道其事者，利固孔子所罕言也。新莽閏位，特重錢法。錢凡六品，刀凡二品，布凡十品。既而以剛卯金刀合劉氏文，乃禁佩剛卯，除刀錢，以大錢小錢二品並行，防民盜鑄，挾銅炭者入鐘官。其時鼓鑄多，故至今猶有存者。若夫錢范，竊疑排纂譜録圖志諸家或未之見也。歲在丁亥夏，覯于衎叅上舍小葫蘆山書屋。范形正方，中央輪廓四。其二有文曰：大泉五十。徧體青緑，詩家所云「活碧」，庶幾近之。上舍得之石門。呂編修葆中案頭古銅器雖多，當以此居第一矣。

跋甘羅城小錢文

右錢薄，而且小，文止一字，不可辨識，下穿一小孔。相傳淮口有土阜，土人目爲甘羅城。淮流變遷，遺跡莫考。有掘得此錢者，名之曰「甘羅錢」。殆鵝眼、綖環、榆莢、荇葉之類，此之謂幺錢、幼錢也。

景雲觀鐘銘跋

景雲觀在修業坊，見宋次道《長安志》。鐘銘，睿宗景雲二年所撰并書。字體與順陵碑文略似，猶有八分遺意，間雜篆法，姿態横出，妙品也。由唐以來歷年既久，當時古蹟高臺已傾，曲池已平，殘碑斷碣，僅存千百之一。而睿宗之書獨留至今無恙，鐘虡不移，亦事之希有者也。

咸寧縣唐冶金五佛像銘贊跋

唐自太宗崇奉釋教，凡索戰之地，軫念國殤。破劉武周，于汾州立弘濟寺。破宋先生，于呂州立普濟寺。破宋金剛，于晉州立慈雲寺。破王世充，于印山立昭覺寺。破竇建德，于汜水立等慈寺。破劉黑闥，于洺州立昭福寺。征高麗還，于幽州立憫忠寺。猶曰悼兵士死戰，而爲之薦福，不失發政施仁之一端。追武后竊位，横征苛索，增建佛寺匪一。當是時，勅春官尚書王攸寧充檢校大像使，于白司馬坂冶金爲像。都下嚮風，煉金銅成佛身者益多矣。今咸寧縣尚存五軀，皆長安中所鑄。軀必有銘、有贊。作銘者三人：韋均、李承嗣、姚元景。作贊者二人：高延貴、蕭元眘。吾鄉曹侍郎潔躬遣人椎拓，合裝界成一册。惜未經跋尾，像設本末不得其詳。惟姚元景銘乃爲光宅坊、光宅寺造像而作。攷《唐會要》：「儀鳳二年，望氣者言此坊有異采，掘石得舍利萬粒，因立爲寺。」元景，元之之弟也，仕至潭州刺史，見《宰相世系表》。

吴大安寺鐵香鑪題名跋

曹生曰瑚好集金石文字，從上元燈市購得鐵香鑪識十紙，以示余。文稱「吴太和五年歲次癸巳七月己丑鑄此香鑪。收買鐵仈錢打造，計重一万二千斤，安大安寺大殿上，爲國王吴主、府尊令公、十方萬姓永充供養。證因僧智玄，鑄鑪匠丘師立」。所云「國王吴主」者，唐亡十二年吴猶不改天祐年號，至楊行密次子隆演乃始建元。第四子溥雖御文明殿即帝位，國人猶稱曰王，而以主代帝也。「府尊令公」者，太和三年以中書令徐知誥爲金陵尹也。十國之主率多佞佛，楊氏所有二十九州，往往鑄金刊石。若昇之興化院、江之開福院、安國寺均有鐘。鐘有銘，見于王象之《碑目》。若大安有寺，《金陵梵刹志》不載，然銘既有拓本，則兹器尚存無疑。題名百人中有金一娘、段二娘、雷三娘、魏四娘、張五娘、孫六娘、金七娘、戴十三娘、丘六十娘，雜之都勾當、工人姓名中，畫字天斜，丁口無別。夫爲國以禮。務使男女各正其位，故授受不親，不雜坐，不交爵，不同巾櫛、椸枷，言不出梱，所以坊民閑，其可踰乎？竊國之主教民無術，失禮制之防，混冠衣于巾幗，而民不知恥，君子以爲國非其國矣。

書錢武肅王造金塗塔事

寺塔之建，吳越武肅王倍于九國。按：《咸淳臨安志》九廂四壁諸縣境中，一王所建已盈八十八，所合一十四州悉數之，且不能舉其目矣。當日嘗于宫中冶烏金爲瓦，繪梵夾故事，塗之以金，合以成塔。鄮陽姜堯章得其一版，乃如來舍身相。陽穀周晉仙賦長歌紀其事，有云：「錢王本自英雄人，白蓮花見國主身。蛇鄉虎落狗脚朕，何如錦袍玉帶稱功臣？」攷羅平僭號，王遺董昌書曰：「與其閉門作天子，九族塗炭，不若開門作節度使，終身富貴無憂。」晉仙即演其辭，使聞者足戒，此詩人之善于取材者已。鄉人蔣爾齡亦得一版，作放下屠刀立地成佛相。以施城東白蓮寺僧。吾友周青士所目擊，曾以語予。及予歸田，則爾齡、青士皆逝。詢之寺僧，堅不肯承，真跡不復可覩。遂書其事，附録晉仙之詩，冀此瓦未鑠，好古之君子或一遇焉。

附録：周文璞《方泉集》詩：白石招我入書齋，使我速禮金塗塔。我疑此塔非世有，白石云是錢王禁中物。上作如來舍身相，飢鷹餓虎紛相向。拈起靈山受記時，龍天帝釋應惆悵。形模遠自流沙至，鑄出今回更精緻。錢王納土歸京師，流落都在西湖寺。錢王本是英雄人，白蓮花見國主身。蛇鄉虎落狗脚朕，何如錦袍玉帶稱功臣？天封坼開即退聽，兩浙不聞笳鼓競。歸來佛子作護持，太師尚父尚書令。一枚傳到白石生，生今但有能詩聲。同袍方外銛師兄，哦詩禮塔作佛事。同喫地爐山芋羹，何曾薰陸綺牀供。但見相輪銅緑明，哦詩禮塔猶未畢，蘆葉低飛山雨濕。

溪州銅柱記跋

右《銅柱記》，楚王馬希範與溪州刺史彭士愁立誓，范金爲柱，命掌書記天策府學士李弘臯作記。柱高一丈二尺，入地六尺，重五千斤，環以石蓮花臺。在今辰州溪蠻境上，去府治百餘里，以是罕有摹拓本流傳于世。即好古如翟、趙、曾、洪諸家，亦未之著録也。予年三十讀歐陽子《五代史》，愛其文辭。及覽司馬公《通鑑》，編年敘事反詳于國史之紀傳，心竊未安。因與鍾秀才淵映約分注歐陽子書。既而，予從雲中轉客太原，訪沙陀北漢故蹟，殘碑斷碣，靡不摩挲抄撮。淵映亦多所攷證，不幸客死于燕，遺稾盡失，從此予無相助者，興轉闌散矣。康熙戊午，崑山葉徵士奕苞相聚京師。語及金石文，自言家有《銅柱記》拓本，乃託其郵致。具録記文，審定《楚世家》之誤：「弘臯」止名曰「臯」，「彭士愁」易以「士然」，其子「師杲」易以「師暠」。劉攽本静江軍指揮使，不書其官，未免太略，亦且失實。斯當以記爲正也。

續題溪州銅柱記後

《溪州銅柱記》卷還葉氏，求之三十年不得。歲在己丑七月，忽獲之西吴書估舟中。文字完好，出于意表。檢視曩時跋尾，于弘臯本末未之詳，乃命裝潢手作册，綴舊題于前，續書其末。馬希範之喪，天策府都尉希廣，其同母弟；武陵帥希萼，其庶兄。弘臯主立希廣，而大校張少敵憂之，謂曰：「希萼，次長負氣，必不爲都尉下，且與九溪蠻通好，若不得立，勢將引蠻軍爲亂。幸熟思之。」弘臯不從，少敵遂辭去。希廣立未幾，希萼果以武陵反，合九洞溪蠻分路齊進，遂至長沙，縊希廣于郊外，而支解弘臯。此事歐陽子亦略而不書。溪州静邊都向化立誓狀具于天福五年正月，記撰于是年五月，柱鑄于七月，字鐫于八月，立于十二月，宋天禧元年十一月移竪今所。

廣州光孝寺鐵塔記跋

嗚呼！僭竊之主未有愚于劉鋹者也。謂羣臣有家室顧子孫，惟宦者可信。不知其植黨納賄更甚焉。鐵塔建自大寶十年，凡七層，合相輪蓮花座，崇二丈有二尺。觀其列名，皆宦者也。當其時，鋹又範銅爲己像，并肖諸子，列于天慶觀，而今已亡之。蓋金石刻之傳于世，金之用博，故其鑠也易。以予所見，自唐以來惟景雲觀、法性寺二鐘銘及是塔記而已。若晉祠鐵人，鑄自宋建中靖國年，則其文在胸突出，難以摹搨。蓋款識不同，變前人之舊矣。

續書光孝寺鐵塔銘後

歲在壬申，重游嶺表。改歲正月，南海陳元孝飯予光孝寺，南漢之興王寺也。寺僧導主客詣劉鋹所鑄鐵塔所在，見二塔並立一屋中，修短不齊，一作記，一題名。始悟曩時拓本合二爲一，記之不詳。元孝語予，南漢主劉龑葬番禺縣治東二十里北亭。明崇禎丙子秋九月，穴中有雞鳴。土人發其墓，隧道崇五尺，深三尺，有金像十二。一冕而坐，一笄而坐，殆馬后也。夾侍十人，疑是諸子。又學士十八，以白金鎔鑄。其他珍異物甚夥。有碑一，具書翰林學士知制誥正議大夫尚書右丞上紫金佩臣盧應奉勅撰。文曰：「維大有十五年歲次壬寅四月甲寅朔念四日丁丑，高祖天皇大帝崩于正寢。越光天元年五月癸未朔十四日丙申，遷神于康陵，禮也。」云云。予方注《五代史》，衰年健忘，遂牽連書于前册。亡友仁和吴志伊撰《十國春秋》，「盧應」更作「膺」，謂「事龔，爲工部侍郎，大有中加太尉。中宗時，拜中書侍郎同平章事」。銜名不合，惜其已逝，未得此異聞也。

跋晉祠鐵人胷前字

太原縣唐叔虞祠西南隅聖母廟階下，鐵人四。長九尺，分兩行侍立，胷前有字，紀鎔鑄歲月，是政和年造。文既牽率，字亦麄醜，無足取者。倦圃鉏菜翁以金石之文石多金少，款多識少，遂摹搨而裝潢之。此無異燕人之市馬骨也。

太醫院銅人腧穴圖拓本跋

京師太醫院三皇廟腧穴圖，傳是宋天聖年鑄。舊有石刻《針灸經》，仁宗御書其額。靖康之亂，自汴輦入金，或謂安撫使王檝使宋，以進于元者。世祖命阿尼哥新之，至元二年銅人象成。周身腧穴，脈絡悉具。注以水，闗竅畢達。明裕陵命工重修，製序，載《實録》。萬曆初，先少保官太醫院使，復時加洗濯焉。言明堂鍼灸自黄帝始，其後膏肓孔穴，側偃流注，三部五藏十二經，失之毫釐，悔且無及。學醫者試搨是圖，挂于壁，晨夕省視之，亦仁術之一端也。

曝書亭序跋卷十三

書岣嶁山銘後

古今雜體書勢，韋續述之凡五十六種。祇云夏禹作鐘鼎書，不言有岣嶁銘，然見于《吳越春秋》、《南嶽記》、《湘中記》、《南岳總勝集》。劉夢得寄呂衡州詩有云：「嘗聞祝融峰，上有神禹銘。古石琅玕姿，祕文螭虎形。」昌黎韓子《謁南嶽廟兼賦岣嶁山詩》，上言：「岣嶁山尖神禹碑，字青石赤形模奇。科斗拳身薤倒披，鸞飄鳳泊拏虎螭。」下言：「事嚴蹤跡鬼莫窺，道人獨上偶見之。千搜萬索何所有，森森緑樹猨猱悲。」是韓子僅得之道人之口，而銘文仍未之見也。地志稱宋嘉定中，有何賢良致于祝融峰下，樵子導之至碑所，手摸其文以歸，奉曹轉運彥約。時人未信，致遂刊之嶽麓書院。鄱陽張世南作記，事或有之。是銘考古家率以爲僞，祇因箋釋者太支離，故疑信相半。蒙著于録，下配壇山之石，不亦可乎？

石鼓文跋

石鼓籀文，雖與大篆小異，然離鐘鼎款識未遠。其爲三代之物，信矣。而諸家或疑之。馬子卿至謂：「宇文周所刻。」誠倉父之言也。十鼓向闕其一，皇祐間始得之。歐陽永叔見之最早，文存四百六十五字爾。薛尚功則云歲月深遠，缺蝕殆盡。今《款識》所載，乃得之前人刻石者。方之永叔，僅多二字。胡世將《資古紹志録》云：所見者先世藏本，在《集古》之前，僅益九字。至潘愜山作《音訓》時，止存三百八十有六字而已。楊用修謂：從李賓之所得唐人拓本，多至七百有二字。又言及見東坡之本。人多惑焉。愚攷第三鼓，潘氏《音訓》有「避衆既簡」句。《古文苑》脱「避」字，有「衆」字，用修不取，易以「六師」二字。第四鼓潘本有「四馬其寫，六轡□鶩」句，「鶩」上脱一字，《古文苑》本「鶩」作重文，用修亦不取，更以「六轡沃若」。第五鼓「霝雨」上《古文苑》有「蔞蔞」二字，薛氏、施氏本則有「天」字，用修亦不取，增「我來自東」四字。夫《車攻》狩于東，故云「駕言徂東」，「東有甫草」。若岐陽在鎬京之西，豈得云「我來自東」乎？至于第六鼓因民間窪以爲臼，其上漫漶。以諸鼓驗之，每行多者七字，少者六字。此鼓行僅四字，上皆缺二三字，用修每行增一字，强之成文。又如第七鼓用修增益「徒御嘽嘽，會同有繹，或羣或友，悉率左右，以燕天子」。咸與小雅同文，不知鼓文每行字有定數，難以增益。尤有異者，鼓有「[illegible]」文。郭氏云：「恐是臭字，古老反，大白澤也。」用修遂以「惡獸白澤」入正文中，其亦欺人甚矣。攷賓之《石鼓歌》中云：「家藏舊本出棃棗，楮墨輕虚不盈握。拾殘補缺能幾何，以一涓埃裨海嶽。」夫以歐陽、薛、胡諸家所見，止四百餘字。若賓之本有七百餘字，拾殘補闕亦已多矣。賓之不應爲是言也。子瞻之詩曰：「韓公好古生已遲，我今況又百年後。强尋偏旁推點畫，時得一二遺八九。模糊半已似瘢胝，詰曲猶能辨跟肘。」子由和之有云：「形骸偃蹇任苔蘚，文字皴剥因風雨。字形漫汗隨石缺，蒼蛇生角龍折股。」夫用修之本既得自賓之，傳自子瞻，是子瞻克見其全，子由亦得縱觀。子瞻、子由又不應爲是言也。杜子美詩有曰：「陳倉石鼓久已訛。」韋蘇州詩有曰：「風雨缺謁苔蘚澀。」而韓吏部歌曰：「公從何處得紙本，毫髮盡備無差訛。」又曰：「年深豈免有缺畫。」則石鼓在唐時已無全文，故吏部見張生之紙本，以爲難得也。吳立夫詩亦云：「岐右石鼓天下觀，駱駝載歸石盡爛。」夫以唐宋元人未見其全者，用修獨得見之。此陸文裕亦不敢信。由石鼓而推之，用修他所攷證，吾亦不能已于疑。無惑乎陳晦伯有《正楊》一編矣。

跋漢五鳳二年甎字

右漢五鳳二年甎一由，嵌曲阜孔子廟庭前殿東壁。書以篆文一行，志塼埴之歲月，後有金高德裔題跋。西京陶旊之式存于今者，惟此爾。東京則有建武二十八年北宫衛令邯君千秋之宅甎，亦作篆書。其餘載于洪氏所紀者有：永平八年甎一、建初三年汝伯寧甎一、七年曹叔文甎一、元和三年謝君墓甎一、永初元年景師甎一，其文皆隸書也。或云「萬歲舍，大利善」，或云「千萬歲署舍，子孫貴昌，未央大吉」，或云「大吉陽，宜侯王」。蓋東京人尚讖緯，民間造宅墓争作吉祥之語，與西京不侔矣。

會稽山禹廟窆石題字跋

黄岡張編修視學兩浙，按部於越，拓會稽山禹穴窆石題字見寄，請予審定其文。予考窆石之制，不載于聶崇義《三禮圖》，惟《周官》冢人之職，「及竁」，「共喪之窆器」。「及窆，執斧以涖」。鄭康成以爲下棺豐碑之屬。《圖經》：禹葬于會稽，取石爲窆。石本無字，迨漢永建元年五月，始有題字刻于石。此王厚之《復齋碑録》定以爲漢刻，殆不誣矣。石崇五尺，在今禹廟東南小阜，覆之以亭，相傳千夫不能撼。及歲在乙酉，有力士拔之，石中斷，部下健兒迭相助，乃拔。陷地纔扶寸爾，土人塗之以漆，仍立故處。載考古之葬者，下棺用窆，蓋在用碑之前。碑有銘，而窆無銘，驗其文乃東漢遺字。趙氏《金石録》目曰「窆石銘」，誤也。噫！穀林之陽、蒼梧之野，已無陳迹可求，而岣嶁有碑，啓母廟有闕，會稽有窆石，益以徵神禹明德之遠也夫。康熙己卯夏日書。

漢開母廟石闕銘跋

右開母廟石闕銘，存書三十二行。漢避景帝諱，改啓爲開。《史記》：「啓，禹子。其母，塗山氏之女也。」《尚書》：「娶于塗山。」屈原《天問》：「焉得彼塗山女而通之于台桑？」《吕覽》：「禹見塗山氏女，未之遇，而巡省南土，女乃歌曰『候人兮猗』，實始作爲南音。」《列女傳》美其彊于教誨，然則母也賢矣。若夫禹化爲熊，塗山氏化爲石，石破生啓，荒誕不經，本于墨翟之徒隨巢子，至漢流傳。斯嵩山母廟南，有石闕存焉也。闕立于安帝延光二年，地志云是潁川守朱寵造。其制累石而成。兩觀雙植，中不爲門，亦有石方數尺，上琢樓屋覆蓋，如佛寺經幢然。武綏宗爲兒造闕用錢十五萬，比立碑費十倍之。洪氏《隸續》具圖闕狀，顧啓母廟暨少室神道未之及者，洪氏主于釋隸，而二闕銘皆篆文故爾。予友葉井叔宰登封，拓以見遺，因疏本末于册尾。

漢戚伯著碑跋

右漢戚伯著碑，宋嘉祐中宿州浚汴，獲之泥沙中。是本紙墨皆古色，爲退谷孫侍郎收藏，殆即初獲碑時所拓也。鄱陽洪氏謂其字畫古怪，偏旁增減有不可辨者。審視之，良然。同觀者曲周王顯祚湛求、永年申涵光和孟、嘉興譚吉璁舟石。

漢魯相乙瑛請置孔廟百石卒史碑跋

魯相乙瑛以孔子廟在闕里，褒成侯四時來祠，事已即去。廟有禮器，無常人掌領，請置百石卒史一人，典主守廟。元嘉三年，司徒吴雄、司空趙戒聞于朝，詔如瑛言，選年四十以上經通一藝者，乃舉文學掾孔龢任之。按《漢書・儒林傳》「郡國置五經百石卒史」，臣瓚以爲「卒史，秩百石者」。劉昭注《續漢書・百官志》引應劭《漢官儀》「河南尹百石卒史二百五十人」，《黄霸傳》「補左馮翊二百石卒史」。蓋秩有不同，故舉石之多寡别之。今本杜佑《通典》乃譌「百石卒史」爲「百户吏卒」。我聞在昔有釋《戰國策》音義者，更「雞口」作「雞尸」，貽笑藝苑。以「百石」爲「百户」，是「雞尸」之類也。

漢武梁祠碑跋

右漢從事武梁祠堂畫象，傳是唐人拓本。舊藏武進唐氏，前有提督江河淮海兵馬章，後有襄文公順之暨其子鶴徵私印。漢自趙岐營壽藏，圖晏平仲、羊舌叔譽、東里子産、延州來季子四象，紀之史册。此外如朱浮、魯恭、李剛、魯峻、董蒲、范皮諸祠墓畫象刻石者匪一，惟梁祠人物最多。洪适《隸續》具摹其形，古帝王、忠臣、義士、孝子、賢婦凡一百六十有二人。今是册存者僅帝王十人、孝子四人而已。由黄帝至舜，圖皆服冕，禹手操掘地之器，冠頂鋭而下卑，殆《士冠禮》、《郊特牲》所云：「毋追」者是。覩此可悟聶崇義《三禮圖》之非。桀以人爲車，故象坐二人肩背，《隸續》所摹失其真矣。每幅上下、四旁有小字，分書題識姓名，或間作韻語。趙明誠稱其字畫遒勁。史繩祖謂其筆法精穩，可爲楷式。觀者但覺墨光可鑑，元氣渾淪，謂爲唐本，當不虚也。

漢桐柏廟碑跋

右漢桐柏廟碑，購之江都市上。《水經》：「淮水出南陽平氏縣胎簪山，東北過桐柏山。」酈道元謂：「山南有淮源廟，廟前有碑，是南陽郭苞立。又二碑，並是漢延熹中守令所造。」斯蓋其一矣。考歐陽氏《集古録》所載碑文「中山盧奴君」，「奴」下闕一字。斯碑云「盧奴張君」，特未詳其名爾。其曰「春秋宗禜」，碑作「宗奉」，「災異告變」作「告愬」。而「靈祇」下碑闕「報祐」二字，中云「從郭君以來，廿餘年不復身至」，《集古録》闕其文，郭君殆即苞也。獨怪歐陽氏謂其文字斷續，而是碑甚完好，疑爲後人重摹，然流傳于世罕矣。

漢婁壽碑跋

右漢南陽處士婁壽碑，歐陽氏、趙氏、洪氏均著于録。其曰玄儒先生者，國人之私謚也。易名之典，禮官主之，太常博士議之，廷臣得以駮正之。其後但請于朝，不考德行，惟爵得謚，失制謚之本矣。至于私謚，多出鄉人門弟子之私，極辭肆意，未有限量。然稽之于古，若展禽之謚惠，黔婁之謚康。降而東漢，見諸碑闕者，故友易名，不盡加以上謚，玄儒先生其一也。是册爲中吴齊女門顧氏所藏，雖非足本，而古意淋漓于楮墨之表。予先後見漢碑約三十種，老年復覩此，幸矣。

衡方碑跋

右漢步兵校尉衡方碑，在今汶上縣。文述其先伊尹在殷號稱阿衡，因而氏焉。按：趙氏《金石録》載浚儀令衡立碑，亦云出自伊尹，合之應劭《風俗通》無異。或云魯公子衡，子孫因以爲氏，則各有所本也。碑以椎拓者少，故文從字順可讀。康熙乙巳秋九月，檇李曹溶潔躬、太原傅山青主、長水朱彝尊錫鬯同觀。

漢淳于長夏承碑跋

右漢淳于長夏承仲兗碑，在今廣平府。宋元祐間，因治河隄得于土壤中。崇禎癸未，予年十五，隨第六叔父子蕃觀同里卜氏所藏，猶是宋時拓本。今爲土人重摹，失其真矣。

漢博陵太守孔彪碑跋

右漢博陵太守孔彪碑。曲阜石闕，多置孔子廟廷，獨此碑在林中。歐陽子《集古録》第云孔君碑，惜其名字皆亡。趙明誠以爲碑雖殘闕，名字可識。諱彪，字元上。證以韓勑、史晨二碑率錢人姓名。是本曩見之于宛平孫侍郎宅，文愈斷爛，諱及字形模尚存。乃弘治中修《闕里志》改「彪」爲「震」，都少卿穆遂謂撰志者遺之，不知「震」即「彪」字之誤也。孫氏所藏漢隸約三十餘種，尚有張表、衡方、夏承、王純、侯成、戚伯著諸碑，皆宋時拓本。今盡散佚，覩此如覿故人，又絶類郃陽令曹全筆法。此正永叔所云「碑石不完者，則其字尤佳」。旨哉言也。

漢析里橋郙閣頌跋

右漢武都太守李翕析里橋郙閣頌碑，立于建寧五年，同時有黽池五瑞碑。五瑞者，黄龍、白鹿、連理木、嘉禾、甘露，及承露人，各圖其象，摹厓刻之，今無存矣。洪氏《隸釋》稱從史字漢德作頌，故吏字子長書之。書法太醜，疑爲後人改刊。

漢冀州從事張君碑跋

右漢冀州從事張表碑石，今不存。予所見者，宛平孫氏家藏宋搨本也。嘗怪六朝文士爲人作碑表志狀，每于官閥之下輒爲對偶聲律，引他人事比擬，令讀者莫曉其生平。而斯碑序述全用韻語，不意自漢已有作俑者。然其書法，特在今世所存諸漢碑上。

跋蔡中郎鴻都石經殘字

中郎石經，初非三體書法，而楊衒之、劉芳、竇蒙、蘇望、方勺、歐陽棐、董逌等皆誤讀范史《儒林傳》。惟張縯謂以三體參校其文，而書丹于碑，則定爲隸，其説獨得之。今觀宛平孫氏所藏《尚書》、《論語》殘字，平生積疑爲之頓釋。《論語》、《書》云：「孝乎，惟孝。」包咸注云：「『孝乎惟孝』，美大孝之辭。」今石本「乎」乃作「于」，然則「孝于惟孝，友于兄弟，施于有政」句法正相同也。

跋漢華山碑

漢隸凡三種。一種方整，鴻都石經，尹宙、魯峻、武榮、鄭固、衡方、劉熊、白石神君諸碑是已。一種流麗，韓勑、曹全、史晨、乙瑛、張表、張遷、孔彪、孔伷諸碑是已。一種奇古，夏承、戚伯著諸碑是已。惟延熹華山碑正變乖合，靡所不有，兼三者之長，當爲漢隸第一品。予生平僅見一本，漫漶已甚。今覩西陂先生所藏，文特完好，并額具存。披覽再三，不自禁其驚心動魄也。「郭香察書」字義，諸家論説紛紛。關中趙孝廉子函以郭香察書配杜遷市石，其説近是。載考司馬彪《續漢書・律曆志》靈帝熹平四年，有太史治曆郎中郭香姓名，殆即察書之人與。

溧陽長潘校官碑跋

紹興十三年，溧水尉喻仲遠得漢碑于固城湖中。驗之，則靈帝光和四年，溧陽丞尉吏掾爲其長潘校官乾元卓立。其出也晚，故猶未漫漶，辭稱「惠我犂蒸」，犂、黎通，蒸、犂字乃顛倒用之。其曰：「尚旦在昔，我君存今。」蓋以周公、太公喻乾，擬人非其倫矣。

漢白石神君碑跋

右漢白石神君碑，在無極縣。立石者，常山相南陽馮巡、元氏令京兆王翊。與歐陽氏《集古録》所載無極山神廟碑略同。文稱神君能致雲雨，法施于民，則祀之宜也。然所云「蓋高」者，合之無極廟碑，特常山一妄男子爾。先是光和四年，巡詣三公神山請雨，神使高傳言，即與封龍、無極共興雲雨，賽以白羊。

高等遂詣太常索法食。越二年，具載神君始末，上尚書，求依無極山爲比。即見聽許。蓋斯時巫風方熾，爲民牧者宜潛禁于將萌。乃巡、翊輕信巫言，輒代爲之請，何與？非所云「國將亡，而聽之神」者與？碑陰有「務城神君」、「李女神」、「甄[一]石神君」、「壁神君」名号，殆因白石而充類名之者。碑建于光和六年，是歲妖人張角起矣。

〔一〕「甄」《八瓊室金石補正》録文作「磚」。

漢郃陽令曹全碑跋

萬曆中，郃陽縣民掘地得漢曹全碑。以其最後出，字畫完好，漢碑之存于今者，莫或過焉。按碑文，全爲㑀麋侯相鳳之孫。鳳嘗上書言燒當事，得拜金城西部都尉，屯龍耆。而全以戊部司馬討疏勒，又定郭家之亂，信不媿其祖矣。時人語曰：「重親致歡曹景完。」蓋其孝友之性尤人所難能也。嗚呼！今之爲吏者，雖遭父母之喪，必問其親生與否，投牒再三，始聽其去。而全以同産弟憂，得棄官歸，以此見漢代風俗之厚。其敦孝友若是，宜士君子顧惜清議，而自好者不乏也。全以禁網隱家巷者七年，可以補後漢史黨錮諸人之闕。史載「疏勒王臣磐爲季父和得所射殺」，而碑云「和德弑父篡位」，「德」與「得」文亦不同。史稱「討疏勒有戊己司馬曹寬」，而不曰「全」。又云「其後疏勒王連相殺害，朝廷亦不能禁」，而碑云「和德面縛歸死司寇」。蓋范蔚宗去漢二百餘年，傳聞失真，要當以碑爲正也。

續題曹全碑後

右予庚戌冬跋尾。越二年，再至京師，從慈仁寺市上買此碑。石已中斷，完好者且漶漫矣。更歷數十年，必又歎此碑爲難得。

漢北海相景君碑并陰跋

濟寧州儒學孔子廟門列漢碑五，其制各殊。北海相景君碑，其一也。地志不載何年所立。以予考之，元天曆間幽州梁有，字九思，曾奉勅歷河南、北，録金石刻三萬餘通上進，類其副本爲二百卷，曰《文海英瀾》。于濟得漢刻九于泗水中，葛邏禄迺賢寄以詩云：「泗水中流尋漢刻，泰山絶頂得秦碑。」閱歐陽、趙氏著録，斯碑本在任城，其移置于學者，必天曆間矣。碑辭漫漶，其陰旁右壁，工以不能椎拓辭，予留南池三宿，强令拓之。題名有督郵、督盗賊、議史、書佐、騎吏、吏、行義、修行、午、小史、豎。其云「午」者，不載于《續漢書·百官志》，即趙氏亦不知也。《廣韻》詮「丘」字，稱漢複姓凡四十有四。引何承天《姓苑》，漢有司隸校尉水丘岑。而斯碑有修行水丘郃，營陵人。又有修行都昌台丘遲、故午都昌台丘遷。則在四十四姓之外，亦足資異聞也已。

漢蕩陰令張遷碑跋

右漢蕩陰令張遷碑，不著于歐陽氏、趙氏、洪氏之録，殆後時而出者。碑額字體在篆隸之間，極其飛動，銘書「蔽芾棠樹」爲「蔽沛」。按：堯母、祝睦、魏元丕三碑其書「蔽」字略同，而「芾」作「沛」則此碑所獨也。碑陰率錢從事二人、守令三人、督郵一人、故吏三十二人。昔賢謂東漢鮮二名者。是碑范巨、范成、韋宣而外，自韋叔珍下皆二名，或書其字然邪？南濠都氏《金薤琳琅》少碑陰，不若此本之完好。

漢酸棗令劉熊碑跋

右漢酸棗令廣陵劉熊孟陽碑，上元鄭簠汝器所藏。碑文全泐，存字不及百名，筆法奇古。汝器以爲絶品。碑在唐時，王建已云「風雨消磨絶妙辭」。至于今，宜其不可辨識矣。碑後摭謡言作詩三章，其二曰：「有父子，然後有君臣，理財正辭，束帛戔戔。」以三言五言繼以四言，足以見文律之古。乃洪氏《隸釋》誚其難以謂之絶妙辭，斯亦拘方之見矣。

漢泰山都尉孔宙碑跋

漢泰山都尉孔宙碑，在曲阜縣孔子廟庭，大中大夫融之父也。裴松之注《魏志》引司馬彪《續漢書》亦作「宙」。又韓勑碑陰出私錢數，列「郎中魯孔宙季將千」。當以碑爲據，而《後漢書·融列傳》作「伷」。考宙卒于靈帝熹平四年，而伷于獻帝初平元年拜豫州刺史，籍本陳留，字公緒，別是一人。竊疑范史不應紕繆若是，或發雕時爲妄人所更，後學遂信而不疑也。

書韓勑孔廟前後二碑并陰足本

闕里孔子廟庭，漢魯相韓勑叔節建碑二。前碑紀造禮器，後碑以志修廟謁墓，碑陰兩側均有題名。金陵鄭簠汝器相其陷文深淺，手搨以歸，勝工人椎拓者百倍。汝器以予於金石之文有同好也，遠遺書寄予。乃取題名之參錯不齊者齊之，裝界成册。思夫孔子既没，褒崇之典歷代有之。《世本》：王侯大夫莫不有宗譜族牒。聖人之後獨無聞焉。厥後仙源宗子珍扈宋南渡。金源立别子爲祖。嘉熙雖仍錫文遠以爵，而授之田里，俾居三衢。宋之亡也，忽焉。元人思復立大宗，而宗子辭不受，能以禮讓，是人之所難也。以予所見，明嘉靖中《孔門僉載》一書，先聖六十一代孫承德郎魯府審理正弘幹所撰。有世表，有宗系圖，其於三衢一支棄而不録。奠繫世，辨昭穆者，宜如是乎？可爲長太息也矣。勑前後碑陰載孔氏苗裔，有褒成侯損建壽、御史翊元世、東海郎中訢定伯、豫州從事方廣平、故從事樹君德、朝升高、守廟百石卒史恢聖文、文學百石芝德英、故督郵承伯序、賴元夏、進幼達、相史誧仲助、術子佑、贊元賓、曜仲雅、遵公孫、旭連壽、番安世、太尉掾凱仲悌、處士徵子舉、巡百男、憲仲則、汎漢光，凡二十三人。而後碑稱碑係孔從事所立，殆方也。伏念聖人之後有賢子孫，改修《闕里志》、《孔門僉載》，則宗子支子之流派及書名史册、碑碣者具書之，惟非其族必去，非聖人之言必削之，庶乎其可已。

郎中鄭固碑跋

己酉之春，泊舟任城南池之南，步入州學，見儀門旁列漢碑五，左二右三。郎中鄭君固碑，其一也。碑文全漫漶不可辨識，舍之去。明年冬，同崑山顧寧人、嘉定陸翼王，觀北平孫侍郎藏本，文有「逡遁」字。寧人謂是「逡巡」之異文。退而引三禮注以證之，且博稽《晏子春秋》作「逡遁」、《漢書》作「逡循」、《莊子》作「蹲循」、《靈樞經》、《亢倉子》作「遵循」，又謂「逡遁」之異文，筆之《金石文字記》。以予考之，《集韻》逡、遁、後三字牽連書之，均七倫切，音義則一。《説文》釋「乍」字云：「乍行乍止也。」「遁」字雖音徒困切，而配之以乍，當讀如「足縮縮如有循」之循，以爲假借則可，不得謂之異文矣。寧人作《音論》，惜《集韻》不存，未知是書尚存天地間。故于諸書疑義，未盡晰爾。

書王純碑後

冀州刺史王純碑，婁彦發《漢隸字源》謂在鄆州中都縣，立于延熹四年冬十二月。而酈善長以純爲紛，以延熹爲中平，蓋未嘗親至其所，而傳聞之誤也。歲在丁未，同譚七舍人兄舟石觀于北平孫侍郎硯山書屋，宋拓本也。碑陰門生百九十三人，姓字不具者六，數略如之。按：漢人書名必具名字，此碑自馮定伯而下悉字而不名，與太尉楊震、高陽令楊著、玄儒先生婁壽三碑相同，亦門生之變例也。

跋竹邑侯相張壽殘碑

竹邑侯相張壽殘碑在兖州城武縣，立于漢建寧元年五月。土人截作後人碑趺，所存約二百字。竹邑侯者，彭城靖王恭之子阿奴，明帝永初六年封，見熊方《後漢書同姓諸王年表》。

金鄉守長侯君碑跋

金鄉守長侯君諱成，字伯盛，山陽防東人。文稱侯公之後，以平國君更安國君。又則鄉哀侯霸，其子昱徙封阿陵，而謂霸封於陵。歐陽氏、趙氏已正其譌矣。碑末書夫人以延熹七年疾終，蓋祔葬者。竊思東京碑版之文莫多于蔡邕，今集中碑銘、頌贊、誄辭、靈表、神誥男女各異其篇目，疑東京之俗，夫婦同穴者寡。故廣漢屬國侯李翊暨夫人臧其墓並在渠州，各自井椁樹碑，可以槩其餘矣。終漢之世，侯君而外，夫婦合葬僅有郎中馬江并書夫人宛句曹氏祔焉。此潘昂霄《金石例》、王行《墓銘舉例》未發其凡者也。

漢丹水丞陳宣碑跋

明成化中，内鄉縣高岸崩，土人得古碑一，乃漢丹水丞陳宣紀功碑。文稱宣字彦成，汝南新陽人，丞相曲逆侯裔。宙去户牖，遷淮漢間，傳歐陽《尚書》。仕郡，歷主簿、督郵，除項都卿，補臨縣。永壽三年七月，洪水盛多，田畝荒蕪，民失水利。卿單騎經營，復修古跡，旬月而成。長流投注，溉田二十餘頃。於是繆民胡訪等欲報靡由，登山伐石，建立全碑，甄記鴻惠，後附銘二章，建于建寧四年五月。是碑儲藏家鮮有著録者，惟邑人李蓘曾載于《丹浦款言》。康熙庚戌冬，覯于宛平孫氏。蓋耳伯先生曾知祥符縣事得之。

跋漢司隸校尉魯君碑

右魯君碑，熹平二年四月立。隸書。額穿其中。文一十七行。本在金鄉山墓側。趙德甫撰《金石録》時，已輦置任城縣學，至今存焉。相傳是蔡中郎書，惜其文不入集中。石久崩剥，僅識其百一而已。

執金吾丞武君碑跋

武君榮碑在濟寧州學儀門。漢制執金吾一人，丞一人，月三繞行宫外，戒司非常水火之事，秩六百石，緹騎二百人，輿服導從，光滿道路。光武嘗歎曰：「仕宦當作執金吾！」而樂府古歌辭稱：「陛下三萬歲，臣至執金吾。」蓋中興以後，官不常置。榮之本末，惜碑文已漫滅，年月無考，僅存其廓落焉爾。

書尹宙碑後

尹宙碑土中晚出，文字尚完，結體遒勁，猶存篆籀之遺。是本烟楮悉舊，對之如百年前物，尤爲盡善。太原傅山青主藏，檇李曹溶潔躬審定，朱彝尊錫鬯書，康熙乙巳秋八月。

滕縣秦君碑跋

兖州滕縣東四十里馬山古城址，有滕[一]君碑出自土中，無歲月可考。滕君，亦無名字。銘辭四言，音韻參雜，其云「系出睪」。睪與嶧通，知爲滕人。云：「爲政崇博，三年有成。」蓋出而仕者。末云「丹書刻石，垂示後昆」。以此知刊石書丹實始于漢，其來古矣。

〔一〕此「滕」字與下「滕君」之「滕」字，依標題似當作「秦」。

曝書亭序跋卷十四

魏封孔羡宗聖侯碑跋

右魏封孔羡碑，在今闕里孔子廟庭。相傳其文爲陳思王植所作，而梁鵠書之，著于圖經。假有好事者采之入《思王集》，其誰曰不宜。鄱陽洪氏以是碑文稱黄初元年，而《魏志》作二年正月詔以議郎孔羡爲宗聖侯，奉孔子祀。謂誤在史。考魏王受禪在漢延康元年十一月，既升壇即阼，事訖，改延康爲黄初。而碑辭叙黄初元年大魏受命。應歷數以改物。秩羣祀于無文。既乃緝熙聖緒，昭顯上世，追在三代〔一〕三恪之禮，兼〔二〕紹宣尼褒成之後，以魯縣百户，命孔子廿一世孫羡爲宗聖侯，則〔三〕詔三公云云。原受禪之始，歲且將終，碑有「既乃」之文，則下詔在明年二月。史未必誤。若章懷太子注、孔僖傳以「宗聖」爲「崇聖」，斯則誤矣。

〔一〕「追在三代」《金石萃編》作「追存二代」。
〔二〕「兼」《金石萃編》作「秉」。
〔三〕「則」《金石萃編》作「制」。

尚書宣示帖跋

古文造自倉頡，篆創自史籀，破自李斯，隸始程邈，八分肇王次仲，章草原于史游，行書起劉德昇，飛白擅蔡邕，草變于張伯英。唐張懷瓘言之詳矣，獨于真書不舉作者姓氏，蓋以隸爲真也。然洪适以八分稱隸，學者未嘗議其非。不得舉隸而遂遺真書也。鍾太傅八分有受禪碑，餘多真書。王丞相導愛之，以尚書宣示帖衣帶過江。今之傳本出于王内史所臨，而奏捷、墓田、薦季直諸帖，均爲世重。王僧虔賞其婉媚盡妙，陶弘景許以絶倫，庾肩吾品其天然第一。顧《魏志》本傳無片言及其善書，何與？竊疑漢代無真書，工之自太傅始。當時楷法雖精，章奏之外，未大行于世。迨晉帝王，方用正書，見于竇臮注《述書賦》。而衞夫人圖《筆陣》，有「真書去筆頭二寸一分」之語。然則真書當别標一目，未可牽混入隸之一門也。書以示兒子昆田。時康熙癸酉夏六月。

跋吴寶鼎甎字

康熙四年，吴之村民于小雁嶺掘地得甎二。識云：「大吴寶鼎二年歲在丁亥作」十有一字。蓋孫皓時紀元，「通鑑」晉泰始三年也。面有螭文，知非民間物。考是年六月，皓起昭明宫，方五百丈，二千石以下皆自入山督攝伐木，一時塼埴之工，陶旊交作，或分命吴郡助其役，理有然者。甎之爲用，古人取材必精，故羽陽、銅雀、香姜之瓦皆可製硯。而是甎相之，理觕質暴，若似乎火氣不交埒不孰者，殆爲坧者所棄，流轉民間，未可知也。二甎爲顧秀才肇敏所得，分其一贈予。予既搨孔廟五鳳二年甎，又從侯官林氏摹甘泉瓦，合此裝池作册，因濡筆識之。歲在壬午又六月，寓慧慶寺書。

吴天璽紀功碑跋

吴天璽元年紀功碑，亦名天發神讖，舊在巖山段石岡。山謙之《丹陽記》：巖山東有大碣石，長一丈，折爲三段。今其石移置學舍中，累之高止數尺。謙之蓋神其説爾。碑文倒置錯誤不可讀，今依祥符周在浚雪客考定裝潢之。相傳文出華覈。予爲雪客撰《碑考序》已辨其非矣。觀其字在篆隸之間，雖古而近拙，亦未必定出于皇象手蹟也。《金陵瑣事》謂是蘇建書，不知何據。

晉汲縣齊太公二碑跋

汲縣古朝歌地，相傳師尚父舊居也。遺碑一表一。表在縣治西南隅。晉武帝太康十年三月，尚父裔孫范陽盧无忌來爲汲令，刻石碑，在縣西北三十里廟中。北魏孝静帝武定八年四月立石，司農卿穆子容正書。按：李白詩云：「朝歌屠叟辭棘津，八十西來釣渭濵。」而韓嬰《詩外傳》稱文王舉太公時，公年七十二，與李詩不合。无忌表曰：康王六年，齊太公望卒。按《尚書·顧命》有「齊侯吕伋」文，則汲已嗣公爲侯，非卒于康王時也。然則金石之文亦有不足信者。

晉平西將軍周孝侯碑跋

宜興縣周孝侯碑，相傳平原内史陸士衡撰文，會稽内史王逸少書。孝侯戰没，而碑辭云：「元康九年，舊疾增加，奄捐館舍。」乖謬已甚。然書法亦不惡，但假逸少之名，是爲不知量矣。末題「元和六年歲辛卯十一月，承奉郎守義興縣令陳從諫重樹。」疑文字皆此君僞託爾。

宋搨黄庭經跋

褚登善于西堂録右軍書目，正書止《樂毅論》、《黄庭經》、《東方朔贊》三種而已。此外《太史箴》、《大雅吟》、《不傳》、《遺教經》譌闕過半，《樂毅論》亦亡其一角，惟《黄庭》獨完。宋人謂其不類，疑後世依仿爲之。然登善著録其爲右軍書，信矣。予嘗論周公、孔子之文，屈原之《楚辭》，篇各異體，不成一家之言。右軍於書亦若是也。曇壤換鵝之後，傳刻者衆，漸失其真，佳本難得。斯於譔末中審視之，佩離横逸，生面畢露，殆汴京名手所鎸，亦名手所拓，洵銘心絶品也已。

開皇蘭亭本跋

王逸少書，惟禊帖摹本最多。南渡内府所藏，凡一百一十七本。賈師憲竄逐，朝廷命王盃孫簿録其家石刻蘭亭八千匣。今陶九成所載目録，唐以前本無聞焉。兹册爲爛谿潘氏家藏，序後具書「開皇十三年歲次壬子十月摹勒上石」，高頭監刻「一十九字」，觀者或疑之。按桑澤卿《博議》載有智永臨本，蓋永師本逸少七世孫，傳其家法，學書永欣寺閣，梯桃不下者四十年，其勤苦若是。且于陳天嘉中繭紙真蹟，曾歸之，宜其筆精墨妙過于趙、韓、馮、葛數子也。明胡祭酒若思亦云永嘉本是智永臨寫，宋紹興間太守程邁刻置郡齋，末有孫興公後序，是唐乾封三年僧懷仁集書。斯言先後符合。竊疑是册即永師所臨。至煬帝時又有大業石本，見周公謹《雲烟過眼録》。然則禊帖流傳，隋代已有二本，考古之君子可以釋其疑已。

跋蘭亭殘石拓本

蘭亭殘石，不知勒自何方，後半多闕，蓋肥本也。禊帖肥瘦攸殊。褚廷晦本肥，張景元本瘦，歐陽行本本瘦，石熙明本肥，釋懷仁本前瘦後肥。王順伯主肥，尤延之主瘦，黄魯直取肥不剩肉，瘦不露骨，斯執中之論與。大都書家率以瘦本爲貴。相傳宣和中拓定武本，疊匱金三紙加氈椎拓之，故下肥上瘦。若是則在下者方不失真，安見肥者之不如瘦乎？魯直又云：「東坡道人少日學蘭亭，故其書姿媚。」知言哉！今觀殘石，東坡書法絶與相類，殆原出于肥本者也。帖今亦藏爛谿潘氏。竹垞老人書。

跋蘭亭定武本

蘭亭繭紙既入昭陵，書家之論以定武本爲第一。熙寧間納諸禁中，或云此石亦殉裕陵，則是人間不合有是本矣。按：歐陽永叔《集古録》謂定武二民家各有一石，較之，纖毫無異，然則定武原有二本也。相傳趙子固覆舟于嘉興，疾呼蘭亭在否？舟人負以出，子固大書云：「性命可輕，此寶難得。」好事者目爲佳話。又子昂仕元，子固不仕，其弟過之，行後，拂塵于坐。以予觀袁伯長跋禊帖，稱子固死，帖入賈相家。賈敗，籍于官，有官印。然則子固卒于宋未亡之前，伯長所云蓋不誣矣。茲來柘湖覯定武本，則未知孫次公所納石與，抑薛向所藏石與？要之，肥瘦適中，努啄生動，勝于他本，因以所聞述之。

國子監石本蘭亭跋

書至右軍入聖，右軍書至蘭亭而變化無方。後人評品以定武本爲最，歐陽率更所臨也。流傳有玉、有石、有棠梨版，字有闊行、有斲損，有肥、有瘦，有始肥終瘦，各本不同。相傳石晉廣運中契丹輦歸，棄之中道。而滎次新言，宋定國使金云：「在中京。」中京，遼之南京，金海陵改爲中都，即燕京也。吾鄉沈先輩虎臣撰《野獲編》云萬曆乙酉丙戌間，北雍治地得褉帖，行款肥瘦與定武本略同。識者疑是廣運所棄石。時長洲韓公存良官國子祭酒，拓數百本，遺友朋。合之次新所述，或即薛氏摹勒，未可定爾。

姜氏蘭亭二本跋

右褉帖二，石藏姜編修西溟家，皆瘦本也。世之論褉帖者必準于定武，審其譜系等差之。洪景盧有云：「碑刻不必問所從來，但以書之工拙爲斷。」予嘗歎爲知言。二本側掠努趯，不爲成規所拘，極其飛動，宜西溟心慕手追，愛翫而不釋也。西溟拓以贈予，前後鈐以私印，蓋不輕以予人云。

蘭亭神龍本跋

評褉帖者十九多推定武，獨陳長方謂唐人摹本非定武石刻所能及。是本有神龍半印，正唐人摹本也。墨蹟存項子京天籟閣，分授其子德弘録諸石。康熙壬子夏，予購得之。經熙寧、元豐諸賢審定，元人賞識略同，比于瘦本差肥，然抑揚得所，骨力相稱。假令孫莘老見之，定移入墨妙亭子。

晉王大令保母甎志宋搨本跋

崑山徐尚書原一初得王子敬保母甎志，予往觀焉，驗是宋嘉泰間拓本。經羣賢鑒定，鄱陽姜堯章尤賞之，連書十一跋于後。尚書以晉石墨難得，出白金十鎰易之。是日，同觀者慈谿姜宸英西溟、晉江黃虞稷俞郃、秀水沈廷文元衡也。志出于嘉泰壬戌，錢清王畿獲之會稽山樵。樵人獲之黄閍，興寧中保母葬地也。按：保母之名見《禮・内則》，鄭司農謂安其居處者。《儀禮・喪服》緦麻三月，爲乳母。子夏傳曰：「何以緦也，以名服也。」鄭注以爲「養子者有它，故賤者代之慈已。」蓋慈母必父之妾，保母、乳母以賤者代，母或自有所從之夫。子敬云：「歸王氏」，匪主右軍而言，可知已。黄閍不見于施宿、張淏二志，《爾雅》閍謂之門，閍祊同。廟門亦巷門也。甎出土時已斷爲四，歸于畿，又斷爲五，合而搨之，宜有裂紋，而仍若不斷者。信夫搨手之良，非今工匠所能及也。歸德安世鳳撰《墨林快事》詆其字不佳，語不倫。然堯章精于書法，其于禊帖、絳帖評騭不爽，謂是本有七美，與蘭亭序不少異，且言必大令自刻，傾倒至矣。又云有人刻別本以亂真，然則安君所見毋乃別本拙惡者乎？予惟堯章之言是信，語尚書寶藏之，毋爲豪者所奪可爾。

梁始興安成二王墓碑跋

康熙辛酉，江南試士既畢，爲攝山之游。出郭道經黄城村，梁侍中司徒驃騎將軍始興忠武王憺墓在焉。王，太祖第十一子，都督荆湘等六州軍事，有惠政，州民歌之，所云「始興王，民之爹」是已，薨于普通三年。碑辭侍中徐勉撰，貝義淵書。又東北甘家巷梁贈侍中司空安成康王秀墓在焉。王，太祖第七子，以中衛將軍領宗正卿，尋都督郢司霍三州軍事，遷雍梁等四州軍事，亦多惠政。天監十七年，薨于竟陵，歸喪京師。故吏譙郡夏侯亶表請立碑，詔許之。於是名士游王門者，東海王僧儒、吴郡陸倕、彭城劉孝綽、河東裴子野各製其文。今存碑二，其一全泐，惟孝綽一碑結銜石上可辨，書之者亦「貝義淵」也。二王同母，俱以孝悌聞于時，又皆好文。安成招劉孝標撰《類苑》，始興降意接士，嘗與賓客連榻而坐，史臣合傳，比于漢之河間、東平。其葬也，兆基既遠，雖宰木已盡，而麟辟邪贔屓猶存，第穹碑將仆，勢不能支。椎拓之工莫敢措手，觀者亦憚于久立也。昔歐陽子著《集古録》，于蕭梁止收智藏法師一碑，而此三碑在建康都會之區，汴京承平日，度石尚堅立，顧反遺之，何與？義淵爵里未詳，《廣韻》注貝氏不載姓源，鄭樵《姓氏略》于貝氏，則引《宋登科記》有常州貝寶明。永嘉方日升補注黄公紹《韻會》，引《千家姓韻譜》云：貝氏，望清河，古有貝獨坐，晉有術士貝靈該，不及義淵。羅泌《國名紀》謂：貝氏，吴越多此姓，本諸《左傳》郥氏。按《春秋傳》昭公十九年：「楚子之在蔡也，郥陽封人之女奔之，生太子建。」杜預注：「郥陽，蔡邑。」二十三年《傳》稱「楚太子之母在郥，召吴人而啓之。冬十月，吴太子諸樊入郥。」杜預注「郥，郥陽也」。定公十三年《傳》稱「齊侯衞侯次于垂葭」，實郥氏。杜預注：「垂葭，改名郥氏。」高平鉅野縣西南有郥亭，然《説文》、《玉篇》、《類篇》俱無郥字，第有郥字。今南北國子監本悉更「郥」爲「郥」，不典孰甚焉？惟唐長安所鐫石經仍作「郥」字，足以正其誤矣。予念六代刊石之文，南朝更爲難得。爰取孝綽文并手摸始興碑殘字，書之册而識其末。

茅山許長史舊館碑跋

陶隱居書許長史謚舊館碑拓本，觀于爛谿潘氏。隱居以工草隸聞，見于史傳。嘗與梁武帝論書，連章累牘，載諸《法書要録》。袁昂《書評》謂：「如吳興小兒，形容雖未成長，而骨體甚駿快。」竇臮《賦》則云：「高爽緊密，自然排闥。」今翫是碑，筆與手會，信昔賢之言不誣。碑立于梁普通三年，至唐大曆十三年，中山劉明素以文字將湮，重加洗刻。使原碑而在，駿快高爽當更倍此矣。

魏魯郡太守張猛龍碑跋

右魏魯郡太守張猛龍碑，建自正光三年。其得列孔林者，以當日有興起學校之功也。吾于是乎有感孔子之道若日月然，萬物宜無不向照，乃或叛而之佛老，何與？蓋誅賞者治世之權，聖人者是非所從出也。《春秋》之作，所以誅亂臣賊子者至矣。天下之人非者嘗多，是者嘗少，懼無逃于聖人之誅。獨佛老以無所可否之言，暢其清浄寂滅之旨，爲恒情所樂聞。而聖人者，亂世之所惡也。元魏之俗，事佛尤甚，斬山以爲窟，範金以爲像，九層之臺，萬金之液，竭民力事之。及其既成，靡不刊石勒銘以紀功德。斯時也，又安知有聖人之道哉？猛龍，爲西平武公軌八世孫。方晉之朝士崇尚莊老，獨武公在涼州徵胄子五百人立學校，春、秋行鄉射禮。而猛龍克循祖父之教，修聖人之學于舉世不爲之時，使講習之音再聞于闕里。噫！可傳也。予留大同，問拓拔氏故都，觀所鑿佛宫、穹碑巨碣已無存者，而斯碑在孔氏之庭，歷千年不壞，雖更歷千年，知莫有徙而去之者。此予所爲感也。嗚呼！爲政之君子可以知所務矣。

魏李仲璇修孔子廟碑跋

右曲阜縣修孔子廟碑，魏兖州刺史李仲璇撰文并書，孝静帝興和三年十二月立石杏壇之下。碑尚完好，雜大小篆分隸于正書中。蓋自太武始光間初造新字千餘，頒之遠邇，以爲楷式，一時風尚乖别。此江著作式所云「世易風移，文字改變，俗學鄙習，炫惑于時」者也。曩覩太原風峪高齊時鐫石柱佛經，亦多類是。斯亦穿鑿失倫矣。仲旋《魏書》有傳，自兖州還，除將作大匠，卒贈驃騎大將軍儀同三司青州刺史。

北齊少林寺碑跋

右碑，北齊後主武平元年正月立于嵩山少林寺。文本正書，雜用大小篆、八分法。北朝碑多類此，書家嫌其乖劣。然以拙筆見古，與後代專逞姿媚者不同也。碑後列勸化主邑師邑子都維那忠，正北面像主衺主多人，中有張黄頭、馬黄頭。按：《北史》「游雅小字黄頭」，則黄頭命名亦當時習俗然爾。衺主，揆之以義，當屬「齋」字。但《説文》、《玉篇》、《汗簡》等書皆無之，吾不敢知也。曹上舍仲經好古金石文，特裝界爲册，跋其尾焉。

宇文周華嶽頌跋

後周華嶽頌立于武帝天和二年，在今華陰縣西金天王廟中。碑于題後結銜曰：「使持節驃騎大將軍開府儀同三司大都督司宗治内史臨淄縣開國公万紐于瑾造此文，車騎大將軍儀同三司縣伯大夫趙興郡守白石縣開國男南陽趙文淵字德本奉勅書。」万紐于瑾者，唐瑾也。爲燕公于謹器重，白文帝言：瑾學行兼修，願與之同姓，結爲兄弟。文帝乃賜姓万紐于氏。庭羅子孫，行弟姪之敬。時瑾已位開府矣，進爵臨淄縣伯。周制封郡縣五等爵者，皆加開國，授大將軍開府儀同者，並加使持節大都督。其曰「司宗」者，武帝保定四年，更禮部稱司宗也。複姓古有之，三字姓始于代北。《魏書·官氏志》載有勿忸于氏，「紐」作「忸」，「勿」疑「万」字之譌。賜此姓者洛陽則于謹，猗氏則樊深，匪特唐瑾也。文淵于大統十年追論立義功，封白石縣男，邑二百户，遷縣伯下大夫，加儀同三司。天和元年，露寢成，以題牓功增邑二百户。《北史》更「淵」曰「深」，避唐高祖諱也。史稱其楷、隸雅有鍾、王之則，今觀是碑，殆非虚譽云。

後周幽州刺史贈少保豆盧恩碑跋

右周少保豆盧恩碑，康熙歲戊子觀于稼堂潘氏書屋。恩本前燕支庶，姓慕容氏，與兄同州刺史封楚國公贈太保寧先後立功。碑云恩，字永恩。《北史》、《後周書》俱闕其名，止書其字，永恩附見《寧傳》。惜也，後幅漫漶不能卒讀矣。宇文建國用蘇綽、盧辯輩議禮謚法，不輕假人，即宗子維藩，弗隱惡德。如晉公護曰蕩，齊王憲曰煬，衞王直、畢王賢曰刺，趙王招曰僭，陳王純曰惑，越王盛曰野，代王達曰奰，紀王康曰厲，而豆盧兄弟或易名以昭，或易名以敬，誠厚幸矣。稼堂曰：「昭乎哉！子之言也。曷書之？」於是乎書。

真定府龍藏寺隋碑跋

真定府治東龍興寺，隋龍藏寺故址也。寺刱于開皇六年，恒州刺史鄂國公金城王孝僊立石，齊開府長兼行參軍九門張公禮撰文。恒州，齊亡後入于周，周又亡，入于隋。而公禮仍書齊官，君子不忘其故國，于稱名見之矣。流傳宋太祖曾幸其地，寺重建于乾德元年，龍興之額所由更也。然歐陽子著《集古録》稱龍藏寺已廢，遺碑在常山府署之門。則嘉祐間碑猶在寺外也。今入門有殿，殿北閣五層，廣九楹，崇十有三丈。中奉觀世音像，高七丈三尺，臂四十有二，土人目爲大佛寺，碑亦具存。而終南山釋道宣撰《神州寺塔録》鋪敘佛像，顧不及焉，何哉？若夫隋之碑，存于今者寡矣，裝界而藏諸也可。

題僞刻李衞公告西嶽文

王侯將相，時至則居之，雖豪傑之士不能預信于平日也。劉季起沛上，衆推擇可爲沛令者，蕭、曹等皆文吏自愛，恐事不就，盡讓季。當其時，安能必後之相季封酇、平陽哉？劉伯温羈管紹興，感憤至欲自殺，又嘗爲石抹宜孫所用。初未有佐命之思，而或謂其在西湖望見雲物，曰後十年有帝者出，吾當佐之。殆妄也。世傳李衞公未遇，爲文告西嶽神，意在取天下，次則擇主而仕，若微時預以帝王自許者。然考之史，衞公初仕隋，爲殿内直長，尋爲馬邑丞。唐高祖擊突厥，衞公察其有非常志，乃自鎖上急變。新舊《唐書》所載略同，可謂不知天命之尤者，亦安得于未遇時，逆知爲唐佐命，出入將相乎？其事雖見李肇《國史補》，而告文不知何人所作。其云：「斬大王之頭，焚其廟宇。」此豈衞公之言？昧者從而刻之石。按歐陽、趙氏所録皆無之，蓋近代作僞者爲之，真妄男子也。

潘氏家藏晉唐小楷册跋

右晉唐小楷一十六種，共一册，舊藏新安畢侍郎懋康家。吾友潘次耕得之，出以見示。次耕博訪金石文，一一裝界，得此遂爲翠墨之冠。審視再三，字比近時摹勒者差小，又紙墨一色，竊疑淳化帖外如大觀、淳熙潭、絳、鼎、汝等帖足本已亡，侍郎偶得其一弖爾。然楷法已略備，試用張懷瓘法估之，不啻直千緡也。

曝書亭序跋卷十五

唐太宗晉祠碑銘跋

唐太宗自晉祠興師定天下，貞觀二十一年七月御製碑文及銘，勒石于叔虞祠東隅。碑陰列長孫无忌、蕭瑀、李勣、張亮、李道宗、楊師道、馬周銜名，後人覆之以亭。而庸工以字畫上石稍淺，遂刻而深之。帝嘗自述作書之法，惟求骨力。骨力既得，形勢自生，不意爲庸工改鑿，而骨力形勢俱失矣。予嘗五至祠下，輒摩挲是碑，覽古興懷，集少陵野老詩句「文章千古事，社稷一戎衣」書于亭柱。富平李因篤子德見而賞其工，因遺書與予定交。于其歸也，拓銘一本，贈之，而書其後。

聖教序跋

鍾山紀檗子客于燕，壬子八月過其寓齋，觀宋搨《聖教序》。舊爲吾里項子京家藏，上有張澂跋尾。澂，字如瑩，建炎中官尚書右丞。周益公稱其馳聲翰墨，位望既崇，人欲其尺牘不可得。今觀其書法果入格，且歎此册紙墨絶妙，當知爲南渡以前物矣。子京蓄書畫甲天下，卷尾必估其價，析産時，按所書以遺諸子，見者以爲不爽銖兩焉。甲寅春，檗子俶裝南還，相對潞河，酒闌索予題識。復以他本較其鈎畫，要未若此本之善。

唐騎都尉李君碑跋

同里曹生仲經嗜金石文，手拓同州李君碑示予。紙墨精善，對之眼明。碑未詳書者姓氏，觀其峻利秀逸，非王知敬、殷仲容不能造詣及此。李君諱文，字緯。東漢以後字必以兩字稱，一字者罕矣，載于《唐書》：房玄齡，字喬。顔師古，字籀。李衆，字師。李琇，字琇。張巡，字巡。郭曜，字曜。宇文審，字審。李恢，字祚。李條，字堅。竇思仁，字恕。張義方，字儀。此外不多見也。

唐郭君碑跋

右郭君碑，在汾陽縣北七十里。予于丙午秋經郭社村，行溝中，仰見土岡之上碑額微露，環岡數里乃登。讀其文皆駢儷語，首二行剥裂，君之名字、門世與撰文者皆闕焉。其知爲郭君者，藉有額存也。碑立于乾封二年，中有云：「揮霜鉞而斬老生。」蓋從太宗攻霍邑者。按《舊唐書》：宋老生棄馬投塹，甲士斬之。《新唐書》則稱爲劉弘基所殺。温大雅《創業起居》注又云老生攀繩上城，軍頭盧君諤所部人跳躍及而斬之。世咸不知揮刃者之爲郭君，而君之名以石裂終不傳，可惜也。

跋唐明徵君碑

上元縣攝山佛寺明徵君碑，其文唐高宗御製，書之者高正臣也。碑立于上元三年，徵君者，蕭梁處士山賓。寺，其故宅。高宗以山賓來孫崇儼入閣供奉，特爲撰文，勒之于石，石至今猶完好。歲在辛酉十月，予與金陵鄭簠、常熟王翬、嘉興周篔、平湖曹彦樞，暨予弟彝玠同游是山，留信宿，各搨一通以歸。

唐龍門奉先寺盧舍那像龕記跋

《水經》：伊水出南陽縣西，東北過陸渾縣南，又東北過伊闕。酈道元注：昔大禹疏以通水，兩山相對，望之若闕，《春秋》之「闕塞」是也。韋應物詩：「鑿山導伊流，中斷若天闕。」而司馬君實之言曰：「龍門伊闕，天所爲，非山横其前，水壅其流，禹始鑿之，然後通也。」斯言其信矣。夫山有八寺，其一曰奉先，像建自咸淳三年，而以調露二年賜額。蓋闕去洛陽二十五里，而近兩岸洞龕佛像累千，合夾侍坐立者幾盈萬，此杜少陵詩所云「氣色皇居近，金銀佛寺開」也。碑闕書者姓名，或云袁元哲，竢考正續書之。康熙戊子竹垞八十翁彝尊識。

跋石淙碑

右唐武后夏日游石淙詩并序，羣臣和者一十六人。河東薛曜正書，久視元年五月刊于平樂澗之北崖。斯游也，新舊《唐書》本紀均未之書，計敏夫《唐詩紀事》亦不載，僅見之趙明誠《金石録》及《樓大防集》而已。予友葉封井叔知登封縣事，撰《嵩陽石刻志》始著于録，顧删去九首，覽者不無憾其闕漏。康熙己卯九日，獲披全文。碑尚完好，漫漶僅三字，惟張易之、昌宗姓名爲人擊去，然猶可辨識也。井叔曩語予：澗壁面水，必穴崖棧木，乃可摹拓。故儲藏家罕有之。予性嗜金石文，以其可證國史之謬。而昔賢題咏往往出于載紀之外，若賈竦《華岳詩》、李夐《恒岳詩》、任要、韋洪《岱岳觀白蝙蝠詩》、三衢石橋寺李譚《古風》，臨朐馮氏《詩紀》、海鹽胡氏《唐音統籤》、泰興季氏《全唐詩集》皆略而不收，斯碑亦棄不録，世遂莫知睿宗及狄梁公之有詩傳于今。予因爲跋其尾。

跋唐博城令祭岳詩

右唐博城馬令詩，在岱岳觀碑之東側面。其名剥蝕，題曰勑使麻先生者。按：今觀中有雙碑，其西一碑北面第二層有久視二年記文，稱「神都青元觀主麻慈力親承聖旨，齎龍璧、御詞、繒帛、香等物詣此齋醮」，即其人也。神都即東都，故詩中有「伊水嵩巖」之句。「㞦」蓋金輪十三字之一，音義未詳，亡友顧炎武寧人、吴任臣志伊均疑爲「應」字，想當然矣。

唐張長史郎官石記跋

張長史以草聖名，正書傳者絶少，而《墨藪》九品書人，列之上上，良以其正書不易得也。郎官石記舊本存王太傅濟之家，後王元美、敬美迭相藏弆，三公各有題識。董尚書思白摹而勒之《戲鴻堂帖》，謂海内止有一本，蓋以絶品目之矣。相傳是册乃唐人所拓，疑未必然。龔明之《中吴紀聞》云：唐郎官題名碑承平時在學舍中堂之後，兵火後不復存，長史蘇人故立碑于此。按：郎官題名宜在長安，其刻石存蘇州學舍者，吴人鄉曲之情爾。此必淳熙以前所搨無疑。康熙乙酉六月觀于商丘宋公節使之廨。

開元太山銘跋

莊周稱易姓而王，封太山者七十二家，勒石千八百餘處，歷千万禩。而石礷玉牒，後人莫得見其形兆，果明神爲之守護邪？祖龍肇始立碑，久已埽迹。兩漢迄唐，間世一修時邁之典。開元天子允文武百寮之請，於十三年冬十一月式遵故實，有事于太山。詔中書令張説、右散騎常侍徐堅、太常少卿韋縚、祕書少監康子元、國子博士侯行果於集賢書院撰《儀注》。已丑日南至，法駕詣山下，御馬以登，行升中之禮，天子製《紀太山銘》，親札，勒于山頂之石，以十四年九月景戌告成。於是中書令張説撰《封祀壇頌》，侍中源乾曜撰《社首壇頌》，禮部尚書蘇頲撰《朝覲壇頌》。趙明誠《金石録》目載太山銘側有題名二列，今已亡之。而頲《頌》授梁昇卿書，刊御製銘右。明有俗吏以「忠孝廉節」四大字鑱其上，頌文毁去者半，可憾也。碑銘典雅，或是燕許手筆，而御書遒勁，若怒猊渴驥，羈束安閑，不比《孝經》之多肉少骨。若唐隸盡如此，何慙漢碑碣乎？山高四千九百丈二尺，行旅出于塗者，車前馬首仰視略可覩。歲在己酉，五宿兹山之麓，未克叩天闕，陟環道，手摸其文。詢之野老，必架木緣絙而上，然後椎拓可施，又山高多風兼慮日曝紙幅易裂，若是其難也。曩者先後裝界三本，悉爲好事者所奪。己丑夏同里沈秀才翼能分書，獲此本于白下，雖有闕文，乃百年以前舊搨。爰審定而書其本末于册尾。銘書「隋」作「隨」，書「繹繹」作「奕奕」。有曰：「自今而後，儆乃在位，將多于前功，而毖彼後患。」豈意天寶之亂近在目前也乎。是歲六月丁未，舟發江都，阻風瓜洲渡口書。

唐封北岳神碑跋

唐天寶七載，封北岳神爲安天王。是時禄山近在肘腋，安天王之名得毋爲之兆乎？碑辭李荃撰。其陰則康傑文。書以八分者，戴千齡也。筆法淳古，遠在韓擇木、蔡有隣、梁昇卿、張庭珪、史惟則諸家之上。乃盛熙明攷書法，獨遺之，何與？

唐崇仁寺陀羅尼石幢記跋

西安府崇仁寺陀羅尼石幢，唐天寶七載五月建，張少悌書。所題職名有：駕出長上、扶車長上。

按：唐制兵部尚書選驍勇材藝可爲統領者，拔其尤，令宿衞，目曰諸色長上。有一日上兩日下者，有五日上十日下者。若長人長上，取形軀六尺六寸以上者充之，則每日隨仗下隸左右監門衞者也。又有直長長上，長孫温充尚儀直長，李嗣福充監門直長，李善充尚輦直長上，周先孝充左羽林軍長上，見于《新書・宰相世系表》。外河渠署有長上漁師。此云「駕出」、「扶車」，殆皆宿衞士矣。少悌筆法娟秀，稼堂是本尤佳，因摭《六典》、新舊《書》識其末。康熙四十有七年二月壬寅朱彝尊題，時年八十。

書唐蘇祕監小洞庭二碑後

天寶十三載七月，扶風蘇源明守東平。時濟陽有河隄之役，太守李傒虞夫役不均，於是濮陽守崔季重、魯郡守李蘭、濟南守田琦，胥會于東平。源明議廢濟陽，以盧東阿歸東平，平陰、長清歸濟南，陽穀歸濮陽。既而縣乃不割，郡亦仍舊，見源明所作詩序。而劉昫《地理志》稱天寶十三載，廢濟州。將毋國史傳聞或失其實與？迨明年禄山作逆，則源明已徵入爲國子司業。此杜甫《八哀詩》有「一麾出守還，黄屋朔風卷」之句也。當五太守讌集，源明特字淌泊曰小洞庭，亭曰洄源。至太和中，天平節度使令狐楚以二詩立石，題云：「自源明迄楚，爲時僅八十年，洄源亭、渦泊已迷其處矣。」聞是碑尚存，惜儲藏金石文字者多不著于録也。

唐憫忠寺寶塔頌跋

右憫忠寺寶塔，其文張不矜撰，蘇靈芝書，建自唐至德二載。碑稱「御史大夫史思明奉爲大唐光天大聖文武孝感皇帝敬无垢浄光寶塔頌」。宛平孫侍郎耳伯著《春明夢餘録》謂碑建于思明初歸附之時。而崑山顧處士寧人撰《金石文字記》稱嘗偕鄞人萬貞一觀是碑，其文陷處類磨治再刻。以爲思明復叛之後磨去，及思明誅，此地歸唐，後人所重刻者。今年冬遇貞一于諸城李渭清所，遂同往觀焉。碑首「范陽郡」三字、「史思明」三字，次行「大唐」等十二字，文中「維唐紹統」及「彼命敵與禪虞」又「東宅四水西都八川」暨「唐祚」字，「至德二載」字，其文深陷，然書法實出一人，始悟侍郎、處士所云猶未爲定論也。考思明之降在至德二載十二月，至明年正月肅宗始加尊號，二月乃赦天下改元。碑既建于二載十一月，不應預書尊號。又思明初附肅宗，授以歸義王范陽節度使。若碑建於降後，宜大書王爵，不當祇稱御史大夫，則是碑之建蓋在思明未降唐之先。「范陽郡」三字其初本二字，禄山僭稱范陽爲東都，必「東都」也。「大唐」一行，其初必禄山父子僞号，文中「唐」字其初必「燕」字，而至德二載其初必禄山父子僭号之年無疑。載攷安慶緒襲位賜思明姓安，名榮國。迨既降附，復更舊名，因命靈芝改書者爾。碑文以左爲前，寧人謂書丹于石之故。疑從禄山俗，尚未可定也。不矜與判官耿仁智同僚，思明之將復叛也，表請誅李光弼，不矜實爲起草，辭曰：陛下不爲臣誅光弼，臣當自引兵就太原誅之。及將入函，爲仁智削去。思明知之，遂執二人。仁智死，不矜度難獨免可知已。當日思明降而復叛，既誅之後，唐人見其碑，踣之惟恐不力，安有反勒其名于石者乎？此又事之所必無也。貞一聞予言，作而曰：有是哉。于是人摹一本，予爲攷其始末，書于後。

蘇靈芝易州鐵像頌跋

蘇靈芝之書，予所見者，幽州《憫忠寺寶塔頌》及是碑而已。今其石漸泐，飛動之致已失，遂不堪與李北海對壘。此宋人搨本，精采具存，董尚書稱其遒密宜矣。册舊藏曹氏古林。康熙壬午春，忽見于花南水北之亭，正如久别故人相對。《古林金石表》儲藏秦漢已來至五代十國凡七百本，近已散失，斯碑獨爲識者所得。幸矣！

唐御史臺精舍記并碑陰題名跋

唐自貞觀中，李乾祐爲御史大夫，别置臺獄，因當訊，就近拘繫之。其漸也，侍御史東西推監察御史，糾視刑獄，各禁其囚。迨武后時，來俊臣、侯思正皆爲御史，制獄之外，臺獄圜扉恒滿。崔隱甫總臺務，言于朝，掘去。於是旁列精舍，以釋典懺之。崔湜爲文，梁昇卿書以八分，開元十一年勒諸石。碑陰列侍御史、殿中侍御史、監察御史并内供奉銜題名，僅盧懷慎、崔湜、陸景初三人，亦昇卿分書。自懷慎以下正書百二十二人，侍御史也。自湜以下正書百八十四人，殿中侍御史也。自景初以下，正書三百四十七人，監察御史也。碑額又有天寶元載以後侍御史、知雜侍御史、監察御史共五十人。而碑之左右椎拓不及焉。

中有薛偘偘者，二名重文，碑凡三見，此唐一代所僅有也。昇卿自監察御史歷殿中侍御史，遷侍御史，再遷太子右庶子。

唐儲潭廟裴諝喜雨詩碑跋

贛州儲潭廟唐碑二，載陳思《寶刻叢編》。予屬友人訪求，謁廟下者輒云無有。康熙壬申十有一月，泊舟于潭，獲諸儀門之右。其陽裴諝詩，其陰裴氏族子題名記事。後十年，吴江張吉士尚瑗出知興國縣事，乃拓諝詩見貽。惜其陰面壁，工人不知響搨。然胡氏《統籤》、季氏《全唐詩》諝作皆無之。《叢編》所載諸道石刻，其中唐人詩尚多。惜無好事若張君，爲予博訪而摹拓之也。諝，字士明，洛陽人，尚書寬子，仕至兵部侍郎，《舊史》有傳。

五經文字跋

唐大曆十年，有司上言經典不正，取舍莫準。乃詔儒官校定經本，送尚書省，并國子司業張參辨齊魯之音，考古今之字，詳定五經，書于論堂東西廂之壁。論堂者，太學孔子廟西之夏屋也，見舒元輿《問國學記》。其初塗之以土而已。太和間，祭酒齊皞、司業韋公肅易之以堅木，擇國子通書法者繕寫，而懸諸堂，禮部郎劉禹錫爲作記。當時場屋至發題以試士，《文苑英華》載有王履貞賦，其略曰「置六經于屋壁，作羣儒之龜鏡」。又云「一人作則，京國儀型，光我廊廟，異彼丹青」。其推詡若此。是書自土塗而木版，自木版而刊石。字已三易，恐非參所書矣。以予論之，唐人多專攻詩賦，留心經義者寡。參獨奉詔與孝廉生顔傳經取疑文互體鈎考而斷決之，爲士子楷式，爲功匪淺矣。故禹錫記稱，爲名儒作史者，宜以之入儒林傳。而《舊史》、《新書》俱不及焉。按：《孟浩然集》有《送張參明經舉覲省詩》、《錢起集》有《送張參及第還家作》，而《郎官石柱題》名，參曾入司封員外郎之列。蓋參在開元天寶間舉明經，至大曆初佐司封郎，尋授國子司業者也。今其姓名僅一見于《宰相世系表》，一見于《藝文志》小學類，他不詳焉，闕事一也。參謂讀書不如寫書，度其書法必工。故當時壁經，羣儒奉爲龜鏡。縱不得與儒林之列，書家姓氏亦宜載之，而書苑、書譜、書史均未之及，闕事二也。壁經雖無存，然參所定《五經文字》與唐玄度《九經字樣》同刻石，附九經之後。歐陽永叔最嗜金石文字，其序《集古録》云：「上自周穆王，下更秦漢隋唐五代，外至四海九州，名山大澤，窮厓絶谷，荒林破冢，神仙鬼物，詭怪所傳，莫不皆有。」乃獨唐所刻石經，《録》中跋尾三百九十六篇，此獨無有。是唐刻石經，永叔當日反失于摹搨，未免類于昌黎韓子所云「掎摭星宿遺羲娥」矣，闕事三也。今諸書皆有雕本，獨《五經文字》、《九經字樣》止有拓本，無雕本。闕事四也。予思漢魏石經既已湮没，惟唐開成本尚存，參書幸附刊于石，顧學者束諸高閣，罕有游目者，故具書之。

平定州唐李諲妒神頌跋

異哉！妒神之有頌也。神之号不在祀典，見于史傳者，唐高宗將幸汾陽宫，并州刺史李沖玄以道出妒女祠，俗云盛服過者必致風雷之災，乃發萬人別開御道。知頓使狄仁傑謂：天子行，風伯雨師清塵灑道，何妒女之害邪？遽令罷役。然則妒女有祠，其來久矣。相傳神介之推妹也。頌之者誰？游擊將軍上柱國李諲也。碑于何所？今平定州娘子關也。州東有井陘，東北有盤石、葦澤。而斯關以娘子稱，殆因神而名之也。立碑之歲，大曆十三年也。神之行事，不見于春秋内外傳。其妒也，孰傳道之？自唐以來，祈焉而祝史陳，廟焉而膢臘祭。此謂有其舉之莫或廢也。且夫妒，惡德也。宜爲衆所共惡，而神乃以是致頌，此不虞之譽也。井陘西南，太原東北，妒神之水，澹焉黛色，興雲致雨，侔造化力，頌之辭也。吾思古人嗜金石文字者多矣，考斯碑未著于録。椎而拓之，裝界而藏之，古林曹侍郎溶也。以八分書其後者，布衣秀水朱彝尊也。歲在强圉協洽秋八月朔。

跋唐衢州刺史嗣江王禕石橋寺詩

石橋寺，在衢州府西安縣南三十里，道書第八青霞洞天也。康熙壬申冬，知縣事鹿君祐邀予往游。從寺登山，尋仙人對弈所，前後洞豁，有碑峙其右，則唐嗣江王禕所題五言詩。以貞元三年正月上石，末書「朝散大夫使持節衢州諸軍事守衢州刺史賜紫金魚袋韋光輔建」，文稱「刺史韋公于石橋寺橋下，以外祖信安郡王詩刻石」。按《新唐書・表》：太宗第三子吴王恪，恪第三子琨，琨子禕。《舊唐書・傳》：禕少繼江王囂，後封爲嗣江王，改封信安郡王，景雲、開元中兩爲衢州刺史。詩題嗣江王，當是景雲間初爲刺史作也。成都楊用修不知「薄烟幂遠郊，遥峰没歸翼」二語係王詩，疑爲仙人遺句，誤矣。

唐郎官石柱題名跋

唐尚書省郎官石柱題名，吴郡張長史旭撰記，京兆許左丞孟容撰後序。記出旭正書，後序劉補闕寬夫隸書也。一篇別勒于碑，而題名録于柱。自貞元後，則令史續書，故工拙大小不齊焉。唐制：尚書省都堂居中，東有吏部、户部、禮部三行，行四司，左司統之。西有兵部、刑部、工部三行，行四司，右司統之。各掌十二司事，舉正稽違，省署符目，定其程限。吏分設司封、司勳、考功，户分設度支、金部、倉部，禮分設祠部、膳部、主客，兵分設職方、駕部、庫部，刑分設都官、比部、司門，工分設屯田、虞部、水部諸司，均有壁記，詳其改充遷轉之歲月，而石柱第注姓名而已。康熙戊子，予始購得郎官題名三紙，字已漫漶，眼昏莫辨。會桐城方生來自京師，訪予梅會里，坐曝書亭，鎮以界尺，審視之，姓名可識察者三千一百餘人，别録諸格紙。而同里曹生復以所搨本贈予，因言柱在西安府儒學孔子廟庭之右，上有古柏覆之。竊思六部既分左右，則當時立石必東西各一。今右司暨兵、刑、工三部所屬郎官題名無一人者，是左存，而右已失也。若禮部四司闕郎中、考功，膳部闕員外郎，殆由椎拓者遺失爾。方生，名世舉，字扶南。曹生，名曰瑛，字仲經，俱受業予之門。

跋唐岱岳觀四詩

右唐張嘉貞、任要、韋洪、公孫杲四詩，俱刻于岱岳觀碑側。而編《岱史》者不録。任、韋、公孫三人，新舊《唐書》無攷。任又題名云：「貞元十四年正月十一日立春祭岳，遂登太平頂宿。其年十二月廿一日立春，再來致祭，茶宴于兹。」蓋唐時祭畢，猶不用酒，故宴以茶也。

唐濮陽卞氏墓誌銘跋

康熙二十年秋，禁垣西偏，中官劉進成宅掘地，誤發古墓。中有瓦罏一，瓦罌一，墓石二，方廣各一尺二寸。一刻「卞氏墓誌」四字，環列十二辰相，皆獸首人身。一刻「誌銘」，而書「誌」作「鋕」，又無撰文人姓名，第云「歸于我彭城劉公」而已。文稱貞元十五年歲次己卯七月朔，夫人寢疾，卒于幽州薊縣。以其年，權窆于幽州幽都東北五里禮賢鄉之平原。按：憫忠寺有《唐人舍利記》二，一云寺在城東門，一云大燕城内地東南隅有憫忠寺，門臨康衢。則唐之幽州，在今都城之西南。合之是碑，益信。

唐游石橋記跋

《游石橋記》，元和元年三月衢州刺史陸庶文。庶，吴人，宰相元方之曾孫，象先之從孫，希聲之從祖也。先世曰玩，仕至司空侍中，贈太尉，其子姓号太尉支。元方、象先、希聲三世相唐。《新書・世系表》：庶歷官福建觀察使。當日以貴公孫領郡。碑後列親賓接武，男子從行。是亦好事者。親賓二人：子壻試大理評事元益，前絳州太平縣尉崔纉。男子五人：右内率府録事參軍綜、前弘文館明經繪、左監門衛率府兵曹參軍紹、前崇陵挽郎縝。按：《世系表》書：縱，鄭令。綜，河南府户曹參軍。繪，信州刺史。紹，潁州刺史。惟縝無之。崇陵者，德宗陵也。縝以大臣子弟充挽郎，唐制然矣。

跋石橋寺六唐人詩

右劉迥、李幼卿、李深、謝勮、羊滔、薛戎詩各四首，刊成二碑，留石橋寺。嘉靖中尚存，都御史江山趙鏜修府志具録之，中間闕文僅六字耳。迥，字陽卿，知幾子。大曆初，吉州刺史，終諫議大夫給事中，有集五卷，載《新唐書・藝文志》。幼卿，字長夫，隴西人，大曆中以右庶子領滁州，州有庶子泉，因幼卿得名。

深，字士達，兵部郎中、衢州刺史。滔，泰山人，大曆中宏詞及第。戎，字元大，元和七年以刑部郎遷河南令，歷衢、湖、常三州刺史，終浙東觀察使。劇，未詳。二碑不知何年失去。其後官三衢者改修府志，乃盡删唐人之詩，深可恨也。宋陳耆卿撰《赤城志》、明謝方石續之，各爲一集，合之以行。後之君子改修地志者，當取以爲法。

唐濟瀆廟北海壇置祭器銘跋

山川望秩濟瀆神清源公，建廟于濟源縣西北，而築北海壇于廟後，号廣澤王。掌之祠官，歲立冬日奉祀。其來久矣。舊俗廟不設祭器，先期令請于上官，購諸洛下，酬以税緡，所用沉幣之舫，則以車遠運沁河渡口。貞元十三年，濟源令張洗字濯纓，覩廟中楸槐數本爲大風所拔，用其材製祭器凡百二十有二，餘以造雙舫云。按：《爾雅》祭川曰浮沉。郭景純注以爲投祭水中，或浮或沉。語焉未之詳也。碑文謂「沉幣雙舫」，蓋舫以浮之，幣以沉之。比于郭氏之注，義較明晰。今山祇川后祠宇，恒有車船置殿左右，殆本古祭川遺製爾。洗于事神有禮，度治人必有方。惜乎！斯銘不載圖經，而洗之政事亦無表見。碑今藏吴江潘氏稼堂，其善藏諸。

書唐賈竦華岳廟詩石刻後

元和元年十月，著作郎河南賈竦謁華岳廟，賦五言詩。題名：「太和六年四月，其姪男宣義郎行華州參軍事琡修之。」修之者，殆錄之也。詩題北周天和二年趙文淵書万紐于瑾所撰《華岳頌》之左方。頌之陰則開元八年劉升書咸廙所撰《精享昭應碑》也。其右勒顔真卿乾元元年題名。工每椎拓三面，而遺竦詩，以是流傳者寡。然其詩特醇雅，顧圖經未之采焉。爰裝界，書其後。

白樂天草書春游詩拓本跋

右白傅草書一十九行，錢穆父在越勒石寘蓬萊閣下。今《長慶集》不載，或以是詩補入《元微之集》中，誤也。「散」字《廣韻》未收，而毛晃增注《禮部韻略》有之，引白詩爲證，且注云「重增」。然則今之《廣韻》亦非《唐韻》之舊矣。「從」雕本譌「終」，「愛」雕本譌「怯」，皆所當勘正者。

曝書亭序跋卷十六

唐國子學石經跋

右唐國子學石刻九經：《易》九卷二萬四千四百三十七字，《書》十三卷二萬七千一百三十四字，《詩》二十卷四萬八百四十八字，《周官禮》十卷四萬九千五百十六字，《儀禮》十七卷五萬七千一百十一字，《禮·小戴記》二十卷九萬八千九百九十四字，《春秋左氏傳》三十卷十九萬八千九百四十五字，《公羊氏傳》十卷四萬四千七百四十八字，《穀梁氏傳》十卷四萬二千八十九字，《孝經》一卷二千□百□十三字，《論語》十卷一萬六千五百九字，《爾雅》二卷一萬七百九十一字。開成二年，都檢校官銀青光禄大夫右僕射兼門下侍郎判國子祭酒同中書門下平章事太清宫使兼修國史上柱國滎陽郡開國公食邑二千户鄭覃勘定勒石本也。新舊《唐書》載覃奏起居郎集賢殿學士周墀、水部員外郎集賢殿直學士崔球、監察御史張次宗、禮部員外郎孔温業四人校定。又《册府元龜》載文宗命率更令韓泉充詳定官。而題名于石者有：四門館明經艾居晦、陳玠、又文學館明經不知名一人、將仕郎守潤州句容縣尉段絳、將仕郎守祕書省正字柏暠、將仕郎守四門助教陳莊士、朝議郎知汚王友上柱國賜緋魚袋唐元度、朝議郎守國子毛詩博士上柱國章師道、朝散大夫守國子司業騎都尉賜緋魚袋楊敬之、并覃共十人。顧國史所記者，題名不書，題名書者，國史亦不紀，不可解也。石經文，劉昫譏其字乖師法，然終勝今監本、坊本、儲藏家不可不以此插架焉。

榆次縣三唐碑跋

去榆次縣三十里，趙村有穹碑三。中央一通仆地，折爲二段，贈太保李良臣碑也。其辭李宗閔撰，楊正書，立于長慶二年。右一通安定郡王李光進碑也。其辭令狐楚撰，子季元書，立于元和平蔡之後。左一通太尉李光顔碑也。其辭李程撰，郭虔書，立于開成五年。良臣本河曲部落稽阿跌之族，襲雞田州刺史，隸朔方軍。其稱太保者，以子貴贈官。光進、光顔皆以功蓋天下，時人以大小大夫別之，兄弟孝睦，載于《舊史》。而碑稱光顔平吴元濟，師旋請于朝，葬其兄，則史傳所未及。又碑書光進爲安定郡王，史没其文，吾意碑辭定不誣矣。

九經字樣跋

張司業《五經文字》始塗于土，繼雕于版，歲久傳寫點畫參差。於是開成中，沔王友朝議郎翰林待詔唐玄度依司業舊本參詳改正，撰《新加九經字樣》一卷，請附《五經文字》之末，兼請于國學刱立石經。今長安所存石經雖鄭覃輩成之，其議實發于玄度也。王伯厚稱其辯正書文頗有依據。蓋自後周廣順中田敏進印版二部後，石本之外，鏤版更無人矣。

書張處士瘞鶴銘辨後

石墨之傳于今，有難以驟讀者。《天發神讖》石斷而爲三。《瘞鶴銘》裂而爲四，又失其腹，由是釋文不符。覽古者闕其疑，可也。移易增益其辭，不可也。曩在白下得祥符周雪客《神讖碑考》，既序而傳之矣。淮陰張力臣乘江水歸壑，入焦山之麓，藉落葉而仰讀《瘞鶴銘》辭，聚四石繪作圖，聯以宋人補刻字，倫序不紊，且證爲顧逋翁書。蓋逋翁故宅雖在海鹽之横山，而學道句曲，遂移居于此。集中有《謝王郎中見贈琴鶴詩》，鶴殆出于性所好，斯瘞之作銘，理有然者。自處士之圖出，足以息衆説之紛綸矣。力臣，名弨，精書法，嘗爲顧處士炎武寫《廣韻》及《音學五書》，手摹家藏鼎彝款識遺予。惜不營生産，没後盡散失，并傳刻棗木悉歸之閩人，可歎也。

湖州天寧寺尊勝陀羅尼石幢跋

湖州天寧寺，建自陳永定三年，武宣章皇后故宅也。曰龍興、曰孝義、曰萬壽、曰報恩光孝，寺額屢更，其曰「天寧」者，仍吴越武肅王所更額也。相傳寺有尊勝陀羅尼石幢一十四座，今其八尚存。文可辨識者：一建于大中元年十一月，後題刺史令狐綯姓名。一建于大中二年八月，後題刺史蘇特姓名，書者曹巨川也。一建于大中十二年四月，書者凌渭也。一建于會昌元年十一月，書者胡季良也。一建于咸通十一年三月。又斷石一，平望芮文琛立，後題乾符六年四月。蓋平望驛時屬烏程澄源鄉宜陽里。故張承吉詩云：「一派吴興水，西來此驛分。」斯其證矣。巨川、渭莫考，季良見《宣和書譜》載其行、草書各五種。

考諸家記録金石文字：太和八年湖州德本寺碑陰係季良正書。寶曆二年，杭州大覺禪師碑、元和二年平李錡紀功碑均係季良八分書。元和四年國子司業辛璿碑、九年永興寺僧伽和尚碑均係季良篆額。是季良于書法諸體精熟，不獨行草見長矣。惜也！幢第稱曰處士，而不著其里貫，疑即州人。至繪畫人魚簡，則《畫譜》未詳，僅見于此。予友鄭元慶芷畦撰《湖州府志》，手拓諸幢文見示。予嘉其見聞之周洽也。書册尾，歸之。

唐阿育王寺常住田碑跋

右唐阿育王寺常住田碑，祕書監正字郎萬齊融撰。其初趙州刺史徐嶠之書，既燹于寇。明州刺史于季友於僧惠印所覩舊文，邀處士范的重書，太和七年冬事也。寺建于晉太康二年，田賜于宋元嘉二年，額更于梁普通三年。釋道宣録神州墖寺，以是墖居第一焉。碑題「越州都督府鄮縣」者，齊融神龍中與賀知章、賀朝、張若虛、邢巨、包融等俱以吴越之士知名，見劉昫《唐書·文苑傳》，《國秀》、《搜玉》二集，曾載其詩。《唐書》以賀朝萬爲一人，齊融爲一人，誤矣。唐自武德四年，諸州置總管，未久更都督府，至乾元元年始号越州，而鄮縣即故鄮州。開元二十六年，始割縣置明州。齊融撰碑時，寺猶屬越州也。碑引《詩》「倬彼甫田，歲取十千」。以「甫」作「碩」，不知何所本。其陰有記，則于季友辭，附贈范的詩，的亦有和韻之作，胡氏《統籤》、季氏《全唐詩》均未之載。季友，太保頔次子也，尚憲宗女惠康公主，拜駙馬都尉，授羽林將軍。制係元稹所草，史不言其爲明州刺史，《宰相世系表》第書綘、宋等州刺史云。

憫忠寺重藏舍利記跋

右采師倫書《重藏舍利記》，在京師憫忠寺。碑建自唐會昌六年，文稱舍利舊藏智泉寺。寺經始于元魏幽州刺史尉萇命，故又號尉使君寺。按《北史》：萇命，太安狄那人。「萇」作「長」，參預齊神武起兵破爾朱兆者。其曰「節制司空清河張公」，則仲武也。當武宗詔毁佛寺，地分三等，幽州等居上，許留僧二十人。尋又詔諸道留二十人者，減其半。故碑云：勅于封管八州内，寺留一所，僧限十人。至是年宣宗即位，遂弛其禁。先是智泉寺已燬，遂以舍利歸憫忠寺焉。仲武在幽州，屢破回鶻，鄭畋謂會昌時功第一。方毁寺之歲，五臺僧多奔幽州。仲武封二刀付居庸關，曰：有游僧入境，則斬之。及宣宗增置僧寺，碑稱「司空固護釋門，殷誠修敬」。若是乎前後不相侔者。蓋仲武功名之士，宜其好惡與時移也。師倫無善書名，然猶存王知敬、薛稷遺意，亦能拔乎俗者。

唐漳州陀羅尼石幢跋

右唐咸通四年八月，漳州押衙兼南界游奕將王剬所造陀羅尼石幢，宣義郎前建州司户參軍事劉鏞序并書。經後題朝議郎使持節漳州諸軍事守漳州刺史柱國崔衮名，又分書建立歲月及鐫字人于後。按：游奕將，五代十國多有之，獨不見于《唐會要》、新舊《書》，惟《六典》載「騎曹掌外府兵馬簿帳牧畜之事，凡諸衞馬承直配于金吾巡檢游奕者，季請其料給之」。殆職巡邏者已。是帖今藏吴江潘檢討稼堂家，審定爲宋拓本。

唐北嶽廟李克用題名碑跋

曲陽縣北嶽廟，有唐李克用題名一百二十八字。文稱中和五年二月者，即光啓元年。攷僖宗以是年二月至鳳翔，三月還京，改元之詔猶未下也。克用與義成節度使王處存同破黄巢，以功封隴西郡王。而盧龍節度使李可舉、成德節度使王鎔惡處存，約共滅之，分其地。《通鑑》載：克用遣將康君立救之。而碑文則云：領蕃漢步騎五十萬衆，親來救援。與《通鑑》異。又云：至三月，幽州請就和，斷遂班師，取飛狐路，却歸河東。則又史所不及載者。當唐之季，藩鎮連兵境上，各事争鬭。職方不録其地。朝廷号令所及，僅河西、山南、嶺南、劔南十數州。上下不交，以至于無邦。生斯世者，其聞見已不能悉真，况百世之下，寧免傳聞異詞哉？惟金石之文久而未泐，往往出風霜兵火之餘，可以補舊史之闕。此好古之士窮搜于荒厓破冢之間而不憚也。克用，本武人，未嘗以知書名，而碑文楷畫端勁，詞亦簡質可誦，英雄之不可量如是夫。嗚呼！益以見金石之文爲可寶也。

憫忠寺葬舍利記跋

右唐景福元年僧復嚴葬舍利于憫忠寺觀音像前，于是南叙述記，知常書之。碑云「隴西令公大王」者，李匡威也。是歲李克用、王處存合兵攻王鎔，匡威救之，有詔和解河東及鎮、定、幽四鎮。碑稱欲遷舍利于閣内，陳辭請發封壤。上許之。蓋匡威方恃燕、薊勁旅，有雄天下意，宜有請無不許者。碑文侈陳發緘時，舍利光芒，異香郁烈，外石函封，内金函閟。其崇奉象教至矣。迨明年，匡威復出師救鎔，其弟匡儔據軍府，自稱留後。匡威進退無所之，鎔迎館于鎮，登城西大悲浮圖，顧望流涕，未幾以圖鎔見殺。然則事佛，果得福乎？舍利之塔一燔于太和八年，一燼于中和二年。今匡威所建之閣遺跡已不可問，其碑僅存焉爾。已踣佛脚，俾工拽而出之，搨以藏諸笥。

唐濟安侯廟二碑跋

乙巳秋，客自華州來者，貽予唐李巨川所爲濟安侯廟碑。濟安侯者，華之城隍神也，巨川爲韓建掌書記撰，許國公勤王，録以媚建。方昭宗幸華，建請散殿後軍，誅李筠，圍諸王十六宅，皆巨川教之。《唐史》附諸叛臣之列。觀其碑文，盛歸功于建，此猶猘犬狂吠，無足怪者。繼得金張建所撰廟碑，謂諸王既見殺，是夜建袖劔詣行宫，將及御幄，神厲聲叱曰：「汝陳許間一卒耳，蒙天子恩至此，輒敢爲弑逆事乎？」建倉皇而退。昭宗德之，徙神于行宫。既還京，封神濟安侯。而歐陽子《五代史》則謂：建父叔豐所誡。殆儒者不語怪之意歟。金源之文傳世者寡，碑辭特剴切可誦。其稱神縛草傅泥假以成像，猶能奮叱不祥。而當時藩鎮重臣幸時之亂，曾不遣偏裨老弱之師爲衛社稷勤王計，殆土木之不若。蓋有激其言之矣。彼巨川者，罔有忌憚，謂土木可欺，己之文足以飾非于後。不知直道在人。自唐迄金二百年，華之父老，猶能道之。而張建者，復刊石而記其實也。然則小人之變亂是非，欲以惑天下後世者，復何爲哉？復何爲哉？

晉王墓二碑跋

代州柏林寺東晉王李克用墓斷碑二：其一曰「唐故左龍武軍統軍檢校司徒贈太保隴西李公神道之

碑」。文曰：「公諱國昌，字德興，世爲隴西沙陀人，偉姿容，善騎射，蓋克用之父朱邪赤心，所謂赤馬將軍，火生頭上者也。」其一曰「唐故使持節代州諸軍事代州刺史李公神道之碑」。文曰：「公即太保之次子也。」其名「克」字僅存。餘可識者有「公前躍馬彎弓」，及「徐方」等數字。按史，克用弟四人，次曰克讓，爲振武軍校，從討王仙芝，以功拜金吾衛將軍，宿衛京師，親仁里第。自克用稱兵雲中，殺守將段文楚，詔捕克讓。讓與僕十數騎，彎弧躍馬突圍，出奔鴈門。與碑文合，則爲克讓無疑。但史載克讓守潼關，與黄巢兵戰敗，匿南山佛寺中，爲寺僧所殺。不言其爲代州刺史，又得歸葬于代。皆不可曉者。土人相傳王墓上舊有碑十三，今十一已亡，其二存者，又散埋土中。蓋金石之文，自歐陽永叔、趙明誠後，世無篤好之者，宜其漫漶不可辨識如是也。當永叔時，去五代甚近，沙陀世次已不得詳，其爲唐家人傳，謂太祖四弟，皆不知其父母名号，至國昌字德興，紀亦遺之。是十三碑者，永叔亦未之見。更六百年而予乃得覩其二，非幸歟？惜乎！十一碑者，不及見也。同里曹先生博采金石，有歐陽、趙氏之好，出二碑于土，摹之搨本。俾予審定其字若干，遂書其後，歸之。

千峰禪院碑勑跋

右澤州盤亭山千峰禪院，後唐明宗賜僧洪密勑。蓋明宗踐位日，洪密具表稱賀，以此答之。文曰：「退避無所，愧恧良多。」嗚呼！五代之季，安得聞此長者之言哉？歐陽子謂：明宗武君，不通文字。觀署尾數大字，出自親判。上有璽，曰「書詔新鑄之印」，可異也。

晉義成節度使駙馬都尉史匡翰碑跋

史駙馬匡翰墓，在太原縣東北三十里黄陵村。墓碑深陷于地，村民語予土不可搰，搰之尺則更深尺。予强令搰之，以畚去土，至一尋，龜趺始露。驗之，則陶學士穀所撰文也。辭多駢儷，乃抄撮其大略。云：天祐中，授代州副使，以勞加銀青光禄大夫檢校太子賓客兼監察御史，改遼州副使兼領九府都督。同光初，充嵐、憲、朔等州都游奕使，解職，授天雄軍牢城都指揮使，遷檢校刑部尚書兼御史大夫上柱國，轉檢校户部尚書潯州刺史。未幾，改天雄軍步軍都指揮使，遷侍御彰聖馬軍都指揮使兼九府都督，進檢校司空懷州刺史，轉控鶴指揮使，加金紫階兼和州刺史駙馬都尉食邑五百户。俄遭内艱，起復授冠軍大將軍右金吾衛大將軍員外置同正員依前，充義成軍節度使。以天福七年三月薨于鎮，詔贈太保。其先後歷官詳矣。然史稱其歷鄭州刺史，而碑不書，何歟？又傳美其好讀書，尤喜《春秋》三傳，與學者講論不倦。碑辭亦云懷鼓篋之心，行有餘力，藴飛箝之辨，似不能言。不積財，而但富藏書，不憂家，而惟思報國。求諸時彦，罕有倫焉。則與史傳合矣。

建雄節度使相里金碑跋

汾陽縣有大相里、小相里，相里氏子孫聚族居焉。按：相里氏，東周時即有之，《莊子》稱相里勤之弟子是已。漢有御史武，十六國前趙有偏將軍覽，大都皆晉人也。金墓在小相里之北。繹碑辭與五代史傳略同，惟史稱「字奉金」，而碑云「字國寶」。史稱「贈太師」，而碑云「贈太子太師」，則碑爲可信已。

鎮東軍牆隍廟記跋

鎮東軍牆隍廟碑，施宿撰《會稽志》，張淏續之，均不載其文。予友顧徵士寧人獲諸臥龍山西岡上，采入《金石文字記》中。碑文錢武肅王鏐撰。王以乾寧二年伐董昌，明年五月平之，冬十月勅改越州威勝軍爲鎮東軍，授王領鎮海、鎮東等軍節度使，至開平二年，升爲大都督府，亦謂之東府。題曰「牆隍廟」者，朱全忠之父名誠，王既稱臣于梁，不得不爲之諱矣。獨怪全忠未篡弑時，唐帝在位，乃勅改武成王廟曰武明，成德軍曰武順，義成軍曰宣義，并嫌名皆避之。迨梁既僭号，司天監以帝曾祖諱茂琳，請改歲月陽日辰，凡戊字更作武，尤可發笑也。

北漢千佛樓碑跋

丙午二月，登天龍之山，得北漢李惲所爲千佛樓碑，異焉，俾工搨歸，裝潢之，書其後曰：北漢之爲國，不足當一大郡。而王朴以爲必死之寇亡最後。自周之世宗、宋之太祖百戰不能克，宜其君臣有過人之才。而劉繼元處裹瘡吮血之餘，輕役其民，命嬖臣范超冶金爲佛，治不急之務。惲身爲相臣，不能匡正，惟事圍棊飲酒，反撰碑文侈大其事，何歟？碑稱承鈞爲睿宗皇帝，繼元爲英武皇帝，皆史記所未及。攷劉旻之語張元徽也：「顧我是何天子？爾亦是何節度使？」然則惲之夸大其辭，適足以形其陋而已。繼元之立，在宋開寶元年戊辰。史稱其即位時，改元廣運，而碑建于乙亥，故其文曰：「上御宇之八年」，後書「廣運二年歲次乙亥」。按：楊夢申撰劉繼顒神道碑亦稱「廣運元年，歲次甲戌」，與是碑合。則即位改元之説，史未得其詳矣。繼元殘忍好殺，具書于史。然當時諸臣率棄之降宋，范超者亦降，惟惲至國亡乃降。蓋其誅戮亦所必行，無足深罪者。嗚呼！以蕞爾之地抗百萬之師，民争爲之効死，其君臣豈真無過人之才者哉？若其文格之卑，書法之陋，攷古之士無譏焉可也。

曝書亭序跋卷十七

宋太宗書庫碑跋

右宋太宗皇帝書庫碑，大中祥符四年真宗御書，勒石在太原府壽寧教寺。碑爲風雨崩剥，其半没土中，歲久盡蝕。文凡二千餘言，僅存數百字。其陰石尤泐，所可識者有：《太宗御製文集》四十卷，《文集》一十卷，《怡懷詩》一卷，《迴文詩》一卷，《逍遥詠》一卷，《至理勤懷篇》一卷。《宋志》載《御製集》一百二十卷，蓋統言之也。《棋勢圖》、《琴譜》各二卷，《蓮花心漏迴文圖》若干卷，雜書扇子一百三十六柄，雜書簇子七百五十三軸。按史帝，既削平諸國，收其圖，下詔購遺書。于左昇龍門北建崇文院，徙三館書實之，此《崇文書目》所自始也。又分三館書萬餘卷，别爲書庫，所謂祕閣是也。王明清有言：「太平興國中，諸降王死，其舊臣或宣怨言。太宗盡收用之，寘之館閣，使修羣書，廣其卷帙，厚其廩禄贍給，以役其心，俾卒老于文字。」則帝之留意翰墨，特出于權謀祕計，而非性所好也。雖然，亡國之臣，世主往往輕視之如土芥，而重繩之以刀鋸。帝獨容之禁侍之列，給筆札事纂述，謂非世主所難能歟。嗚呼！是可記也。

宋京兆府學石經碑跋

京兆府學新移石經碑記，宋元祐中京兆黎持撰文，河南安宜之書，鋟之者長安石工安民也。其曰「汲郡吕公」者，宣公大防之兄，以工部郎中陝西轉運副使知陝州、以直龍圖閣知秦州大忠也。自唐鄭覃等勒石壁九經一百六十卷，天祐中築新城，石爲韓建所棄。劉鄩守長安，幕吏尹玉羽請輦入城，鄩謂非急務。玉羽紿曰：「一旦敵兵臨城，碎爲矢石，亦足以助戰。」鄩然之，移置尚書舊省。至大忠領漕日，始克盡列于學，載持記甚詳。方是時，宣公在朝，一二執政罔非正人，監司長吏咸以興起學校、裒集經史爲務。至紹聖、元符之際，小人柄政，諸君子咸被重罪以去。宣公竄死虔州。未幾，大忠亦降官。崇寧初，藉黨人立石端禮門側。蔡京復自書碑，頒郡縣。彼張商英、周秩、楊畏之徒反覆附和，恬不知恥。民以一石工獨能嚴邪正之辨，不肯鐫名姓于碑，惟恐得罪後世。匹夫之志不可奪，如是夫。持爲京兆學官，其文辭條達，類南豐曾氏。而宜之之書亦稱入格，迄今博聞之士或不能舉其姓氏。民則後生末學皆能道之，以此見立身行己，不可不爲後世慮。苟是非得其正，雖百工技能之人反有榮于當時之士大夫者。嗚呼！可感也已。玉羽者，京兆長安人，以孝行聞，杜門隱居。鄩辟爲保大軍節度推官，仕後唐至光禄少卿。晉高祖召之，辭以老，退歸秦中。嘗著《自然經》五卷，《武庫集》五十卷，其書散見于《册府元龜》。惜歐陽子不爲立傳，而其書亦不傳于世也。予既感碑文之出于民所鐫，而題其後。予友鍾淵映將注《五代史記》，并書玉羽之事告之，俾附注于鄩之傳焉。

太原縣惠明寺碑跋

吕惠卿，憸人也。當時君子視若鬼蜮，而王安石獨任之不疑，且曰：惠卿之賢，雖前世儒者未易比也。今觀惠明寺舍利塔碑，雖能文善書之士無以過之。世徒知爲頭會箕斂之才，不知兩人當日以經術定交，而取合于文字也。嗚呼！此其所以爲姦也歟？

桂林府石刻元祐黨籍跋

元祐黨籍，徽宗書之，立石端禮門。其初九十八人爾，既而蔡京復大書頒郡縣，以上書人及己所不喜者作附麗人添入，凡三百九人。碑稱皇帝嗣位之五年，蓋崇寧四年也。是時籍中曾任宰臣執政者十無一存，曾任待制及餘官亦已零落過半。亡者毀其繪像及所著書，奪其墳寺。存者定爲邪等，降責編管荒徼，禁不得同州住，其子弟亦不得詣闕下，小人之快意未有甚于斯時者矣。豈復有所忌憚乎？其後張綱看詳，謂王珪一名不合在籍。自九十七人外，益以上官均、岑象求、江公望、范柔中、鄧考甫、孫諤六人，共一百三人，皆係名德之臣。許子孫陳乞恩例次數，而龔頤正遂采三百九人之事跡成《元祐黨籍列傳譜述》一書，凡一百卷。蓋惟恐其闕。然則小人之厄君子，適以榮之，士之自立宜審所擇矣。京所書刊石滿天下，惟桂林勒之崖壁，故至今獨存。碑後王珪、章惇姓名漫漶者，爲瀑泉所泐也。康熙乙丑二月望日書。

大同府普恩寺碑跋

右《大同普恩寺碑記》，宋修武郎借吉州團練使充通問副使婺源朱公弁所作也。公以建炎元年十一月奉使，爲金人所留。迫之事劉豫，不可，欲易其官，不可，探策使之歸，復不可。其語耶律紹文曰：「上國之威命，朝以至則使臣夕以死，夕以至則朝以死。」觀其懷印臥起，悲歌慷慨，與漢之蘇武何異？非孔子所稱「不辱君命」者歟？記成于金皇統三年二月，實高宗紹興之十三年也。于是公之去國蓋十七年矣。題曰「江東朱弁」，而不書官，又其上繫以皇統年号。論者疑公自貶其詞，合乎古君子危行言孫之義，而未得其本也。攷公之歸宋在是秋七月，記之作當在和議初成，而公臨發之時也。彼寺僧者見公既去，不能原公大節所在，惟知奉國人之法，輒删去其官爵，增易其紀年，無足怪者。史載公被留時，嘗具酒食告僚友曰：「吾已得近郊某寺地，一日畢命，諸公幸瘞我其處，表曰『宋通問副使朱公之墓』，于我幸矣。」而公碑文亦曰：「予築舘之三年，歲在庚戌，冬十月，乃遷于兹寺。」然則所謂「近郊某寺」者，殆即普恩寺非邪？史又載公以文字教金之貴人子弟，使之就學，因得以和好之説進。蓋公之文有不得已而爲之者。當其時，宋諸臣留于金，若宇文虛中、吳激、蔡松年之徒多以文學自命，顧寺僧獨以公之言爲足重于世，亦以見恭敬之不可棄，而忠信所行者遠也。嗚呼！士君子不幸生喪亂之際，又不幸以文章爲世所重，得其文者或不原其志意所在，輒更易以就時人之耳目。至使大節皎然若朱公者，幾無以自白于後世。讀普恩寺之碑，其亦可感也夫。

杭州府學宋石經跋

宋高宗皇帝御書石經，紹興十三年知臨安府事張澂摹勒上石。淳熙四年詔知府趙磻老建閣于太學，題曰「光堯石經之閣」，置石其下。洪邁、曾惇、楊冠卿、葉紹翁、李心傳、陳騤、王應麟、潛説友紀之詳矣。宋亡學廢，爲肅政廉訪司治所。西僧楊璉真伽造白塔于行宫故址，取其石壘塔。杭州路廉訪經歷申屠致遠力持不可，然已損其什一。元至正間，即治所西偏建西湖書院，以祀先師，設有山長掌書庫。其後明常熟吳訥、乾州宋廷佐先後巡按浙江，或覆之廊，或甃以瓴甋。崇禎末，廊圮，乃嵌諸壁中。左《易》二、《書》六、《詩》十有二、《禮記》向有《學記》、《經解》、《中庸》、《儒行》、《大學》五篇，今惟《中庸》片石存爾。其南則理宗大書御製序四碑在焉。右則《春秋左氏傳》四十八碑，闕其首卷。通計八十七碑。諸經雖非足本，然書法甚工，學古者所當藏弆。若夫秦檜一跋，已爲訥椎碎。其詞見于學士院《中興紀事本末》，君子無取也。

書拓本玉帶生銘後

玉帶生，宋文丞相硯名也。石産自端州，未爲絶品。其修扶寸，廣半之，厚又微殺焉。帶腰玉，而身衣紫，丞相寶惜。旁刻以銘，書用小篆，凡四十有四字。歲甲申觀于商丘宋節使坐上，因請以硬黄紙摹之，不敢響搨也。生之本末略見《玉笥生詩》，其銘辭亦附注于詩編。按：金華胡翰作《謝翱傳》，稱天祥轉戰閩廣，至潮陽被執。翱匿民間，流離久之，間行抵勾越。是信公軍敗後，硯即歸翱可知。其寓浦陽、永康，閱祐、思諸陵，登釣壇，度必攜生偕往。懷古之君子可以深長思矣。

遼釋志愿葬舍利石匣記跋

京師仙露寺，金人俘宋室子女置其中，見蔡絛《北狩行録》、趙子砥《燕雲録》，顧地志失載，遺蹤遂不可稽。康熙二十六年五月，宣武門西南居民掘地，得石匣。匣旁有記，自稱「講經律論大德志愿録并書」，乃遼世宗天禄三年瘗舍利佛牙于此。記後有「千人邑」三字，蓋社名也。施主姓名首列帝、后、諸王、大臣，下及童男小女。考《遼史》世宗妃甄氏，後唐宫人，帝從太宗南征得之，寵遇甚厚，及即位，立爲皇后。至天禄四年，方册立皇后蕭氏。二后同死察割之亂，並葬于醫巫閭山。記刻于三年，所云「皇后」蓋指甄也。「東明王」者，疑是明王安端，即察割之父，以功王東丹國，故曰東明王也。「燕主大王」者，中臺省右相牒蠟爲南京留守，封燕王，故曰燕主大王也。「國舅相公」者，靖安蕭太后族只撒古魯，以天禄元年爲國舅帳詳穩，故曰國舅相公也。獨趙思温子延照，史作延昭，而《通鑑》亦作「照」，常爲石晉祁州刺史，後仍歸遼。餘子本末，不得其詳矣。又記有「建窣堵波」之文，疑當時石匣置于塔下，塔久廢，而石匣僅存土中。匣已無蓋，其舍利佛牙又不知何時散佚也。

遼雲居寺二碑跋

右王正、智光雲居寺二記，共勒一碑，碑額篆書「重修雲居寺一千人邑會之碑」，一稱「結一千人之社，一千人之心」，一稱「完葺一寺，結邑千人」。近年京城發地得《仙露寺石函記》，後有「千人邑」三字，尼曰邑頭尼。覽者疑是地名。合此碑觀之，則知「千人邑」者，社會之名爾。「天順皇帝」者，遼穆宗尊号。「丞相秦王」者，重元爲南京留守也。《遼史》聖宗初即位，羣臣上尊号，曰：昭聖皇帝。統和元年六月，上尊号曰：天輔皇帝。五年四月，上尊号曰：至德廣孝昭聖天輔皇帝。二十四年十月，上尊号曰：至德廣孝昭聖天輔皇帝。今碑建于二十三年，尊号無「天輔」字，是則二十四年十月以前聖宗尊号，但云「至德廣孝昭聖皇帝」，如碑所記。至二十四年，乃合元年尊号「天輔」字以稱之，否則二十四年所上之号，與五年無異，何用羣臣復上乎？竊疑史有誤也。

金京兆劉處士墓碣銘跋

金京兆劉處士墓碣銘，奉天楊英撰文，武功張徽書，洛陽李微題額，立石者同知京兆總管府事高貴也。文稱處士初諱章，更名九隴，又名渭，又名於菟，其字希文，不易也。下筆有骨肋，西州碑版多出其手。一榻之外，皆法書名畫，望而判其真贋。嘗鬻書于市，一達官持之去，處士直詣廳事取書，辭色不少遜，挾書掉臂而出。性不喜浮屠法，而處開元塔三十年，無家無妻子。正大八年，詔民東徙至陝。既而事且變，投所蓄古印章鼎彝于河，避地平陽，入太原。尋還故里，以疾卒。按《金史·哀宗紀》：元兵既取鳳翔兩行省，棄京兆，遷居民于河南。所云「事變」者，此矣。英之銘曰：「士之遇也，爲龍爲虎。其不遇也，如魚如鼠。既魚其龍，又鼠其虎，生必違其所好，死則從其所惡。將矯世以自戕，抑直行而不顧。苟會于心，千載其猶旦暮。著所以信于人者，以銘先生之墓。」吁辭特崛奇，而徽正書多涉篆、隸，體亦不猶人。金源遺集傳至今者，惟趙秉文、王若虛、段克己、誠己、李俊民、元好問數家而已。斯銘不見于載記，乃摭其大略，書之册尾，兼録其副，示長洲孫生附著于《書法考》焉。

趙吳興千字文跋

周興嗣《千文》，便于小學。善書者恒寫一本，獨智永曾書八百本，散在江南。而吳興趙王孫亦屢書之。延祐三年四月，有旨趙子昂寫來《千文》一十七卷，發祕書監裝背收拾。此或一十七卷之一也。吾鄉項子京家刻石，今歸于予。

元豐閏縣令碑記跋

豐潤縣，本玉田之永濟務。《金史》稱太和間置，明《寰宇通志》、《一統志》因之。今觀至元七年縣令孫慶瑜碑記，則改務爲縣，乃章宗大定年事。且云「承安中，以懷遠大將軍夾谷公習捏來宰是縣」。足徵置縣在泰和之先也。碑又云：「大安初避東海郡侯諱，更名曰豐閏。」「東海郡侯」者，即衛紹王。然則縣始置時，仍名永濟可見。又云：「大朝開創以來，庚辰之歲，改縣爲閏州。」考《元史》竟未之載，宋、王諸公未免失于討論矣。《清類天文分野之書》：云洪武元年，改「閏」爲「潤」。而今國子監《金》、《元》史雕本，「閏」旁均著水，亦非也。碑書法雖不工，然辭足以達，其述先後政頗詳，顧修地志者曾不引證，何哉？

霍山廟建文元年碑跋

右霍山廟碑，建文元年正月壬午祇祭上帝于南郊，二月癸亥鴻臚寺序班周敖、國子監生袁綱奉命以香幣牲醴祭告中鎮，勒其文于碑，嵌廟西壁上。蓋自燕師靖難之後，四年之政事悉行革除，舊典遺文去之惟恐不盡。乃普天之下尚留此一片石存人間。世之君子有志于補修《惠宗實録》者，辭雖不多，所宜大書特書，布在方策者也。

跋首善書院碑

萬曆丁酉，先太傅文恪公偕福清葉文忠典應天鄉試。得華亭吕公原先生卷，先文恪欲置第一，文忠謂是卷文雖高，恐不得第，欲以所擬第二人領解。先文恪曰：此時文爾，雖第與不第等，未若不第者之文，其人必以學行聞于時。遂定先生卷第一。後先生試禮部，輒擯落，謁選人，官工部司務。是時鄒忠介、馮恭定講學京師，于宣武門内大時雍坊建首善書院。先生與周忠毅董其役，而先大父時爲都察院照磨，實經營之。及書院成，文忠作記，董文敏書之，則先大父已遷官，故未得書于石也。繼而羣小交攻，毁書院，而碎其碑。傳聞碑初立時，祇搨一十三紙，而先生藏其二。至崇禎壬申，文敏起自田間，桐城孫舍人國敉請重書是碑。文敏謂曩曾書二碑，一置書院，一爲王評事應遴摹勒藏壁間，爲御史某徙置中城察院官舍。訪之，果存。其後西洋人借書院以爲曆局，久之遂踞其中。甲申春，李自成入寇中城，所藏之碑亦不可問矣。康熙辛酉，予復主江南鄉試，先生之孫嘉先持搨本見示。又六年，嘉先子天右持至都，將重勒上石，請予跋其尾。予母，華亭唐文恪公孫也。先君安度先生侍先太傅于京邸。兩家結婚，吕先生實爲行媒。今兩家子姓仳離坎壈，先代賜書，俱已零落。而先生後人猶能于兵火之餘裝潢是碑，守以勿失，摹而刻之，俾覽觀者仰先儒之典型，可以識君子小人存亡進退之故。是碑傳，書院雖毁，安知無有復之者？則嘉先父子之功不可泯已。

北京國子監進士題名碑跋

唐人及第，書名雁塔，未必鋟諸石也。明自永樂二年，命工部建進士題名碑于南京國子監。撰記者，翰林侍讀學士王達也。十三年會試天下貢士于北京。《登科考》謂是歲即命立石國子監。然今無有，有之自宣德五年林震榜始也。由宣德訖崇禎十三年，碑凡七十一通。思陵厭薄進士，故將下第舉人與廷試貢士史惇等百六十三人，又吴康侯等百人盡留特用。於是惇等請援進士例，謁孔廟，行釋菜禮，并立石題名，帝如所請。大學士周延儒奉勑撰文，太僕寺少卿翰林院侍書朱國詔奉勑書石篆額，工部營繕司郎中王灝監工，立于進士題名之次。而十六年楊廷鑑榜遂無隙地可樹碑矣。予輯《日下舊聞》，既撮其大略，筆之于卷。康熙辛未秋八月上丁，天子命大學士代祀孔子，彝尊充十哲分獻官。禮畢，偕祭酒汪彲亀采、司業吴涵容大徧覽諸碑。其初釋褐即撰記立石，後乃有遲一二十年始立，又或有題名無記，兼踣于地者多有之。嗚呼！明之祖宗待進士可謂隆矣。苟不由是出身選人，輒投之僻左荒遠之地。士大夫論資格日嚴，而萬曆以後題名之石不師舊典作記，登第者罕有拓而傳示子孫，徒僵立于風雨冰雪之中，信其剥蝕，不亦可歎也夫。爰屬二公扶其踣者，并搨之。

曝書亭序跋卷十八

陶徵士聖賢羣輔録跋

《韓非》有言：孔子之後，儒分爲八。八儒者，公孫氏居第七。至晉陶徵士《聖賢羣輔録》分疏之，云：公孫氏傳《易》爲道，爲潔凈精微之儒。或疑公孫氏爲龍，非也。龍，字子石，《家語》稱是衞人。而北海鄭氏謂是楚人，故唐贈黄伯，宋贈枝江侯，名雖在七十子之列，不聞傳《易》。若趙人名龍者，字子秉。莊子謂惠子曰：儒、墨、楊、秉與夫子爲五。果孰是邪？所云秉者，辨堅白異同之龍也。樂正、子輿譏其行無師，學無友，非孔氏門弟子可知。攷《晉書》太康二年，汲郡人不凖發魏王冢，得竹書《易》五篇，《公孫段與邵陟論易》二篇，是則公孫氏傳《易》之明徵矣。蓋子石、子秉名姓偶同，而傳《易》之公孫氏與鄭大夫字伯石者，名姓又同也。録此以證小司馬《索隱》之誤。

唐律疏議跋

《唐律疏議》三十卷，永徽二年閏月詔曰：「太宗文皇帝撥亂反正，恤獄慎刑，杜澆弊之源，削煩苛之法，道臻刑措。二十三年，玉几遺訓，皇令刊改。朕仰遵先旨，旁求故實，乃制太尉揚州都督長孫无忌、開府儀同三司李勣、尚書左僕射張行成、光禄侍中高季輔、右丞段寶玄、太常少卿令狐德棻、吏部侍郎高敬言、刑部郎中賈敏行等爰暨朝賢詳定法律，酌前王之令典，考列辟之舊章，適其輕重之宜，采其寬猛之要，使夫畫一之制簡而易從，約法之章疎而不漏。再移朞月，方始勒成。是宜頒示普天，垂之來葉。凡在羣臣逮于列岳，其務審慎，稱朕意焉。」此見諸《唐大詔令》者也。永徽三年五月，詔：「律學未有定疏，宜廣召解律人修義疏。使中書門下監定參撰，成三十卷。四年十一月上之。詔頒行天下。此見諸《唐會要》者也。按：无忌等表進，有尚書左僕射于志寧、右僕射褚遂良、中書令柳奭、刑部尚書唐臨、守黄門韓瑗、中書侍郎來濟、辛茂將、尚書右丞劉燕客、潁州刺史裴弘獻、刑部郎中王懷恪、盩厔縣令董雄、大理丞路立、始平縣丞石士逵、大理評事曹惠果、律學博士司馬鋭等，而無張行成、高季輔、令狐德棻、高敬言，或疑纂修諸臣姓名不符。攷詔令開載，乃總修律令格式之員，而表進于二年之後，所列縣令丞博士，蓋係召至解律人。若張、高、令狐四公，不與纂修義疏故爾。唐代遺書傳抄多致殘闕，是編前有元泰定四年江西儒學提舉柳贇序，又附江西行中書省檢校官王元亮釋文，末又綴編校考亭書院學士余資姓氏。信爲完書。世有好事君子雕鋟以行，儆于有位，舊章之不愆，庶乎復古寬大之條矣。

刑統賦解跋

《刑統賦》四卷，《宋史·藝文志》不知作者。晁公武《讀書後志》著録一卷，云皇朝傅霖撰，或人爲之注。予所録卷與晁氏同，古林曹氏藏本也。《刑統》定于周顯德四年，命侍御史張湜、太子右庶子劇可久等十人編集，兵部尚書張昭遠看詳進呈，凡二十一卷。竇儀重加詳定，增益九卷。當日言律令格式之煩，期于省文達理。成書，霖乃撮其要旨作賦，而自解其義。又東原郄某每聯撰四言歌以括之。前有延祐三年趙孟頫序，言其大略。其後益都王亮復爲增注。大抵傅、郄皆宋人，而亮則元人也。世儒以趙序加于長孫无忌等《唐律》三十卷之前，遂疑疏義爲霖等所注，誤矣。霖自題「左宣德郎律學博士」，未審宋何朝人。

長短經跋

《長短經》十卷，唐趙蕤撰。蕤，梓州鹽亭人，嘗注《關朗易傳》，李白師事之。孫光憲稱其夫婦俱有隱操，而是編專論王霸機權正變之術。其第十卷相傳載陰謀捭闔之説，故祕不以示人。依《漢・藝文志》當入之縱横家。按：《漢志》縱横家多至一百七篇，而《隋志》止二部，《唐志》四部，此六十四篇宜著録，不應混入于雜家也。

東宫備覽跋

《東宫備覽》六卷，宋迪功郎守祕書省正字兼國史院編修官陳模進。模，字中行，泉州永春人，慶元二年鄒應龍榜進士。嘉泰二年八月除正字，三年二月以正字兼國史院編修官，開禧三年二月以正字兼實録院檢討官，嘉定二年三月除校書郎，仍兼實録院檢討。模之歷官倫序，見于《中興館閣續録》者如此。今觀告詞進表，乃合先後銜具書之，又兼莊文府教授。或疑莊文太子薨于乾道三年，模至慶元初始釋褐。

歷嘉泰、開禧、嘉定，不應尚設教授。以予考李心傳《朝野雜記》，皇太子宮小學教授設于紹興三十年，時孝宗爲建王，光宗與莊文太子、魏惠憲王皆就傅矣。先是十四年春，建宗學于臨安，學生以百名爲額，在學者皆南宮北宅子孫。若親賢宅近屬則別置教授，以館職兼，不在宗子之列。故魏惠憲王卒于淳熙七年，有子柄存，設有府教授。而莊文太子有二子梴、棤，府亦得設教授。模以館職遂兼之爾。《宋史》志職官未詳，因書于此。

書玉臺新詠後

《昭明文選》初成，聞有千卷。既而略其蕪穢，集其清英，存三十卷。擇之可謂精矣。然入選之文，不無僞製。所録《古詩十九首》以徐陵《玉臺新詠》勘之，枚乘詩居其八。至《驅車上東門行》載《樂府》雜曲歌辭，其餘六首，《玉臺》不録。就《文選》本第十五首而論，「生年不滿百，長懷千載憂，晝短而夜長，何不秉燭游」。則《西門行》古辭也。古辭：「夫爲樂，爲樂當及時，何能坐愁怫鬱，當復待[二]來茲。」而《文選》更之曰：「爲樂當及時，何能待來茲。」古辭：「貪財愛惜費，但爲後世嗤。」而《文選》更之曰：「愚者愛惜費，但爲後世嗤。」古辭：「自非仙人王子喬，計會壽命難與期。」而《文選》更之曰：「仙人王子喬，難可與等期。」裁翦長短句作五言，移易其前後，雜糅置十九首中，没枚乘等姓名，槩題曰「古詩」。要之，皆出文選樓中諸學士之手也。徐陵少仕于梁，爲昭明諸臣後進，不敢明言其非，乃別著一書，列枚乘姓名，還之作者。殆有微意焉。劉知幾疑《李陵答蘇武書》爲齊梁文士擬作，蘇子瞻疑《陵武贈答》五言亦後人所擬，而統不能辨。非不能辨也，昭明優禮儒臣，容其作僞。今《文選》盛行，作僞者心不徒勞也已。或者以爲《文選》闕疑，《玉臺》實之以人。非是。當其時，昭明聚書三萬卷，大集羣儒討論，豈不知五言始自枚乘？而序所云退傅有《在鄒》之作，降將有《河梁》之篇，四言五言區以別矣。注《文選》者遂謂《河梁》之别，五言此始。鍾嶸《詩品》亦云逮漢李陵始著五言之目。抑何謬歟？然則誦詩論世者，宜取《玉臺》並觀，毋偏信《文選》可爾。

〔一〕「待」字原脱，今補。

宋本六家注文選跋

《六家注文選》六十卷，宋崇寧五年鏤板，至政和元年畢工。墨光如漆，紙堅緻，全書完好。序尾識云，見在廣都縣北門裴宅印賣。蓋宋時蜀牋若是也。每本有吴門徐賁私印，又有太倉王氏賜書堂印記。是書袁氏袠曾仿宋本雕刻以行，故傳世特多。然無鏤板畢工年月，以此可辨僞真也。

大唐類要跋

康熙己卯七月，湖州書賈有以《大唐類要》百六十卷求售者，反覆觀之，即虞氏《北堂書抄》也。按：《新唐書·志》作一百七十三卷，晁氏《讀書後志》同，而《宋志》止百六十卷。是編地部至泥沙石而畢，度非完書。今世所行者，出常熟陳禹謨錫玄氏删補，至以貞觀後事及五代十國之書雜入其中，盡失其舊，閲之令人生恚。儲書者多藏之，而原書罕覯矣。《類要》傳寫雖多譌舛，然大略出于原書，未易得也。

跋五百家昌黎集注

宋人輯書往往以摭采之富誇人，若蔡夢弼《杜詩注》号爲千家，戍申之《尚書集解》号四百家，亡名子《播芳文粹》号五百家是也。《昌黎集訓注》四十卷，《外集》十卷，《别集》一卷，附《論語筆解》十卷，慶元六年春建安魏仲舉刻于家塾，亦稱五百家。按：其實則列名者一百四十八家而已，其餘所云《新添集注》五十家、《補注》五十家、《廣注》五十家、《釋事》二十家、《補音》二十家、《協音》十家、《正誤》二十家、《考異》十家，殆亦無稽之言爾。然當時刊書者知以博學詳説爲要務。今則守一家之説以爲兔園册，其智出麻沙里刊書者之下矣。是書向藏長洲文伯仁家，歸吾鄉李太僕君實，蓋宋槧之最精者！惜中間闕三卷，後人補抄，原注已失，不可復覩，當更訪諸藏書家。

播芳文粹跋

《五百家播芳文粹大全》一百卷，曩在都下曾從友人借觀，患其卷帙混淆，兼多闕文誤字，因置不録。若歸田後，見江浙儲藏家間有之，類皆抄寫。丙戌三月，留徐學使章仲花谿别業，觀宋槧本，始快于心。若風庭之葉盡埽，而老眼豁然也。卷首有紹熙庚戌序，南徐許開作，稱係鉅鹿魏齊賢仲賢、南陽葉棻子實所集，具列姓氏凡五百二十家。富哉，言矣！然其所録不盡皆醇。惜吾友宜興陳維崧其年、華亭錢芳標葆馚、吴江葉舒崇元禮、錢唐陸繁弨拒石、嘉興李符分虎皆以駢體名家，諸君悉逝，莫爲削其繁而舉其要也。

開，字仲啓，以中奉大夫提舉武夷沖祐觀，著有《志隱類稾》，見趙希弁《讀書附志》。

書晁以道撰蘇叔黨墓志後

靖康中，蘇叔黨以真定倅赴官，次河北，爲賊所脅。叔黨語賊曰：「若知世有蘇内翰乎？吾即其子，肯隨若求活草間邪？」通夕痛飲，翌日視之，卒矣。王明清《揮麈後録》載之。而晁以道志其墓，稱以暴疾卒于鎮陽。繹其文，可云孝子，合而觀之，不媿其父矣。攷東坡先生以徽宗建中靖國元年辛巳卒于常州。先生既卒，而蔡京由尚書左丞進左右僕射，蔡卞旋知樞密院事。自崇寧元年迄于四年，籍黨人榜朝堂，定上書人上中下六邪等，責逐責降，而又編管子弟，不許到闕。一刻石于端禮門，再刻石于諸州，三刻石于文德殿門。帝既親書之，京復自書頒之天下。是時叔黨潛身救過之不給，寧有富貴利達之念萌于中哉？惟因梁師成自言爲東坡出子，嘗愬于裕陵：曰「先臣何罪？」禁誦其文章，滅其尺牘」。於是先生遺文手蹟始稍稍復出。叔黨之不忍顯絶師成者此也。然黨禁初弛後，雖得入京師，借詼諧以玩世，未嘗薰染。以道所云「嘻笑謔浪，節槩存焉」是已。乃毁之者謂叔黨諂事師成，自居乾兒。夫師成既以東坡爲父，稱曰先臣，則必以昆弟遇叔黨，豈有業爲兄弟，而又降稱乾兒之理？此助洛攻蜀者謗之，貝錦南箕，尚論者不可不白其寃也。

竹友集跋

臨川謝幼槃與兄無逸並負詩名。吕居仁集江西詩派二十五人，幼槃其一矣。然其詩實與涪翁别。

居仁又稱其似謝宣城，亦不類也。《書録解題》兩載《竹友集》，一曰十卷，一曰七卷。蓋七卷者詩，而十卷者合文言之。是集流傳甚罕，謝布政在杭抄之内府。在杭收藏宋人集頗富，近多散失，惟此係其手書，子孫裝界成册。平湖陸編修次友典福建庚午鄉試，抄得之。予見而令楷書生亟録其副。詩派遺集傳者無幾，予所儲陳無已、饒得操、洪玉父、韓子蒼、晁叔用、吕居仁僅六家，得此而七焉。

書劒南集後

詩家比喻，六義之一，偶然爲之可爾。陸務觀《劒南集》句法稠疊，讀之終卷，令人生憎。若「身似老僧猶有髮，門如村舍强名官」，「跡似春萍本無柢，心如秋燕不安巢」，「身似在家狂道士，心如退院病禪師」，「心似春鴻寧久住，身如秋扇合長捐」，「身似敗棊難復振，心如病木已中空」，「心似枯葵空向日，身如病櫟孰知年」，「家似江淮歸業户，身如湖嶺罷參僧」，「心似游僧思遠道，身如敗將陷重圍」，「居似窮邊荒馬驛，身如深谷老桑門」，「人似登仙惟火食，俗如太古欠巢居」，「閒似苔磯垂釣叟，淡如村院罷參僧」，「懶似老雞頻失旦，衰如蠹葉早知秋」，「喜似繫囚聞縱掉，快如疥癢得爬搔」，「閒似白鷗雖自足，健如黄犢已無緣」，「酒似粥濃知社到，餅如盤大喜秋成」，「難似車登蛇退嶺，險如舟過馬當時」，「月似有情迎馬見，鶯如相識向人鳴」，「心如澤國春歸雁，身似雲堂日過僧」，「身如巢燕臨歸日，心似堂僧欲動時」，「身如病木驚秋早，心似鰥魚怯夜長」，「心如老驥長千里，身似春蠶已再眠」，「身如海燕不逢社，家似瓜牛僅有廬」，「心如老馬雖知路，身似鳴蛙不屬官」，「身如病鶴長停料，心似山僧已棄家」，「心如頑石忘榮辱，身似孤雲任去留」，「心如脱穽奔林鹿，迹似還山不雨雲」，「恩如長假容居里，官似分司不限年」，「瘦如飯顆吟詩面，飢似柴桑乞食身」，「勇如持虎但堪笑，學似累棊那易成」，「爽如瑞露零仙掌，清似寒冰貯玉壺」，「衰如蠹葉秋先覺，愁似鰥魚夜不眠」，「樂如逐兔牽黄犬，快似麾兵卷白波」，「壁如龜筴難占卜，瓦似魚鱗不接連」，「路如劒閣逢秋雨，山似鑪峯鎖暮雲」，「雲如山壞長空黑，風似潮回萬木傾」，「雨如梅子初黄日，水似桃花欲動時」，「花如上苑長成市，酒似新豐不直錢」，「雁如著意頻驚枕，月似知愁故入門」，「蠶如黑蟻桑生後，秧似青針水滿時」。餘詩胥滕用「如」、「似」字作對，難以悉數。就中非無佳句，此陸平原所云「離之雙美，合之兩傷」者也。予友三原孫枝蔚豹人徵入都，不願分修史之禄，賦詩云：「身如橘柚病於北，心似鷓鴣飛向南。」有識者憐之，此偶然作爾。邇者詩人多舍唐學宋。予嘗嫌務觀大熟，魯直太生。生者，流爲蕭東夫，熟者，降爲楊廷秀。蕭不傳而楊傳，效之者何異海畔逐臭之夫邪？

賴良大雅集跋

《大雅集》十卷，天台賴良采擇凡二千餘篇，楊廉夫點定，存三百首，既爲作序，而江陰王逢、吳興錢鼒亦序之。集中所收皆元人，其後間有仕于明者。第六卷載林洵《送顧謹中入太學詩》，則洪武中從而補綴者也。良，字善卿，《赤城續志》不書其姓氏，出處顯晦，不可得而知。繹席帽山人序，蓋曾教授松江云。倪元鎮贈良詩云：「陳詩昔在周盛日，删詩又是衰周餘。」二語得其槩矣。

書敦交集後

右《敦交集》一册，上虞魏仲遠輯其友酬和之詩也。作者二十四人，詩七十六首。册末宜有仲遠題識，而今亡之，非完書矣。是集爲吾鄉李太僕君實紫桃軒藏本。康熙丁丑，予購得之。稽諸《竹齋》、《丹崖》、《清江》、《全室》集，多有與仲遠昆弟贈答詩。仲遠父處士明叔，預卜塋兆于福祈山之陽，結廬其下，名「福源精舍」。處敬爲之作贊，又爲題「尚古亭」。元章亦有《筠深軒長歌》，季潭則有《短歌》。清江爲作《竹深記》，稱會稽之地多竹，蓋物有所宜，猶衞之左泉右淇也。其居邑西夏蓋湖上，伏龍山之下，顧郡縣志俱佚其名。按：宋學士濂爲仲遠作《見山樓記》，乃知其人名壽延云。

梅菴李氏明正音跋

《明正音》七卷，海鹽李景孟宗浩選本。景孟，中景泰甲戌進士，知莆田縣事。其父季衡公平，世父孟璿仲璣，兄景高宗遠，皆有詩名。季衡有《西溪集》，孟璿有《南莊集》，均不傳。是編所録多嘉興人作：若沈鎰孟鈞、陶瑾廷璧、朱孟德維新、陳善敬佐、李澄若淵。往予輯《詩綜》，悉無從采掇，即景孟詩亦遺之，鄉人有著述莫爲之傳，是猶目治而不見其睫也。景孟曾孫儒烈，嘉靖丁未進士，歷官福建按察司僉事，曾刊是編以行。惜今之雕本流傳者寡矣。歲在戊子閏月，竹垞八十翁彝尊識。

跋危氏雲林集

《雲林集》二卷，元翰林學士承旨危素太樸之詩，葛邏禄迺賢易之編，而虞集伯生序之者也。太樸以文名，詩不恒見，流傳惟此而已。明兵入大都，學士走報恩寺，俯身入井。寺僧大梓挽出之，謂曰：「國史非公莫知，公死，是死國之史也。」學士由是不死。世傳明太祖聞學士履聲，出之守余闕祠。按：吾鄉貝助教瓊有《送危於幰赴安慶教授序》稱：「洪武三年，識公于京師。未幾，公卒。」則學士未嘗銜命守祠，特其子於幰教授安慶。好事者遂傅會有是言也。於幰曾共歐陽佑、吕復、黄盅輩采書北平，載記脱去「幰」字。是集發雕于後至元三年。蓋學士入明後續作詩文均失傳矣。

跋草閣集

錢塘李曅宗表元季結草閣居北關門外，既而避地永康、東陽間。洪武初，官國子監助教，有《古今詩》六卷、《拾遺》一卷，天台徐大章盛稱之，金華朱伯清序之。觀其長篇聳高奔逸，堪與劉伯温、高季迪鼎足。而今之杭人，未有舉其姓氏者，可歎也。集中《題徐原父畫梅歌》云：「尋常更有梅花船，繫在鑑湖柳姑之廟前。」「柳姑」者，疑即沈約詩所云「山陰柳家女」也。施宿《會稽志》云：柳姑廟，在山陰縣西一十里，前臨鏡湖，湖山勝絶處。其後修府志者乃遂削去之，是何心哉？

跋釣鰲集

吴江陶振子昌，洪武中任本縣儒學訓導，改安化教諭，歸隱華亭九峰間，自号釣鰲客。長陵師起北平，作《哀吴王濞歌》，感慨悲壯。意當日定流播于燕，王聞之，深怨私怒必甚矣。革除，詩文稍有忌諱者，悉焚棄。唯是歌存集中，而人未有表其微者。其後，死于虎。王達善輓以詩云：「昔爲海上釣鰲客，今作山中飤虎人。」飤之爲言食去聲也。以食入聲食去聲人也。九峰無虎，將毋靖難之後有飤之者乎？

高麗權秀才應制集跋

高麗秀才權近，字思叔，別字陽村。洪武中至南京，高皇優禮待之，賜衣、賜食，爰命賦詩。陽村先之以本國廢興之由、道塗經過之所，次之以本國離合之勢、山河之勝、與夫鄰境之情形，兼述東人感化之意。既成，精華炳蔚，音響鏗鏘。帝覽之稱歎，因命與劉公三吾、許公觀、景公清、戴公德彝、張公信輩偕游南北市來賓、重譯、鶴鳴、醉仙諸樓。帝又賜以御製三時，此洪武丙子歲事。建文四年春，朝鮮恭定王李芳遠令知申事朴錫下議政府鏤版以行。於是嘉靖大夫藝文館提學國人李詹暨奉使翰林史官兵部主事金陵端木孝思均爲作序，而淮南陸顒、番易祝孟獻題詩其後焉。陽村賜游酒樓，《實録》未之載，予所見《應制集》，則天順元年朝鮮本也。

書姚學士明山存稾後

文徵仲待詔翰林，相傳爲明山學士及楊方城所窘，昌言于衆曰：「吾衙門非畫院，乃容畫匠處此。」何孔目元朗《叢説》述之，而曰：「二人只會中狀元，更無餘物。衡山長在天地間，今世豈更有道著姚淶、楊維聰者邪？」聞者以爲快論。然明山嘗與孫太初、薛君采、高子業相唱和。且聞章丘李中麓富于藏書，特遣其子就學，可謂敏于好古者。即徵仲去官日，躬送至張家灣，賦十詩贈別，兼爲作序，比之唐元魯山、宋孫明復，謂「榮出于科目之外，貴加乎爵禄之上」。其傾倒亦至矣！然則元朗所述乃誣語耳。金華吴少君詩説讌定推何太史，而虞山錢氏偏信其説。皎皎素絲，其可染乎？

書狷石居遺集後

予童稚日就塾于譚氏之居，先後共學者六人，譚舟石、左羽、陸英一、次友，暨第五兄夏士，悉中表兄弟也。書屋五楹，予置席硯鴨脚樹下。年十七爲贅壻，乃遷馮氏之宅。是歲兵起，舟石從其父五經進士浮海入越，轉徙漳州。左羽避居于泖。二陸暨予兄弟各不相聞。既而，離者合，合者又離，或出或處，六十年來，五人奄逝，存者惟予已爾。暇覽《狷石居遺集》，是爲舟石、左羽之王父，諱昌言，字聖俞，萬曆甲午舉浙江鄉試第一，後八年中進士，知常熟、婺源、欒城三縣，遷南兵部主事，歷員外郎，升福建布政司參議提督學政，轉山東按察副使，以布政司參政卒于官。思陵即阼，卹以死勤事諸臣，特贈太僕寺卿。公之試士也，其文不假一人寓目，必手自甄綜。雖伯子省覲，俾寄食旅店中，不許入廨。有投私書者，槩不發函。試畢，題數行裹原書復之。閩人語曰：來一封，去兩封。以爲不信，視郵筒。蓋視學三年，鬚鬢盡白。舟石語予，歲在己丑冬，擕其宅眷由琯溪之漳，遇賊于山麓。主僕遭急縛，將剸刃焉。猝傳官軍至，賊黨置之去。見有叟扠手獨行，呼之求救。叟問客：子何來？答以浙人。叟曰：客知浙有譚學使乎？對曰：吾祖也。叟遽前釋縛，蓋賊渠之父。自言：曩爲諸生歲試，譚公列其名二等。吾師乎！其子還治酒食，導客踰嶺乃歸。觀于此而信持衡之公，子孫必食其報。不在遇以國士，而始有知己之感也。舟石，諱吉璁，官至登州太守。英一，諱世楷，思州太守。左羽，諱瑄，工科掌印給事中。次友諱棻，内閣學士禮部侍郎。夏士，諱彝器，承祖廕中書科中書舍人。康熙己未，召試博學宏詞之士六人者，舟石、次友、暨予居其三云。

書曼寄軒集後

東漢風俗之厚，期功之喪，咸得棄官持服。如賈逵以祖父喪，戴封以伯父，西鄂長楊弼以伯母，繁陽令楊君以叔父，上虞長度尚以從父，渤海王郎中劉衡以兄，思善侯相楊著以從兄，太常丞譙玄、槐里令曹全以弟，廣平令仲定以姊，王純以妹，馬融以兄子，皆以憂棄官輕舉。至晉，而嵇紹拜徐州刺史，以長子喪，去職。陶潛以程氏妹喪，自免，作《歸去來辭》。自是而後，古之道莫之行也。先伯祖君輿公掌銓東曹，聞先文恪公之訃，請于朝，乞歸持服，德陵允焉。當時典禮者不以爲過，斯國史所當附書于《禮樂志》者。此事尚未百年，今人父母之喪，有不去其官者矣。

摭言足本跋

唐重科目，舉措分殊，有國史未具析者，藉王氏《摭言》小大畢識，後代得聞其遺制。奈流傳者寡，又爲末學所删，存不及半。是編一十五卷，獲之京師慈仁寺集，乃足本也。卷尾有柯山鄭昉跋，稱「嘉定辛未刊于宜春郡」。吴江徐電發近録棠村相國所藏，與此本略同。當就其校讎譌字發雕焉。

書鑑誡録後

《鑑誡録》十卷，後蜀人何光遠輝夫撰。晁公武《郡齋讀書後志》稱纂輯唐以來君臣事跡，可爲世鑒者。前有劉曦度序。今覽其書多載可笑詩文，直小説家爾。每條以三字標目，與蘇鶚《杜陽雜編》略同。是册猶宋槧，卷首題重雕足本。惟劉序失之，吾鄉墨林項氏藏書也。濟南王先生貽上愛之，曾手録一部。

書北牕炙輠後

《北牕炙輠》二卷，宋施彦執編。予得之海鹽陳琠少典所藏。崑山徐氏、晉江黄氏從予借抄其書，稍稍流傳于世。按：彦執，諱德操，海昌人，張子韶之友也。生不婚宦，病廢而殁。子韶以文祭之，云：「生平朋友不過四人，姚、葉先亡，公繼又去。」其和彦執詩云：「環顧天下間，四海惟三友。」三友者，彦執及姚進道、葉先覺也。彦執嘗著《孟子發題》一篇，子韶之門人郎曄編《横浦集》附之卷末。今《海昌志・人物》莫有舉其姓氏者矣。進道，名述堯，張孝祥榜進士，有《蕭臺公餘詞》一卷，予所藏有之。

跋劉豫事迹

《劉豫事迹》一卷，不知誰氏所輯。予抄自倦圃曹氏。按：豫，祖塋在阜城縣南十二里，元初尚謂之御莊，石馬存焉，見王惲《秋澗集》。惲述陳教授言：豫未貴時，一日顧見一白龍現婦翁家大鏡中，但無鱗與角耳。後翁亦見此，乃以女妻之，資藉甚厚。及生二子以鱗、角名之，或者謂二子長豫當大貴，後果然。惲詩有云：「公昔此讀書，葱鬱見佳氣。尚看書帶草，碧色映階砌。空餘一字詠，流播傳後世。」是直以書生目之矣。此《事迹》所未載，附書于後。噫！豫一叛臣，其書可以不録。然《安禄山事迹》，姚汝能述之。存其書，亦足爲後鑒也！

書王氏墓銘舉例後

《墓銘舉例》四卷，長洲王行止仲編。先以唐韓退之、李習之、柳子厚，次以宋歐陽永叔、尹師魯、曾子固、王介甫、蘇子瞻、陳無己、黄魯直、陳瑩中、晁无咎、張文潛、朱元晦、吕伯恭，凡一十五家之文舉以爲例。足以續蒼厓潘氏《金石例》，而補其闕矣。是書未見雕本，抄自無錫秦氏。竊意墓銘莫盛于東漢，鄱易洪氏所輯《隸釋》、《隸續》，其文其銘體例匪一，宜用止仲之法舉而臚列之。惜乎！予老矣，不能爲也。

跋碧溪詩話

《碧溪詩話》十卷，宋黄徹常明撰。《書録解題》謂是莆田人，而《八閩通志》則云邵武人，舉紹興十五年進士。殆家本莆田而占籍邵武者也。編中持論多本少陵，自言官辰、沅逾年。顧志州郡官師者不載姓氏，集亦失傳。其送弟詩句云：「就舍勿令人避席，過江莫與馬同船。」語淺情真，不失風雅之旨矣。

格齋四六跋

宋人駢語，其初率仿楊億、劉筠體，無逸出四字六字者。歐陽永叔厭薄之，一變而尚真率，蘇子瞻尤以流麗見長。于是汪彦章擅此名家，鎔鑄六經諸史以成對偶，可謂升堂入室之選矣。廬陵王子俊才臣爲周子充、楊廷秀賞識，嘗引以代草牋奏書記。其所撰《三松集》世罕流傳。予抄得宋本《格齋四六》計一百二首，愛其由中而發，漸近自然，無組織之迹。斯則彦章之亞也。

書王司綵宫詞後

宫官之設，見于《周官》，見于《戴記》。漢魏置貴嬪夫人，此仿周官之三夫人也。淑妃、淑媛、淑儀、修華、修容、修儀、婕妤、容華、充華，此仿周官之九嬪也。《北史·后妃傳》有正華、令則、修訓、曜儀、明淑、芳華、敬婉、昭華、光正、昭寧、貞範、弘徽、和德、弘猷、茂光、明信、静訓、曜德、廣訓、暉範、敬訓、芳猷、婉華、明範、豔儀、暉則、敬信，此仿周官之二十七世婦也。穆光、茂德、貞懿、曜光、貞凝、光範、令儀、内範、穆閨、婉德、明婉、豔婉、妙範、暉章、敬茂、静肅、瓊章、穆華、慎儀、妙儀、明懿、崇明、麗則、婉儀、彭媛、修閑、修静、弘慎、豔光、漪容、徽淑、秀儀、芳婉、貞慎、明豔、真穆、修範、肅容、茂儀、英淑、弘豔、正信、凝婉、英範、懷慎、修媛、良則、瑶章、訓成、潤儀、寧訓、淑懿、柔則、穆儀、修禮、昭慎、貞媛、肅閨、敬順、柔華、昭順、敬寧、明訓、弘儀、崇敬、修敬、承閑、昭容、麗儀、閑華、思柔、媛光、懷德、良媛、淑猗、茂範、良信、豔華、徽娥、肅儀、妙則，此仿周官之八十一御女也。唐宋以來，參合損益，不廢其名。明初定設六局：曰尚宫、尚儀、尚服、尚食、尚寢、尚功，掌以宫正，總六局之事。凡出納文籍，皆印署之，付内史監牒移于外。局有四司：尚宫之屬有司紀、司言、司簿、司闈，尚儀之屬有司籍、司樂、司賓、司贊，尚服之屬有司寶、司衣、司仗、司飾，尚食之屬有司饌、司醖、司藥、司供，尚寢之屬有司設、司輿、司苑、司燈，尚功之屬有司製、司軫、司綵、司計。司綵掌儲藏段疋者也，官設于洪武五年。王氏家南海河南村，永樂二年選入宫。命與權妃同輦。辭曰：妾嫠婦也，安敢充下陳哉？帝重之，許歸。嗚呼！開創之主，宫中、府中設司分職，各有典司。后正位乎内，夫人嬪御交贊陰教，居有保阿之訓，動有環珮之響，内無出閫之言，權無私溺之授，法至善矣。其後宫官罷設，奄寺乃得横行。王振、汪直、劉瑾惡已貫盈，至魏忠賢攬政，昵一客氏，深宫更無爲懿安皇后助者。雖存女秀才女史官空名，恒罰提鈴警夜，而宫官大抵皆爲奄寺之菜户矣。外而税礦，内而批紅，監軍則養寇，賊至則開門，貽禍之烈一至于此。使女官舊章不廢，褘衣、褕翟、絳紗、貂蟬，雍雍肅肅，何遽稱九千歲于大璫之前乎？

書五百羅漢名記後

杭州浄慈寺五百羅漢塑像，自宋有之，曹太尉勛記之矣，特其名梵夾不具載。同里高念祖以其大父工部郎道素所藏宋江陰軍乾明院《五百羅漢名号》鏤板，附釋藏之後。按佛書，諾俱那與其徒八百衆居震旦國，五百居天台，三百居鴈宕。故梁克家《三山志》懷安大中寺有八百羅漢像。太尉南渡僑居赤城，宜止及天台石橋五百人也。

曝書亭序跋卷十九

裹鮓帖跋

「裹鮓味佳，一一致君，所須可示，勿難。當以語虞令。」凡一十九字。晉右將軍會稽内史王羲之書，今藏宛平孫氏。羲之書古今獨絶，世人得雙鈎及傳摹石本争以爲寶，况真蹟乎？是書南宋藏之内府，元兵輦以入燕。前有亡宋南廊庫經手人郭墨印記。是時元中書省檄諭中外，江南既平，宋宜曰亡宋。而斯人遂直書亡宋，又隱其名，以示不臣者。然卷後有米友仁跋及趙子昂諸人圖書，可定真蹟非謬。君子觀于是，歎子昂以王孫仕元，其有媿于南廊庫經手人多矣。

書萬歲通天帖舊事

《萬歲通天帖》一卷，用白麻紙雙鈎書。勾法精妙，鋒神畢備，而用墨濃淡不露纖痕，正如一筆獨寫，識者謂非薛稷、鍾紹京不能，洵墨寶也。相傳武后從王方慶索其先世手蹟，得二十八人書。取而玩之，謂曰：此卿家世守，朕奪之不仁。乃命善書者廓填成卷，仍命方慶正書，標二十八人官世。設九賓觀于武成殿，而以墨蹟卷還方慶。蓋祕府儲藏，故罕題識，第有宋高宗用小璽，其後岳珂、張雨、王鏊、文徵明跋者四人而已。

是卷向藏鄉先生項子長家。子長，諱篤壽，中嘉靖壬戌進士。入詞林，性好藏書，見祕册輒令小胥傳抄，儲之舍北萬卷樓。其季弟子京以善治生産富，能鑒别古人書畫、金石文玩物。所居天籟閣，坐質庫估價，海内珍異十九多歸之。顧嗇于財，交易既退，予價或浮，輒悔至憂形于色，罷飯不啜。子長偵諸小童，小童告以實。子長過而問曰：弟近收書畫有銘心絶品可以霽心悦目者乎？子京出其價浮者。子長賞擊不已，如子京所與值償焉，取以歸。其友愛若是。子京子六人，無一達者。子長子德楨，萬曆丙戌進士。夢原，萬曆己未進士。德楨子鼎鉉，萬曆辛丑進士。聲國，崇禎甲戌進士。鄉人以爲厚德之報也。聲國，字仲展，除知雅州事，卒于京師。予祖姑歸焉。乙酉之亂，祖姑避地深村，長物盡失，惟此卷納諸枕中。亂定，依然完好。予每謁祖姑，恒得縱觀。久之，祖姑没，項氏日貧，嗣子遂售于人，轉入勢家。過眼雲烟不復再覩矣。

跋草書千文

懷素、亞栖皆有草書《千文》。是卷書法矜奇，有驚蛇入草，猛燒吹煙之勢。中間更「眺」爲「瞭」，更「殷」爲「商」，更「匡」爲「輔」，而真宗以後廟諱直書，當屬宋初墨蹟。疑是南嶽宣義大師夢英筆也。

書黄山谷試李展筆真蹟卷

涪翁試李展筆作書，有如張顛醮醉中髪。觀其曲折如意，匪特書法通神，并想見展製筆之妙。

書曹太尉勛迎鑾七賦後

右《迎鑾七賦》一卷，宋曹太尉勛奉詔迎道君梓宫及顯仁韋太后作也。公以紹興十一年十月治行，明年七月顥仁自東平登舟。梓宫既還，后居慈寧殿。公力請祠，居天台山，繪圖作賦，傳于家，題雖分爲七，實一篇爾。公之子姓世居海鹽，保有此卷半千餘年勿失。近乃歸予宗人衎齋，重爲裝池珍襲之。會予獲公《松隱集》四十卷，顧闕七賦之四，覩公手蹟，遂寫成足本。衎齋亦鈔完公集。鄙意宜以公《北狩行録》并附集中，尤勝舉也。衎齋听然曰：諾。因具識之。

趙子昂書十二月織圖後

趙文敏書，僞本最多。即有亂真者，僅得其妩媚而已。此卷風骨戍削，當屬晚年家居時筆，詩亦有陶靖節風味。題云：「奉懿旨作。」當日宫闈猶知重文，且留心蠶織，皆可記也。

跋趙魏公書

書家翠墨流傳于世者，惟顔魯公、趙魏公最多。蓋蘇、黄諸君子曾有黨禁，而兩公無之也。今之作僞者動用粉牋雙鈎以眩人目，雖云下真蹟一等，翻不若摹拓之存其真矣。是本波磔飛動，對之爽神。爲跋其尾。

鮮于伯機草書千字文跋

元自趙子昂書法盛行，一時相率習妍媚之體。獨鮮于伯機以古瘦見長，世所傳高閑《千文》及張旭書大約多出其手也。是册脱去狂怒之習，平淡之中筆法最爲謹密。後及宋集賢、李昭文、周景遠、田師孟、李惟肅，皆北方能書家。惜其書今罕傳矣。伯機，漁陽人，居于浙。予浙人，客漁陽，題其書。異哉！

跋陳子微書

吳人陳深，字子微，宋遺民。入元以能書薦，不出，其居曰寧極齋。予家藏有《詩》一卷，《讀春秋編》五卷。此本當是子微所書。小印曰「仲房」者，蕭山魏文靖公驥也。

書張子宜墨蹟册

古人詩文不欲自露其才，恒以澹泊見滋味。於書法亦然，第審楷則，弗逞姿媚，故晉唐墨蹟勒諸石而彌工。若趙吳興、董華亭手書，藏者爭詡爲墨寶，一摹勒上石，乃削色矣。無他，過于逞姿媚也。長洲張子宜不以書名，其裔孫星貯有小紙書五，則頗與范文正所書《伯夷頌》手蹟相似。子宜生元季，早有鄉曲譽，明初一舉秀才，除都水郎，即免官歸。居朱樂圃舊里，爲四傑十友讌游之所，詩所云「坊存前哲号，屋貯古人書」者是也。吳中書畫流轉方域，而子宜晚託跡于乘田委吏。仕既不達，名亦晦焉。星以遺楷索予題識，予思先生以甘白自号，詩筆一歸簡古，書亦瘦硬通神。星也試錄之石，俾作《書斷》者更估之，何如？

悊皇帝御書跋

右德陵手勅三通，先太傅文恪公在内閣時所奉批答也。其一遣代祀三皇廟。一以皇妃逝，祔葬孝潔皇后陵，命傳諭禮、工二部造墳。一安光宗帝后神主于太廟。蓋當時批答尚多，兹特兵火後僅存者爾。朝野相傳帝天縱巧慧，能手操斧鋸造輕車小屋，萬幾不理，以是威權下移。今觀三勅書法雖不工，未嘗假手司禮内監。初政猶然，逮先公及福清葉公先後去位，中官始無忌憚。詔旨不自帝出，而朝士之禍烈矣。

然則否泰之反，類由于大小之往來。三勅似無關于治忽，而天啓初終之政，論世者所當辨也。

跋王陽明先生家書

王子逸仲出陽明先生平涮賊後家書見示。定亂之頃，不矜不伐，意在乞休，足以見先生之學力未嘗與人争功能也。顧世儒言性理，以先生學術未純，動加詆毁。然微先生，則寧藩之變危及社稷。靖難前事，可爲寒心。乃吴人伍袁萃倡邪説，誣先生潛通叛藩，曲學阿世之士從而傅會之。其亦不仁甚矣！嗟悲夫，今之從政者，患得患失，克如先生功成不居，第思乞休幾人哉？覽先生家書可興感也。

題十五完人墨蹟

崇禎十七載，爰立作宰輔五十人。國亡後，存者尚多。其出處或殊，居恒與世接，欲求爲完人，難矣。機山閣老考終于江南未入皇朝版圖之前。皭然無滓，當時幸免東市之禍，晚節益爲正人所依歸。即卷中九人皆見危授命者也。公孫介維持以示予，予請悉出笥中所藏，復益以傅公冠、張公國維、文公安之、彭公期生、沈公猶龍五先生手蹟裝池卷後，并閣老標題改稱《十五完人墨寶》，謹拜手而書其末。

高念祖先世遺墨跋

予友高念祖一飯不忘其先。與之言，非祖父之言勿道也。嘗集其先世手書，裝潢成卷。蓋雖南游舒越，西北入于燕齊，梯涉數千里必載以行。其用心勤矣！昔江左諸王氏多工書，至唐則天后索諸其裔方慶。方慶集其先二十八人之書以獻。后命善書者鈎畫，設九賓觀之武成殿上，其遺蹟流傳，世以爲寶。

今高氏數公雖不盡以能書著，俾傳諸子孫，克盡如念祖之用心，守以勿失，焉知不爲異代所寳？念祖請予書其尾，其以予言爲可徵也夫。

鉏菜翁夢記跋

《周禮》占寢有六：曰正、曰噩、曰思、曰寤、曰喜、曰懼。若曹先生所述三寢，殆噩寢而不失其正者歟。先生窮究儒者之學，其于佛氏之書非其專好，乃頻有感于觀世音菩薩者，何歟？豈晝之云爲固嘗思道之，而忽感于中歟？《易》曰：「神以知來，知以藏往。」惟先生于佛氏之説，寂然無動于心，斯能感而遂通其故。其于鬼神之情狀，宜無不知也。蓋誠之不可揜，信有若《記》之所云者。圖而傳焉，可以明吉凶憂患之故矣。原佛氏之入中國，其初感于漢明帝一夢。而百千年來，師其説不敢異。彼能入人夢寐而誘之以善，吁，亦神矣哉。

書沈文恪公行書卷

順治初，雲間幾社諸子多有存者。後進領袖，詩稱吳懋謙六益，書稱計南陽子山。公起相抗，而能傾心下之。既貴，延之下榻，與之分財，簦笠之盟無間也。天子重公書，恒召入禁廷寫屏幛碑版。朝回鄉邸，韋布入都謀席研之地者，公爲作薦牘，動費百番紙，無厭倦色。在邸舍御下以慈，童僕或不受約，子山于公前執而撻之，公笑謝曰：朋友之道當如是矣？都人傳以爲嘉話。是卷大半公手札，雖非平生絶品，而真氣溢于紙墨間，不易得也。歲壬戌夏五月，駕在瀛臺，予時知起居注侍班，天久不雨。天子諭輔臣謂：「歲旱，時政必有闕失，可同九卿詹事科道會議以聞。」因隨大學士後羅坐武英殿東南。盈庭僉曰：「袞職無闕。」公獨昌言三事：一山海關滿洲差員當徹。一湖口關江湖之衝非商估停泊之所，舟易覆溺，宜仍徙九江爲便。一有司盜案處分過嚴，以是諱盜者衆，反爲民害。于時合班大臣齊怒視公，雜以詼訕，而公不顧也。大學士轉奏，事雖不果行，退與同僚言，交歎仁者之勇，爲不可及。迨公没後，晉陵士子有代朝貴撰公墓碑者，挈其綱云：公以能書聞海内者四十年，是以沈度兄弟目公矣。卷爲同知辰州府事平湖沈皡日融谷所藏。公以族子遇之者，故裝界日題以文恪公遺蹟，而不著姓。邇年以來，廷臣以文恪易名者匪一人，予慮後之覽者或致疑非公書也，遂著姓以表之。

書大學士徐公述歸賦後

大學士崑山徐公以宰輔領明史局監修。其歸也，載書累萬卷。關吏横索，濡滯不前，中塗成《述歸賦》幾三千言，敘川涂之紆曲，陳往古之得失。此司空表聖所云「摭衆騷之遺恨」者也。猶記歲在壬戌，天子有事春蒐。彝尊侍班乾清門，時鹵簿已集闕下。公率滿漢御史三十員進諫。天子温言諭公方春省耕，不出旬日回，非游獵也。公薨後，彝尊曾舉以告公哲昴尚書，尚書亦不知，蓋公謂是舉職所當然，未嘗以語尚書。公之不自矜伐，即此見矣。杜甫詩云「婁公不語宋公語，公去三獨坐後語」者，誰邪？

書姜編修手書帖子後

吾友慈溪姜西溟以古文辭馳譽江表，書法亦通神。老而不遇，用薦入史館，食七品俸，贈厥考爲郎，姚孺人。予嘗勸其罷試鄉闈，西溟怒不答也。平生不食豕，兼惡人食豕。一日予戲語之曰：「假有人注鄉貢進士榜，蒸豕一柈，曰食之則以淡墨書子名。子其食之乎？」西溟笑曰：「非馬肝也。」年七十果以第三人及第。《楚辭》所云「年既老而不衰」者矣。江都程子蒿亭夙愛其書法，查浦編修因以笥中册贈之。觀其穠纖瘦硬，靡不合度。蒿亭幸無飲缸面酒，輕爲人所賺也。小長蘆八十翁朱彝尊書。

書東田詞卷後

予少日不喜作詞，中年始爲之，爲之不已，且好之，因而瀏覽宋元詞集幾二百家。竊謂南唐、北宋惟小令爲工，若慢詞至南宋始極其變。以是語人，人輒非笑，獨宜興陳其年謂爲篤論。信夫同調之難也！其年没後，予詞亦不復多作。及讀東田小令、慢詞，克兼南北宋之長，與予意合。予嘗衍土風，爲《鴛鴦湖櫂歌》百首，東田亦以吳苑風景作《望江南》六十闋。予詩修地志者見之槩寘不録，而東田樂章有井水處，無不歌之者。惜其年早逝，不獲同賞擊也。

書先太傅奏疏尺牘卷後

先太傅通籍後，未嘗引書記相助，故平生疏牘皆自具草。彝尊少日覩有容堂西廡留有四櫝，經亂盡失之。既而搜訪掇拾五十年，裝界成六册。書其後曰：先公萬曆中以禮部左侍郎掌本部尚書事，清德著聞。是時朋黨紛争，先公中立不倚，惟力持讜議。抗疏建儲，追册立旨下，出儀注于袖，信宿而大典行。他若劾鄭國泰，外戚不當預國事，利瑪竇宜勒其歸國，琉球遣使當仍依《會典》差給事行人，不可失信外蓄。在政府日救鄒公元標、王公紀，皆存朝廷大體。即如尺牘草藁，十九多與封疆大臣論邊防，絶不及私也。明史開局，同官已爲先公立傳。近聞執政有「斷自萬曆三十五年止」之議，是公之列傳猶屬未定。留此六册貽我子孫，庶幾他日有覽彝尊跋尾，知不誣其祖，稍見先公立朝之大節焉。

書先文恪公覆楊通政劾羅近溪疏後

明自正德以後，講學者多師王伯安。伯安諸弟子漸流于禪。至萬曆初，南城羅維德拾禪宗之餘唾，惑世誣民，益無忌憚，狂瀾不可遏矣。楊公官南通政使，上疏糾之。先公掌禮部尚書事，覆疏千言，要以去邪説、正人心爲先務。《實録》未之載者，殆史臣憚僞學之虚聲，曲護其短，諱之云爾。楊公，上饒人，諱時喬，嘉靖乙丑進士，仕至吏部左侍郎，贈尚書，謚端潔。

書忠貞服勞録後

《忠貞服勞録》一卷，彝尊第八叔父芾園先生述先大父忱予府君治蹟而作也。先大父以萬曆四十七年由官生除都察院照磨，歷都事署經歷司。天啓初授階修職郎，覃恩勑曰：「先帝舊學于乃父，詒輔予沖人。兹爾勾稽故牘，勞于其官。朕甚嘉焉。」時吉水鄒公元標、長安馮公從吾同掌院事，闢首善書院，退朝講學。府君訓工掄材，與吴江周公宗建協力營造。會轉後軍都督府經歷司都事，進階文林郎，尋升太僕寺丞，遷工部營繕清吏司主事，奔太傅文恪公喪回籍。歲丁卯，魏忠賢擅權久，三殿工未竣，羅織不附己者，坐贓鉅萬以濟將作。于是御史梁夢環阿其意，章劾數十人，誣府君協理馬政邊餉虧額，宜下法司提問。府君服除入都，逆黨將逮府君入獄，乃封章自訟，事得解，補官，進階承德郎。崇禎二年，都城被圍，府君分守西直門，破帽敝衣，登陴與將士巡邏。莊烈皇帝御下聰察，不時遣左右詗諸臣之疏懈，杖闕下，革職者有之。府君午飯門樓，中使持令箭突至，知府君貴公子，將肆誅求，及見所進，止赤倉米臭魚而已，歎息去。自是詗者相傳，不更訶責。府君居京師，善測北地陰晴。一日市葦席千條，鏟帚各數百。夜半雨霰交集，八門守者皆譁，獨西直埽除蓋蔽，宴如也。明年轉員外郎，又明年出知雲南楚雄府事。一介不取諸民，招流民，平穀價，恤獄囚，絶争訟，寬馬户之逋責，釋僰婦之箠楚。甫八月而楚雄無枹鼓之警。會聞母何太夫人訃，遂解印綬，力不能具舟楫。巡按御史姜公思睿語寮寀曰：朱守可謂身處脂膏，不能自潤。今萬里長路豈能步還？乃各率私錢贈行。府治百姓拒輪于道，争賦歌詩謡辭以述德，取陸續故事繪圖，題曰鬱林石。其謡曰：清貧太守一世難，百鳥有鳳，鳳有鸞。鬱林石所載也。寒家自文恪公以宰輔歸里，袍帶嘗寄質庫中，所遺府君止墓田七十畝。故德陵諭葬文曰：「生且無居，没焉能葬？」至府君而貧尤甚，然廉不沽名，以是未顯于世。彝尊仕不達，幸遵祖父之遺訓，歸守墓田，奉祭祀。讀先生所著《録》，因取《録》中未詳者書之，授諸桂孫、稻孫焉。

先君子五言詩書後

右五言詩一篇，明崇禎戊辰先子于杭州西湖上，觀毁魏忠賢生祠作也，凡四十有六韻。先是，河南道御史廣州梁夢環羅織朝士之不附忠賢者。先大父曾官工部營繕司主事，以先太傅文恪公喪奔回籍，尚未起復。夢環誣奏，下法司提問。會思陵御極，先大父入都上疏自訟，獲免。西湖毁祠之日，正先子憂患之餘也。逆祠之建始浙江巡撫桐城潘汝楨，擇地于鬬壯繆、岳忠武雙廟之間。祠成，聞于朝，賜額曰普德。由是封疆大吏尤而效之。清苑閻永泰巡撫順天，總督薊、遼、保定等處軍務，于所部建魏璫祠七所。天津則巡撫永城黄運泰，長蘆則御史合肥龔萃肅，薊州則巡撫杞縣劉詔，保定則巡撫代州張鳳翼，房山則部曹何宗聖，盧溝橋則工部主事臨川曾國楨，宣府則巡撫蒙陰秦士文，南直隸蘇州則巡撫遂安毛一鷺、巡按蘄州王瑛，揚州則巡鹽御史藁城許其孝、巡按莆田宋楨漢，淮安則總督漕運户部尚書濰縣郭尚友，徽州則知府祁縣頡鵬，應天則指揮李之才，山東濟寧則總督河道工部尚書南樂李從心，德州則巡撫潁川李精白，登州則巡撫滎河李嵩，山西大同則巡撫魏縣玉點，代州五臺山則總督閬中張樸、巡撫興州曹爾楨、巡按臨邑劉弘光，河東則巡鹽御史縉雲李燦然，河南開封則巡撫大名郭增光、巡按餘姚鮑奇謨、參政海寧周鏘、祥符知縣泰興季寓庸，陝西延綏則巡撫萊蕪朱童蒙，固原則巡撫武定史永安，湖廣武昌則巡撫慈谿姚宗文、巡按東莞温皐謨。至都城内外建祠尤多：勳臣則保定侯梁世勛、博平侯郭振明、武清侯李誠銘。詞臣則庶吉士大興李若琳，臺臣則日照李蕃、盧陵黄憲卿、壽張王大年、旌德汪若極、平定張樞、河間智鋌，府尹則陽城李春茂，餘若主事張化愚、上林監丞張永祚，争先營建，六街九衢，祠宇相望。有建于内城東街者，於時工部郎餘姚葉憲祖私語人曰：「此天子幸辟雍馳道也，駕出，土偶豈能起立乎？」偵者以告忠賢，即日削其籍。祠以宏麗相尚，瓦用琉璃，像加冕服。有沉檀塑者，眼耳口鼻手足宛轉一如生人，腸腑則以金玉珠寶充之，髻空一穴，簪以四時花朵。其褒頌之辭有曰：「至聖至神，中乾坤而立極，乃文乃武，同日月以長明。」每建一祠，必以上聞，閣臣輒以駢語褒答。尤悖逆者，國子監生陸萬齡以忠賢頌《要典》，比于孔子作《春秋》，忠賢殺楊、左、周、魏諸公，比于孔子誅少正卯，請建祠國學之右，扁額曰：配聖。會愍皇帝宴駕乃止。而江西巡撫益都楊邦憲毀周、程、朱子祠，兼奪澹臺子羽祠，碎其像，時思陵已即阼矣，仍疏請建逆祠。及忠賢誅，諸祠悉爲士民所毁，凡建祠者盡入逆案。額名可記者有永恩、感恩、祝恩、瞻恩、隆恩、洽恩、沾恩、廣恩、留恩、湛恩、懷德、昭德、懋德、戴德、瞻德、普德、彰德、顯德、崇德、隆德、成德、萃德、仰德、褒勛、崇勛、茂勛、表勛、鴻勛、隆勛、崇功、元功、報功、旌功、懷仁、崇仁、隆仁、存仁、廣仁、景仁、□仁、嘉猷、懋猷、德馨、德芳、留敬、鴻惠、隆禧、永愛、著愛，餘難以悉數矣。康熙己未五月史局既開，與同館諸君徵及舊事，退而書于先子詩後。《小雅·十月之交》篇曰：「四國無政，不用其良。」爰列皇父、家伯、仲允、暨番、聚、蹶、楀字爵，俾聞者足以戒。彝尊職在國史，敢引《小雅》之義具書之，未可因佞人之有後，而隱其惡也。先子萬曆末補秀水縣學生，天啓五年九月承先太傅廕，授中書科中書舍人，名注復社初集。是歲八月初吉彝尊敬書。

題亡兒書陶靖節文

康熙己卯三月，從吴門借鈔雪山王氏《紹陶録》，歸示亡兒。伏枕讀一過，作而曰：「少陵野老譏陶公未必能達道，非篤論也。」病少間，爲笑崢書此册。自後不復能作書，蓋絶筆也。昔郗嘉賓死，其父方回哭之慟。嘉賓門人出其所遺小箱，皆與桓宣武往返密計，方回乃不哭。今見亡兒遺紙，非古不道，老淚何由得乾邪？涂月八日竹垞䈹獨叟書。

書羅浮蝴蝶歌卷後

《爾雅》不釋蝶名，六朝文士不作蝶賦，蝶亦不幸矣。其後滕王湛然畫蝶下及菜花子，村裏來皆爲調鉛殺粉。臨川謝無逸咏蝶多至三百首，蝶又未嘗無知己也。崇禎間長山王君㪷生知如皐縣事，酷愛蝶。縣民有犯者，籠蝶輸君，輒免。暇登廨舍高處放之，以爲笑樂。惜其未見羅浮鳳子，使知增城、博羅二縣，致羅浮蝶藺千百，縱之萬花谷中，不更愉快乎？里中戴君索予父子書《羅浮蝶歌》，漫綴于後。

書戴貞女事

國子監生桐鄉金粱聘同縣戴氏女，昏有期矣，粱以疾卒。女告父母，斬衰而哭，請于舅姑，撫叔之子爲嗣，誓死不嫁。由是鄰里戚懿交稱其賢，聞于校官，諗于縣。其兄公行人司行人樟，請爲文，昭諸彤管。或告朱叟曰：《禮》有三殤，《喪服傳》：年十九至十六爲長殤喪，未成人者其文不縟。今粱年十七而夭，則猶未成人也。應之曰：《記》不云乎「丈夫冠而不爲殤，婦人笄而不爲殤」。袁準曰：「男子十六而成童，國君十五而生子，然則十五十六可以爲成人矣。」準之言是也。或又曰：弔也者，賓之禮也。未昏而女死壻，齊衰弔焉。夫死，女斬衰弔焉。所行者弔禮，所服者弔服，不以主道予之明矣。今戴氏之女猶未成婦，赴哀而見其舅姑，則婦道也，居其廬則妻道也，撫其孤則母道也，非過于禮者與？應之曰：女未昏而喪其夫，《禮》有往弔之文：「凡弔者出即釋其服。」而女以斬衰，乃妻之本服，又必葬而後除之，則與賓不侔矣。且漢制婦人不貳斬，既服之以弔，嫁而爲後夫服，是二斬也，貞女義勿敢出也。或又曰：儀曹職掌民間寡婦五十以後不改節者，旌表門閭。蓋慮貞不字者十年字也。今戴女年甫十七爾，試思人之境遇靡常，焉知必遂其願？應之曰：士以志爲尚，女子亦然。志既先定，鬼神其依，天且不違。故欲恒其德，在定其志而已。衛之共姜賦《柏舟》自誓，其辭曰「之死矢靡它」，又云「之死矢靡慝」，卒踐其言。非前事可師也與？或又曰：《禮》：女未廟見而死，歸葬于母氏之黨。周官媒氏禁遷葬與嫁殤者。故邴原女没，不從魏武之命與倉舒合葬。今戴氏女未昏而哭其夫，留事舅姑，撫叔之子爲子，將終身焉。死可以合葬否與？應之曰：《詩》言之矣！「穀則異室，死則同穴」。以言未共牢而食者也。戴女既殯于金，則舅姑得葬其婦，嗣既立，則子職得葬其母，事雖近于嫁殤，議《禮》者似宜通其變焉。叟耄矣，不能俟貞女坊表之年，信其立志之專，而特書其事。

曝書亭序跋卷二十

顧長康女史箴圖跋

虎頭畫，謝太傅謂自生人以來未有。今世鮮有存者矣。康熙壬子春，觀《女史箴》于江都汪氏。絹雖剥落，氣韻絶倫，惜止留其半。男女老幼共二十八人，象各異迹。所謂意存筆先，画盡意在者，非與？題識小字尤佳，頗似大令十三行，出虎頭已書也。昔王世將書畫皆居第一，故語右軍云：畫吾自畫，書吾自書。而虎頭亦克兼之。益信工畫者多善書。昔賢之言不吾迂耳。因勸汪翁舍畫而雙鈎其字，勒諸石。

王維伏生圖跋

右王維所畫伏生，上有宋思陵題字。庚戌十月，觀于退谷孫侍郎齋。生，濟南人也。予游濟南，于長白山之陰拜生墓，見其祠宇庳隘至不容筵几，有司牲醪，歲時之饗，或闕焉不修。因歎世人無知重生者，蓋經學之不明久矣。思秦之時諸生訟言封禪，致有坑儒之禍。生爲秦博士，得免，其明哲有過人者。及漢興，隱士負一時之望，莫若商山四皓。初未聞講習經義傳之弟子，則其年雖八十餘，衣冠甚偉，與土木何異？生獨能于微言既絶之時，教學齊魯，老而益勤，卒傳之鼂錯。斯文未喪，天若有意于生，而錫之年者。百世之後宜師其人，而識其貌焉。維之所畫特想像爲之而已。然藝事既神，其精思所感，如或見之。觀是圖者不問知其爲生，此思陵所以寶惜，而親題之也。世之法書善畫多祕之内府，人既未得觀。間復流傳于世，藏之者非其人，則觀者亦取非其人，此書畫之厄也。是圖之得歸孫氏，非至幸與？先生今年七十有八，猶治《尚書》不輟，所注《禹貢》、《洪範》其發明經義甚詳。對先生之容，益悟維之貌生能入神也。同觀者譚七舍人兄吉璁舟石、李十九秀才良年武曾。

再題王維伏生圖

是圖庚戌冬觀于北平孫侍郎蟄室，因跋其尾。既而，歸于棠村梁相國。今爲漫堂宋公所藏。主雖三易，不墮秦會之、賈師憲、嚴惟中之手，濟南生亦幸矣。按：《中興館閣續録》維所畫《濟南伏生圖》，曾歸祕閣儲藏。故宋元以來題跋獨少，宋公定爲真蹟，知孫、梁二公賞鑒略同也。

光武帝燎衣圖跋

《漢光武帝燎衣圖》，唐吴道子畫。道子開元中嘗召入宫禁，爲内教博士，非有詔不得畫。論者謂其下筆有神，然多施之門版屋壁，歲久易毁。至仙佛鬼怪，世雖流傳，又非儒者所取。故是圖最爲難得。圖之作未詳何年。意開元初明皇勤政圖治，思古帝王肇造之艱，萬幾餘暇，道子奉詔作此。其後司馬承禎、張果、葉法善相繼被召，而浮屠之營建亦盛。由是東都老子廟壁與地獄變相之圖交出。一藝之微亦隨世運升降，可歎哉。圖今歸程穆倩氏。穆倩得之僧漸江，漸江購之歙吴氏。

跋釣鰲圖

《釣鰲圖》一卷，新安故家所藏。籤題郭忠恕名，卷中第有水閣一斜百隨，而無釣者之具，亦無釣人。觀者多未析。按：晁子止《郡齋讀書志》有《釣鰲圖》一卷，與《捉卧甕人格》並列，當是唐時酒令。子止謂分四十類，類各一詩。今其書不傳，雖智者有所不知矣。劉道醇稱恕先屋木樓觀一時之絶，覩其界畫洵無可疵。圖有察司横印，蓋内府物也。惜其下截破碎，安得好手李仙丹復裝之。

李龍眠九歌圖卷跋

李伯時《九歌圖》用澄心堂紙作，每圖書三閭大夫辭于後，筆法娟妙，匪特畫居絶品也。題識殘闕，止存「年七月望日臣李公麟畫」十字，上有宣和大小印璽，卷末元人題咏甚多。康熙庚戌秋九月九日，偕崑山顧炎武寧人、嘉定陸元輔翼王、永年申涵光鳧孟、嘉興譚吉璁舟石，觀于宛平孫氏研山齋。

八景圖跋

宋度支員外郎宋迪工畫平遠山水，其平生得意者爲景凡八，今人所仿瀟湘八景是也。然當時作者意取平遠而已，不專寫瀟湘風土。迨元人形之歌詠，其後自京國以及州縣志靡不有八景存焉。固哉！世俗之可笑也。是册不知誰氏之筆，而意主平遠，不失員外之旨。見者勿定作瀟湘觀，斯得之矣。

題李唐長夏江寺圖

康熙乙丑三月，納蘭侍衛容若購得李唐著色山水卷，邀予題籤。唐，字晞古，河陽人，宣和中曾直畫院。南渡後入臨安，年已八十，授待詔。觀其畫法古雅深厚，宜爲思陵所賞。卷首題曰「長夏江寺」，卷尾題曰「李唐可比李思訓」。按：宋人著色山水多以思訓爲宗，蓋春山薄而秋山疎，惟夏山利用丹墨。思陵比之思訓，可謂知言也已。

題楊補之墨梅

朱三十五梅詞：「横枝清瘦只如無，但空裏疎花數點。」梅花有魂，一語攝之，此唯逃禪楊叟能寫出。若煮石山農興酣落筆，便與少陵「亂插繁花照晴昊」句相似，愁眼雖衝，要非逃禪叟意中景矣。歲在丁未冬，坐孫侍郎退翁蟄室，斲冰試謝道韞研書。

書彝齋趙氏水仙花卷

趙子固水仙横幅，觀于北平孫侍郎硯山齋。記先子恒言世多贋本，其真蹟有九十三莖者最佳。今數之果然。侍郎所蓄有楊補之墨梅、顧定之墨竹，與是卷稱歲寒三友。梅竹無多花葉，而水仙獨繁，然對之不異神仙冰雪之容，正樂府詩所云「寂寥抱冬心」者也。

錢舜舉鼫鼠圖跋

天下最堪憎者，莫鼠若矣。畫家惟邊鸞圖石榴、猴、鼠，易元吉圖青菜、鼠狼，此外流傳蓋寡。康熙甲申暢月偶集小滄浪亭，西陂放鴨翁出錢舜舉《鼫鼠圖》見示，歎其工絶。翁屬書蘇和仲賦于後。乙酉夏始以八分書而歸之，兼欲題詩其上，未果也。

題趙子昂鵲華秋色圖

《鵲華秋色圖》卷，元貞元年吴興趙王孫罷守齊州歸，爲周公謹作。用丹墨淡著色，參合王右丞、董北苑法，華不注一峰特立，而鵲山附之。對此益信酈善長「單椒秀澤」一語之善形容也。卷有楊仲弘、范德機、虞伯生三公跋，華亭董尚書愛而屢題之。予嘗聞画家論文徵仲畫，謂其原出于松雪。把玩是卷，良然。康熙甲子冬，觀于納蘭侍衛容若之渌水亭。

題趙子昂水村圖

趙王孫畫山水用絹素設色者多，獨《水村圖》横幅以紙寫之，且用水墨，洵神品也。題云：「大德六年十一月望日爲錢德鈞作。」又自識云：「後一月，德鈞持此圖見示，則已裝成軸矣。一時信手塗抹，乃過辱珍重如此，極令人慚愧。」卷末題咏者四十八人。歲在乙丑三月，納蘭容若屬予題籤，留之匝月卷還。未幾，容若奄逝，真蹟不復可覩矣。水村即今之分湖，明宣德中析嘉興一府爲縣七，遂隸嘉善。後之修地志者不載此事，因撮其大略書之。

題王孤雲蒲萄庭樹小幅

永嘉王振鵬朋梅以畫受知元仁宗，賜号孤雲處士。其界畫最工，恒綴花籬架果于臺榭之下。是幅雖小，蓋其真蹟。世惟見《圖繪寶鑑》稱其官漕運千户，不知延祐初曾爲祕書監典簿也。

題江山偉觀圖

元會稽董旭遂初《江山偉觀圖》，以金焦二山畫之紙背，題長歌于圖後，書法亦工。用董旭私印印詩之簡端，遂初私印印詩之尾，同時題識者三十一人。憶歲在辛巳，予留昭慶僧寺，此卷爲姚氏收藏物。予愛旭長歌高聳奔逸，借抄寄顧孝廉俠君，選入元詩。今年春，我宗衎齋上舍見而不忍釋手，姚氏之子謂曰：「子欲得之，跋者人各一金。」遂以白金二斤易之，亦稱好事也已。卷首「江山偉觀」四篆字，鈎畫奇古，不識何人所書。

題元四學士畫像

四學士經術文章冠于元代。百世而下，瞻其畫象，如聞謦咳矣。蘇昌齡書法入妙通神，品在宋仲温、朱孟辯之上。跋稱悵然有存殁之感者，至正甲午，吴、虞、揭三公俱逝，惟歐陽原功卒于丁酉，故云。按畫家繪象，存者止圖半體，殁者乃寫全身。然則歐陽原功亦殁後續繪者也。卷内有淩晏如私印。晏如，湖州人，以書受知長陵，官至僉都御史。是卷向藏南陽村莊吕氏，今無鄙以授子壻寶靈通。

書顧定之墨竹

顧定之《墨竹》一本，下無土石，抽梢直上，對之若新雨乍洗，娟娟媚人。同時畫竹羣推吴仲圭，然尺幅中交柯接葉，或失則繁，又雜以草書題識，覺少者未始不貴也。定之名安，淮東人，元統間仕爲龍巖都巡，轉毗陵録判，歷泉州路判官，自号石屋老人。郯九成詩：「吴下幾人能畫竹，風流只數顧參軍。」心賞不謬矣。是軸藏李太僕寫山樓，以非肉食者所好，故子姓猶保之。

跋李紫篔畫卷

畫家好手元時特多，略見《圖繪寶鑑》。紫篔生李升其一也。生，濠梁人，善寫竹石，兼工平遠山水。斯卷送沖真觀主蔡霞外而作，松竹清疎，峰嵐渲以焦墨，澹抹赢青作遥山，識者謂其原出王維也。今藏孫上舍洪九家，意當日必有諸公贈言跋尾，惜爲人割去。然鄭人買櫝還珠，珠固在，庸何傷？丁亥夏五日北至，小長蘆朱彝尊書。

又

紫篔晚居澱山湖畔，故吴郡尤存以仁贈以詩云：「積玉谿頭水拍天，草堂只在澱山前。」雲間錢元方彦直贈以詩云：「謫仙今住五茸西，大泖當門鱸正肥。」其居有白雲牕，東維子賦詩贈之，今其遺跡無存矣。慈谿黄玠伯成題其墨本竹枝云：「刻雕妙入神，餘情寄丶丿。」殆時人重其墨竹，以之刻雕屏風云爾。洪九方排纂《書畫譜》，復題此歸之，俾采入卷中。八十翁彝尊又跋。

黄子久浮嵐暖翠圖

順治十有七年冬十一月朔，寓山陰之箄醪河，飲于萊陽宋公之廨，斟隗顒宫緑瓷琖勸客，蒸萊雞爲饌。客以醉辭，公出黄子久《浮嵐暖翠圖》示客，以當解酲。圖高六尺，廣三尺，樹木之秀挺，山石之詭異，恍如坐我富春江上，渾忘身之在官舍也。畫額題識：子久時年八十有三。而局法嚴整，神韻深厚反勝少壯時。此全乎天者已。是日，南昌王猷定于一、長洲宋實穎既庭、金壇蔣超虎臣、仁和陳晉明康侯、吳江葉燮星期同觀，秀水朱彝尊錫鬯書。

書王叔明畫舊事

京師故家有藏黄鶴山樵畫者，俾縫人持以售諸市。予適見之，許以錢三十緡，挂于寓居之壁。觀其勾皴之法，若下筆作草書，全不修飾，而結束入細。華亭董尚書大書其額云：「天下第一，王叔明畫。」其裝護亦精，用粉緑色官窑軸子，堅栗如玉。留之旬日，囊空羞澀，終無以應。俄而，棠村梁尚書以白金五鎰購之。神物化去，見之魂夢不可弭忘也。尚書以宰相歸里，聞其身後墨寶散失，偶憶舊事，書之。

跋師子林書畫册

歲在甲辰九月，從京師入雲中。同里曹公官山西按察副使，舍予萬物同春亭，暇出徐賁幼文《師子林畫册》見示。師子林者，元至正二年僧維則之門人鑿池壘石，築蘭若，以居其師者也。峰曰師子，曰含暉，曰吐月，橋曰小飛虹，窩曰禪窩，谷曰竹谷，堂曰立雪，室曰卧雲，閣曰問梅，軒曰指柏，池曰玉鑑，井曰冰壺。當時留題八子：高啓季迪、張適子宜、王行止仲、謝徽玄懿、申屠衡仲權、張簡仲簡、陶琛彦行、僧道衍斯道，而兹册惟斯道用小楷書其詩，諸公不與焉。考師林初建，朱德潤澤民圖之，趙元善長、倪瓚元鎮商確續圖之。幼文寫此册在洪武七年三月，自言用圖寫意，初不較其形似，蓋欲别開生面，不同乎朱、趙、倪三子爾。

書孫氏同爨會圖後

吾鄉孫簡肅公治家以嚴，子弟侍立，暑不去衣。然其教初學，飯後必散步歌詩，以吟咏性情，故其子六人皆善詩。家居爲同爨會，三日一集，集必有詩，列圖于前，聚詩其後，裝池爲卷，孝友之語充溢丈幅之中，可謂天倫樂事矣。公嘗誡諸子曰：家人暌離必起于婦人，但得兄弟時時相聚，讒何由生？今褻屐子弟往往晝居於内，兄弟無幾相見，此讒柄所由階也。若盡如孫氏六公飲酒之飫而不愆其儀，讌集之頻而勿傷于侈，賢子孫循而行之，雖百世可已。公裔孫某出示予，因跋其後歸之，并著于《禾録》焉。

項子京畫卷跋

予家與項氏世爲婚姻，所謂天籟閣者少日屢登焉。乙酉以後，書畫未燼者盡散人間。近日士大夫好古，其家輒貧，或旋購旋去之，大率歸非其人矣。噫！非其人而厚藏，書画之厄，終歸于燼而已。黄山程穆倩家最貧，嗜古尤癖，書画歸之，幸矣。惜乎價盈千百者，力又不能購也。子京之畫，世人知之者罕，程子獨加珍惜，俾予跋尾。夫程子且然，況生同里而數過其廬如予者邪？

題薛素素畫册

嘉興妓薛素素，小字潤娘，行五。人稱其有十能，詩、書、琴、弈、簫，而馳馬、走索、射彈尤絶技也。予見其手寫水墨大士甚工。董尚書未第日授書禾中，見而愛之，爲作小楷《心經》兼題以跋。至山水蘭竹，下筆迅埽，無不意態入神。聞在京師挾彈走馬，能以兩彈丸先後發，使後彈擊前彈，碎于空中。又置一彈于地，以左手持弓向後，以右手從背上反引其弓，以擊地下之彈，百不失一。嘗置彈于小婢額上，彈去而婢不知。江都陸無從歌云：「酒酣請爲挾彈戲，結束單衫聊一試。微纏紅袖袒半鞲，側度雲鬟引雙臂。侍兒拈丸著髮端，回身中之丸並墜。言遲更疾却應手，欲發未停偏有致。」范夫人贈詩云：「重開別院貯文君，寶絡千金換翠裙。非雨非雲香滿路，前身應是薛靈芸。」尋爲李征蠻所嬖，又嘗侍沈孝廉景倩巾櫛。其畫象傳入蠻洞，酉陽彭宣慰深慕之，費金錢無算，致之不得也。

許旌陽移居圖跋

《許旌陽移居圖》，宛平崔秀才道母所畫，横幅丈餘。圖中移家具散走者，鬚鬢臂指各異，情狀怪疑，皆鬼也。自吴道子、朱繇傳《地獄變相》，其後貌鬼子、鬼母、鍾馗、小妹不一其人。至宋龔高士開，專以鬼物見長，觀其骨象獰劣，令人不歡。兹圖爲神仙移居，故口無哆張，目無很視，較開所狀略殊。然先民後賢寄託之情一也。《詩》言之「莫赤匪狐，莫黑匪烏」，高士蓋有深慨于中，寄之筆墨者。崇禎之季，有鬼白晝入市，用紙錢交易。死者魂未離散，叩人門户買棺。彼時思陵命將出師，輦下臣民無一足供驅使者，翻不若旌陽令之使鬼，鬼忘其勞焉。道母繪此，得毋寄託在是與？道母，初名丹，晚更名子忠，别字青蚓。國亡，走入土窟中死。圖今藏萊陽宋氏，順治庚子冬觀于雲門舟中。

題趙淑人宫門待漏圖

右《宫門待漏圖》，先伯祖妣趙淑人朝孝節烈皇后、孝哀悊皇后，因而傳寫者也。按：命婦朝女君見於《周禮》，其服鞠衣、展衣、緣衣素紗，其笄纚，其屨黄。漢制則服蠶衣。唐外命婦入朝，或于光順門，或于肅章門。宋元節序慶賀，咸許外命婦入内。明元旦、冬至，后御坤寧殿，中使引命婦各服其服，行禮。其後改于仁智殿。崇禎七年三月甲寅，二十八日。孝節皇后生辰，詔命婦入賀。舊典久不行矣，多稱疾不至，詣大内者僅五十有三人，步入西華門，拜于殿下，懿旨傳賜鮮果。帝詰責禮部以人寡不成禮。迨七年十月己丑，孝哀皇后生辰，朝于慈寧宫，步入東華門就位者一百六十有八人。十年三月丁卯，二十八日。復朝中宫于隆道閣，仍自西華門步入，就位行禮者一百八十人。嘉定伯周奎夫人亦與焉，拜畢，周夫人進宫行家人禮。后語周夫人曰：「諸命婦骨相多福薄，惟朱侍郎妻容貌莊，稱象服爾。」隨賜銀豆鮮果。經别殿，神宗皇貴妃劉復賜茶于思善門。於是淑人朝女君者三矣。其初先伯祖方任大理寺卿，再入時遷刑部右侍郎，三入轉左侍郎，既卒贈尚書。十七年春，京師陷，思陵傳旨後宫，令自裁。太監王永壽奔告于帝曰：懿安皇后業自經矣。帝乃起赴煤山殉社稷，孝節皇后亦崩。是歲五月，孝哀皇后祔德陵，孝節皇后祔思陵，大書于《世祖章皇帝實録》。越二年，淑人以病終，將斂，得手書于臂，曰：「老婦五膺封誥，三朝中宫。甲申之後，先后賓天，未克相隨泉下，兹含媿而死爾。子孫喪務從儉，毋受貴人之弔，斯老婦之魂魄寧矣。」鄉黨傳之，謂可入《女誡》。圖今爲兄之子建子所藏，歲久將復裝潢。彝尊乃撮其大略書後，庶子子孫孫永保而勿失焉。

曝書亭序跋卷二十一

書隋巢元方諸病源候論後

右《諸病源候論》五十卷，隋太醫博士巢元方奉勅與諸醫共論疢疾所起之源，及九候之要。大業六年書成，進于朝。論凡一千七百二十篇，言之詳矣。隋唐《經籍志》不著于録，而《宋志》有之，盖太平興國中，命王懷隱、王祐、陳昭遇等集《聖惠》方，每部取元方之論，冠其首。神宗以之課試醫士，是編始大顯於時。《書録解題》謂《千金方》諸論多本此書。考宋制，醫以巢氏《論》與《千金翼方》同目爲小經。而《千金方》不與。然則今所傳孫真人書，殆未足深信矣。

書太平惠民和劑局方後

《太平惠民和劑局方》十卷，載晁氏《讀書後志》、陳氏《書録解題》，《宋・藝文志》作五卷。按：宋大觀中，詔通醫刊正藥局方，於是庫部郎中陳師文等校正，類分二十一門，録方二百九十有七。然則是書成于汴都也。今考王氏《玉海》，置藥局四所，其一曰和劑局，在紹興六年正月。至若改熟藥所爲太平惠民局，在紹興十八年又八月。盖師文等校正本實止五卷，其後添補紹興、寶慶、淳祐諸方，暨吴直閣方、諸局方，故增益至十卷爾。予家所藏乃元時雕本，後附太醫助教許洪《指南》三卷，係建安高氏日新堂板行。

本草衍義跋

《本草衍義》一十七卷，冠以序例三卷，合二十卷。宋承直郎灃州司户曹事寇宗奭撰。政和六年，太醫學博士李康等看詳，申尚書省。有旨轉一官通直郎添差，充收買藥材所辨驗藥石。宣和元年，其兄子宣教郎解縣丞約校勘鏤版，印造頒行。《本草經》撰自神農，《隋志》已列其目。皇甫謐《帝王世紀》：黄帝使岐伯定《本草經》。荀勗《中經簿》有子儀《本草經》一卷。鄭康成注《周禮·疾醫》謂治合之齊，存乎神農、子儀之術。賈公彦疏云：是周末時人。而陳騤《中興館閣書目》引《漢書》：元始五年，舉天下通知方術本草者遣詣京師。又《樓護傳》稱少誦《醫經本草方》，謂書名始見于此。誤矣！陶隱居而後，參核加詳，至宗奭考諸家之説，援引辨證。文簡者，證其義，諱避者，原其名，斯六根五華九窒二冬三建之形性畢具矣。是書白雲子采入《道藏》。曩從吴檢討志伊觀于京師之靈佑宫。近始得元人故牘，因書于後。

書是齋百一選方後

《百一選方》不書撰人名氏，題曰是齋。按：陳氏《書録解題》云：是山陰王璆孟欲所輯，凡三十卷。《宋史·藝文志》作二十八卷。予家所藏乃元人録本。按其目僅二十卷爾，殆經後人選擇者歟。

書宋本晞范子脈訣集解後

咸淳二年，臨川李駉子野撰《脈訣集解》一十二卷。邑人何桂發序之，謂得于誦詩讀書之餘，蓋儒者也。竊謂人之賦形，修短、强弱、肥瘠之不同，則脈亦異焉。今之醫者止憑切脈，而王叔和之《訣》盖有不甚解者。庸醫一歲之殺人比于法司之決囚，數且倍之矣。駉，自号晞范子。其書引證周洽，當時板行，必多傳習者。而《宋·藝文志》不載，何歟？

跋濟生拔萃方

《濟生拔萃方》六卷，延祐二年銅鞮杜思敬輯。自爲之序，其言曰："醫不專于藥，而舍藥無以全醫。藥不必于方，而舍方無以爲藥。斯明乎炊湯脈神之術者，宜其能采拾衆善以成書也！"《元史》不作藝文志，典籍無徵。予嘗思補之。于醫書類知其目者，金有紀天錫、張元素、劉元素、李慶嗣、張從正五家，二十四部凡八十八卷；元有李杲、竇默、王好古、錢近之、羅天益、戴起宗、滑壽、李希范、王鏡潭、鮑同仁、朱震亨、鄧焱、王中陽、李鵬飛、葛應雷、葛乾孫、朱撝、趙良、陳直、鄒鉉、胡仕可、吳湍、尚從善、熊景元、申屠致遠、危亦林、薩德彌實、李中南、陸仲達、堯允恭、吳以寧、齊德之、曾世榮、馮道玄、孫允賢、殷震三十六家七十三部，内十八部卷亡，四百七卷。兹又得杜氏此書，然則待訪者寧有窮乎？思敬，自号寶善老人，書成時年八十有一。予今年齒亦均。雖耄矣，尚思踐宿諾焉。

醫家四書跋

南潯布衣許兆禎培元精醫術，著録于先少保之門。先公取其所撰《診翼》、《藥準》、《方紀》、《醫鏡》四部，合名之曰《醫家四書》。世父貴陽太守鏤版行之。當書成時，申文定、李文節、朱文肅均爲作序，先公亦題其簡端。培元之名海内無不知之者已。先公亦御醫，直聖濟殿，官至院使。嘗被召入乾清宫西暖閣診定陵脈，奏曰：「聖體病在肝腎，宜寬平以養氣，安静以益精。」上喜，立命太監陸敬書之屏。所篹《立命玄圭》經亂失，惟《太醫院志》僅存。

大觀證類本草跋

《經史證類本草》三十一卷，目録一卷，大觀初唐慎微撰。通仕郎行杭州仁和縣尉管勾學事艾晟序之。謂：傳書者失其邑里，不知何許人，闕其疑可也。或以蜀人實之，何所據乎？《本草》自神農、子儀而後，代有廣益。舊經止三百六十五味爾，今按其目録實一千七百四十八種，比之唐本、蜀本、掌禹錫之《補注》、蘇頌之《圖經》所增已多。紹興中曾詔王繼先校定，附《釋音》一卷，付國子監鏤版以行。其後大德壬寅一刊于宗文書院，明萬曆丁丑再刊于宣城民家，并以寇氏《衍義》附于各條之下。雖于義無損，然非唐氏之舊。毋亦類于覩皋禽而續鳧之頸者歟？

跋張氏醫説

《醫説》十卷，嘉靖中雕本，不題撰人姓氏。覩乎《書録解題》始知爲宋新安張景〔一〕季明所撰也。喜劇而書諸卷尾。

〔一〕「張景」傳世《醫説》作「張杲」，《四庫》輯本《直齋書録解題》亦作「張杲」。朱氏轉引自《文獻通考・經籍考》，故誤作「張景」。

跋孫子算經

《孫子算經》三卷，《漢志》不著于録，而隋唐《經籍志》有之。首言度量所起，合乎兵法地生度、度生量、量生數之文。次言乘除之法，設爲之數。十三篇中所云廓地、分利、委積、遠輸、貴賣、兵役、分數，比之《九章》方田、粟米、差分、商功、均輸、盈不足之目，往往相符。而其要在得算多，多算勝。以是知此編非僞託也。唐立算學，命李淳風注解，頒之學官。今其書算博士知者罕矣。

九章算經跋

《九章》即《周官》之九數，保氏以教國子者也。方田一、粟米二、差分三、少廣四、商功五、均輸六、方程七、盈不足八、旁要九，皆周公所作。漢易差分曰重差，去旁要而易以勾股。又《夕桀》一篇，其義無聞。蓋周公既問數于商高，定此九數。算術之古莫尚于此矣。于是劉徽注之、序之，徐岳、甄鸞等述之，李遵義疏之。遠而日月周天行度之數，近而田疇、米廩、積羃、隱雜、廣斜、正負之幽微，靡不著焉。斯秦火所未燔，而唐明算科取士之第一書僅存于今者，可寶也。

五曹算經跋

右《五曹算經》五卷，唐太史令李淳風注，而博士梁述、助教王真儒等校定之書也。地利生人之本，故首《田曹》，田疇必資人功，故次《兵曹》，人家必用食飲，故次《集曹》，會集必務儲蓄，故次《倉曹》，倉廩必資貿易，故以《金曹》終焉。相傳其法出于孫武，然孫子别有《算經》，考古者存其説可爾。

跋鄱陽洪氏南朝史精語

康熙辛酉冬，購得宋槧《經史法語》四册，不足《藝文志》二十四卷之數，既而亡之。從故家抄《南朝史精語》宋四卷、齊三卷、梁三卷、陳一卷，《宋志》作六卷，盖一代合爲一卷故也。《志》開《法語》有《左氏傳》六卷，《史記》八卷，《漢書》二十卷。《精語》有《後漢書》十六卷，《三國志》六卷，《晉書》五卷，《唐書》一卷，惜均未之見。所云《南朝史》者，盖指沈約、蕭子顯、姚思廉所撰而言，非李延壽之《南史》，《志》失書「朝」字，誤矣。

書楊太真外傳後

宫闈之事，外人罕知，所見或異辭，矧出于傳聞者乎。《太真外傳》，宋樂史所撰。稱妃以開元二十二年十一月歸于壽邸；二十八年十月玄宗幸温泉宫，使高力士取于壽邸，度爲女道士，住内太真宫。此傳聞之謬也。按：《唐大詔令》載：開元二十三年十二月二十四日，遣户部尚書同中書門下李林甫，副以黄門侍郎陳希烈，册河南府士曹參軍楊玄璬長女爲壽王妃。考之《開元禮》，皇太子納妃，將行納采，皇帝臨軒命使。降而親王，禮儀有殺，命使則同，由納采而問名、而納吉、而納徵、而請期，然後親迎，同牢。備禮動需卜日，無納采受册，即歸壽邸之禮也。越明年，武惠妃薨，後宫無當帝意者。或奏妃姿色冠代，乃度爲女道士。勅曰：「壽王瑁妃楊氏素以端毅作嬪藩國。雖居榮貴，每在清修。屬太后忌辰，永懷追福，以兹求度。雅志難違，用敦弘道之風，特遂由衷之請，宜度爲女道士。」盖帝先注意于妃，顧難奪之朱邸。思納諸禁中，乃言出自妃意。所云「作嬪藩國」者，據妃曾受册云。然其曰：「太后忌辰」者，昭成竇后以長壽二年正月二日受害，則天后以建子月爲歲首，中宗雖復舊用夏正，即正月行香廢務。直至順宗永貞元年方改正，以十一月二日爲忌辰。開元中猶循中宗行香之舊，是妃入道之期當在開元二十五年正月二日也。妃既入道，衣道士服入見，号曰太真。史稱不朞歲，禮遇如惠妃，然則妃由道院入宫，不由壽邸。陳鴻《長恨傳》謂：高力士潛搜外宫，得妃于壽邸。與《外傳》同其謬。張俞《驪山記》謂妃以處子入宫，似得其實。而李商隱《碧城》三首：一咏妃入道，一咏妃未歸壽邸，一咏帝與妃定情係七月十六日。證以「武皇内傳分明在，莫道人間總不知」，是足當詩史矣。《新唐書·宰相世系表》，妃之祖志謙三子長玄琰、次玄珪、次玄璬。玄琰子銛，玄珪子錡，玄璬子鑑，若國忠則妃再從兄也。妃本玄璬長女。大書册壽王妃父，乃天寶四載立爲貴妃。帝欲掩天下之耳目，而箝其口，遂令妃不父其父，而移作玄琰少女。于是贈玄琰太尉齊國公，母封涼國夫人，玄珪工部尚書，銛鴻臚卿，錡侍御史尚太華公主，姊三人大姨韓國、三姨虢國、八姨秦國。玄璬獨未聞加恩焉。子鑑官湖州刺史，後雖尚主，册貴妃日恩澤亦未之及。盖推而遠之也。且銛係玄琰子，而劉昫《唐書》以爲妃再從兄，則當時業有識其非者矣。明皇英主，開元之政，稱全盛時。惑一妃子，至淪亡社稷，作僞心勞，迹愈晦而言之益醜。《詩》不云乎「亂匪降自天，生自婦人」。又云「鼓鐘于宫，聲聞于外」。國史無識，誤落帝度内，謂「妃少孤，養于叔父玄璬」，而以琰爲妃父。子故驗之載紀，辨《外傳》之誣，特發其微焉。至於玉谿生詩，箋之别幅。

曝書亭序跋卷二十二

河上集序見家藏手稿

康熙四十有四年春，文淵閣大學士澤州陳先生，扈天子蹕視河。遂浮淮江抵吴越，歷覽山川之勝，點筆賦詩，成《河上集》二卷。貽書命序之。彝尊於公爲後輩，又愚闇拙言詞，是奚敢序先生詩？顧自揣以布衣通籍，禁林史局，受知於先生獨深。微先生之命，亦將有所述也。詩自虞廷賡歌喜起明良之盛，其後陳風詩者首列二南。公旦之《東山》，君奭之《卷阿》，類出行邁、從游之作。惟一二元老倡正聲于前，斯天下之溺音皆熄，羣乏于是乎奮興焉。誦先生之詩，若張咸池之樂于洞庭之野，倫經文武，和調陰陽，剛柔長短，揮綽各中其律，聽者不禁手之舞之，足之蹈之矣。先生自翰苑升宰輔，主文字之柄五十年。聖天子陟禹之迹，允猶翕河，至于海表。天歌稠疊，率先繼和。而又下及懷人之製，雖檮昧若彝尊者護見列于集中。信夫，先生之不遺其舊也。竊念歸田既久，袞衣繡裳，度不我覯，乃一旦復侍先生之履絇，聆先生之謦欬，抑且奉先生之教。序其詩，庶幾附先生以不朽，有厚幸焉。

郎梅溪詩序見家藏手稿

梁鍾記室嶸述《詩品》必原其所自出。甚矣，詩家能自得師之爲上也。新城王先生貽上，朝野交稱詩伯。邇者既甄綜唐宋諸家之作，授之海内學詩者矣。而《感舊》一集祕不示人，其用意之微遠，學者猶未盡測其旨格。獨庶寧郎君梅溪早從先生遊，又適知新城縣事，且之官後，先生恰歸里第，麯車茗椀，日侍几杖間。先生門弟子著録雖多，未若梅溪親炙之尤密者。每一篇成，先生輒點筆評隲。宜其吟咏之日工，進而未見其止也。古之學於師者匪直規橅其形似，故籍、湜、乂、仝，或異于韓；秦、黄、張、晁、李，或異於蘇。迨明嘉靖七子，其徒率仿其聲音笑貌，形則似而神愈非。梅溪於詩，香奩體物諸作，不盡沿新城流派，葢所取者神明，於離處見其合，斯善學先生者與。梅溪謙以自牧，兩致書請序《蘿莛齋稿》，重以先生言緘手評本見示。余於詩無專好，恒取杜子美「多師是吾師」一言爲法，故夫海内論詩尚家數者槩不及焉，惟先生引爲同調。今耄矣，無能訪先生于池北書庫，暇同梅溪琴歌酒讌，序其詩，差足慰我心也已。

李分虎耒邊詞序見文類

二十年來，詩人多寓聲爲詞。吾里若右吉、庾清、青士、山子、武曾，咸先予爲之者也。逮予客大同，與曹使君秋岳相倡和，其後所作日多，謬爲四方所許。然自諸子外，鄉黨之論或不爾也。使君既歸倦圃，李子分虎時時過從，相與論詞。其後分虎游履所向，南朔萬里，詞帙之富不減予曩日，殆善學北宋者。頃復示予近槀，益精研于南宋諸名家，葢分虎之詞愈變而極工。方之武曾，無異塤篪之迭和也。今海内甄綜人物，輒數吾鄉三李，惟斯年獨不以詞鳴。比聞自懷寧轉客長洲，江左固多詞人，蓀友、子山、其年、葆酚，其詞皆與南北宋方駕，斯年當必見獵而喜。然則三李之詞，庶其可繼花萼成集，南歸之日將并序之。

默齋雜詠詩序 見默齋詩稿

長水之南一舍曰梅會里，林疎而水清，橫山硤石，殳史六峰，咸可眺望。其地多風雅士，出辭和平，選格高聳。即營什一之利者，恒寄情於奕，入其肆，有碁一枰，詩卷一册，交易而退，茶鑪酒槍，不廢朋友之樂。吾嘗戀之，而卜宅於斯者六十年矣。自薄遊嶺表，轉客甌越幽并，放乎東海，柴車一出，小草懷慚。比及歸田，日月逾邁。舊雨凋謝，更無相知。和吾詩者，隣有燦垣張叟，專心梵夾，禁不爲綺語，近忽出其吟稿，鋟木以傳。取而誦之，如詠新月句云「幾點疎星看漸遠，一灣斜漢界逾明」。抑何其類吾曩時同調諸子耶？吴俗翫月者必之虎丘，當其酒肴雜陳，筝琶繁會，迭歌更唱，技之善者且退避。迨夜漏已深，始坐琴臺，獨奏一曲焉。叟於壯年自晦，晚乃肯以示人。吾頌叟詩，蓋悠然有會於心也已。

顧咸三記韻急就篇序 見李金瀾明經藏本

昔賢謂誠意、正心、修身以及齊家、治國、平天下爲大學，而以灑掃、應對、進退爲小學。愚竊意灑掃、應對、進退乃幼所當習，未足以該小學也。《内則》：子生三年，教之數與方名，九年教之數日，謂朔望與六甲也，十年出就外傅，學書、計，書謂六書，計謂九數也。夫方名與數非字，何由記載？然則識字者真小學之急務也。蓋識字而後能句，由句而章，漸以究性情，達道理，以幾於大學，所謂「行遠登高必自卑邇」

者，非耶？且夫正心誠意必先致知，而致知在格物。萬物之名之義之緣于究竟，非字何由記載？則非識字，何由格物乎？凡字有義有音，音之不審，則義亦不確，固非徒爲聲詩而已也。且夫聲詩非小道也。《書》曰：「詩言志，歌永言。」則以爲詩云爾。進之曰：「聲依永，律和聲。」王者乃作樂以象功德，於以宣暢和氣，宜人民，格祖考，動靈示而感天地。則聲音之道，實與民物之性命通，而淺視之乎哉？然古之人洞明律呂，故知黄鐘爲萬事根本。後世講習日疎，律呂精藴寖以失傳，惟賴聲詩一道以綿其緒。果有精求律呂者出，其能舍字學而尋聲於空際乎？此顧子《記韻》一編爲初學計者，直創古人所未有，而每部必聯貫成章，有古人不見我之歎。以爲古逸詩可，以爲漢魏歌謡亦可，不謂之《韻譜》之功臣，不得也。顧子與予同里，自其大父文玉翁傳有家學，而好學不倦，久從余遊，性恬淡，不務爲名聲，嘗兩至都下，不妄投一刺。性喜著書，所著有《松軒詩稿》、《詠史詩》、《説莊》諸種，其他纂述未易指屈也。

王文靖公文集序 見張叔未孝廉所藏墨蹟

古之所謂三不朽者，本於叔孫豹。所聞以立德爲太上，而功次之，言又次之。竊謂三者相須，闕一焉無以自立，未可別其倫序，以爲後先也。蓋德與功建於一時，言垂諸萬世。《尚書》百篇，謨於虞，誓於夏，訓誥於商，册命於周，君臣之治迹存焉。若夫《汝鳩》、《汝方》、《誼伯》、《仲伯》、《咎單》、《伊陟》以及《唐誥》、《揜誥》前書亡斯，往行亦晦。惟《詩》亦然，大小雅材一百有五，尚論者每以不知作者姓名爲憾。信夫立德、立功者之不可無言也。元輔宛平王公篤生首善之地，少從文貞公避地江浙。文貞實稱復社倫魁，是時諸君子存者尚多，承師取友往往論交，紀羣之間發文摛藻，所與往還，莫非君公顧厨俊及。宜其於文，若梓慶之爲鐻，東野稷之御馬，靡不中規。既而策名亨衢，受世祖章皇帝殊渥，朝廷大手筆中敕輒以付公，逮由中區爰立，五十年太平盛業，今天子之眷倚益隆。禄足以惠親懿，先人之憂博施；勛足以溢鼎銘，讓人之能不伐。公雖不以立言自居，凡有急宣，援筆而就。至於豐碑巨碣，典雅絶倫，不失歐陽、虞、揭之矩蒦。吾知百世而下，必與文貞公《青箱堂集》並傳可信也夫。

王文靖公文集後序見家藏手稿

一代之興王者，必有名世，肇邦致治，啟人文之運，以化成天下。沈約有言，開闢以來，未有爵位文才相繼如王氏之盛者。其信矣夫。試徵之國史，無論典午、瑯琊閥閱之盛，若唐重門第，而王氏入相者一十三人，明重資格，而王氏之中甲科者一千六百餘人，此非張、劉、李、趙之所能幾及也已。宛平文靖公以英年登淡墨榜，讀中祕書，受世祖章皇帝殊渥，作股肱心膂。今天天子恩遇尤隆，自翰苑升華，命掌邦政，旋宣黄麻，爰立作相，贊廟謨，征不庭，功成治定，秉國鈞久，錫予便蕃。緑野之丘園，平泉之草木，歌斯舞斯，聚邦族朝士，觴詠于斯。蓋公雖無奇才爲文，而治世之音所以感人心、厚風俗者多矣。公少從文貞公避地江浙，杖履舟楫，獲與復社諸君子談讌風流，文采輝映一時，斯發爲文章，原本諸道。世之纂組雕琢成章者，覩之有不愧汗卻走者乎？王氏自方伯公《息機園存稾》著録藝林，而文貞公《青箱堂集》海宇奉爲規範，公今是集復布通邑大都，可傳可法。前此昆友子姓翱翔戟府瀛洲者濟濟，較之瑯琊世世有集，何異焉？彝尊之先人與文貞公同題名雁塔，彝尊釋褐亦得步入甎後塵，荷公不棄，歲時樂飲恒侍嘉客之招焉。公集既鐫，謹書之于後。

燕飛吟序見文類

《燕飛吟》者，宛平劉先生增美傷逝而作也。予在濟南見先生事太夫人甚謹，雖判牘糾紛，晨暮必問安者再。其居喪毀瘠，寧過於禮，無不及焉。觀集中句有云「節情但恐傷吾母」，於此驗文生於情，非本乎天性者不能工也。古之傷逝者非一，若孫楚、江淹、沈約之徒，皆善言情者，尤必以潘岳爲最。岳爲《閒居賦》，勤勤以膝下色養爲念，故其辭曰：「壽觴舉，慈顔和。」人生安樂，孰知其他？及爲《哀永逝文》則云：「慈姑兮垂矜。」非特情緣夫伉儷之重而已。可謂哀樂不失其正，而本乎天性，有獨異于人者存也。推予之言，以誦先生之詩，夫何不及古人之有。

跋王陽明書見三希堂帖

陽明子功烈、氣節、文章皆居第一，特多講學一事爲衆口所訾。善夫，西陂先生之言也！曰：陽明以講學故，毁譽迭見。於當時是非幾混，於後世至謂其得寧邸金，初通宸濠，策其不勝而背之。此謗毁之餘唾，不足拾取。斯持平之論乎。《龍江留別詩》卷乃將之官南贛而作。是時宸濠反狀未露，而公已滋殷憂。故詩中即有「戎馬驅馳，風塵兵甲」等語，而又云「廟堂長策諸公在」。其後卒與喬莊簡犄角成功。蓋公審之於樽俎間久矣。詩律清婉，書亦通神，宜爲西陂先生所愛翫。歲在癸未二月戊寅朏，秀水朱彝尊年七十五書。

戲魚堂法帖之三東方先生畫贊跋見張叔未孝廉藏本

□見宋搨閣帖本，旁爲蟫魚所蝕，而字畫無傷。宛平劉伯子守鎮江，以千金購之。世目爲夾雪帖，對此崩剥離縱，有六華翔舞之態。老眼昏花，勝得金篦刮膜矣。

王大令洛神十三行賈相本跋見張叔未孝廉藏本

法書之傳摹，以金以石。石有時以泐，金有時以爍，然則欲垂久遠，宜莫如玉矣。貞觀初右軍真蹟尚存三千六百紙，其後蘭亭石刻多至百本。惜未有鏤於玉者。大令十三行獨得鐫於玉本，抑何幸與？版向存錢唐，其色水蒼，今不知所在。余購之未獲也。覽觀水邨本，輙思以缸面酒賺之。丙寅八月朱彝尊書。

書林同人甘泉瓦款册子後見家藏手稿

周秦兩漢遺文流傳於世者，石刻尚多，鐘鼎文差爲難得。予竊藏有紹興中搨本，乃畢少董購之河北榷場。每一款識以青箋疏其後，亦有出於朱希真家者。趙王孫子昂復以燈槃刀尺諸款增益之。予因就目中所見，摹得數十種，下至《景雲觀鐘銘》、《南漢鐵塔記》皆裝入册。惟辰州李宏臯《銅柱銘》，力購之未能得也。康熙戊寅六月客福州，林子同人袖甘泉瓦見示，體製奇古，中央四字隸法跌宕可愛。予思瓦出埏埴之工，非金非石。若秦之咸陽，漢之未央，魏之銅雀，齊之香姜，類皆有文，試取而徧搨之，合以孔廟五鳳年甎、王子敬《保母志》之屬別裝成册，亦一快事。歐陽子有言：「物常聚於所好。」同人好之既篤，聚之正無難爾。

曝書亭序跋卷二十三

四明山志序

自予有知識，即慕浙東餘姚有黄太沖先生。顧時值桑海之交，先生遁跡空山，名可得聞，不可得見也。逮晚年，今上有遺獻之徵。私喜謂必當得聆謦欬，共周旋於金馬玉堂間。而先生又以年老力辭。幸嗣君主一代佐《明史》事，於徐相國之邸時相過從，因細悉先生之起居，獲讀先生之著述，夙昔之懷於焉少慰。今先生之逝世已八年，予老屏荒邨，主一過我，持先生所著《四明山志》，屬予序之。余惟先生年未二十，即能沖鏠胸於殿陛，以大白其父冤。既焉而爲南國之黨魁，乘桴之從者。其秉心具質，固經世豪傑之才也。予嘗讀所著《待訪録》，深歎先生之鴻濟經綸，的的可大造於寰宇。是豈屑與桑《經》、酈《注》争長黄池者哉？迨占爻蠱上，乃一往沉酣於典籍之中，無學之不精，無術之不討，而又以其暇餘，不惜藤枝，搜索及夫一流一石而標飾之，非先生志也。然先生家居黄竹浦，正當四明山之北盡處，清淑之氣於此盤礴而扶輿者也。夫明山清淑之氣萃聚數千載，鍾秀於忠端公與先生父子兩人。此柳子所謂「地得其人，則山若增而高，水若辟而廣」。第向非先生甘息機於盛世，而設見用於當時，則兹山之名跡清言未免終歸於銷沉漏奪，無由著顯。惟以先生之抑鬱，始有以發山嶽之光華。余既爲先生惜，又未嘗不爲兹山幸也。至於是志久藏篋衍，先生之侄仲簡刻之，其人有足嘉者。康熙癸未上元日嘉禾竹垞朱彝尊書。（見《四庫全書存目叢書》影印清康熙四十七年黄炳刻《四明山志》）

張氏醫通序

醫書《通》者，長洲張君路五所撰。古之言醫者，或論病體，或論藥性，或論治法，各有所主。又其爲説，諸家各殊，互相辯擊。雖歷代所稱名家聖手，恒不能一也。至於近世不學之徒，恒思著述，以眩一時，欺後世。醫書愈多，醫學愈晦矣。君於是考之古，驗之今，凡古人不能相一者，皆薈萃折衷之，使讀者犁然有會於中。可謂用心切而爲力勤也。君之書既行於世十餘年矣。歲在乙酉，天子南巡至吴。君家以其書獻，深當上意，尋命醫院校勘，置之南熏殿。君雖没，而書之流布日遠。述國史藝文志者，庶列之名家聖手之間乎。昔余先少保實以醫起家太醫院使，而太傅文恪公始大其門。醫故吾家故業也。先太保撰《立命元圭》一編，兵後遺失。序君之書，於是乎有感。康熙四十八年春王正月，南書房舊史官秀水朱彝尊序。（見《四庫全書存目叢書》影印日本文化思德堂刻《張氏醫通》）

葉忠節公遺稿序

蒼巖先生有詩如干篇，曩與李梅崖先生合刻，余既序而行之。既而先生官湖廣布政參議，督糧儲，以死事聞。天子軫惜，贈工部右侍郎，賜謚忠節，蔭其一子。又二年，了敷來青除知荊門州事，將行，手一編泣曰:「我父以死勤事,天下莫不聞,先生尤知我父者,嘗爲序其詩矣。今遺文在,乞仍爲序之。」方武昌之告變也,始於創殘饑餓之卒,上官處置失宜,因以生亂。當其時,城中文武大吏或被羈縶,或逾牆垣爭先去以爲望。而公無師旅之寄,獨蹈白刃爲城捍禦,至不得,乃捐其身以上報天子。其光明磊落之槩,從容慷慨之義,可不謂偉歟?向使上官調劑一得當,則荷戈持挺之夫必不亂。亂而有以備之,亦不至旬日之間蜂屯蟻聚如此之横也。賴天子仁聖威武,命將授算,不三月,倡狂之衆遂以撲滅。而先生則既死矣。悲夫,公之節不待此區區之文以傳,而其子痛其先公之歿也,謀欲刻之,與其詩並傳於世。可不謂孝乎?荆門之州在公殉難之境,來青往矣,觸事增懷,必思所以無負先生之節。《書》所云「世篤忠貞」者,來青其勉之。秀水朱彝尊撰。(見《四庫全書存目叢書》影印清康熙刻《葉忠節公遺稿》)

洛如詩鈔序

黑黄之與蒼赤錯而成章,琴瑟鼗鼓笙鏞柷敔比而成樂。故夫孤吟獨諷,曾不如賡歌屬和者。洋洋乎八音之盈耳,焕乎五采之彰施於五服也。和中觴詠盛於元季明初。濮仲温聚桂文會,以卷赴者五百人,楊廉夫爲之甲乙。南湖景德寺之集,少亦不下十三四人,繆同知德謙、曹教授新民爲之後先推輓。當是時戎馬倥偬,在會諸君子率皆避地僑居,而能酌酒賦詩,鎸鏤版壁,風流照耀遠邇。今則承平日久,文治聿興,乃我鄉少俊往往汩没於錢刀,甚至以裘馬狹邪投梟博進爲豪舉。即有賦質循謹者,剽襲時藝,將藉是以梯榮顯,經史子集庋閣不觀,語之以詩,輒動色相戒,爲窮人具。人材之頹墮,不意遷流至此極也。

甲子乙丑之交，同館陸義山里居，與李期叔、沈南疑、陸嬾真數輩著有《當湖倡和詩》，相繼殂謝。嬾真如靈光之存，而又游於方外矣。陸子聚緱，懼風雅之中衰，偕其侄伯機爲洛如雅集。陸氏凡十二人，益以親知能詩者十有五人，洊歷再期，得詩二千二百有奇。余選存十之三，釐爲六卷，音節和平，色澤妍秀，大槩以中晚唐人爲宗，非直移宫羽，妃青白，競勝一時已也。和中人士有志道古，亦可覽此而幸氣誼之不孤矣。康熙戊子橘涂月，小長蘆朱彝尊序。（見《四庫全書存目叢書補編》影印清康熙四十七年陸氏尊道堂刻《洛如詩鈔》）

易十三傳跋

《易十三傳》未詳誰氏所作，第知爲嘉靖間人。其云十三傳者，乾上九傳一，姤初六傳二，姤九二傳三，姤九三傳四，姤九四傳五，姤九五傳六，姤上九傳七，大過初六傳八，大過九二傳九，大過九三傳十，大過九四傳十一，大過九五傳十二，大過上六傳十三，證以歷代紀年。蓋仿邵氏《經世書》，而於六十四卦相生圖，則又不主邵氏之説。是編諸藏書家目録無之。康熙己卯八月既望得之西湖書估舟中。（見《浙江採集遺書總録》甲集《易十三傳》條）

書經纂言跋

是書購之海鹽鄭氏，簡端所書猶是端簡公手跡也。會通志堂刊《經苑》，以此畀之，既而索還存之笥。壬申歲歸田，檢櫝中藏本，半已散失，幸此書僅存。又七年，曝書於亭南，因識。竹垞七十翁。（見《宋元

舊版書經眼録》卷二明嘉靖己酉顧應祥滇中重刻《書經纂言》條）

聚樂堂藝文目録跋

此係西亭王孫著録。王孫曾刊李鼎祚《周易集解》，每翻刊「聚樂堂」名。世所傳《萬卷堂目》都無卷數，不若此本之該備也。康熙丁丑日北至，竹垞老人識。（見《藏書題識》民國間簫一劍館緑絲欄鈔《聚樂堂藝文目録》條）

北堂書鈔跋

此即《北堂書鈔》也。自常熟陳禹謨錫元氏取而删補之，至以貞觀後事及五代十國之書雜入其中，盡失其舊。鏤板盛行，而原書流傳日罕矣。是編傳寫訛字極多，幾不能成句讀。然猶是永貞舊本，未易得也。康熙己卯七月晦，竹垞老人書，時年七十有一。（見明萬曆庚子海虞陳禹謨校刻《北堂書鈔》題跋）

秇林咀華跋

《秇林咀華》八卷，不知誰氏所輯。無序，無鈔録姓氏。按其體例，大要本諸劉義慶《世説》，及前明胡尚洪《子史語類》。而此特大其目，首天文，次主術，次臣道，次論治，次崇學，次宗經，次兵術，次原道。凡國之措理，士之學問，無不畢載，信爲一代經世之書。又其採摘矜慎，無一華辭濫語，率皆經史子諸家要言，不贅一語，深得「述而不作」之旨。康熙甲寅舟次維揚，估客以此書來售，謂是絳雲遺本，索直甚鉅，留三日而返之。詎意十數年後乃於五研樓飽讀數日，惜急遽未鈔，良用歉然。

或曰此是錢遵王藏本。無印記，不敢深信。然鈔者無甚訛踳，可貴也。是日又題。（見清初鈔本《秇林咀華》題跋）

冥樞會要跋

乙酉夏六月避暑緑蔭山房，桐蔭蔽日，蕉影分涼，因撿舊藏，得宋晦堂編集《冥樞會要》。其禪機淵義，兼與大道相符，種種發明無不融會。細爲玩味，不覺心生歡喜，遂以膚見略加删點，以誌予老而彌篤之意云爾。秀水朱彝尊記。（見宋紹興十五年湖州報恩光孝禪寺刻本《冥樞會要》題跋）

河東先生集跋

廖氏世綵堂家塾經史，周公謹極言其精。今觀漫堂中丞所藏《柳河東集》，信然。康熙壬午三月，秀水朱彝尊跋尾。盤山智樸同觀，公子致、筠，公孫韋金看書。（見《中華再造善本》影印宋咸淳廖氏世綵堂刻《河東先生集》）

劉給事集跋

曩從劉考公㪍借鈔二劉長史合集，元禮只得半部而已。康熙壬子，福州林孝廉吉人鈔此本見寄，乃得其全。（見《浙江採集遺書總録》壬集《劉給事集》條）

道園先生遺稿詩續跋

凡七百餘篇，公之從孫克用所纂述也。其《學古録》諸編，以刊板行世，而此詩實世所罕覯刻。（見

《浙江採集遺書總録》壬集《道園先生遺稿》《詩續》條)

書林外集跋

《書林外集》鄞人袁彦章士元所著。彦章,宋忠臣鏞之孫,元至正間以薦授翰林國史院檢校官,引年不就。(見民國商務印書館《涵芬樓秘笈》影印舊鈔本《書林外集》)

松籌堂集評語

朱竹垞云:君謙論詩曰:「詩不當以格律體裁爲論,惟求直吐胸懷,實敘景象,婦人小子皆曉所謂,然後定爲好詩。其他餖飣攢簇,拘拘拾古人涕唾者,亦木偶之假線索以舉動者,吾無取焉。」故其詩多俚近。然如《陽山大石》一篇,賦情傲兀,用韻妥貼,非讀破萬卷書不能作也。君謙好蓄異書,孜孜不及。是時吴中藏書家多以秘册相尚,若朱性甫、吴原博、閻秀卿、都元敬輩,皆手自鈔録,今尚有流傳者,實君謙之倡也。(見《四庫全書存目叢書》影印清金氏文瑞樓鈔《松籌堂集》)

少湖先生文集題記

余少時酷嗜先生詩文,苦不能窺其全豹。購之坊間,乞之親朋,皆無以應。昨適幕游皖撫陳公,藏書甚富,得先生全集,係明刻焉。予如獲至寶,幾次請求。後陳公割愛,即以贈余。拜而受之,遂以爲傳家之寶云。(見明嘉靖三十六年刻本《少湖先生文集題記》)

曝書亭序跋存目

《杭雙溪詩集》，明杭淮撰，有朱彝尊跋。

見《浙江採集遺書總録》

《完玉堂詩集》（清初名釋詩）十卷，釋元璟撰，雍正刻本，有朱彝尊題詞。

《鵲亭樂府》四卷，陸棅撰，康熙刻本，有朱彝尊跋。

《檇李詩繫》四十二卷，沈南疑撰，康熙刻本，有朱彝尊康熙己丑跋。

《汪碧巢詩詞稿》中《月河詞》一卷，汪森撰，康熙刻本，有朱彝尊康熙二十年序。

右見《來燕榭讀書記》

《續資治通鑑》十五卷，宋劉時舉撰，清抄本，藏于南京圖書館，有朱彝尊跋。

《昌黎先生集注》十一卷，顧嗣立删補，《年譜》一卷，康熙三十八年顧氏秀野草堂刻本，張雨歧録朱彝尊跋。

《方泉先生詩集》三卷，宋周文璞撰，清初抄本，藏於上海圖書館，有朱彝尊跋。

《天衢舒嘯集》二卷，明詹同撰，清抄本，藏於上海圖書館，有朱彝尊跋。

《三宋人集》四十八卷，光緒六年方功惠刻本，《遺事》一卷，藏於北京圖書館，徐鴻寶校並録朱彝尊跋。

《漢魏詩紀》二十卷，明馮惟訥輯，嘉靖王應璧刻本，藏于清華大學，朱彝尊批點並跋。

《唐詩會抄》不分卷，明顧應祥輯，明卓文通抄本，藏於上海圖書館，有朱彝尊跋。

《貞居詞》一卷，元張雨撰，《介庵詞》四卷，宋趙彦端撰，明石邨書屋抄本，藏於北京圖書館，有朱彝尊跋。

右見《中國古籍善本書目》

潛采堂宋元人集目録

潛采堂宋人集目録

竹垞藏書

王禹偁小畜集三十卷

自序。四册。

柳開河東集十六卷

無序。門人張景編。二册。

張詠乖厓集十二卷

天台郭森卿序。八册。

寇準萊公集

一册。

趙抃清獻文集十卷

至治中蒙古晉人僧家奴釣元卿序。景定中天台陳仁玉序。五册。

三孔清江集三十卷

周必大序。三册。

尹洙集二十七卷

高平范仲淹序。二册。

韓琦安陽集五十卷

副使曾大有序。十册。

歐陽修全集一百五十三卷

無序。後有周必大跋。二十六册。

王安石臨川集一百卷

黄季岑序。十册。

曾鞏南豐集五十一卷

元豐八年三槐王震序。八册。

范仲淹集二十卷别集四卷

蘇軾序。二十六册。

范純仁集二十卷

樓鑰序。六册。

梅堯臣集

楊億武夸新集二十卷

自序。六册。

司馬光文集三十一卷詩集七卷

嘉靖四年吕枬序。十二册。

劉安世語録三卷行録一卷

紹興五年馬永卿序。四册。

王令廣陵集二十卷拾遺一卷

王安石序。四册。

蔡襄雙甕齋集三十六卷别紀十卷

王十朋序。十册。

林逋集四卷省心録一卷坿録一卷詩一卷

梅堯臣序。三册。

周敦頤集六卷

紹定元年胡安之序。二册。

二程全書文集九卷遺書十九卷外書十二卷

無序。七册。

又一部六十四卷

三十册。

程子詳本二十卷

崇禎癸未陳龍正序。六册。

蘇洵集二十卷附録二卷

康熙中邵仁泓序。二册。

又集十六卷

無序。一册。

蘇軾集七十五卷

二十四册。

又集四十卷外制集三卷内制集十卷應詔集十卷續集十二卷後集二十卷奏議二十卷

宋孝宗御製贊並序。二十二册。

蘇轍集五十卷後集二十四卷三集十卷應詔集十二卷

無序。淳熙乙亥曾孫詡跋。開禧丁卯四世孫森跋。八册。

魏野鉅鹿東觀集七卷

二册。

又一部

天聖元年薛田序。一册。

文同丹淵集四十卷附拾遺

萬曆庚戌錢允治序。六册。

陳師道後山集三十卷

弘治十二年王鴻儒序。四册。

黄庭堅山谷文集内集十四卷外集十七卷别集二卷

外集嘉定元年錢文子序。内集、别集無序。三十六册。

又集三十卷

西蜀徐岱序。三册。

秦觀淮海集四十卷後集九卷

萬曆戊午仁和李之藻序。六册。

又一部

許吉人序。又盛序。姚序。

張耒宛丘集六十卷

無序。六册。

賀鑄慶湖遺老集九卷坿拾遺一卷

阿堵齋序。一册。

晁旡咎雞肋集七十卷

元祐九年自序。十二册。

晁沖之具茨集

紹興十一年陵陽俞汝礪序。一册。

晁迥道院集要三卷

治平乙巳王古序。二册。

又法藏碎金十卷

天聖九年自序。五册。

晁説之儒言　客語

俱無序。二册。

包拯奏議十卷

正統元年胡儼序。二册。

又詩集四卷

同亨序。二册。

曾肇集二卷

一册。

余靖武溪集二十一卷

嘉靖四十五年衡陽劉稳序。四册。

鄭俠西塘集十卷

萬曆己酉葉向高序。二册。

徐積節孝集三十一卷

皇慶癸丑玉霄賓序。大德丙午山陽李秀發讚。五册。

黄希旦支離子集

淳祐辛未烏山方澄孫序。一册。

道潛參寥子集十卷

黄諫序。一册。

鄒浩道鄉集四十卷

紹興五年李綱序。十六册。

西崑酬唱集上下卷

景德中楊億序。一册。

蘇舜卿滄浪集十五卷

歐陽修序。二册。

又一部

康熙中宋犖序。二册。

郭祥正青山集六卷

無序。二册。

陳襄古靈集二十六卷

三册。

彭汝礪鄱陽集十二卷

無序。二册。

蘇頌集六十六卷

紹興九年汪藻序。十二册。

李之儀姑溪居士集十三卷後集十三卷

無序。一册。

劉弇龍雲集三十二卷

弘治乙丑延平劉璋序。四册。

黄裳演山集六十卷

自序。六册。

張方平樂全先生集四十卷

蘇軾序。九册。

祖無擇龍學集十七卷

無序。紹定己丑趙體國後序。一册。

蔣堂春卿遺稿

明教嵩鐔精集十卷

四册。

晁公遡嵩山集四十卷

乾道四年師濬序。四册。

楊龜山集四十二卷

萬曆十八年耿定力序。六册。

李綱梁溪集一百八十卷

申國公陳俊卿序。四十册。

洪适盤洲集十三卷

無序。二册。

陳東盡忠録八卷

正德十一年楊一清序。一册。

歐陽澈飄然集八卷

永樂丁亥李至剛序。一册。

韓駒陵陽集三卷

無序。一册。

羅從彦集十七卷

萬曆庚戌丘憲章序。二册。

李侗集五卷

順治甲午衍聖公孔興燮序。二册。

范浚香溪集二十二卷

吴思道後序。十册。

汪藻浮溪文粹十五卷

正德元年金汝礪序。一册。

張栻南軒文集八卷

嘉靖辛卯永豐聶豹序。一册。

又詩集七卷

康熙甲戌遂寧張鵬翮序。一册。

岳武穆集五卷

嘉靖丙申徐階序。二册。

又一部

嘉泰三年岳珂序。一册。

尹焞集三卷

隆慶己巳蔡國熙序。一册。

李彌遜竹溪集二十四卷

樓鑰序。缺三、四兩葉。

張九成橫浦集二十卷

萬曆甲寅焦竑序。五册。

崔與之集十卷

嘉靖十三年瓊山唐胄序。二册。

曹勛松隱集四十卷

正統五年洪益中序。六册。

吳淵退庵先生遺稿二卷

無序。一册。

王庭珪瀘溪集五十卷

胡銓序。又淳熙丁□謝諤序。四册。

王炎雙溪類稿十卷

萬曆丙申王鏻序。四册。

呂祖謙麗澤論説集録十卷

十册。

朱松韋齋集

朱子大全一百卷續集十一卷别集　卷

嘉靖壬辰蘇信序。四十册。

又一部一百卷續集五卷别集七卷

康熙戊辰臧眉錫序。二十册。

朱子實紀十二卷

正德八年李夢陽序。四册。

黄幹勉齋集二十五卷

寶祐丙辰矩山徐經儀序。十二册。

陸九淵象山集三十六卷

嘉靖甲午戚賢序。十册。

又一部十九卷外集四卷

正德辛巳王守仁序。四册。

程泌洺水集三十卷

崇禎己巳趙時用序。四册。

孫夢觀雪窗集二卷

嘉靖丁酉陳愷序。一册。

陳亮龍川集三十卷

嘉泰甲子葉適序。六册。

陳傅良止齋集五十二卷

嘉定戊辰曹叔遠序。六册。

又止齋奧論七卷

崇禎乙亥帥弘序。四册。

陳普石堂集二十二卷

萬曆乙亥阮鐀序。十册。

劉子翬屏山集二十卷

紹興三十年胡憲序。六册。

李昴英集

楊萬里集四十卷

無序。嘉定元年子長孺編。端平元年門人羅茂良校。二十二册。

又一部文集六卷

二册。

樓鑰攻媿集

劉宰漫塘集三十六卷

萬曆甲辰王藩序。十二册。

方逢辰蛟峯集八卷外集四卷

王十朋梅溪前集二十卷後集三十卷廷試策五卷

天順六年莆田周琰序。十册。

陳造江湖長翁集四十卷

萬曆戊午李之藻序。十册。

吴儆竹洲集二十卷附録棣華雜著

端平乙未程秘序。

范成大石湖居士集三十四卷

紹興五年楊萬里序。淳熙三年陸游序。四册。

真德秀集五十五卷

萬曆二十六年金學曾序。二十四册。

魏了翁鶴山集一百十卷

淳熙己酉吳淵序。嘉定三年暢華後序。二十册。

汪應辰集十三卷坿録一卷

嘉靖丙午夏浚序。四册。

林希逸鬳齋集三十卷

淳祐庚午石塘林同序。四册。

羅公升滄洲集五卷

劉辰翁序。一册。

葛長庚白玉蟾集四卷續集六卷

端平丙午潘昉序。六册。

陸游渭南文集五十卷劍南詩集八十五卷

文集無序。詩集劉後村序。二十八册。

嚴羽滄浪詩吟二卷

無序。二册。

文文山集十八卷

嘉靖庚申羅洪光序。十册。

謝枋得集二卷

嘉靖乙卯王守文序。二册。

又一部十六卷

景泰五年劉儁序。四册。

戴復古石屏集十卷又坿録

至正戊戌貢師泰序。三册。

方岳秋崖詩集三十八卷文集四十五卷

嘉靖間裔孫方謙序。十册。

林景熙白石樵唱五卷

嘉靖庚寅張寰序。二册。

汪元量湖山類稿五卷外稿一卷附録一卷

劉辰翁序。二册。

鄭思肖井中心史

二册。

牟巘陵陽集

謝翺晞髮集五卷外集一卷

又一部十卷遺集二卷坿天地間等集

康熙中陸大業序。一册。

高登東溪集一卷坿録一卷

序不全。一册。

林之奇拙齋集二十卷

缺第一册。四册。

吕本中東萊集二十卷

乾道二年贛川曾幾後序。二册。

林光朝艾軒集十卷

淳祐十年林希逸序。二册。

洪覺範石門文字禪三十卷

萬曆丁酉釋達觀序。六册。

姜特立梅山續稿十七卷

康熙丁卯汪森序。四册。

陳藻樂軒集八卷

劉克莊序。一册。

許棐梅屋詩稿一卷融春小綴一卷梅屋第三稿一卷第四稿一卷梅屋雜著一卷

一册。

劉敞公是先生集不分卷

序無名。三册。

劉學箕方是閑居士小稿二卷

嘉靖十年劉淮序。一册。

程俱北山集

王銍雪溪詩五卷

無序。一册。

王阮義豐集不分卷

淳熙戊申趙希至序。一册。

洪炎西渡詩一卷

無序。

葉夢得石林居士建康集八卷

嘉泰癸亥葉籥後序。一册。

吴龍翰古梅遺稿六卷

林屋山人漫稿一卷

程元鳳序。一册。

楊簡慈湖遺書十卷

嘉靖四年陳洪謨序。五册。

釋契嵩鐔津文集二十二卷

熙寧八年陳舜俞譔記。四册。

王鎡月洞集一卷

嘉靖壬子王養端序。

王應麟遺稿四明文獻未分卷

鄭真輯。一册。

趙必瑑秋曉集一卷

皇慶元年陳紀行狀。一册。

潘音待清遺稿一卷

正德丙子徐雲卿序。一册。

陳淳北溪集十卷

至元二年王環翁序。缺二□。五册。

宋人小集

黄大受露香拾稿

吴汝一雲卧詩集

武衍藏拙餘稿

劉翰小山集

張良臣雪窗小集

葛起耕檜庭吟稿

利登骳稿

趙崇鉘鷗渚微吟

鄒登龍梅屋吟

朱南杰學吟

潛采堂元人集目録

元好問遺山集二十卷

無序。三册。

郝經陵川集三十九卷

延祐丁巳李之紹序。五册。

虞集道園學古録五十卷

嘉靖乙酉萬鏜序。六册。

劉因静修集十卷

萬曆丙午北平王遴序。四册。

又丁亥集五卷樵庵詞一卷遺詩六卷

無序。二册。

竹垞藏書

黄庚月屋漫稿

泰定丁卯自序。一册。

金履祥他山集三卷

萬曆己亥趙崇善序。一册。

程鉅夫雪樓集

許謙白雲集四卷

義烏黄潛跋。四册。

岑安卿栲栳山人集

門人宋夅僖編。同邑王至狀。一册。

戴表元剡源集三十卷

萬曆辛巳戴洵序。八册。

胡乘龍傲軒吟稿

嘉靖十四年羅慄序。一册。

劉辰翁記鈔八卷

天啓癸亥韓敬序。二册。

劉須溪四景詩

無序。一册。

楊奂紫陽遺稿二卷

嘉靖元年王元凱序。一册。

黄仲元四如集四卷

至治三年傅定保序。洪武八年宋濂又序。二册。

吴師道集十八卷

無序目。五册。

吴萊淵穎集十二卷

三册。

趙孟頫松雪齋集十二卷

大德戊戌戴表元序。

楊載仲弘集八卷

致和元年范梈序。二册。

范梈德機詩集

揭傒斯序。一册。

揭傒斯曼碩集詩一卷文□卷

無序。二册。

又文粹

天順五年平湖沈琮後跋。一册。

迺賢易之金臺集

至正壬辰歐陽玄序。又李好文序。一册。

薩都剌天錫詩集

成化乙巳劉子鍾序。一册。

宋无翠寒詩集

元貞乙未趙孟頫序。一册。

又啽囈集

廬陵鄧光序。一册。

馬臻霞外集十卷

大德辛丑淮陰龔開序。大德六年仇遠又序。二册。

貢奎雲林集六卷

洪熙元年陳愷序。一册。

陶宗儀南邨詩集四卷

毛晉後序。一册。

又滄浪櫂歌

一册。

張雨勾曲外史集四卷

姪張誼編類。四册。

又集上中下三卷

吴郡徐達左序。成化十五年姚綬後序。毛晉跋尾。一册。

倪瓚雲林集十四卷

天順四年雲間錢溥序。六册。

又詩集六卷

毛晉後跋。二册。

黄文獻溍集十卷

宋濂序。八册。

柳貫待制集二十卷

至治十年余闕序。三册。

李存俟庵集三十卷

洪武癸丑宜黄涂幾序。三册。

鄭玉師山集八卷

至正丁亥婺源程文序。又自序。六册。

又遺文

二册。

張養浩文集二十八卷

無序。四册。

張翥蜕庵集四卷

無序。洪武三年錫山郎成鈔。二册。

周霆震石初集十卷

洪武六年陳謨序。一册。

俞德鄰佩韋齋集二十卷

皇慶元年熊禾序。二册。

盧琦圭齋集二卷

隆慶壬申朱一龍序。二册。

黄鎮成秋聲集四卷

自序。二册。

歐陽玄圭齋集十六卷

揭徯斯序。又宋濂序。二册。

陳樵鹿皮子集

正德戊寅周旋序。一册。

楊維楨東維子集三十一卷

華亭孫承恩序。二册。

又鐵崖文集五卷

弘治十四年馮允中序。朱昱後序。一册。

又鐵崖樂府六卷

成化丙戌王益序。二册。

又鐵崖樂府十卷樂府補六卷

至正丙戌張天雨序。二册。

朱德潤澤民存復齋稿十卷

至正九年俞焯序。一册。

傅與礪文集十一卷

洪武甲子蒙陽梁寅序。二册。

又詩集□卷

胡行簡、范梈、揭徯斯、虞集四序。一册。

任士林松鄉集十卷

永樂三年胡儼序。一册。

吴海聞過集四卷

永嘉徐起序。一册。

丁鶴年詩集三卷

至正甲午戴良序。正統丁巳魏驥又序。一册。

丁復檜亭詩稿

至正己卯李桓序。一册。

陳孚剛中集

洪武壬午皇甫暕後序。一册。

周伯琦近光集

虞集序。一册。

于石紫巖詩集三卷

無序。門人吴師道選。一册。

杜本清江碧嶂集

門人程嗣祖編集。

孫作滄螺集六卷

弘治丙辰薛章憲後序。連前共一册。

釋圓至筠溪牧潛集七卷

崇禎己卯釋明河序。一册。

錢惟善江月松風集□卷

至元戊寅陳旅序。一册。

仇遠山邨遺稿

一册。

涂幾類稿十卷

盱江鄒矩序。二册。

蘇天爵滋溪集三十卷

至正十一年趙汸序。六册。

華幼武黄楊集□卷

至正十一年陳謙序。一册。

鄧文原集

無序目。一册。

袁桷清容居士集四十六卷

無序。八册。

王冕竹齋詩集

一册。

余闕青陽集六卷

門人郭奎子章輯。正德辛巳劉瑞序。二册。

周權此山集四卷

元統二年歐陽玄序。一册。

李祁雲陽集十卷

無序。四册。

劉銑桂隱存稿二卷

虞集序。弘治壬戌裔孫同叔又序。二册。

陳高不繫舟漁集十六卷

眉山蘇伯衡序。至正二年四十自識末簡。二册。

李孝光五峯集二卷

弘治甲子錢果集。二册。

孫淑緑窗遺稿

泰定五年傅汝礪序。

鄭允端肅雝集

至正甲辰杜寅序。連前共一册。

石屋珙禪師語録

洪武十五年釋来復序。一册。

天台曹氏傳芳録

龎泮序。一册。

何太虚知非堂集六卷

自序。一册。

成元常居竹軒詩集四卷

河東張翥序。一册。

王翰友石山人遺稿一卷

廬陵陳仲述序。一册。

曹伯啓文貞公詩集十卷

至元戊寅吴全節序。一册。

凌雲翰柘軒集三卷

宣德五年瞿佑序。三册。

陳泰所安遺集

朱名世鯨背集

共一册。

吕不用得月稿七卷

洪武丙辰曾衍序。一册。

貢性之南湖詩集二卷

弘治元年四代孫欽序。一册。

蒲道源順齋集二十六卷

至正十年黄溍序。四册。

袁彦章書林外稿七卷

至正四年危素序。一册。

楊翮佩玉齋類稿

至元後丙子曾棨序。一册。

釋中行淡居稿

至正二十四年江左外史克新序。一册。

譚處端水雲集二卷

大定丁未范懌序。一册。

郭鈺静思先生詩集二卷

無序目。二册。

汪克寬環谷集八卷

康熙十八年徐乾學序。三册。

袁易静春堂集

延祐庚申龔璛序。一册。

王逢席帽山人集七卷

至正己亥周伯琦序。四册。

王賓光庵集

無序目。一册。

張伯淳養蒙集

至順三年虞集序。一册。

吳景奎藥房樵唱三卷

至正十八年宋濂序。一册。

王義山稼邨集三十卷

寳祐丙辰劉元剛序。正德丙子楊廉又序。四册。

歐陽起鳴論範二卷

成化七年程簡序。二册。

黄文獻公文集別集二卷

嘉靖中李鶴鳴序。葉觀後跋。二册。

蕭國寶輝山存稿

至順二年孔濤序。一册。

何潛齋文集十一卷

成化二十一年徐瓊序。二册。

趙偕寶雲堂文集

門人烏斯道序。嘉靖甲寅六世孫文華後序。一册。

楊允孚灤京雜詠

無序。一册。

龔璛存悔齋詩

至正九年俞楨後序。一册。

李曄草閣詩集六卷

金華朱廉序。一册。

胡炳文雲峯先生文集十卷

儲巏序。一册。

趙汸東山存稿七卷

洪武二年汪仲魯序。四册。

易恒陶情集

永樂三年莫士安序。一册。

邵亨貞蟻術集八卷

明新都汪稷校。二册。

安煕默菴集五卷

泰定三年虞集序。一册。

洪希文續軒渠集十卷

嘉靖十一年蔡宗兖序。一册。

傅仲淵詩集

無序目。

鄭君舉詩集

無序目。連前共一册。

黄公紹在軒集

無序目。一册。

釋善住響谷集

無序目。一册。

朱繼本一山文集九卷

門人李敏序。二册。

宋褧燕石集

太原吕思誠序。一册。

黄伯成玠弁山小隱吟録二卷

至正乙酉自序。四册。

虞堪鼓枻稿六卷

無序。一册。

張弘範淮陽詩集

至正十年許從宣序。一册。

陳櫟定宇先生文集十六卷

康熙三十三年陳嘉基序。四册。

南堂禪師語録

無序。一册。

中峯禪師梅花百詠

俞言序。一册。

元人小集

王士熙魯公詩鈔

王楨農務集

以上共一册。

柯九思丹邱先生集
吳鎮梅花菴稿
郭畀快雪齋小集
姚文奐野航集
郯韶苕溪漁者

以上共一册。

鄧文原巴西詩集
鮮于樞困學齋集
方叔淵遺稿
陳植寧極齋稿
曹又晦新山稿
潘伯脩江檻集
黄清老樵川集

以上共一册。

袁易静春堂詩

郭豫亨梅花字字香

郭翌林外野言

以上共一册。

嘉慶丙子春分日，長洲趙光照手録。

宣統辛亥夏至日，長沙雷愷重録上版。

竹垞行笈書目

竹垞行笈書目

心字號

梁谿集四十本
王文公集十本
朱子全集四十本
王梅溪集十本
東坡集二十二本
歐陽公集二十六本
欒城集八本
韓文公集十六本
橫浦集五本
小畜集四本

古靈集三本
盤洲集二本
網山集一本
樂軒集一本
霽山集一本
馬石田集四本
嵩山集六本
竹友集一本
鄱陽集二本
何太虚集一本
吾汶集一本

青山集二本
貢雲林集一本
馮太師集一本
方壺集一本
李元賓集一本
傅與礪集一本
石初集一本
范德機集一本
養蒙先生集一本
羅昭諫集一本
三雅齋集一套
四元人詩一本

事字號

津逮秘書一百六本
百川學海四十本

紀事本末四十二本

數字號

蘇氏經義十二本
先聖大訓三本
春秋詳説四本
儀禮經傳續三本
丁氏易象義四本
李黄詩解七本
周易口義六本
邱氏周禮三本
禮經會元一本
儀禮經傳通解十本
春秋提綱一本
春秋或問六本
大學衍義補三十二本

誠齋易傳四本
十三經註疏五十一本
春秋意林一本
易鏡一本
屬詞鈔一本
儀禮商一本
詩緝十二本
易集義三本
石經二本
國策二本
孝經一本

莖字號

史概二十二本
國朝典彙二十六本
高麗史三十六本

明會典十五本
鑑誡録
翰墨全書三十本
方輿勝覽十一本
鄭世子樂書十本
陵陽集一本
三垣筆記二本
安南志略四本
羣雄事略三本
東國史略
日本考一本
石刻一束

白字號

禮記集説二十本
麗澤論説十本

儀禮集説五本
周禮訂義九本
政和五禮十二本
開元禮八本
周禮句解四本
儀禮圖三本
詩輯聞三本
周易原旨三本
周易贊義六本
禮記纂言四本
三易備遺二本
易學啟蒙二本
音樂五書十二本
元典章十本
文恪公鑑十四本

易規等六種一本
楓林易圖一本
經禮補逸一本
丙子學易編一本
易圖叢説一本
易象鈎隱圖一本
復齋易説一本
易本義通釋四本
古易圖説一本
唐詩紀事二十本
書蔡傳旁通二本
尚書通考二本
東萊書説增補三本
能改齋漫録十五本
朱子遺書十二本

建元考二本
嘉靖祀典五本
苑洛志樂十二本　石刻一束

髪字號

名山藏三十本
説海三十一本
歷代小史十二本
秘笈五十四本
唐宋叢書二十本
漢魏叢書四本
明詔令十本
館閣漫録六本
萬首唐絶二十本
隸釋二本
太史華句一本

吳越僞史二本
周雲詠史詩一本　石刻一束

生字號

文選三十一本
西園聞見録三十本
北盟會編二十六本
廣輿圖二本
銓諫子三本
仙朋詩在四本
詞覯一套
國朝典故三本
槎翁詩四本
宋元詩二十四本
古詩紀二十本
全邊略紀四本

南豐集八本
兵例六本
吕氏春秋八本
律曆考二十八本
南太僕志三本
宣和畫譜一本
異物彙苑二本
博物志補一本
食品集一本
謝華啟秀一本　雜紙一束

涯字號

閩書四十本
元交類二十本
唐文粹二十本
廣博物志二十四本

徵吾録二本
南□續志三本
太學志六本
農政全書十六本
楚紀十二本
嶺南文獻十二本
金陵梵刹圖八本
延綏志八本
宛邱集十本
宋詞鈔四本
琴心集一本
正氣記三本
金臺集一本
古今事物考四本
山谷集六本

洺水集四本
陸平集五本
唐語林二本
吳中人物志三本
峴泉集三本
觀象玩古八本
名勝志八十八本

一字號

經世文編一百二十本
武編十二本
詩統四十二本
春明夢餘録十二本
國朝典故三十二本
紀録會編四十八本
談薈十六本

全蜀藝文志三本
宋詩鈔十二本
元藝圃集二本
盱江集六本
清江碧嶂集一本

片字號

宋史七十四本又八本
綱目七十六本
續通鑑二十本
續綱目十本
通鑑前編十本
僞長編二十四本
長編十五本
長編本末二十本
通鑑續編四本

青字號

讀春秋編四本
易外別傳一本
周官講義一本
四鎮三關志十本
萬曆武功録七本
三鎮邊務一本
唐鑑二本
春秋諸國□記一本
國語六本
蜀漢本末一本
史記索隱一本
論語意原一本
伊洛淵源一本
春秋權衡二本
東萊左傳二本
春秋師説一本
詩名物解一本
詩疑問一本
儀禮逸經一本
春秋本例一本
熊氏五經説一本
吕氏春秋論一本
春王正月考一本
宋名臣言行録五本
吏部志二十九本又九本
淮郡文獻志十八本
銓曹紀要五本
中樞集略五本
叢桂詩解五本

宋事實類苑六本
青瑣高議一本
元名臣事略三本
明典故紀聞十本
建文朝野彙編十本
柳文肅集三本
劉左史集二本
十國春秋八本
陸氏南唐書二本
史通四本
演山集六本
通雅六本
字彙補四本
余襄公集四本
說文十二本

范石湖詩二本
晁子西集四本
貞觀政要四本
東觀餘論一本
明香類選六本
晁氏書十本
元詩體要四本
孝經鈔本一本
學庸四種一本
羣經音辨一本
程氏詩議一本
正閏考四本
六書本義二本
杍山集二本
白蓮集二本

鐔津集一本
易增注二本
石林建康集一本
性命圭旨四卷

山字號

藝文類聚十四本
事文類聚二十一本
北堂書鈔十二本
唐六典四本
通典四十本
山堂考索三十四本
唐類函四十一本
類林二本
類略六本
事物紀原四本
太平治跡統類十本
中晚唐詩十二本
中州集四本
成都文類十五本
翠微南征録一本
徐節孝集五本
唐子西集二本
陳後山集四本
五代會要三本
荀悦漢紀二本
袁宏後漢紀二本
朝野雜記四本
荔支通譜五本
虎邱詩一本

空字號

明人雜集

林字號

石譜四本

天都載一本

讀書一得二本

榕陰新□三本

禮書八本

孔門全載二十二本

山書四本

蕪史二本

長短經三本

月山叢談二本

靖康要録三本

内閣名臣事略十二本

容齋隨筆十四本

鶴林玉露三本

古文奇字一本

文選雙字三本

學圃萱蘇六本

疑耀二本

湧幢小品六本

高子遺書四本

朱子實記四本

華陽集四本

格物通二十八本

京察紀事十本

張曲江集六本

性理大全二十四本

近思録三本

正蒙釋二本
雲笈七籤二十本
山海經廣注三本
籌海圖編八本
嘉興柳志九本
鹿皮子集一本
梅宛陵集十二本
崔清獻集二本
支離子詩一本
栲栳山人集一本
吳草廬集七本
温庭筠詩一本
謝叠山集二本
源流録六本
徐迪功詩一本

有字號

南太常志十二本
王謝世家六本
聖宋文選四本
古文苑四本
漢隸字源四本
一統志二十三本
南詹事府志四本
玉堂叢語四本
殿閣詞林記十本
館閣類録十六本
鐵網珊瑚五本
寶刻叢編四本
國朝典故輯遺十本
燕山叢録二本

嘯餘譜十本
王忠文集十本
罪知録二本
春秋屬詞六本
杏花村志四本
崇禎紀略二本
南渡録二本
物類相感志二本
禁扁一本
元和郡縣志五本
寰宇記十三本
靈樞素問三本
救荒本草四本
西洋書四十三本
畿輔人物志五本

針灸大成一套
詞緯五本
三孔集三本
宋詞三本
館閣録二本
研北雜志一本

雪字號

宋名臣奏議五十本
八大家文鈔三十六本
過日集二十本
瑶華集六本
水經注八本
文選二套
本草綱目二十二本
又一部三十本

博古圖六本
十八種秘書二套
登科考八本
皇極書六本
嵩山志一套
韻府羣玉五本
諮訪謚號册一本
保邦十策一本
契丹志二本
芸心識餘四本
含元子十二本

相字號

臺閣精華四本
宋元詩會二十四本
通志略十五本

文獻通考四十六本
玉海七十一本
清類分野天文十本
宣公翰苑集三本
象賢録六本
安南事略一本
唐詩三集六本
三體唐詩八本
墨子四本
子彙十二本
顏子一本
揚子三本
抱朴子八本
諸子八本
文子二本

至游子二本
姚少監詩一本

待字號

九朝編年備要十五本
中興宋鑑四本
三朝類要一本
删長編三本
洞庭板唐詩八本
盧溪集四本
穆參軍集一本
蜕庵詩二本
嵩陽石刻記二本
陳其年稿十本
安禄山事跡一本
唐詩韻匯四十本
錦里耆舊傳一本
詩話補遺一本
石鼓文考注一本
吳舡録一本
蓉塘詩話一本
急就篇一本
封氏聞見記一本
又玄集一本
弘秀集一本
畿輔詩四本
舊本唐鑑三本
鈔本明絶句十四本
疑雨集二本
典雅詞一本
詞緯五本

亦園詞選二本
名家詞選二本
道一編一本
莊一話謏〔一〕一本
學詩管見一本
字觸一本
國香集一本
歙硯志一本
北夢瑣言二本
岩下放言一本
猗覺寮雜記一本
北狩等録一本
虐政等録一本
剥復録一本
明名臣言行録十本
艾軒集二本
楮記室五本
顔山雜記一本
后鑒録二本
漢史億一本
榮庵憶記二本
芻詢録一本
吉州人文紀略十本
徹賸八編二本
箋臆二本
鄭洛款塞紀略二本
樂典六本
家禮六本

〔一〕疑當作「藏一話腴」。

歷代款式二本
韻補二本
明宰輔傳一本
遵古録學十一本又一包
續吳先賢讚三本

古字號

十七史一百四本
王治條例一本
九域志一本
玉壺清話一本
容齋詩話一本
泊宅編一本
六月譚一本
無用閒談一本
流寇志二本
學林三本
后村詩話三本
焦氏類林三本
明倫大典四本
劉氏三禮圖一本
内外服制一本
五服集證一本

道字號

東都事略十本
復陸集一本
趙東山集四本
杜律虞注一本
會稽三賦一本
韻是三本
蓉城集一本

花間集一本
一鳴集一本
滄浪集一本
秋聲集一本
文原文斷一本
后鑒録一本
石鼓文鈔二本
疑獄集二本
金石志四本
麈史一本
考古圖二本
書則一本
宋小集八本
絶妙好辭一本
元詞一本

梅苑一本
延平府志十二本
益陽縣志四本
廣州鄉賢傳四本
祥符鄉賢傳二本
磁州志五本
中州人物考六本
長洲志十本
記録彙編五本
吏部職掌八本
帝京景物略八本
林和靖集二本
忠節録一本
四六菁華一本
陽愚集一本

亞愚紀行詩一本

順適堂集一本

方泉集一本

李詩一本

周益公雜記五本

人字號

臺儀輯略一本

中山沿革志一本

翰苑須知一本

謝皐羽年譜一本

演繁露二本

肅松録一本

玉堂嘉話一本

詩話總龜五本

詞綜二本

谷水談林一本

庚申紀事一本

轉音迪凡一本

后紀一本

幽憤録一本

山陵考一本

通書述解一本

心學宗元一本

傳信録一本

大學證文一本

孟子師説一本

詩説一本

太極圖説一本

沈侍御疏一本

夏忠靖遺事一本

嘉靖大政編年四本
晞髮等稿一本
雪溪詩集一本
鄭安晚詩一本
野谷集一本
王常宗集一本
新都秀運集一本
渭泉詞一本
西崑集一本
夢窗甲乙稿一本
典雅詞一本
水雲詞一本
張仲舉詞一本
筠溪樂府一本
續玉臺新詠二本

松陵集一本
盡忠録二本
興觀集一本
國秀集一本
庾肩吾集一本
孟忠毅奏疏二本又二本
燕石集一本
華彦清詩一本
藿園詩删二本
浚谷集一本
不知名文稿一本
比調集一本
楊澤民詞一本
月屋漫稿一本
兩宋人稿一本

黄在軒集一本
詞綜補遺一本
書史一本
徵吾録二本
蜀難敘略一本
崇禎遺録一本
妖書事紀一本
蜀寇紀略一本
大事紀講義三本
野獲編四本
外戚傳一本
閉關三疏序一本
殉難諸臣考一本
風庭掃葉録一本
村夫子説一本

崇禎宰相年表一本
謀夏録一本
雜字韻寶一本
南燼紀聞一本
甲申雜記一本
聖武親征記一本
古今詞話一本
歷代編年一本
杜工部年譜一本
魏鄭公諫録一本
江南野史一本
五代史補一本
釣磯立譚一本
渚宮舊事一本
赤雅一本

殉義諸臣考一本
唐闕史一本
孤臣泣血録一本
墓銘舉例一本
碧血一本
杜陽雜編一本
却掃編一本
間中野語一本
耆舊續聞一本
墨藪一本
清暇録一本
小名録一本
讕言長語
珊瑚林一本
大滌洞天記一本

古音略例一本
安南雜録一本
治河管見一本
禦侮録一本
泰昌雜録一本
兵燹雜記一本
十二故人傳一本
儒林公議一本
文苑英華辨證一本
漱石閒談一本
摭言二本
賓退録四本
石鼓文正誤一本
皇陵碑一本
金陵金石考一本

金石古文二本
沈華陽傳一本
五國故事一本
經子難字一本
杜律本義一本
紀古滇説一本
紫桃軒雜綴四本
神宗紀要二本
雜鈔一本
明良紀一本
毘陵人品記一本
輿地廣記一本
鎮廣記一本
儒志編一本
古穰雜録一本

蘆浦筆記一本
蘭亭考一本
明内閣諸臣記一本
宋西事略一本
宋小集一本
肯綮録一本
杜氏編珠一本
夢粱録二本
江西詩派圖一本
姑溪集一本
張伯雨集外詩一本
文淵閣書目一本
兩漢刋誤二本
玉音問答一本
墨史一本

籀史一本
科名盛事一本
户部題名一本
滇考二本
困學紀聞三本
虚清語録二本
表學繩尺一本
奇門大成一本
致身録一本
平夏等録二本
焦文端志狀一本
潁野説録二本
虎口餘生一本
禾録一本
不全工部志二十本

太玄經二本
石屋語録一本
袁静春詩一本
白田集一本
天地間集一本
樵歌一本
學古編一本
宫殿額名一本
中麓畫品
庶齋老學叢談一本
雲麓漫鈔一本
金石史一本
倭志一本
翰苑粹編一本
丁文恪年譜一本

四朝聞見録四本
陰符增註一本
北窗炙輠
含經堂碑目一本
默記一本
清波雜志一本
文昌雜録一本
歸潛志一本
翰林記二本
診家正脈一本
夢蕉稿二本
國書四本
理學名臣録一本
口譜三本
藩獻記一本

天下金石志二本
温純庵集一本
西園聞見目録二本
巡海紀略一本
讀禮疑圖一本
聖宋文選三本
南渡録一本
徵刻書目一本
水晶宮款識一本
邦政略一本
張訥疏一本
先公雜鈔一本
雲水洞記一本
秋槐堂集一本
海東志一本

崇禎殿閣表一本

詞鈔一本

石經十束

獨字號

崇禎長編十六本

藝文志稿十四本

臨安志

輿地廣記

天乙閣書目一本

求古録一本

三禮圖三本

史傳備

紀事本末十套

外俱雜辭五本

還字號

唐類函

宋史記

職官分紀

分省人物考

河雙

曝書亭目録先生手定，然未見全本。各家鈔本互有同異。此册以「心事數莖白髮，生涯一片青山，空林有雪相待，古道無人獨還」二十四字編目，不分四部，殆行笈之記號也。爲先生親筆，與石樓詩稿同裝一套。子孫其寶藏之。道光庚寅校於四明，癸巳殘冬書後，拜竹生。

書名作者綜合索引

本索引按四角號碼檢字法的順序排列，每條字頭單獨標出，注明四角號碼和附角；同號碼字頭除首見一字注明號碼外，其下從略。每條第二字取一、二兩角號碼。

本索引依據《曝書亭序跋》等三種中的書名、人名編制。